중등 글쓰기, 어떻게 하지?

글쓰기 공부 어떻게 할까 03

중등 글쓰기, 어떻게 하지?

1판 1쇄 발행 2017년 1월 13일

엮은이 한국글쓰기교육연구회
펴낸이 조재은 | 펴낸곳 (주)양철북출판사 | 등록 제25100-2002-380호(2001년 11월 21일)
책임편집 이혜숙 | 편집 박선주 김명옥 이정우 | 디자인 육수정
마케팅 조희정 | 관리 정영주
주소 서울시 마포구 양화로8길 17-9 | 전화 02-335-6407 | 팩스 0505-335-6408
ISBN 978-89-6372-229-0 03810 | 값 15,000원

카페 cafe.daum.net/tindrum 블로그 blog.naver.com/tin_drum
페이스북 facebook.com/tindrum2001

중등 글쓰기, 어떻게 하지?

글쓰기로 삶을 가꾸는
교사들과 아이들의 교실 엿보기

한국글쓰기교육연구회 엮음

양철북

한국글쓰기교육연구회에서 다달이 내는 회보를 보면 맨 첫 꼭지가 '글쓰기 지도 사례'입니다. 회원들이 달마다 두세 편씩 지도 사례를 써서 실었습니다. 2016년 12월에 250호가 나왔으니 그동안 쌓인 지도 사례가 얼마만큼인지 짐작할 수 있습니다. 그 가운데 먼저 중등 글쓰기 지도 사례집을 엮어 보았습니다. 초등 지도 사례에 견주면 중등 사례는 적지만 중등 사례만 모아도 그 양이 만만찮았습니다.

그 가운데 스물네 편을 골라 실었습니다. 아이들과 글쓰기를 하고는 싶은데 첫발을 어떻게 떼야 할지 몰라 머뭇거리거나, 글쓰기를 실천하고는 있지만 길을 못 찾고 어디 좋은 사례가 없나 하고 기웃거리는 교사들에게 도움이 되겠다 싶은 글을 뽑아 보았습니다.

'아이들과 마음 열기' '글감 고르기' '주고받은 말 살려 쓰기' '인물 자세히 그려 내기' 같은 구체적인 방법을 비롯해, '겪은 일

쓰기' '자라온 이야기 쓰기' '시 쓰기' '주장하는 글 쓰기' '모둠 일기 쓰기' 같은 갈래별로 지도한 사례를 엮었습니다. 그리고 마지막 4부에서는 아이들과 교사가 글을 쓰면서 살아가는 삶을 담았습니다.

이 책은 어느 한 사람이 쓴 지도 사례집이 아니라 모두 열 사람이 쓴 글을 모은 공동 사례집입니다. 교사 저마다 자기 빛깔로 아이들을 만나고, 갖가지 길을 찾아 글쓰기를 이끌어 가지만, 그 바탕에는 한결같은 정신이 있습니다.

우리 한국글쓰기교육연구회가 아이들과 하는 글쓰기는 '삶을 가꾸는 글쓰기'입니다. 삶을 가꾼다는 말은 아이들 마음을 가꾸어 준다는 말입니다. 아이들 생각이 깊어지고, 느낌이 넉넉해지면서 뜻을 올바르게 지닐 수 있도록 마음밭을 가꾸어 준다는 이야기입니다. 슬픈 일에 눈물짓고 기쁜 일에 함께 웃을 줄 알고, 불의를 보고 분노할 줄 알고, 참되고 아름다운 일을 좇으며 살게 하는 것입니다. 자기 둘레와 세상일을 자세하게 보고 살펴서 성찰하는 사람이 되는 일이고, 가난하고 힘겹게 살아가는 이웃에게 애정을 가지고 사는 일이고, 의식(생명, 환경, 평화, 통일, 인권, 평등, 연대 따위)의 눈을 떠서 마음속에 바른 뜻이 자라는 공부입니다. 한마디로 바른 마음, 사람다운 마음을 지니게 하는 공부입니다. 아이들과 시를 쓰고 글쓰기를 하는 것은 이 마음을 갖게 하는 과정이고, 아이들 글은 이 마음에서 나온 귀한 열매입니다.

그런데 삶을 가꾸어 주는 일은 애써 의도한다고 이루어지는 것이 아닙니다. 정직하게 글을 쓰면 저절로 뒤따르는 결과입니다. 쏠거리를 찾고 정하는 단계에서, 실제로 글을 쓰면서, 또 쓴 글을 고치고 비판하고 감상하는 과정에서 자기도 모르게 사람다운 마음이 싹이 트고 자랍니다.

　그럼 글을 왜 정직하게 써야 할까요? 사실을 정직하고 정확하게 붙잡은 글이라야 그 일로 우러난 느낌이나 생각이 참되고, 읽는 사람도 '참 그렇구나' 하고 가슴에 와 닿게 됩니다. 글을 쓰는 사람이 목수면 목수의 삶이 담겨야 하고, 농사꾼이면 농사꾼의 삶이 담겨야 합니다. 글을 쓰는 사람이 아이들이면 마땅히 아이들 삶이 정직하게 담겨 있어야 합니다. 제 삶이 아닌 다른 대상을 보고 쏠 때도 마찬가지입니다. 자연을 보고 그 느낌을 붙잡아 쓰거나 이웃의 삶이나 세상일을 보고 쏠 때도, 대상이나 세상을 바라보는 아이다운 눈길을 느낄 수 있어야 합니다.

　이렇게 제 삶을 담아서 정직하게 글을 쓰면서, 또 쓴 글을 함께 나누면서 아이들은 제 삶이 귀한 줄 알게 됩니다. 자기뿐만 아니라 남을 존중하는 마음도 지니게 됩니다. 그래서 우리는 우리 아이들이 제 삶의 주인으로 바로 서게 하는 공부가 글쓰기라 굳게 믿고 실천해 왔습니다.

　아이들과 지내다 보면 가끔 가슴을 쓸어내릴 때가 있습니다. '애가 어떻게 저런 일을 저지를까?' '어쩌면 저렇게 막돼먹었을까?' '어쩌자고 이 아이에게 이토록 무거운 짐을 지웠을까?' 그런데 아이들은 저마다 제 힘으로 꿋꿋하게 견뎌 냅니다. 아이들

이 화들짝 놀랄 만큼 큰 사고를 치기도 하지만, 그 문제를 풀어
가는 놀라운 힘도 함께 지녔습니다. 이 책 4부에 나오는 영준이
와 민호 이야기('글쓰기로 풀어 본 학교 폭력'), 명섭이 이야기('글쓰기
로 살아가는 명섭이'), 정호 이야기('장정호네 삶 읽기')를 읽어 보면 아
이들이 지닌 놀라운 힘을 느낄 수 있습니다.

　영준이와 민호는 둘 다 상처가 많은 아이들이었습니다. 고등
학교에서 만나 한 아이는 가해자가 되고 한 아이는 피해자가 됩
니다. 이 학교 폭력 문제를 풀어야 하는 김제식 선생은 놀랍게도
아이들에게 글을 쓰게 합니다. 쓴 글을 서로 나눠 읽어 본 아이
들은 깊이 마음으로 만나게 되고 친한 벗이 됩니다. 학교폭력자
치위원회를 열어 아이들을 조사하고 학교에서 정한 규정대로 벌
을 내렸다면 이 아이들 마음을 움직일 수 있었을까요. 여기서 글
쓰기의 놀라운 힘을 보게 됩니다. 명섭이와 정호가 그 힘겨운 삶
을 견뎌 내는 모습을 담담하게 써 내려간 글들을 읽다 보면 저도
모르게 눈물을 훔치게 됩니다.

　어디에서 이 아이들이 견뎌 내는 힘이 나오는 것일까요? 본디
처음부터 지닌 생명의 힘이 있지만 아이들은 자라면서 상처받고
그 상처들이 딱지가 되어 켜켜이 쌓이면서 그 힘이 내게 있다는
것도 잊고 살아갑니다. 그 힘을 다시 끄집어내고 빛나게 일어설
수 있도록 하는 것이 글쓰기라 생각합니다. 아이들은 글을 쓰면
서 스스로 살아온 시간들을 가만히 돌아보고 자기 삶을 다른 눈
으로 바라보게 됩니다. 나를 돌아보고 다른 눈으로 보게 되면 그

속에 빠져 허우적대지 않고 일어설 수 있게 됩니다. 일어설 수 있는 힘을 되찾게 해 주고 날아오를 날개를 달아 주는 것이 글쓰기입니다.

제 삶을 글로 쓰고 동무들의 글을 읽은 아이들은 이제까지와는 다른 삶을 열어 갑니다. 이 책 속에서 만날 수 있는 아이들이 말해 줍니다. 아이들과 함께 글을 쓰면서 새로운 삶, 새로운 세상을 열어 가는 희망을 이 책 속에서 만날 수 있을 것입니다. 이 중등 글쓰기 사례집이 우리나라 교실에 놀라운 희망이 되기를 바랍니다.

2017년 1월 1일 구자행

차례

일러두기

1 맞춤법과 띄어쓰기는 국립국어원 원칙에 따랐으나 '자라온' 이야기와 '모
  둠일기'는 붙여 썼다. 한국글쓰기교육연구회에서는 자라온 이야기와 모둠
  일기를 하나의 갈래로 여기기 때문이다.

2 아이들이 쓴 글은 맞춤법에 따르지 않고 그대로 실었다. 그리고 어떤 글에
  서 아이들 이름은 본디 이름이 아니다.

3 글마다 밝혀 놓은 학교는 선생님들이 그 글을 썼을 때 있었던 곳이다.

1

글쓰기의 바탕,
겪은 일 쓰기는 이렇게

무엇을 쓸지 몰라 막막한 아이들에게
글감 고르는 일부터 주고받은 말 살려 쓰는 것,
인물들 모습 생생하게 그려 내는 것까지 차근차근 이야기하고 있다.

누가 뭐라고 해도
우리 삶을 글로 쓰자

1차시, 또래가 쓴 글 보여 주기

글쓰기는 '우리 삶을 있는 그대로 말하듯이 글로 쓰는 것'이다. 우리 생활을 아무 부담 없이 글로 써 보자고 해도, 그만 주눅이 들어 고개부터 쩔레쩔레 흔들어 버리는 사람은 평생 글을 쓰지 못할 것이다. 이것이야말로 불행이다. 엄연히 자기의 삶이 있고, 하고 싶은 말이 있는데도 그것을 글로 표현하지 못한다면 도대체 '자기(나)'는 어디에 있는가. 늘 남의 얘기, 남의 생각이나 읽으며 '응, 그렇지. 내 생각도 이것과 비슷해' 이러고만 있을 것인가. 말도 할 줄 모르고 글자도 모르는 사람이라면 억울하지나 않지, 말할 줄 알고 글자 다 알면서도, 정작 '자기의 글'을 써 보지 못하는 만큼 억울한 일이 어디 있나.

자! 이제 우리는 누가 뭐라고 해도 우리 삶을 글로 쓰자. 우리는 우리 나름대로 할 말이 있는 사람들 아닌가.

우리 삶을 글로 쓴다고 할 때

(1) 자기가 직접 한 일을 쓰고, 이에 덧붙여 생각과 느낌을 쓸 수 있다.

(2) 자기가 직접 한 일이 아니더라도 보고, 듣고, 느낀 것을 쓸 수 있다.

우선 이 두 가지 글쓰기부터 시작해 보자. 지금이라도 당장 쓸 수 있으니까.

미리부터 글의 얼개(구성)를 어떻게 해야 하나, 표현을 어떤 방법으로 해야 하나 따위는 생각할 필요 없다. 이런 것은 어느 정도 글쓰기가 되고 난 뒤에 생각할 문제다. 누가 친구하고 얘기할 때 '어떤 말을 먼저 하고 어떤 말을 나중에 할까' '직유법을 쓸까 은유법을 쓸까' 하고 고민하면서 말하는 사람이 있던가. 자기 생각이나 감정을 가슴에서 터져 나오는 그대로 말하면 다 알아듣지 않던가.

오늘은 바로 우리 또래 친구들이 쓴 글을 보면서 글쓰기를 어떻게 했나 꼼꼼히 살펴보자.

석 달 남은 입시 대양중 3학년 최철호

이젠 눈앞이 아무것도 안 보인다.
입시가 코, 아니라 눈까지 왔다.
이젠 큰일났구나.

공부는 안 했는데 고등학교는
좋은 데 가고 싶고 어쩌꼬 싶으다.
부모님께서는 자꾸 좋은 데 가라 하시고
성적은 안 되고 기가 막힐 노릇이다.
아버지께서는 공부 못하면 너 앞일이
걱정이다 하시면서 한숨만 하시고
엄마는 공부 좀 열심히 해라 하시며
한결같은 마음.
입시가 발등에 떨어졌는데
어쩌꼬 싶으다. (《있는 그대로가 좋아》 보리)

이 글은 내가 담임을 맡은 반 학생이 쓴 글이다. 생전 처음 쓴
글이라고 한다. 성적이 잘 나오지 않아 걱정이 많은 아이란 것은
말 안 해도 이 글에서 다 알 수 있다. 그런데 우리들 중에 이 아
이와 같은 걱정을 안 해 본 사람이 몇이나 될까. 다 이런 걱정을
한다. 이 아이는 이것을 자기 가슴에서 터져 나오는 그대로 썼
다. '어쩌꼬 싶을' 정도로 걱정스럽지만 이렇게 쓰고 나면 속이
라도 후련해졌을 것이다. 그리고 입시를 경험한 모든 사람들에
게 '그래, 나도 그랬던 적이 있지' 하는 공감을 불러일으킨다. 어
떤 어려운 말도 쓰지 않고, 까다로운 표현 기법도 쓰지 않았지
만 이렇게 자기의 절실한 마음을 드러낼 수 있는 것이다. 이것이
'자기표현'이다. 이 자기표현은 글쓰기의 기본이 될 뿐 아니라,

글쓰기를 하는 목적이기도 하다.

여자 동창생 대양중 2학년 양명철

학교에서 오는 길에 동창생을 만났다.
○○였다.
그래도 동창생이지만 선뜻 말은 나오지 않았다.
살며시 나를 보고 웃는 모습이
조금은 반갑고 쑥스러웠다.
그래도 남자라고 먼저 말을 해 볼까?
한참 생각하면 어느새 뒷모습만 바라본다.
집에 와서 생각하면
다음에 만나면 말해야지.
아니, 오랜만이라고 말할까.
아니지 악수라도 해야지.
아— 아니야, 이름이라도 불러야지.
이렇게 동창생을 만나고 나면
얼얼하니
내 마음을 모르겠다. (《있는 그대로가 좋아》 보리)

이 글도 자기가 한 일과 느낌을 그대로 쓴 글이다. 여자 동창
생 만나서 잠깐 마음이 '얼얼'했던 일이 무슨 글감이 되겠나 싶

지만 이렇게 써 놓으니 얼마나 재미있는 시가 되었나. 이 아이가 말을 걸어 볼까 어쩔까 하는 모습, 집에 가서 턱을 괴고 생각하는 모습이 눈에 선하다. 3행의 '그래도' 같은 말은 빼면 더 좋겠지만 별 문제가 되지 않는다. 앞서 보여 준 글은 공부 안 해서 후회가 되는 이야기, 이 시는 여학생 만난 이야기다. 글이란 것이 무슨 특별한 일을 당했을 때만 쓰는 것이 아니라 이렇게 일상생활에서 보고, 듣고, 한 것을 글로 쓰면 된다는 사실을 다시 한번 강조한다.

시험 대양중 1학년 정대호

오늘은 시험이 있는 날이다. 그러나 나는 시험을 친다고 말하지 않았다. 시험을 못 쳐서 맞는 것이 두려웠기 때문이다. 아침 일찍 학교에 와서 시험 공부를 하는 둥, 마는 둥 하다가 시험을 치게 되었다. 시험지를 받아 본 순간 눈이 아찔하여 앞이 콱 막혔다. 첫째 시간은 수학이기 때문이다. 내가 가장 싫어하는 수학, 그리고 가장 못하는 수학. 나는 수학 시험을 "빵점만 안 먹으면……." 하는 마음으로 가까스로 치르고, 다른 과목은 그런대로 쳤다.

학교를 파하고 집으로 갈 때, 나는 곰곰이 생각했다. 이렇게 일찍 가면 의심 받을 거라고……. 그래서 바다에서 조금 있다가 가기로 했다. 바다에서 놀다 보니 금방 시간이 지나갔다.

힘없이 집으로 돌아오면서 내 자신이 한심한 생각이 들었다.

집에 오니, 형이 낌새를 차린 듯이 "니, 시험 언제 치노?" 이렇게 말했다. 나는 무서워서 그냥 떨고만 있었다. "니, 통신표 받아 와서 보자." 이렇게 형이 말했다.

그리고 날이 지나 토요일이 되었다. 학교 수업을 마치고 집으로 가려는데, 통신표를 나눠준다고 했다. 나는 막 떨렸다. 통신표를 받아 보니 한숨만 자꾸 나왔다. 집에 가니 형이 통신표를 가져오라고 했다. 나는 통신표를 줬다. 그때부터는 지옥과 같았다. "퍽, 아이고, 찰싹, 퍽퍽, 이게 뭐시꼬, 퍽, 또 이래 받아 올래?"

"인자부터는 잘 하께예." "빨리 공부 해." 하며 나갔다. 나도 공부를 하려고 해도 그게 마음대로 되지 않았다.

"잘-했다. 꽁찌 안 한 게 다행이다" 엄마도 이렇게 비꼬며 말씀하셨다.

나도 공부를 잘 하고 싶다. (《여울에서 바다로》 온누리)

나는 이 글을 읽고 눈물을 흘렸다. 중학교 1학년 때부터 시험 점수 때문에 이렇게 가슴 졸이며 또 구박을 당하며 살아가야 하는 우리 아이들이 안타까웠다. 더욱이 맨 끝 문장 '나도 공부를 잘 하고 싶다'는 말이 너무나 절실하다.

이렇게 내 마음을 흔들어 놓는 것이 이 글의 힘이다. 자기의 어려운 생활을 숨김없이 드러낼 때 글은 감동을 주게 마련이다. 물론 노력을 안 해서 성적을 좋게 받지 못한 것이 자랑은 아니

다. 그러나 이 아이가 자기의 삶을 숨기고 "시험을 앞으로는 잘
쳐서 부모님을 기쁘게 해 드리겠다"는 따위의 입에 발린 맹세
를 한 글을 썼거나, "시험은 괴로운 것, 시험아 없어져라" 따위
의 푸념만 늘어놓았다면 감동이 없었을 것이다. 시험을 앞두고
자기가 한 행동, 그 뒤에 있었던 일도 그대로 털어놓았기 때문에
우리는 이 아이가 자기의 마음이 어땠는지 시시콜콜 말하지 않
았는데도 훤히 그 마음을 알 수 있다.

한 가지 고쳤으면 하는 곳은

(1) "학교를 파하고……"보다는 "학교를 마치고……" 하는 것
이 좋다. 되도록 쉬운 우리말을 써야 알아 듣기도 쉽고 우리말을
잃어버리지 않을 테니까.

(2) "니, 시험 언제 치노?" 이렇게 말했다. / "니, 통신표 받아
와서 보자" 이렇게 형이 말했다.

여기서 따옴표 뒤에 "이렇게 말했다" 하는 말은 안 써도 된다.
이미 따옴표가 "이렇게 말했다"는 뜻을 담고 있으니까.

이제 우리도 우리의 생활을 한번 되새겨 보자. 그리고 오늘 내
가 하고, 보고, 들은 것 가운데 무엇이든지 글로 한번 써 보자.
보기로 소개한 이 아이들 글보다 못 쓸 사람은 아무도 없을 것이
다. 보기 글을 가만히 보면 결코 누구 앞에 자랑하려고 쓴 글도
아니고, 자기를 뽐내기 위해 예쁘게 치장한 글들을 흉내 내지도
않았다.

우리도 자기를 숨김없이 드러내고, 아무 거리낌 없이 마음 푹 놓고 '나만이 쓸 수 있는 글'을 써 보자. 지금 당장에.

2차시, 글감 고르기

이 세상 모든 것은 쓸거리가 된다.

먼저 시 한 편을 읽어 보자.

보신탕집의 개 대양중 3학년 공국진

오늘 죽을지 내일 죽을지 모르는
보신탕집의 개.
항상 팔팔하던 개가
보신탕집에 팔리면
개의 눈에도 눈물이 맺히겠다.
"사람들은 야비해"
개는 속으로 얼마나 욕을 할까?
보신탕 얘기를 하면
개도 놀라서 꼬리를 들이지.
오늘 죽을지 내일 죽을지 모르는
보신탕집의 개.
죽을 때를 알았는지
낑낑거린다.

자기 주인을 원망하며
죽어가는 보신탕집의 개
"네가 죽으면 네가 개가 되어 봐.
내가 전생에 무슨 죄가 있기에
이렇게 보신탕 개가 되는지"
오늘도 무수한 개가
죽어간다.
수많은 개가 맞아 가면서
죽어간다.
눈물로 강을 만들어도 그 한은
풀리지 않으리라. 《《있는 그대로가 좋아》 보리)

　누가 보신탕집 앞에 묶여 있는 개를 보면서 이것을 글로 써 보자 생각이나 했겠는가. 불쌍하구나 하고 느끼긴 했을지 몰라도 정작 글로 쓰기엔 적당하지 않다고 생각할 것이다. 그런데 이 시는 어떤가. 글쓴이는 애완용 개를 안고 다니며 뽀뽀를 해 대는 사람들보다 훨씬 절실하게 개를 사랑하고 있다는 것을 알 수 있다. 죽어 가는 개의 눈물로 강을 만들어도 그 한이 풀리지 않으리라고 한 지은이의 의분에 찬 심정이 찡하게 전해져 온다. 이렇게 얼핏 보면 도무지 글감이 될 것 같지 않은 것도 자기가 절실히 보고 겪은 일이라면 훌륭한 글감이 된다.
　우리가 먼저 똑똑히 알아 둘 일은 '이 세상 모든 것 보고, 듣고, 하고, 느낀 것 모두가 글감이 된다'는 사실이다. 다시 말하면 곱고, 훌륭하고, 교훈적인 일만이 글감이 되는 것이 아니라 억울하고, 분하고, 안타깝고, 더럽고, 부끄러운 모든 일이 글감이 된다는 것이다. 그런데 우리가 여태껏 보고 배운 글들은 워낙 아름답고, 훌륭해 보이는 것들이라서 글감이란 '보기에 좋은 것'이라야 한다는 생각이 머리에 꽉 박혀 있다. 이것이 우리가 글을 쓰려 할 때 가장 큰 방해꾼이 된다. 자기가 당했던 기막힌 일이 있는데도 글로 써 보자니 '이게 무슨 글감이 되겠나' 싶어 생각을 거두어 버리는데 이것이야말로 억울한 일이다.

어느 중학교 문집에 쓰인 글 제목에는 이런 것들도 있다. 참고하기 바란다.

자갈치 아지매, 술 마시는 사람들, 보리밥, 축구 중계, 두더지 오락, 가출한 서울, 목욕탕 굴뚝, 복권, 꼬롬한 아저씨, 도시락 반찬, 참고표, 키 좀 커 봤으면, 빵구, 컨닝, 생선 냄새, 꼼장어, 아구찜, 군고구마 할아버지, 똥 푸소 아저씨들, 짝 없는 새와 나, 죽은 병아리, 말라서 죽은 쥐, 파리, 오줌 골목, 면도기, 무좀 상처, 뱀장수 아저씨의 말솜씨, 깡깡이 하는 아줌마, 수위 아저씨.

그런데, 아무것이나 잡아 글로 쓰면 된다 하지만 이것이 오히려 막연할 때가 있다. 어떻게 할까. 글감을 찾는 실제 보기를 들어 알아보자.

(1) 먼저 보고, 듣고, 한 일을 죽 늘어놓는다. 아침에 일어나서 지금까지 일들을 시간별로 곰곰이 생각해서. 이때 그냥 명사로

된 낱말 하나만 쓸 것이 아니라, 앞뒤의 일까지 조금 구체적으로
쓴다.

본 것 | 철공소에서 일하는 사람들, 시장통에서 본 목이 쉰 배
추 장수, 껌을 질겅거리며 담배를 물고 가는 깡패 같은 사람들,
일하러 가는 동네 아주머니, 선생님이 몰래 하품하는 모습, 길바
닥에 죽어 납작해진 쥐, 움이 돋는 나뭇가지, 서쪽 하늘의 새파
란 빛, 지하도에 엎드려 있는 거지 따위.

들은 것 | 선생님 첫사랑 이야기, 군에 간 오빠 소식, 차가 급정
거할 때 끼이익 소리, 구급차 앵앵거리는 소리, 솔잎 사이로 스
치는 바람 소리, 몰래 뀌는 친구 방귀 소리.

한 일 | 시험 치다가 답을 몰라 끙끙댄 일, 변소 청소 하다가
발 빠진 일, 수업 시간에 도시락 먹다가 벌 선 일, 거지에게 돈
준 일, 힘겹게 버스 탄 일, 버스에서 여학생 훔쳐본 일, 철공소에
심부름 간 일.

생각한 것 | 나는 왜 의지가 약할까, 하늘에 계신 우리 아버지,
내 방 꾸미기 공상, 나는 커서 무엇이 될까.

그 밖의 다른 일

(2) 이 가운데 느낌이 색다르거나, 특히 기억에 남는 것에 밑줄
을 그어 본다.

(3) 이렇게 밑줄 그은 중에서도 정말 쓰고 싶은 것, 이건 자신
있다 싶은 것을 골라 글로 쓴다.

예를 들어 '시장통에서 본 목이 쉰 배추 장수'를 글감으로 잡

왔다 치자. 그런데 막상 쓰려고 하니 배추 장수 모습이 똑똑히 떠오르지 않는다. 옷은 어떤 걸 입었더라? 장사할 때 표정은 어떻더라? 아까 볼 때는 '아이구, 저 아주머니 저렇게 고생하시네' 싶었지만 건성으로 보았더니 영 모르겠다. 그렇다면 글감을 잘 못 골랐거나, 아니면 그 배추 장수를 다시 잘 살펴볼 일이다. 할 수만 있다면 자기가 직접 그 일을 해 보면 더 좋다. 그래서 글감은 보고 들은 것보다 자기가 몸소 겪은 일, 해 본 일이 더 좋다.

배추 장사 대양중 3학년 박병영

배추를 산더미처럼 쌓아 놓고
배가 출출하면
무시 하나 칼로 깎아 베어 먹고
바람 불어 추우면 털목도리
더 높이 세우고 움츠리며
손님 오길 기다리는 저 아주머니.
어쩌다 손님이 오면
배추 하나 꺼내 칼로 반 푹 갈라
얼마나 싱싱하고 좋으냐고 말한다.
바람 불어 빨개진 코, 빨개진 볼.
떨리는 손으로 돈 받아 돈주머니에 넣고
다시 손을

돈주머니 밑 따스한 곳에 넣는다.
입김으로 한 번 불었다가
손을 한 번 비볐다가
또 손님이 오면 배추 싱싱한 걸 꺼내
반으로 뚝 쪼개어
다시 연설한다.
봉래동 시장 담벼락 밑에 앉아
배추 파는 저 아주머니.
배추 많이 팔리길
나는 빌 뿐이다.

　배추 장사하는 곳의 분위기, 그 사람의 몸짓, 소리, 표정까지도 눈에 보이듯이 그대로 드러나 있다. 글쓴이가 사랑하는 마음으로 그 아주머니를 찬찬히 살펴보았기 때문이다. 사랑하는 마음이 없으면 이런 모습이 건성으로만 보이지 자세히 보이지 않는 법이다. 그렇다면 이제 어떤 것이 글감이 되는가 다시 정리해 보자.

　내가 겪은 세상의 모든 것은 글감이 되지만, 단 조건이 있다.
　첫째, 내가 똑똑히 아는 것 (이렇게 되려면 직접 경험해 보는 것이 최고겠지).
　둘째, 내가 절실하게 생각한 것, 느낀 것 (사랑하는 마음이 없으면 느낌도 생각도 없는 법).

셋째, 내가 꼭 쓰고 싶은 것 (쓰고자 하는 의욕이 없으면 평생 글 한 줄 못 쓰지).

이 세 가지다.

그리고 이제 정말 글쓰기를 해 볼 수 있겠다는 자신이 서는 사람은 지금 당장 수첩을 준비하자. 그림을 그리는 화가뿐 아니라 글을 쓰는 사람들도 사진기나 비디오카메라를 갖고 다닌다. '아! 저것이다' 싶으면 사진으로 찍어 생생한 그대로 현장을 잡아 두었다가 그림을 그리고 글을 쓴다. 우리는 그렇게까지는 못 하더라도 수첩을 지녔다가 그때그때 생생한 모습과 느낌, 소리(이야기) 들을 메모해 두자. 그렇지 않으면 수많은 쓸거리들을 놓치게 될 것이고, 이것은 얼마나 아까운 일인가.

3차시, 겪은 일 쓰기

오늘은 자기가 직접 겪은 일을 써 보도록 하자. 이런 글을 서사문이라 하지.

서사문을 쓰는 요령은

(1) 본 대로, 들은 대로, 한 대로 자세하고 정확하게, 정직하게 쓴다.

(2) "누가, 언제, 어디서, 무엇을 어떻게 하여, 어찌 되었다"고 하는 여섯 가지 '무엇'을 뚜렷하게 밝힌다.

(3) 가장 등한히 여기고 밝히지 않는 것이 '언제(때)' '어디서
(곳)'이니 유의한다.

쓰는 차례는 본 것, 들은 것, 한 일들을 시간의 흐름에 따라 쓰
는 것이 무난하고 가장 널리 쓰는 방법이다.

그러면 또래들이 쓴 글을 맛보도록 하자.

강간범, 여자 그리고 남자 양운고 2학년 김성민

나에겐 고민이 있다. 이 고민은 몇몇 일과 관련이 있다. 그
몇몇 일 중 제일 먼저 일어난 사건은 작년 야자를 마치고 집에
가는 길에서 시작된다.

내가 야자를 마치고 집에 가는 중이었다. 나의 앞쪽에는 같
은 교복을 입은 여자애가 있었다. 그 여자와 거리는 가로수 10
개 간격 정도였고 나는 걸음이 빨라 두 걸음이면 가로수 하
나를 지나고 있었다. 그 여자애가 오산공원의 새로 지은 공중
화장실을 지나고 등대콜 아저씨들이 커피를 뽑아먹는 자판기
를 막 지나갈 때 나는 공중화장실을 지났다. 나는 그 여자애한
테 관심이 없었다. 하지만 그 여자는 5초 간격으로 계속 뒤돌
아보았다. 그러더니 간격이 가로수 하나일 때, 그 여자는 또 뒤
를 돌아보더니 냉큼 뛰었다. 나는 그때 이해를 못 했다. 며칠
뒤 내가 학원을 마치고 아파트 횡단보도를 건널 때 '일류학원'
이라고 씌어진 노란색 봉고가 자나가서 아파트 입구에 멈췄다.
문이 열리고 어떤 여자애가 내렸다. 어? 며칠 전 도망간 애였

다. 그 애도 날 봤는지 눈이 커지고 입을 벌렸다. 그러고는 또 튀었다. '뭐지? 날 보고 튄 건가.'라고 생각하며 집에 갔다.

몇 개월 뒤에 시험을 치고 일찍 집에 가고 있었다. 엘리베이터를 타려고 라인에 들어갔는데 신도고 여자애가 있었다. 엘리베이터가 오고 내가 먼저 타서 8층을 눌렀다. 근데 신도고 애는 안 타고 가만히 있었다. 나는 열림버튼을 누르고 그 여자애한테 눈빛으로 '안 타냐?'라고 물었다. 그러자 그 여자애는 옆으로 한 걸음 비키면서 눈빛으로 '안 타, 가라.'라고 답했다. 왜 안 탔을까?

집에 와서 다음날 시험공부도 안 하고 세 사건을 생각했다. 도저히 답이 안 나와 친구에게 문자로 '여자애가 날 보고 급 뛰더라. 그리고 방금 신도고 여자는 내가 엘베 타니까 안 타고 개기더라, 뭐지 이건?' 라고 보냈다. 그 친구는 바로 답을 보냈다. '나도 그런 일 많았다. 신경 쓰지 마라 ㅋㅋ ㅎㄷㄷ'. 나는 당황하여 휴대폰은 놓치고 소파 위로 쓰러졌다. 그리고 소리쳤다. "아! 시바 내가 왜 이딴 놈이랑 같은 일을 겪어야 되는데!" 내가 문자 보낸 친구는 변학도고 얼굴은 조폭 같이 생기고 콧수염 면도도 안 하고 덩치도 크다. 학도가 알록달록한 옷을 입고 금목걸이 걸면 바로 지나가던 사람들 피한다. 이런 애랑 내가 같은 일을 겪었다. 그럼 '나=학도'라는 공식이 성립된다. 나는 좌절하여 무릎을 꿇고 머리를 쥐어뜯었다. 삶에 의욕이 없었다. 아, 너무 지나쳤다. 삶에 의욕은 잃지 않고 그냥 멍만 때렸다. 그 다음날 시험은…… 풋! 갈았다.

내가 이 세 사건을 잊고 잘 살고 있었다. 나는 2학년이 되었고 내 친구 학도는 전학을 갔다. 나는 엘베 사건 이후로 그러한 사건이 없어서 여자가 날 보고 도망간다는 사실을 까먹었다. 하지만 어떤 남녀가 다시 가르쳐 주었다. 이제는 남자도 도망간다는 것을 깨닫게 해 주었다. 시바. 그 남녀는 내가 학교 마치고 집에 가는 길 코스의 중간쯤에 있었고 난 후반 쪽에 있었다. 난 똑 같이 빨리 걸었고 그 남녀는 천천히 걸었다. 그런데 여자하고 얘기하던 남자애(중2추정)가 뒤돌아보고 놀라서 여자애한테 무슨 말을 허더니 튀었다. 여자애(중1추정)는 남자가 튀자마자 뒤를 돌아 나를 보더니 더 빨리 튀었다. 빡쳤다(화났다). 나는 짜증이 나 궁시렁거리며 엘베를 타려고 들어갔는데 ㅋㅋㅋ 그 남녀가 있었다. 그 둘은 날 보자마자 굳었고 말이 없어졌다. 엘베가 오고 난 우리 집 층에서 내렸다. 그 둘은 3층 더 높은 11층이라서 내가 먼저 내렸는데 내가 내리자마자 '닫힘' 버튼을 1초에 20번 정도 누르면서 무서워하는 표정을 지었다.

내가 뭘 잘못했을까? 난 다음날 친구들한테 하소연했다. 그러니 한 친구가 "넌 강간범같이 생겼다."라고 놀렸다. 충격을 먹었고 그 충격으로 인한 데미지는 아직도 남아 있다. 나는 이제 내 앞쪽에 여자가 있으면 뛰어서 추월한다. 도망가지 마라고.

내가 도대체 무엇을 했는데 여자와 남자가 도망을 가고 무서워했을까? 내가 정말 강간범같이 생겨서 그럴까? 아니면 우리 아파트에 이상한 소문이 퍼졌나? 풀리지 않는 미스테리한 사건이다.

그런데 친구들한테 하소연한 그날 이후 나는 새로운 별명이 생겨버렸다. 이름은 '간범'이, 성은 '강'씨로. 너무 억울하다. 이걸 보는 사람은 나의 억울함을 풀어주길 바란다. 그럼 '강간범같이 생긴' 나는 ㅂㅂ때리겠다. (2009. 5. 29)

제목 없고, 이름도 밝히지 않음

저녁 자율 학습 시간이었다. 피곤이 한꺼번에 몰려와 눈꺼풀이 무겁기만 했다. '자율' 학습이니까 조금 자도 괜찮겠지, 푸근한 마음으로 책상에 엎드려 소롯이 잠이 들었다. 무척 단꿈을 꾸었나보다. 그런데 갑자기 무엇이 얼굴에 탁 부딪혀 정신이 번쩍 나 눈을 뜬 순간 오른쪽 뺨이 얼얼했다. 감독하던 당번 선생님한테 뺨을 얻어맞은 것이다. 선생님은 매서운 눈초리를 한번 주고는 옆 반으로 가 버렸다.

놀란 눈으로 선생님의 뒷모습을 황망히 바라보는데 눈물이 핑그르 돌았다. 굳이 뺨을 맞을 만큼 잘못을 했는지조차 모르겠다. 분명히 '자율' 학습인데…….

지쳐 잠들어 있는 학생을 선생님은 꼭 따귀를 때려 깨워야 했을까? 여학생들의 예민한 수치심을 왜 모르실까? 선생님은 나를 하나의 인격체로 생각하고 있을까?

들어 보니 어때?

저 정도는 나도 쓸 수 있겠다 하는 생각이 들지?

그렇지. 이렇게 보통 때 일어나는 일들도 자기 말로 자세히 쓰면 읽는 맛이 난다. 지금부터 각자 쓸거리를 하나씩 정해서 글을 써 보도록 하자. 멋있게 잘 쓰려고 하지 말고 있는 그대로 쓰는 거야.

이상석 부산 중앙고등학교

겪은 일 쓰기,
쓰고 싶은 글감 고르기부터

내가 글쓰기 지도를 하는 목적

첫째, 아이들을 글벙어리에서 해방시킨다.

둘째, 삶을 가꾸게 한다.

셋째, 우리말을 가꾼다.

덧붙여서 내가 글쓰기 공부를 하면서 주의하는 몇 가지를 말해야겠다.

먼저 글쓰기 공부의 목적을 '표현력 기르기, 논리력 기르기, 문장력 기르기'라고 하는 기존 목적에 휘둘리지 않으려고 한다. 이것은 자칫 삶을 놓쳐 버리는 잘못을 저지를 수 있기 때문이다. 글을 글 자체에만 한정 지어서 무엇하나. 어떤 깨달음이나 삶의 변화가 없는 앎은 무슨 가치가 있는가 하는 것이 내 생각이다. 그래서 이론 중심의 쓰기 지도에 휘둘리지 않으려고 한다. 지금 내가 해야 할 이야기가 소설 쓰기 지도라고 한다면 소설의 구성 요소가 무엇인가, 시점은 어떤 것인가, 구성 단계는 어떻게 이루어지는가 하는 것에 시간을 쏟지 않겠다는 것이다. 이런 것은 글을 쓰고 나면 저절로 알게 된다. 자라온 이야기를 썼을 때 거기에는 이야기를 이루고 있는 요소가 드러나기 마련이고 일정한 시점이 있기 마련이다. 구성 요소는 무엇, 무엇이다 하고 외운 아이가 글을 잘 쓴다고 볼 수 없다. 다 쓰고 읽어 보면 모자란 부분을 저절로 알게 된다. "이 일이 언제 적 일이지? 넌 그때 무얼 했는데? 누가 널 이렇게 괴롭혔어?" 하는 식으로 물어 나가면 저절로 알게 된다는 것이다. 이론을 먼저 배우는 것은 자칫하면 글쓰기를 두려워하게 하고 짜 맞추는 데 관심을 갖게 해서 가장 중요한 이야기의 알맹이를 놓치게 한다. 우리가 말을 할 때 구성 요소를 생각하며 말하지 않는 것과 같은 이치다.

아이들이 글쓰기를 싫어하는 주된 까닭과 이를 이겨 내게 하는 말
(1) 글감 찾기가 어렵다.
공감한다. 글감 찾기가 사실은 글쓰기의 바탕이다. 앞으로 내가 글감을 자세하고 낱낱이 마련해 주기로 할 것이고 스스로 찾도록 할 것이다. 배우는 과정에서는 '글감 찾아 주기'가 아주 중요하다. 나는 여러분이 재미나게 쓸 수 있는 글감을 아주 많이 가지고 있다.
(2) 처음 시작하기가 어렵다
그래, 나도 이럴 때가 많다. 참 어렵다. 이것은 '글을 잘 써야

한다. 좀 더 멋진 글 흉내라도 내고 싶다. 첫머리가 폼이 나야 하
는데' 이런 생각들이 깔려 있기 때문이다. 가장 하고 싶은 말부
터 토해 내듯 시작해라. 오늘 같은 날씨를 두고 "날씨가 왜 이리
엿 같노" 싶어서 글을 쓰려는데 대뜸 이 말부터 하기가 어렵지.
사실은 이 말 하고 싶어 글을 쓰려는데……. 이러니 딴소리가 나
와. 어디서인지 뿌연 먼지가 날아든다. 휑한 바람과 산등성이에
내려앉는 햇살…… 뭐 어쩌구. 이렇게 쓰고 보면 본래 내 마음
하고는 자꾸 멀어져. 그러니 또 지워. 이러지 말고 바로 시작해.
"날씨가 참 엿 같구나. 봄이 왔는데도 영 마음이 칙칙하다." 자
기가 하고 싶은 말부터 터뜨려 놓으면 할 말이 이어져 나오는 법
이야.

(3) 왜 써야 하나? 글 쓰는 목적을 모르겠다.

이게 사실은 문제다. 하기 싫단다. 생각도 하기 싫고 글 쓰는
'일'도 하기 싫단다. 아까 누가 가만히 앉아서 글 쓴다는 자체가
싫다고도 했지. 텔레비전 보면서 가만히 앉아 있어라 하면 두세
시간도 앉아 있으면서, 편하게 아무 생각 없이 남들이 말하고 웃
고 노래하는 것만 듣고 있고 싶은 것. 생각을 하기 싫은 것. 이건
살아 있어도 식물인간 같은 거와 비슷하다. 자기가 주체가 되어
스스로 말하고 생각하고, 글로 써 보는 일이 싫어서 그냥 있겠다
는데 무얼 보고 살아 있다고 할 수 있나. 남이 만들어 하는 말과
글을 그것도 생각 없이 멍청히 듣고만 있겠다니? 텔레비전은 우
리에게 생각할 기회를 안 준다. 우리가 생각하기 전에 이미 새로

운 장면이 우리 생각을 끌고 가 버린다. 우리는 그 앞에서 아무 생각 없는 바보가 되기 십상이지. 물론 생각을 하게 하는 프로그램도 있다. 그런데 또 이런 프로는 잘 안 보지. 왜, 생각하기 싫으니까. 우리가 이제 적어도 스스로가 이 세상의 주인이 되어 살아가고자 한다면 이 버릇만은 버려야 한다. 스스로 고민하고(생각하고) 스스로 말하지 못하면 평생을 남 생각, 남 말 따라서 종노릇이나 하고 살 수밖에 없다. 만약, 이런 사람이 이런 생각을 깨뜨리고 스스로 자기 이야기를 해 보면 그때 느낄 것이다. 얼마나 보람되고 기쁜지. 주인의 기쁨. 이 세상의 모든 창작물, 발명품은 자기 생각에서 비롯되었다. 누구는 이렇게 말하더라.

"글쓰기란 완성된 세계를 받아들이기만 하는 수동적 인간에서 세계의 창조에 직접 참가하는 자유로운 인간이 되는 기적"이라고. 이런 얘기도 있지.

"노예는 하루 일을 걱정할 뿐이지만 주인은 1년 농사를 걱정한다. 주인이 떡 하나 더 주면 그게 좋을 뿐 스스로 땅을 가꾸려하지 않는 종과 1년, 10년, 100년 앞을 내다보며 계획하고 준비하는 주인 가운데 누가 더 행복할까."

쉬운 글감으로 글쓰기

처음으로 주는 글감이 아이들에게 버거우면 글쓰기에 진저리를 낸다. 누구나 쉽게 쓸 수 있는 글감을 준다. 두 시간쯤 글쓰기에 대한 이야기를 한 뒤 처음 주는 글감은 다음과 같다.

"첫 글쓰기를 하자. 글감은 '아침에 일어나서 교실에 들어올 때까지 있었던 일'이다. 이것을 낱낱이 자세하게 길게 써 보자. 지금 당장 쓰자는 게 아니다. 이것은 다음 시간에 함께 쓸 것이니 이 글감을 잘 생각하면서 내일 아침에 일어나서

• 일어났을 때 날씨, 식구들 소리, 화장실에서, 세수하며, 밥 먹으며 느낀 것.
• 집을 나섰을 때 풍경, 느낌, 소리, 얘기.
• 버스 안에서, 또는 걸으면서 느낀 자연.
• 학교 언덕, 교문 풍경, 사람들 얘기, 지도 교사, 선도부에게서 느낀 점.
• 교문 앞 소나무, 비둘기, 휴지 조각.
• 교실에 들어섰을 때 본 것, 들은 것, 느낌.

이런 것을 자세히 기억해 두는 일. 이것이 내일 글쓰기를 하기 위한 과제이다."

나의 하루 일과 부산진고 1학년 김경우

6시가 되면 항상 나를 귀찮게 하는 엄마의 잔소리가 있다. "경우야 6시다" 거의 변함없는 억양에 낮지도 그리 높지도 않은 적당한 톤의 목소리는 나의 잠을 깨게 만든다. 곧장 화장실로 가서 변기에 앉아 일을 본다. '끙~응 아 씨발 딥따 안 나오네 밥 먹고 싸야 되겠다' 하며 물을 내린다. "쏴아" 가끔은 변기처럼 단번에 일을 봤으면 하는 생각도 한다.

세수를 끝내고 내 방으로 돌아와 컴퓨터를 켜고 옷을 갈아입었다. 인터넷에 접속한 뒤 러브유로 가서 받은 편지를 확인했다. 2개의 편지가 도착해 있었다. 그 편지를 읽고 문자가 나를 얼마나 걱정하는지 알게 되었다. 시간을 보니 6시 30분을 가리키고 있었다. 답장을 하기 위해 답장하기 난을 클릭한 뒤 편지를 보냈다. 식탁으로 가 보니 어머니께서 아침을 준비해 놓으셨다. 오늘 국으로 올라온 곰국은 오래 돼서 그런지 누린내가 났다. 엄마보고 맛을 보라고 하니까 맛을 본 뒤 어머니는 아무 말 없이 얼굴을 찡그리셨다. 아침을 끝낸 뒤 곧바로 화장실로 향했다. 아랫배에선 전쟁이 시작된 것이었다. 나는 재빠른 동작으로 위기를 모면했다. 그런 뒤 오늘의 일과를 잠시 떠올린 뒤 양치질을 했다. 느긋한 마음으로 현관을 나가는 순간 아차 하는 생각에 어머니께 글쓰기반에서 써야 할 공책을 사기 위해 1500원을 달라고 했다. 그런데 어머니께서는 2000원을 주셨다. 그러고 나서 시계를 보았을 땐 7시를 가리키고 있는 것이 아닌가.

나를 기다리고 있을 성호와 대근이 생각이 났다. 그래서 얼른 엘리베이터를 눌렀다. 먼저 16층에서 한 번 서고 14층에서 한 번 더 선 뒤 드디어 13층에 섰다. 엘리베이터 안에는 아이를 안고 있는 아주머니와 여중생 한 명과 그 여중생의 아버지로 보이는 중년 남자가 있었다. 나는 아주머니를 헤집고 뒤쪽으로 갔다. 거기서 아주머니가 안고 있는 아이의 눈을 보았다. 티 없

이 맑고 깊이를 알 수 없을 정도의 호수 같은 눈이었다. 한 7층
쯤에서 엘리베이터가 또 한 번 멈춰 섰다. 문이 열리자 내가 아
는 후배 두 명이 타는 것이었다.

그리곤 나에게 고개 숙이며 인사했다. 나는 어색해서 손을
흔들었다.

어느덧 1층까지 내려왔다. 나는 무작정 44번 종점까지 달렸
다. 숨이 가빠 왔다. 역시나 대근이와 성호가 기다리고 있었다.
5분쯤 지나자 기다리던 44번이 왔다. 그러나 우리 학교 학생
들이 많은 관계로 앉을 수는 없었다. 다음 정류소에서 형일이
가 탔다. 형일이는 웃으면서 그냥 지나쳐 갔다. 다음으로 탄 사
람은 요즘 버스에서 자주 보는 J모 양과 그의 친구들이었다. 난
아무 말 없이 학교 앞 정류소에 내릴 때까지 J모 양에게 손을
흔들면서 내렸다. 항상 문을 열어놓던 부산진 서점이 웬일인지
문이 굳게 닫혀 있었고 언제나 작동중인 인형 뽑기 기계는 외
로이 지나가는 사람들의 시선을 받을 뿐이었다.

학교로 올라가는 가파른 언덕길에 한 아저씨가 단과학원에
서 무료로 제공하는 공책을 학생들에게 나눠 주고 있었다. 나
는 받기가 싫어서 옆으로 돌아갔다. 드디어 교문에 도착했다.
그런데 웬일인지 우리 반 담임이신 L모 군(선생님)이 보이지
않았다. 나는 속으로 급한 일(큰 거)이 있어서 잠시 자리를 비
웠나 보다 하고 생각했다. 종이 울렸다. 대근이와 나는 뛰어 올
라가기 시작했다. 하지만 3층에서 조용히 걸어 올라갔다. 왜냐

하면 3층에서 떠들었다간 선생님께 혼나기 때문이었다. 우리 반에 도착하니 아침을 시작하는 종철이의 이야기가 시작되고 있었다. (2000. 3. 29)

"나, 이런 놈이야" – 자기 드러내기

학급도 아주 귀한 모둠살이를 하는 곳이다. 모둠살이가 잘되려면 모둠 사람들끼리 서로 잘 알아야 한다. 식구들 형편, 살아온 내력, 이해하고 인정해 주어야 할 성격 이런 것을 알고 있으면 훨씬 화합이 잘된다.

'나는 내성적이다, 깔끔을 떤다' 하는 식으로 자기 성격을 판단하는 말을 하지 마라. 글을 읽는 사람이 '아! 이 사람은 매우 내성적이구나, 아주 깔끔하구나' 하고 알 수 있도록 글을 써라. 이렇게 하려면 자기 성격이 잘 드러난 일화를 소개해 본다. 가장 슬펐던 일, 친구와 있었던 일, 어릴 적 일, 식구들의 특별한 사정 따위를 말하는 것으로 자기를 드러낼 수도 있다.

지난 시간 우리들은 글쓰기의 바탕이 되는 이론을 공부했다. 똥 누듯이 글을 쓰라고 했지. 그런데 글 쓰는 근본 목적은 무엇인가. 자기 주체를 바르게 세우기 위해서이다. 주체를 세우는 일은 어디서부터 시작할까. 우선 스스로에게 부끄러움이 없어야 한다. 그런데 사실 사람들은 모두 하나같이 자기 나름대로 부끄러움을 가지고 있다. 이것을 드러내 보일 때 부끄러움은 밝은 햇살 아래 알맞게 말라서 자기 주체를 세우는 거름이 된다. 숨기거나 돌아앉아 자기 혼자만 편하게 살자 하면 그 사람은 평생 눅눅한 부끄러움과 거짓을 안고 살아가게 된다.

우리는 자신을 드러내는 일을 시작으로 해서 주체를 세워 나가도록 하자.

"난 이런 놈이야" 부산진고 1학년 김현옥

① 난 내가 싫다. 도저히 나란 놈은 알 수도 없고 이상한 놈이다. 지금은 조금씩 나아지고 있다. 성격이 참 많이 변한 것 같다. 초등학교 1, 2학년 때는 매우 별났다. 학급에 적극적이고 활발했다. 발표도 너무 잘 해 상도 많이 탔다. 그러나 한 계기로 인하여 또 다른 나로 변한다. 국어 시간이었다. 낱말 찾기를 했는데 내가 자신 있게 발표를 했는데 선생님께서 "틀렸어!" 애들이 교실이 떠나가도록 웃기 시작했다. 나에겐 거대한 충격이었다. 그 후부터 자신감도 잃고 학급에 소극적이기 시작했다. 3학년이 될 때 전학을 가게 됐는데 말하기 듣기 시간이었다. 너무나 숫기가 없는 나에게 선생님께서 책을 읽어 보고 느낀 점을 말하라고 하셨는데 말이 안 나왔다. 그러자 선생님이 나오라고 해서 나갔는데 바로 뺨을 힘껏 때리시는 거였다. 너무 세게 맞아 넘어져 울고 있는데 선생님께서 날 일으켜서 계속 시키는 거였다. 어떻게 말을 해 다행히 넘어갔다. 그 이후로 정말 얼굴도 들기 힘들었다. 난 정말 부끄러움이 많았다. 앞에 나와서 말하는 것은 하늘의 별따기보다 더 힘들었다. 발표

하면 얼굴 벌게지고 눈 깜박거리고……. 지금 생각하면 웃음도 많이 나오고 바보 같던 내가 한심하다. 요즘은 내가 놀랄 정도로 많이 변했다. 노래시키면 나가서 멋지게 한곡 하고 부끄러운 것도 없다. 오히려 나서는 편이다(?). ② 난 사랑에 대해선 정말 순진하다. 이때까지 좋아한 여자애가 2명 있는데 고백을 해 보지 못하고 가슴앓이만 했다. 심할 땐 상사병에 걸려 살도 5kg이나 빠진 적이 있다. 난 좀…… 한 사람에게 푹~~~ 빠지는 스타일이다. 정에 약해 누군가 나에게 관심을 보이고 조금 지나면 그 사람만 생각하고 공부도 안 되고……. 정말 안 좋은 거다. 그래서 후회도 무척이나 많이 했다. 또 그런 것 때문에 변덕이 너무 심하다. 너무 순간적인 감정에 휩싸이는 게 많다. 그리고 귀가 매우 얇아서 남의 말을 그대로 받아들여 진짜인 줄 알고 있다가 크게 실수를 할 뻔한 적이 많다. 이번에도 작년에 한 친구랑 사이좋게 지낼 때 누군가 그 애가 별로 좋지 않은 것 같다고 말했는데 그 이후 자꾸 그 말이 생각나고 또 가만히 생각해 보니 그럴듯한 말인 것 같아서 말도 안 했다. 정말 이상하다. 아무리 진짜로 싫어졌다 해도 말을 할 수 있지 않은가. 참…… 그 친구를 많이 좋아했다. 지금도 물론. 난 '동성애자일까?'라는 생각도 해 봤다. 그 친구가 조금이라도 나한테 서운하게 하면 삐지고 가슴앓이하고 상처받고…… 웃긴다. 여자 친구도 아니고 남자 친구가 그러는데. 요즘엔 그냥 인사 정도만 하고 지낸다. 그립다. 옛날에 같이 놀던 시간이 무척 그립다. 이 일로 나에 대해 많이 알게 됐고 또 많이 깨달았다. ③ 난 아버님을 볼 때면 항상 가슴이 아프다. 약해진 아버지의 모습을 볼 때면 눈물이 절로 나온다. 그리고 공부를 정말 열심히 해서 꼭 기쁘게 해드려야겠다는 생각을 가진다. ④ 최근에 난 생각을 정말 많이 했다. 나의 지금 현재 위치는 어디쯤이고 뭘 할 것이며 어떻게 살아갈 것인가…… 또 내가 진짜로 하고 싶은 걸 할 것인가…… 항상 사색을 한다. 아직까진 해답을 다 찾진 못했다. 하지만 분명한 건 난 김현옥이고 가정의 장남이며 진짜 괜찮아질 놈이라는 걸 알게 됐다. ⑤ 이젠 나에 대해서 비판이나 회의를 느끼지 않을 거고 희망찬 나의 미래를 위해 열심히 노력할 것이다. (2000. 4. 12)

합평하면서 나온 이야기

• 단락을 전혀 나누지 않았다. 반드시 고쳐야 할 문제다.

• 그 친구와 함께 있었던 이야기와 짝사랑한 이야기를 좀 더 자세히 하면 좋겠다.

• 현옥이를 알게 되어 기쁘다.

• 상투적인 표현이 있다.

• 한 가지 사건을 자세히 썼으면 좋았겠다. 여러 사건을 설명하듯이 써 놓으니 환하게 드러나지 않는다. 일대기를 쓰려고 하지 마라. 중심 되는 이야기 두세 가지만 해도 충분하다.

고친 부분

• 하늘의 별따기보다 더 힘들었다. → 가위로 쇠를 자르는 것보다 더 힘들었다. (흔히 쓰는 말이라고 지적받고는 이렇게 고쳤는데, 더 어색하게 되어 버렸다.)

• 2명 있는데 → 둘이었는데

• 조금 지나면 → 얼마 지나지 않아 (안 고쳐도 되지 않나?)

• 원래 친구 이름을 적었으나 밝히기가 곤란해서 다시 "친구" "그 친구"라는 말로 고쳤다.

• 단락 나누기는 본문에 번호를 매겼다. (이렇게 나누어 놓은 단락도 맞지가 않지만 그대로 두었다.)

• "난 사랑에 대해선…… 5kg이나 빠진 적이 있다"에 대해서 더 구체적으로 수정해 보았다. → 난 사랑에 대해선 매우 순진하다. 이때까지 좋아한 여자애가 둘이었는데 그중 첫 번째 애는 전학 간 초등학교 같은 반 반장이었다. 내가 처음 전학을 왔을 때 눈에 띄는 애가 있었다. 난 인형같이 예쁘고 잘빠진 여잔 싫고 통통하며 부티 나고 깨끗한 여자애가 좋다. 그 애가 그랬다. 아주 청순하고 깨끗했다. 그래서 혼자 좋아했다. 말은 못 하고 항상 주위를 맴돌았다. 수업 마치고 애들 다 갔는데도 나는 남아서 그 애 자리도 앉아 보기도 하고 실내화를 신어 보기도 하고……. 지금 생각하면 초등학교 때만의 순수함이 정말 예쁘고 그립다. 결국엔 졸업할 때까지 나의 진심을 고백하지 못하고 그렇게 끝이 났다. 두 번째 여자애는 중3 여름방학 때 학원의 같은 반 애

였다. 아…… 이 여자앤 정말 내가 사랑했던 여자다. 난 이 여자
애가 진짜 첫사랑이라고 하고 싶다. 이때 진짜 순수한 사랑이 뭔
지 조금은 알게 되었던 것 같다. 처음에 그 애가 먼저 나에게 이
것저것 물어 보며 관심을 쬐금 보이는 것 같았다. 서로 음악에
관해 얘기도 하고 패션에 대해서도 얘기하고 더 가까워졌다. 그
때 난 편지를 쓰기로 마음을 먹고 형편없는 글 실력으로 CD와
함께 줬다. 내용은 그냥 더 친해졌으면 좋겠다는 내용이었다. 그
리고 좋아한다는 말도……. 얼마 지나지 않아 내가 빌려준 CD
를 돌려주었다. 그 안엔 답장이 들어 있었다. 내용은 'OK!'였다.
하늘을 나는 새가 된 기분이었다. 둘이서 잘 지냈는데 어떤 오
해가 생겨서 그만 헤어지게 되었다. 그 후 난 학원을 끊고 다시
는 못 보았다. 그런데 며칠 전 그 애를 우연히 보았는데 가슴이
두근거렸다. 아직까지 난 그 애만을 사랑하고 있다는 거였다. 난
한때 그 애 때문에 상사병에 걸려 살도 5kg이나 빠진 적도 있다.
요즘도 친구랑 그 애 얘길 하면 가슴이 두근거린다. ^.^

　• 왜 동성애자라는 생각까지 했으며 나에 대해 뭘 알았고 무
엇을 깨달았는지……. → 난 '동성애자가 아닐까?'라는 생각도
해 봤다. 그 친구를 보면 이상하게 막 안고 싶고 아껴 주고 싶고
지켜 주고 싶고 볼에 뽀뽀도 하고 싶고 다 사 주고 싶고……(실
제로 그랬던 것 같다).

　우리가 친해진 뒤 편지를 쓴 적이 있다. 근데 그 이후 조금 어
색해졌다. 그래서 그냥 인사 정도만 하고 그저 그렇게 지냈다.

난 그런 게 그 친구가 날 싫어하는 줄 알고 집에 가자마자 엎드려서 혼자 가슴앓이하고……. 그 때 다른 애들과 노는 걸 보면 질투가 많이 났다. 다른 애들은 날 이상하게 보고 조금 멀리하기도 했다. 지금 내가 생각해도 이상하긴 하다. 하지만 '그런 걸 어떡해…….' 요즘엔 그냥 인사 정도만 하고 지낸다. 그립다. 옛날에 같이 놀던 시간이 무척 그립다. 이런 일로 인해 내게 동성애가 심각하다는 걸 알게 됐고 이제 고치려고 무지(?) 힘쓰고 있다. 또 나의 지나친 사람에 대한 지나친 집착이 오히려 역결과를 낳는다는 것도 알게 되어서 이젠 그러지 않으려고 노력중이다.

• 왜 아버지를 보면 가슴이 아팠고 눈물이 나왔는지에 대해……. → 난 아버지를 볼 때면 무척 가슴이 아프다. 아버지는 겉으로는 멀쩡하시지만 실로 중환자이다. 중2 때 밤에 갑자기 배 아프다고 병원에 갔는데 대장암이었다. 그런데도 아버지께선 그 큰 병을 크게 생각 안 하시고 거뜬히 이겨 내셨다(아직 완치는 안 됐다). 그 후 아버지께서 사업에 신경 쓰시고 여러 가지 일 때문에 머리가 매우 아프시다는 소리를 많이 하셨다. 병원에 갔는데 머리 뒤에 혹이 생긴 거였다. 지금 아버지께서는 2가지의 병을 안고 계신다. 그런데도 내 앞에선 힘들다는 티도 안 내시고 "이젠 아버지 괜찮다"라는 말을 듣는 순간마다 나의 가슴엔 이미 눈물로 흠뻑 젖어 있다. 이런 생각도 한다. '저 병을 조금이라도 내가 가졌으면, 아버지 대신에 내가 좀 아팠으면…….' 또 아프신데도 가끔 쇼핑도 시켜 주시고 운동도 하자고 하시는 아버

지를 볼 때마다 난 아버지 앞에서 고개를 들 수 없다. '아버지께
선 저렇게 우리 가족을 위해 최선을 다하시는데 도대체 난 뭐하
고 있는가?'라고 생각하며…… 난 불효자다. 옛말에 '불효자는
운다'고……. 요즘 아버지 머리카락이 조금 빠지셨다. 너무 약을
많이 드시고 많이 누워 계셔서 뒤에 조금 빠지셨다. 또 다리에
힘도 없으셔서 조금 절뚝거리신다. 그런 아버지의 걸어가는 약
해진 뒷모습을 보면 가슴이 찢어진다.

이상석 부산진고등학교

인물들 모습 생생하게 그려 내는 것부터
자기 이야기 쓰기까지

식구들 이야기 쓰기 - 인물 모습 그려 내기

식구들 가운데 한 사람을 정해서 그 사람을 전혀 모르는 내가 읽어도 그 사람의 성격, 행동, 생각을 환히 알 수 있도록 일화 중심으로 써라. 이것은 식구들에 대한 사랑이 생기게도 하고, 이야기 쓰기 가운데 인물을 드러내는 글쓰기의 바탕 힘이 된다.

쓰기 전에 마음을 가다듬고 곰곰 생각해 보아라. 지난 일을 떠올리며 얘기할 만한 일화가 있으면 메모해라. 메모가 끝나면 글 차례를 어떻게 할지 생각해라. 그리고 써라. 쓰다가 일이 있어 중단해야 할 사정이라면 지금 쓰기 위해 마음속에 일어난 생각을 얼른 메모해 두어라. 나중에 그 메모를 보며 처음 쓸 때의 마음으로 돌아가 이어서 쓰도록 해라.

제목을 보기로 들어 볼까.

술 취해 쓰러진 아버지 / 늘 나와 뽀뽀하는 우리 엄마 / 형, 나의 우상 / 얼른 시집 안 가나, 우리 누나 / 이런 것이다.

온 집안을 뒤엎었던 나의 이야기 부산진고 1학년 이병덕

이 이야기는 내가 중3 말 고등학교 원서를 다 쓰고 나서의
일이다.

난 한번 돈을 모으기 시작하면 끝을 본다. 그래서 중3 시작
할 때부터 난 차곡차곡 돈을 모으기 시작해서 약 여덟 달 동안
20만 원이라는 큰 돈을 내 손에 쥐었다. 여덟 달 동안 돈 한 번
안 쓰고 고생고생 해서 모은 돈이었다. '이제부터 이 돈을 쓸
때가 왔구나' 하는 생각에 하루하루 생활이 즐겁고 재미있었
다. 드디어 원서 쓰는 날. 오늘을 기점으로 '난 새롭게 변한다'
라는 생각에 가슴이 벅차고 설레었다. 학교에서 일 다 보고 집
으로 와서 그날 밤. 누나가 피곤한 고등학교 생활을 마치고 지
친 몸을 이끌고 집으로 왔을 때 난 누나 앞에 서서 오른손에 10
만 원, 왼손에 10만 원 쥐고 "누나! 짠" 하면서 뒤로 감춰 놓았
던 왼손을 앞으로 내민다. 순간 깜짝 놀란 누나. 거기에 덩달아
나의 오른손도 짠 하면서 보여 줬다. 그런 다음의 나의 터프하
고도 멋진 한마디. "총합 20만 원." 누나는 두 눈 똥그랗게 뜨
고 나를 계속 쳐다본다. 그러더니 순식간에 나에 대한 태도가
달라진다. 그러면서 간도 크게 나에게 5만 원이나 빌려 달라는
누나. 난 "어쌔 모은 돈인데" 하면서 절대 빌려 주지 않았다.

누나의 성격을 잘 알기 때문이다. 빌려 달라고 해 놓고 나중

에 갚으라면 "그때 내한테 돈 준 거 아니었나?" 하며 몇 번이나 얼버무리는 누나. 이래서 집안에서 싸움도 많이 일어나 부모님께 혼난 적도 많았다. 그런데 항상 꾸중듣는 건 나였다. 그 이유는 "네가 누나를 이해해 주고 존경해 줘야지" 이거였다. 오직 나이가 나보다 많고 여자라는 이유로.

계속 매달리는 누나에게 이때다 싶어서 화를 버럭 내며 내 방에서 내쫓고 문을 잠가 버린다. 이때까지 누나한테 쌓인 게 한 번에 다 풀리는 순간이었다. 기분이 짜릿했다. 언제 한번 이런 기분을 맛보랴! 이러면서 기분 좋게 잠이 든 나. 그다음 날 일어나서 기분 좋게 학교로 갔다. 원서를 쓰고 난 다음이어선지 일찍 마쳐 주었다. 거기다 그날이 토요일이어서 기분은 날 것만 같았다. 오늘 남포동에 가서 옷 사고 PC방도 가고 애들이랑 같이 노래방도 가고 그리고 내가 태어나서 사상 처음으로 미팅을 나간다는 생각에 난 더욱더 부풀어올랐다. 집에 와서 항상 내가 돈을 숨겨 놓는 곳 학생대백과 사전 3권 333쪽을 펴는 순간 너무 놀랬다. 여덟 달 동안 힘들게 모으면서 이런 날을 상상하면서, 이런 날을 위해서 모은 돈이 깡그리 없어져 버린 것이다. '이게 우째 된 일이고' 하면서 난 미팅이나 오늘 놀기로 한 것 다 취소해 버리고 하루 종일 미친 사람처럼 넋이 나가 있다가도 갑자기 짜증내기도 하고 옥상에 가서 소리를 지르기도 했다. 밤 10시. 누나가 왔다. 그런데 손에 보니 웬 쇼핑백이 너무도 많이 쥐어진 것이다. "그게 다 뭐고?" 이러는 순간 누나는 방으로 뛰어 들어간다. 난 바로 방으로 쫓아 들어가 문을 잠그기 전에 열어서 쇼핑백을 본다. 순간 난 기절할 뻔했다. 그 많은 쇼핑백에 있는 게 전부 다 옷이었기 때문이다. 그래서 난 누나를 째려보며 "이렇게 많은 옷 살 돈을 어디서 구했노?"이러니 "아빠가 줬다." 또 내가 "아빠가 돈을 이렇게 많이 주더나?"이러니 "내가 모은 돈도 있다."이렇게 얼버무리는 누나. 난 "아빠가 오면 알겠지."이러고 나오는데 부모님께서 오셨다. 난 바로 아빠를 붙잡고 "아빠, 오늘 혹시 누나한테 용돈 줬나?"하며 물으니 아빠가 안 줬다고 한다. 그래서 바로 누나 방에 뛰어가서 문을 여니 문이 열리지 않았다. 잠가 놓은 것이다. 난 문을 발로 두들겨 차며 부수려고 했다. 그걸 보고 놀란 부모님은 날 엄청 꾸짖으신다. 난 더 화가 나서 "뭘 안다고 그러는데?"이렇게 소리치고 계속 문을 찬다. 그 바람에 아빠가 나를 말리고 무슨 일인지 내게 묻는다. 그래서 나는 있었던 일을 울면서 다 말했다. 그러니 아빠가 내게 던진 결정적인 심문. "니 문 잠구고 잤다며? 근데 어디로 누나가 들어왔다는 건데?" 난 그 말에 대답 못 하고 아빠한테 꾸중을 듣기 시작한다. 그 사이에 엄마는 누나를 불러낸다. 아빠한테 꾸중을 들으면서도 계속 누나만 죽일 듯이 쳐다봤다. 누나는 엄마한테 무슨 소릴 들었는지 몰라도 화내면서 방안으로 들어간다. 난 아버지의 꾸중을 듣다가도 그런 누나를 보며 "니가 뭘 잘했다고 화내노?"이러면서 죽일 듯이 달려들다가 아빠한테 잡혀서 한 대 맞았다.

기분이 엄청 나빴다. 그리고 나서 아빠는 누나를 잘 타일러 불러낸다. 아빠는 누나한테 내 돈을 가져갔냐고 몇 번이고 물었지만 안 가져갔다고 누나가 말하자 그때마다 난 아빠한테 꾸중을 들었다. 그러나 아버지의 끈질긴 심문 덕택에 누나가 사실대로 돈을 가져갔다고 말했다. 아빠가 돈을 어떻게 가져갔냐고 묻자 새벽에 내 방에 베란다 쪽으로 통한 창문을 통해서 들어와 1시간 동안 내 방을 뒤진 끝에 가져갔다고 했다. 난 그것까진 생각 못 해 아빠한테 꾸중들은 일이 더 큰 짜증으로 다가왔다. 화가 났다. 내가 여덟 달 동안 돈을 쓰고 싶어도 안 쓰고 버텼던 날들을 생각하니 더욱더 화가 났다. 그때 나를 폭발하게 만든 아빠의 한마디. "돈은 이미 썼다는데 쓴 돈이 화낸다고 다시 돌아오는 건 아니니깐 그냥 넘어가자." 이 한마디에 나는 아빠한테 화를 내며 엄청 따졌다. 그러자 누나가 "지금 누구한테 따지고 있노? 니 정신 나갔나?" 이런 말을 하는 것이다. 뻔뻔하게도. 그러자 아빠가 마지못해 내한테 준 5만 원. 난 엄청 화가 났다. 20만 원의 보상으로 5만 원밖에 못 받다니. 그러자 아빠가 "안 받을래? 안 받으려면 말구……." 하면서 다시 주머니에 집어넣으려고 하는 걸 내가 뺏다시피 가져갔다. 내가 순간적으로 무너지는 순간이었다. 이렇게 20만 원 사건은 끝나고 누나가 "돈 가져가서 미안. 다음부터는 안 그럴게. 그리고 앞으로 돈 빌려 가면 꼬박꼬박 다 갚을게." 이러면서 사과하는 누나. 어쩌겠는가? 세상 뒤져봐도 단 한 명뿐인 누난데. 난 사과를 받으면서 이왕이면 기분 좋게 받아 줄려고 웃으면서 사과를 받아 줬다. 그 순간 집안의 분위기가 바뀌어서 집안에 웃음이 만발하였다. 그러고 나서 약 1년 뒤, 내가 고등학교의 찌든 생활을 마치고 돌아오니 누나가 내 앞에서 갑자기 헛기침을 하더니 돈 15만 원을 내 앞에 보여 주는 것이다. 순간 '헉' 했지만 그리 관심을 나타내지 않는다. 왜냐하면 돈이 사람을 사람답지 않게 만든다는 것을 지난 일을 통해 알고 있기 때문이다. 하지만 누나가 나에게 하는 말이 "이거 내가 고3 여덟 달 동안 하나도 안 쓰고 모은 돈이다. 내가 20만 원 정도 모았으면 니한테 10만 원은 줄 건데 내가 돈 좀 써서 15만 원 모았다. 자 8만 원" 하면서 내게 건네는 것이다. 너무 기분이 좋았다.

이 글을 쓰면서 내가 하고 싶은 말은 돈에 미련 갖지 말자는 것이다. 돈이란 때때론 사람을 기분 좋게 만들 수도 있겠지만 돈 때문에 사람이 짐승처럼 변하는 경우도 더러 있기 때문이다. 지금 이 사회 자체가 그렇게 변하지 않았나 싶다. 돈이란 것에 정신을 잃고 쫓아다니면 그 사람은 그때부터 사람이 아닌 짐승으로 변하는 것이다. 그러므로 돈에 미련 갖지 말자.

(2000. 4. 11. 화)

일해 보고 글쓰기 - 행동, 표정 그려 내기

우리 반 급훈은 '일하는 삶'이다. 도시의 교실에서 일할 거리가 무엇 있겠는가마는 청소라도 열심히 하려고 한다. 기회가 닿는 학생들은 함께 농촌 봉사 활동도 갔다. 하지만 삶의 바탕에 자연과 일이 없으니 아이들이고 나이고 온전한 삶을 살지 못하고 있는 꼴이다. 이것에 대해서는 다음에 말하기로 하고, 그래도 일을 하는 즐거움을 맛본 것을 글로 써 볼 수밖에 없다. 나는 이렇게 말했다.

"어제 우리 반이 대청소를 했지. 참 즐겁게 뜻있는 시간을 보냈다고 생각할 거야. 오늘 이 시간에 그 청소한 이야기를 글로 써 보자. 나도 어제 너무 행복해서 꼭 글로 남기고 싶어. 너희들도 많은 생각을 했을 거야. 감흥이 사라지기 전에 한번 써 보자. 쓸 때는 하게 된 과정, 시작 전의 생각, 시작하고 나서 친구들의 모습, 선생님 모습, 내가 한 일, 분위기, 느낌, 생각 이런 것들을 설명하려 하지 말고 상황을 그려 내어 보자. 물론 마치고 난 뒤의 생각이나 느낌도 드러내야지."

이 글을 쓸 때는 사람들의 동작과 표정을 잘 살려 쓰라고 했는데, 아이들이 일하는 즐거움에 흥분했는지 감정이 앞서 있는 글이 많았다. 나도 그랬다. 아이들이 그렇게 신나게 일을 할 줄 몰랐기 때문이다.

나도 아이들과 함께 글을 썼다. 함께한 일을 두고 글이 어떻게 달리 나오는지도 견주어 보게 했다. 하지만 무엇보다 소중한 것은 일을 하면서 숨어 있던 아이들의 아름다운 모습을 보게 된 것이다. 한동안 마음이 훈훈하게 열리는 듯했다.

진정한 모습으로 돌아갔다! 2학년 2반! 김기석

대청소 날!

학급회의 결정에 따라, 결정됐다가 미뤄진 대청소를 하는 날이 왔다.

빨리 해치우고 돌아가자는 식의 아이들, 죽을 똥한 표정을 지으며 싫음을 표시하는 아이들, 야유와 같은 소리를 지르는 아이들, 한숨을 푹푹 쉬는 아이들. 나도 오후에 컴퓨터수업에 늦지 않을까? 내심 걱정도 하며 6교시까지 보냈다.

드디어 청소!

애들은 청소 도구를 제각기 들고 각자의 위치로 갔다. 청소 도구가 없는 애들과 하기 싫어하는 애들은 복도에서 서성거리며 교실 청소를 구경하고 있었다. 빗자루로 쓸고, 창문을 떼어 내서 묵은 때도 벗겨 내고, 나도 걸레를 가지고 창틀을 닦았다. 담임 선생님께서 세제 가루를 풀어 수세미에 묻혀 청소하자, 애들도 물을 묻혀 가며 열심히 바닥과 벽을 문질렀다. 청소가 싫어서 싫증을 내던 애들도 어느새 교복 웃옷까지 벗고 와이셔츠를 걷어 올린 후 얼굴이 벌게지고 열이 나고 땀이 날 정도로 열심히 하고 있었다. 내심 이 애들이 아침의 그 애들이 맞나? 할 정도였다. 열심히 청소하고 있는데, 카세트를 가져와 음악을 틀어주었다. 신나는 가요. 모두들 이제는 적극적으로 나서서 하기 시작했다.

어떤 애는 수세미를 반으로 나누어서 닦아 대고, 어떤 애는 다른 애가 쓰는 청소 용구를 빼앗아 가며 말이다. 화장실 청소를 하는 애들도 정말 열심이었다. 세제 가루를 가져와 소변기와 대변기의 누른 때 찌꺼기를 빼고 세면대와 창을 반짝반짝 닦아 놓아 주었다. 모두들 축축이 젖었고, 겉으론 툴툴거리는 아이들이 많았으나 얼굴은 모두 웃는 얼굴이었다.

청소가 거의 다 끝날 무렵일까? 선생님께서 우리에게 짜장면을 사 주시겠다고 하셨다. 나는 너무 고마웠다, 아이들도 갑자기 함성을 지름, 얼굴에 더욱 즐거움이 가득해졌다. 그때 나와 같이 창문 청소를 하던 한 애가 "뭐라는데?"라고 물어왔다. 못 들었나? 확인하는 것인가? 나는 선생님이 말하신 "짜장면 소식"(?)을 설명해 주었고, 그 애들은 교실 안 애들처럼 웃으며 걸레질에 정성과 힘을 더했다.

그때 3학년 선생님과 목공소 아저씨가 올라온다. 시끄럽고, 물이 새는지 화난 듯한 얼굴. 하지만 우리들이 옷 벗고 팔까지 걷어붙이며 열심히 일(청소)하자, 놀란 듯한 얼굴빛이 나타났다. 3학년 선생님은 그냥 작게 경고만 주고는 그대로 내려가셨다.

곧, 신문지로 물기를 닦아낼 때 화장실 청소도 끝이 났나 보다. 모두들 청소 도구를 정리하고 쓰레기통을 비웠다. 모두들 힘든 기색이었지만 입가엔 부정할 수 없는 웃음이 묻어 나왔다. 나도 즐겁고 상쾌했다. 우리는 오늘 하루 일을 하며 서로의 진정한 모습으로 돌아가 서로의 진정한 모습을 보게 된 것이다. 책상을 들여오고, 모두들 자리에 앉았다. 긴 청소가 끝난 것이다. 모두들 웃었다.

남이 보면 '이상하다' 할 정도로 신나게 웃고 있다. 모두들 서로에게 박수를 쳤다. 다른 이에겐 어떤 의미의 박수인진 모르지만, 나에게 있어선 서로의 본 모습을 보게 된 계기가 되어 기쁨의 박수였다.

곧 이어, 아까 시킨 짜장면이 들어왔고, 모두들 함성을 질렀다. 배달원 아저씨가 엄청 놀라고 당황해한 모습, 잊을 수 없을 거다. 모두들 담임 선생님께 "감사합니다" "잘 먹겠습니다"라고 말한 뒤 맛있게 먹었다. 먹고 돌아가는 이들의 얼굴은 함박웃음이 가득했다. 나는 친구와 함께 선생님과 마지막에 먹게 됐다. 컴퓨터 약속도 걱정됐지만, 청소 후의 즐거움 때문에 약속의 걱정 따윈 그리 크게 느껴지진 않았다.

선생님은 배달 때, 소주를 추가 주문해서 드셨다. 선생님의 소주 마시는 모습 "쭈주죽 쭈주죽!" 그리고 시원한 마무리 "캬아 시원타!" 나는 속으로 웃었다. 울 선생님은 정이 넘치는 분이구나…….

모두들 짜장면을 먹었고, 한두 사람씩 나와 선생님께 소주를 드렸고, 두어 명은 선생님께서 따라 주신 소주를 조심스레 받아 먹기도 하였다. 서로의 진정한 모습을 알게 되자, 마음이 포근해져 왔다. 개인의 일 때문에 나와야 했지만, 서로의 노력한 모습을 보게 된 후 가는 것이 죄가 되는 것처럼 느껴져서 조금

더 기다렸다가 나왔다. 후에 남은 애들의 말로는 군만두까지 시켰다 한다._ _ ++(발끈)

어쨌든, 이번 대청소는 우리 2학년 2반 교실이 새로 태어나면서 서로서로 진실한 인간이 되는 날이었다.

2학년 2반의 진정한 모습으로 깨어난 날!

일하면서 느끼게 된 우리의 마음들…….

담임 선생님께서 의도하신 계획이 바로 이게 아니었을까?

(2000. 4. 24)

"나 어릴 적에" / 자라온 이야기 쓰기 – 줄거리 세우기

앞에서 글감으로 준 것들이 사실은 자라온 이야기와 연관이 있는 것들이다. 이제는 큰 사건을 중심으로 자기가 여기 이 자리에 이런 모습으로 있게 된 까닭을 밝혀 보자고 했다. 이런 글을 써 보면 한 사람 한 사람의 역사가 얼마나 귀중한 것인지 깨닫게 된다. 또한 자기의 지금 모습이 반드시 그렇게 될 어떤 연유가 있었구나 하는 것을 발견하게 된다면 더없이 좋은 일이다. 이것을 바탕으로 어떻게 살아갈 것인가 하는 앞날을 설계할 수 있기 때문이다. 이런 과정을 거치면서 글쓰기회에서 하고자 하는 '삶을 가꾸는 일'을 하게 되는 셈이다.

내가 살아온 길

내가 살아온 시간은 18년밖에 되지 않는다. 하지만 그 18년은 남들과 달랐다. 그래서 절망했던 시간도 있었다. 이제는 점점 어른이 되어 가는 내 모습을 보면서 지금까지 살아온 세월이 끔찍하기도 하고 후회가 되기도 한다.

나는 어려서부터 어머니가 계시지 않았다. 물론 처음부터 계시지 않은 것은 아니다. 어렴풋한 기억으로 6살까지는 어머니가 계셨던 것으로 기억한다. 그때까지는 아버지의 사업도 잘되어갔고, 퍽 풍족한 삶을 살았다. 하지만 아버지의 술주정을 견디지 못한 어머니는 집을 나가셨고, 그런 후로는 소식을 들을 수가 없었다.

어머니와 헤어진 건 7살 때 여름이었던 것 같다. 외할머니와 이모가 밀양에 있는 큰집에 가자고 해서 아무 생각 없이 따라나섰는데 그때 어머니는 없었다. 시골에 가서 할머니와 외할머니께서 얘기를 하시는 동안 나는 사촌들과 놀고 있었는데, 숙모께서 갑자기 나를 부르셨다. 그래서 가 보니 외할머니와 이모가 가셨다고 따라가라는 것이었다. 어린 마음에 겁이 나서 한걸음에 달려간 후, 외할머니의 손을 잡았더니 뿌리치시는 게 아닌가! 그때까지만 해도 아무것도 몰랐던 나는 계속 매달렸고, 이모는 그런 나를 핸드백으로 때리고 밀치며 친할머니께 돌아가라고 소리를 질렀다. 황당해서 멍청하게 서 있던 나를 버려두고 그렇게 그 사람들은 떠났다. 뒤에 안 일이지만 그때 이미 아버지와 어머니는 이혼하신 상태였고, 아버지의 사업이 실패한 직후였다.

나는 그때 별로 상처를 받지 않았는데 아버지는 아니셨나 보다. 매일 술을 드시고, 다른 사람에게 술주정을 하시거나 싸움을 해서 유치장에 드나드는 일이 많아졌다. 자연히 아버지는 나를 돌볼 수가 없었고, 그때부터 여러 친척들의 집을 전전해야만 했다. 그때부터 친척들에게 듣고, 할머니께 들어서 어머니가 떠난 이유와 내 처지에 대해 생각하게 됐다.

그때부터 난 아버지와 어머니, 둘 다를 증오하기 시작했다. 아버지는 어머니를 괴롭혀서 떠나보낸 사실이 미웠고, 어머니는 어떤 이유가 있든 아들을 버렸다는 사실이 미웠다. 그래서 어린 마음에 온갖 나쁜 생각을 다 했지만 아버지는 너무 불쌍하다는 생각이 들었고, 얼마 후엔 어머니란 사람의 얼굴도 생각나지 않을 만큼 미움도 안타까움도 다 없어져 버려서 어느 정도 마음이 편안해졌다.

그렇지만 가난하게 사는 건 너무도 싫었다. 단칸방에 단벌옷을 입고 어쩌다 한 번 새 옷이 생기면 너무 좋아했지만 사촌들의 집에 놀러 가선 기가 죽지 않을 수 없었다. 그래서 언제부터인지 말이 없어졌고 침울한 성격이 되어서 지금까지도 고칠 수가 없다.

그런 나 때문에 할머니까지 친척들의 눈치를 보며 지내셨다. 할머니는 내가 세상에서 가장 사랑하는 사람이다. 그래서 할머니 때문에 나쁜 길로 빠지지 않은 것 같다. 할머니는 아버지와 나 때문에 많이 상처를 받으셨다. 특히 아버지 때문에 많이 늙으신 것 같아서 아버지를 미워한 적도 많았다.

이제는 아버지를 사랑하지도 미워하지도 않고, 어머니를 그리워하지도 미워하지도 않는다.

두 삶에 의해 태어난 나이지만 두 사람이 가장 큰 상처를 줬다. 그래서 용서할 수도 미워할 수도 없다. 앞으로는 두 사람을 용서할 수 있는 넓은 마음이 생겼으면 좋겠다. (2000. 5)

우리가 느낀 자연 - 자연을 볼 줄 아는 눈뜨기

우리 학교에서 건너다보이는 산은 부산에서도 빼어난 아름다움을 지니고 있다. 그 산에 봄이 무르익고 있었다. 이 좋은 계절이 가기 전에 얼른 아이들에게 자연의 아름다움과 그 깊은 뜻을 깨우쳐 주고 싶었다. 그런데 아이들은 자연에 대해 너무 둔감하다. 어떻게 할까. 분위기를 잡아 얘기했다.

"오늘은 지난 시간에 말한 대로 '우리가 느낀 자연'에 대해 글을 써 보자. 그런데 이 도시 한복판에서 하루 종일 땅 한번 밟아 보지 못하고 살아가는 여러분에게 자연과 나눈 감정을 써 보라고 하는 것이 무리인 것 같아. 무슨 자연을 느낄 수 있겠는가 싶어. 도시 문명은 이렇게 우리에게 자연을 빼앗아 버린 것이지. 자연을 빼앗기면 사람의 감각도 함께 죽어서 사물에 대한 느낌도 없어져. 옛날 인디언들은 지금 현대 과학이 천체망원경으로라야 볼 수 있는 별들을 맨눈으로 볼 수 있었다고 해. 100리 밖에서 묻어오는 비구름을 바람결에 느끼기도 했고 풀 한 포기, 짐

승 한 마리의 보이지 않는 움직임마저도 알아차렸다니!

그런데 우리가 아무리 도시 문명 가운데 살고 있다고 해도 다행히 우리에게 자연이 아주 없는 게 아니야. 사실은 천지 사방이 다 자연이야. 아파트 집을 나서 보면 시멘트 틈 사이로 뾰죽히 올라온 풀잎도 있고, 새끼손톱만 한 노란 꽃잎도 보여. 아주 큼직한 화단도 있고 나무도 있지. 벚꽃이 핀 거리를 걸어오다가 동무의 어깨 위에 내려앉는 꽃잎도 보았을 테고, 우리 교실 옆 변소 창틀에 알을 품고 있는 비둘기도 있어. 그 비둘기는 어쩌자고 그런 곳에서 알을 품어야 하는지.

나는 점심 먹고 나면 학교 앞산에 올라가 한 시간 정도 숲 속을 거닐고 또 공동묘지 가운데로 난 길을 걷기도 해. 어떨 땐 좀 으시시하기도 하지. 그러다가도 생각해. 나도 머지않아 이렇게 묻혀 누워 있든지 한 줌 재로 뿌려질 것을……. 그렇게 한번 갔다 오면 참 기분이 좋아. 자연에서 얻는 힘이 있는가 봐. 소각장 옆으로 가서 마주 보이는 백양산을 한번 봐. 얼마나 좋은가. 온산이 파스텔로 그린 듯이 봄빛을 담고 있어. 연둣빛은 또 얼마나 생기를 주는지. 그 빛깔을 보고 있으면 내 마음에도 말랑말랑한 연둣빛이 스며드는 것 같아. 보드랍고 촉촉한 연둣빛이.

이뿐인가. 교문에 들어서면 보이는 소나무 한 그루가 얼마나 아름다워. 한 100년 자라면 저기 운문사 그 소나무처럼 도인의 모습이 될 거야. 건물 새로 짓겠다고 어느 놈이 전기톱으로 쓰윽 밀어 버릴까 그게 걱정이야.

오늘처럼 비가 오는 날엔 어때. 저 비를 보고 있으면 마음에 이는 느낌이 없을 수 없지.

그저께던가. 텅 빈 운동장에 봄 햇살이 가득할 때 어떤 아이가 그 햇살 아래 벌렁 누워 있는 것을 보았어. 운동장 가운데 그렇게 누운 아이가 봄 같았어. 바로 봄이었어. 봄을 그 아이한테서 느낄 수 있었단 말이야. 이렇게 우리는 이 삭막할 것 같은 도시에서도 자연을 느낄 수 있지.

자. 오늘 이 시간에는 여러분이 생활하면서 어떤 순간에 자연을 느꼈는지, 어떤 느낌이었는지, 이것을 한번 써 보자.”

거듭해서 이런 말도 덧붙였다.

“눈을 뜨고 있어도 마음의 눈을 뜨고 있지 않으면 보지 못한다. 이 말을 명심해라.

글쓰기를 처음 시작할 때 너희들에게 학교 오는 길을 써 보라고 했지. 그때 난감한 사람도 있었을 것이다. ‘아침에 일어나 학교로 왔다.’ 단 한 줄로 끝낼 글을 길게 쓰라니 무얼 쓴다는 말인가. 그러나 마음의 눈을 뜨고 온갖 사물과 현상과 사건에 관심을 가져 봐라. 쓸거리는 너무나 많다. 보기를 들어 보자.

내가 지난 학교에 있을 때인데, 그 학교 정문 들머리에 매화나무가 있고 서무실 앞 화단에는 모란이 함지박만 한 꽃을 붉게 피우고 있었어. 그런데 수업 시간에 ‘광야’란 시를 배우며 매화를 본 사람? 하고 물었지. 아이들 대부분이 매화를 못 봤다고 해. 그럼 모란이 피기까지는 할 때 모란은? 하고 물으니 어떻게 생겼는지 모른대. 화투짝 육인지 구인지가 모란일 거란 아이도 있고.

이렇게 우리는 눈을 뜨고 있어도, 마음의 눈을 뜨고 있지 않으면 보지 못해. 우리 눈앞에 펼쳐져 있는 세상에는 수많은 것들이 있지만 우리는 보지 못하고 지나가지.

관심을 갖는 것이 이토록 중요하다. 실버들이 피고, 자목련이 피고, 진달래 움이 트고, 먼 산의 색깔도 변해 가고 있다. 이것을 볼 줄 아는 눈이 있어야 해.

자연을 보는 눈뿐만 아니다. 이 사회가 돌아가는 모습, 식구들의 마음, 친구가 마음앓이를 하고 있는 일 이런 것을 볼 줄 아는 눈이 있어야 한다. 너희들이고 나고 눈을 뜨고 있지 못한 것 같아. 우리 눈을 뜨고 살자. 눈을 떠.

글을 읽을 때 감동을 받는 것은 남이 보지 못한 것을 보았구나 싶을 때야. 눈을 떴을 때 글은 풍성해진다. 이것도 결국 자기 삶의 변화에서 비롯되는 것이지.

에이, 내가 좀 흥분했지. 내 이제 입 다물게. 자 그럼 진짜 한번 써 보자."

풀 김형일

오늘도 구수한 된장이 들어 있는/ 장독대를 지나간다.// 시멘트 바닥을 삐져나온/ 풀과 꽃들// 어느 누가 거들떠보진 않지만/ 또 때가 되면 자라고 진다.// 빨간 장미보다 예쁘진 않지만/ 가시 돋은 선인장보다/ 강하진 않지만// 비가 오나 눈이

오나 바람이 부나/ 아무 말 없이 있다.// 아무 이름 없는 잡초
라서/ 아름다운 미색에 즐거움을/ 아무에게 주지 못하지만/ 꼭
그곳에만 피어 있어// 나에게만은 강인한 생명력에/ 신비를 준
다. (2000. 4. 30)

　자연을 쓴 글은 아이들이 아예 쓸 줄을 모른다. 내가 너무 이
야기를 많이 한 탓일까. 그렇지는 않은 것 같다. 아예 써내지 않
는 아이가 태반이고 썼다고 내놓는 글도 한결같이 너무나 유치
하다. 자연과 교감이 전혀 이루어지지 않는다. 나는 너무나 실망
을 해 몇 번이나 다시 써 보라고 했지만 안 된다. 이때쯤부터 글
쓰기에 싫증이 나기 시작했을까. 사실 아이들은 시들해하고 있
었다. 수학여행 날이 다가오고 있었고 딴 반은 다 일찍 가는데
우리 반만 늦다면서 불평도 나오고 도망가는 아이들도 생기기
시작한 것이 이때부터이지 싶다.
　여기 내보인 글도 아주 유치하다. 그런데 김형일이란 아이는
좀 남다르다. 아주 주먹잡이로 소문이 나 있었던 아이다. 실제
사고도 많이 저질러 몇 번이나 퇴학 고비를 넘기기도 했다. 이
아이가 그래도 이렇게 써내어 내가 얼마나 반가웠는지 모른다.
짜장면집을 하는 집이니 장독대가 크겠지. 구수한 냄새도 났을
테고. 그 옆에 잡초가 나 있었을 것이고 잠시 생각을 해 보았겠
지. 그걸 쓴 것이리라. 나는 마지막 부분 "아무 말 없이 있다"고
한 부분이 좋았다. 형일이에게 남 흉내 내지 말고 네 생각만 추

려 보자 하고 고쳐 써 보았다.

풀

오늘도 구수한 된장이 들어 있는
장독대를 지나간다.

시멘트 바닥을 삐져나온
풀과 꽃들

어느 누가 거들떠보진 않지만
또 때가 되면 자라고 진다.

비가 오나 눈이 오나 바람이 부나
아무 말 없이 있다.

2학기 때 해 볼 글감

• 자기 생활 가운데서 가장 행복한 일, 즐거운 일, 뜻있는 일을 한 가지 잡아서 자세하게 낱낱이 그려 보기.

• 서너 사람이 모둠이 되어 서로 기쁜 일, 슬픈 일, 재미난 일을 이야기한다. → 동무의 이야기를 3인칭 시점으로 해서 글을 쓴다. 듣고 난 느낌, 생각도 곁들여 쓴다.

• '화랑의 후예'를 읽고 → 황 진사와 성격이 비슷한 인물을 우리 반 아이들 가운데서 찾아서 그 아이의 특징이 드러나도록 써 보기.

• 나의 사랑 이야기 → 전임 학교에서 1, 2학년을 맡았을 때 모둠일기를 썼는데 가장 많이 쓴 글감이 이것이었다. 아주 긴 사연을 끝없이 풀어 간 아이들도 많았다. 꽃다운 청춘에 어찌 사랑 이야기가 빠지랴.

• 거짓말한 일, 남 속인 일, 남에게 속은 일, 억울하게 당한 일, 숨기고 있었던 부끄러운 일 쓰기.

• 자기가 다니는 길을 그린 듯이 자세하게 써 보기.

• 말하는 것 듣고 그대로 옮겨 쓰기 → 동무, 식구들의 말투나 행동 묘사하기, 독특한 말투, 사투리 살리기.

• 아버지의 삶과 어머니가 살아오신 이야기 → 이야기 들은 것 + 내가 겪고 본 것 쓰기 → 작은 전기가 될 수 있도록.

• 선생님의 모습 자세히 그리기 → 그 사람의 생각, 교육관, 버릇, 말투, 특이한 행동, 내가 바라는 교사의 모습과 견주면서 이런 것이 다 드러나도록.

• 한 인물의 전형을 마련해서 그 인물이 벌이는 사건, 행동, 대화, 생각 따위를 그 성격에 맞도록 그려 보기.

• 한 인물을 설정해 놓고 그 인물이 마음대로 활동하게 하라. 단, 그렇게 활동할 수 있는 근거가 있어야 한다. 갑자기 하늘을 날고, 갑자기 아름다운 여인이 그 사람에게 막무가내로 매달리

게 해서는 안 된다는 것이다.

• 만화의 주인공, 영화의 주인공은 독특한 성격을 지니고 있다. 아버지의 독특한 성격이 드러나는 일화가 없는지 곰곰이 생각해 보고 그것을 써라.

이상석 부산진고등학교

겪은 일을 생생하게,
주고받은 말 살려 쓰기

글쓰기에 앞서 보기 글을 읽어 주다가 잠시 멈추고, "이 부분 어때요?" "뭐 느끼는 게 없나요?" "다시 들어 봐요." 하면서 어느 한 도막을 다시 읽어 주기도 한다. 그 가운데 하나가 주고받은 말을 잘 살려서 쓴 곳이다. 주고받은 말은 자기가 실제로 겪은 일을 그대로 되살린 말이기에, 남의 말을 흉내 내거나 그럴싸한 말로 다듬거나 할 필요가 없다. 주고받은 말을 되살려 쓰는 활동은 사실을 정확하게 붙잡는 힘을 길러 준다. 사실을 정직하고 정확하게 붙잡은 글이라야 그 일로 우러난 느낌이나 생각이 참되고, 읽는 사람도 '참 그렇구나' 하고 가슴에 와 닿게 된다. 아이들과 정직한 글쓰기를 하는 까닭이 여기에 있다고 하겠다.*

다음은 자라온 이야기 쓰기 시간에 쓴 고등학생 글이다.

---

* 이오덕 《글쓰기 어떻게 가르칠까》 보리 95쪽 참조

아직 겨울의 기운이 가시지 않은지 노을은 빨리 어둠에 잡아 먹혔다. 어둠은 그제야 배가 불렀다는 듯이 아빠를 토해 냈다.

"삑삑……삑……삑"

현관문 락도어를 여는 소리가 난다. 두 살 밑에 동생과 나는 소리를 듣고 뛰어가 아빠를 마중한다.

"안녕히 다녀오셨어요?"

아빠는 내 다리보다 작은 한 쪽 다리에 보조기를 채웠지만, 항상 하얀 얼굴에 잔잔한 미소를 달고 있다.

(부산 성도고 2학년 안종은 '감자탕'의 한 부분)

중학생 때부터였나. 이런 생각을 갖게 된 것은. 생각 자체를 하게 된 것은 더 오래 전의 일이지만, 몸소 실천해 본 것은 그 때부터리라. 주마등처럼 스쳐가는 기억들이 동공을 흔든다. 그 떨림은 오래 가지 못하고 조금 뒤편으로 움직인다. 몸의 온 신경을 귀에 집중한다. 눈에서의 떨림이 귀에게로 온다. 고막이 떨린다고 생각한다. 들려오는 것은 숨소리. 두 개의 숨소리와 자동차 소리. 멀리서 들려오는 술주정. 규칙적인 숨. 침을 꿀꺽, 하고 삼켜보지만 입 안은 이미 말라붙은 지 오래다. 팔을 뻗어 스탠드의 버튼을, 달칵. (부산 화명고 2학년 이준헌 '콘센트'의 한 부분)

글을 좀 쓴다는 아이들은 이렇게 멋 부리길 좋아한다. 그런데 "노을은 어둠에 잡아먹혔다" "어둠은~아빠를 토해 냈다" "잔잔

한 미소 "기억들이 동공을 흔든다" 하는 말은 아이 말이 아니다. 전문 작가들 흉내를 내 본 것들이다. 사실을 붙잡은 말이 아니라 머릿속에서 꾸미고 다듬은 말이다. 가슴에서 우러난 느낌과 생각이 아니기에 그럴듯하기는 하나 깊은 울림은 없다. 이런 글을 쓰는 아이일수록 주고받은 말을 그대로 되살려 쓰는 지도가 꼭 필요하다.

서사문 쓰기에서 주고받은 말 살려 쓰는 지도는 빼놓을 수 없다. 서사문에 주고받은 말이 들어가면 글이 생생하게 살아 있어, 읽는 사람을 이야기 속으로 빨려 들어가게 만든다. 아래 보기로 든 글 ㉮와 ㉯는 둘 다 학교 폭력으로 상처받은 이야기다. 그런데 ㉮는 주고받은 말을 살려서 상황을 자세하게 그렸다. 글을 읽어 보면 마치 옆에서 지켜보는 듯이 생생하다. 이렇게 주고받은 말을 되살려서 글을 쓰면 자기가 겪고 부딪힌 일을 객관으로 보게 된다. 감정에 치우치거나, 섣부른 판단을 내리지 않고 보고 듣고 겪은 대로 글을 쓰게 된다.

그런가 하면 ㉯는 주고받은 말이 전혀 없이 처음부터 사건을 설명해 내려갔다. 아직도 꽁한 상처가 아물지 않고 남아 있다. "엇나갔던 놈" "이런 쓰레기들" 하는 말에 억울한 감정이 그대로 묻어난다. 그리고 마지막에는 학교 폭력에 강력한 처벌과 대응이 필요하다는 주장까지 펼쳤다. 그러다 보니 서사문이 되지 못하고 말았다.

㉮ 난 묵묵히 언니들을 따라나섰고 도착한 곳은 예상했던 무용실 샤워장이었다. 난 마음속으로 '내가 잘못한 게 없는데 피할 이유가 없지. 언니들한테 내가 아니라고 말하면 그만 아닌가.' 생각하고 들어갔다. 그런데 이게 웬일인가? 교실에 없던 애들이 그곳에 다 모여 있었던 것이다. 아이들은 맞았는지 전부 고개를 숙이고 울고 있었다.

"어제 니가 쌤한테 꼰질렀제?"

"아니요."

"저년 봐라. 우리가 다 알고 왔는데 어디서 구라까노."

"저 진짜 아닌데요."

"니가 아니면 누군데?"

"그야 저도 모르죠."

"야, 근데 니 미쳤나? 어디서 눈 치켜들고 지랄이고? 눈 깔아라."

"언니들이 뭔가 오해하고 계신 거 같은데, 저 진짜 아니거든요."

짝. 언니 중 한 명이 내 뺨을 때렸다. 순간 너무 놀란 나머지 나는 나를 때린 언니를 쳐다보았다. 당연히 이유 없이 맞아서 그 사람을 쳐다보는 표정이 좋을 수가 없었기에 나의 얼굴 표정이 그 언니들을 더 화나게 했다.

"이 미친년 봐라. 니가 지금 내 꼬라보면 우얄건데? 눈 안 까나?"

다시 짝. 손이 올라왔다. 난 너무 화가 나서 견딜 수가 없었다.

"언니들 지금 뭐 하는 건데요. 왜 때려요? 말로 하면 될 것을 왜 때리고 그래요. 저 팔에 기부스 한 거 안 보여요? 저 퇴원하고 학교 온 지 이틀밖에 안 됐거든요? 그런데 이렇게 막 때려도 되는 거예요?"

하고 대들어버렸다. 그런데 오히려 내가 한 말은 역효과를 불러일으키고 말았다. 그도 당연한 것이 그 상황에서 그렇게 말을 했다는 것은 맞고 싶어 죽겠으니 더 때려 달라는 말밖에 안 된다.

"니 몰랐나? 니 왼쪽팔 마저 부러뜨리려고 데리고 온 건데."

하면서 내 바로 앞에 서있던 언니가 내 복부를 발로 찼다. 그렇게 구타는 시작되었던 것이다. 난 어쩔 수 없이 맞을 수밖에 없었다. 소리를 질러도 달려와 줄 사람은 아무도 없었다. 아팠다. 너무 아팠다. 태어나서 그렇게 많이 맞아보기는 처음이었다. 그렇지만 눈물이 나지 않았다. 아니, 눈물이 나려는 것을 이를 악물고 참았다. 그렇지만 계속되는 구타 속에 결국 언니들 앞에서 눈물을 보일 수밖에 없었다.

(부산상고 3학년 박미숙 '바뀌어 버린 내 생활'의 한 부분)

㉯ 처음에 세 명이 조짐을 보였다. 처음에는 그리 신경 쓰지 않을 정도였으나, 어느새 다른 반에서까지 와서는 책상이나 의

자를 쌓아 놓거나, 가만히 있는데 갑자기 치거나, 뭘 빼앗거나, 심지어 급식 반찬을 섞고 휴지를 막 뿌리는 것이었다. 게다가 10명도 넘어 저항조차 못했다. 쉬는 시간에는 교실 문을 막거나 했기 때문에 교무실로 갈 수도 없다가 어느 날 간신히 빠져나와서 학교 폭력 신고를 하였다. 누군가 급식 때 일을 동영상으로 촬영했던 자료가 있었기 때문에 그때까지의 일은 몽땅 까발려졌다. 가해 학생 두 명은 전학을 갔고, 또 다른 두 명은 부모님까지 오시고, 집에까지 찾아와서 사죄를 하였다. 이 사건 때문인지 이후에는 가해 학생 두 명은 나한테 접근하지 않았다. 하지만 그럼에도 이후에 크고 작은 일들은 계속 생겼다. 그때마다 아이들이 달라지면서 말이다.

중3 때 문제가 컸던 사건은 아직 생생하다. 단 한 명이었는데, 일진 정도는 아닌 것 같지만 꽤 엇나가던 놈으로 기억한다. 욕설로 시작해 진짜 폭력 행사를 하자 나는 저항했고, 그때 선생님이 와서 교무실로 갔지만 내가 오히려 때린 것처럼 되었다. 내가 맞았다고 봐야 하건만, 어이가 없어 말도 나오지 않았다. 정작 가해자 본인은 태평했다. 대체 이런 쓰레기들이 얼마나 많은가 싶었다.

나는 이 이야기를 그리 쓰고 싶지 않았지만 학교 폭력의 심각성에 대해 당사자로 알리기 위하여 나는 이 이야기를 꺼내게 되었다. 일어나서는 안 되는 일이 일어나고 있는 것에 대해서 아주 강력한 처벌과 대응이 필요하다. 사실 '학교폭력 예방

교육'도 정작 봐야 할 애들은 안 보고 무시한다. 이런 일에 대해 다시 체벌을 시켜야 할 수도 있다. 또한 피해자는 분명히 피해자이며 잘못이 없다는 점을 인식시켜야 한다. 괴롭힘 당하는 것을 피해자 탓으로 돌리는 것은 끔찍한 결과를 낳을 수 있다. 학교 폭력이 사라지기를 바란다.

(연제고 1학년 김○○ '폭력'의 한 부분)

글을 쓸 때 주고받은 말을 살려서 쓰라고 하면, 주고받은 말만 늘어놓기 쉽다. 주고받은 말 사이사이에 마음속으로 한 말이나, 속마음을 담아 쓰면 글이 더욱 생생해진다. 아래 보기로 든 글 ㉓와 ㉔는 두 글 모두 주고받은 말을 잘 살려서 썼다. 그런데 ㉓는 주고받은 말만 잇달아 썼다. 주고받은 말이 엄마와 전화로 나눈 이야기다. 그래도 통화하면서 느낀 엄마의 말투도 있었을 터이고, 엄마의 속마음도 짐작해 볼 수 있었을 것이다.

그와 달리 글 ㉔는 주고받은 말 사이사이에 마음속으로 한 말이나 속마음을 드러내 보였다. 밑금 친 곳이 이에 해당한다. 이렇게 속마음까지 담아서 자세하게 쓰면 진정한 자기를 관찰할 수 있다. 단지 주고받은 말을 되살리는 기교가 중요한 게 아니라, 거기에 담기는 참된 느낌과 생각이 소중한 것이다.

㉓ 아빠는 서면에 내려 지하철을 타고 화명동 친구 집에 갔다. 내가 서면에서 버스를 환승하려고 기다리고 있는 도중에

엄마한테서 전화가 걸려왔다.

"동현아, 아빠랑 같이 있나?"

"아니, 서면에서 헤어졌다. 아빠는 화명동 친구 집에 간다던
데."

"집에 오면 안 좋으니깐 도망갔네."

"니는 어디에 있는데?"

"서면에서 버스 기다리고 있다."

"집에 와서 글 삭제해라. 글 계속 놔두면 안 좋다. 근데, 글
왜 올렸는데?"

"그럴만한 이유가 있었다."

"집에 와서 빨리 삭제해라."

이러면서 짜증 섞인 목소리로 몇 분간 통화를 하다가 끝냈
다. 집에 돌아가기가 두려울 정도로 엄마는 화가 나 있었다. 집
에 돌아오니 또 짜증 섞인 목소리로 나한테 말했다.

(성도고 1학년 우동현 '삭제'의 한 부분)

㉮ 담배를 친구에서 넘겨주고는 나에게로 걸어왔다. 난 고개
를 숙이고 있었다. 언니가 내 앞에 다다랐을 때 난 고개를 들었
고 그 언니의 첫인상은 왠지 모르게 착해 보였다.

"많이 맞았나?"

그 언니가 나에게 걸어온 첫마디다.

"네. 태어나서 처음으로 이렇게 맞아봤어요."

"그러게 왜 꼰지르노? 안 꼰질렀으면 안 맞았을 꺼 아니가?"

난 울먹거리며 말했다.

"저 진짜 아닌데요."

"니 아니가? 그럼 눈데? 니가 그날 나가서 일러바친 거 아니었나?"

"아닌데요. 전 그날 매점에 있었는데요. 누가 일러바친 건지는 모르지만 저는 진짜 아니거든요."

"맞나. 야, 이애 아니라는데?"

처음으로 내 말을 믿어준 언니였다. 그렇지만 옆에 친구들은

"니는 그 말을 믿나?"

담배를 다 폈는지 다시 내 주위를 둘러싸기 시작했다. 난 다시 겁이 났다. 순간 떠오른 것은 뒤늦게 들어온 언니라면 친구들을 말려줄지도 모른다는 생각이었다. 그래서 난 고개를 들어 그 착한 언니를 바라보며 구원의 눈빛을 보냈고 다행히 그 언니도 나를 좋게 본 건지 불쌍해서 그런지는 몰라도 친구들을 말려 더 이상 맞지 않도록 해 주었다. 너무 고마웠다. 그렇게 난 그곳을 빠져나올 수 있었다. 그리고는 다시는 부딪치지 않도록 속으로 기도했다.

(부산상고 3학년 박미숙 '바뀌어 버린 내 생활'의 한 부분)

다음 글을 보자. 글 ㉯는 말을 주고받을 때 목소리나 표정, 태도, 동작 하나까지도 자세하게 그리고 있다. 글을 읽어 보면 상

황이 아주 자세하게 되살아난다는 걸 단번에 알 수 있다. 이것을 아이들에게 설명으로 지도하기는 어렵다. 그리고 이것을 글쓰기 이론으로 내세워 자꾸 강조하다 보면 기교에 매여 본래 쓰고 싶은 내용을 놓치기 쉽다. 앞서 말했듯이, 보기 글을 읽어 주다가 이런 주고받은 말이 나오면, 아이들 주의를 집중시킨 다음 다시 들려주는 방법이 좋다.

㉙ 아빠는 내 성적표를 보면서 할 말을 잃은 표정으로 있으시다가 한숨을 쉬셨다. 엄마는 그 옆에서 걱정된 표정으로 앉아 계셨다.
한참 그렇게 다들 말이 없다가 아빠가 처음으로 입을 여셨다.
"니, 꿈이 뭔데?"
나는 눈치를 보다가 기어들어가는 목소리로 말했다.
"광고업계나 디자인 쪽이요."
"그거 할라하면 무슨 공부해야 되는데?"
"그 광고 홍보학과나 디자인 학부나."
"그럼 니, 이과 가지 말고 문과 갔어야 했네."
"……."
둘 다 잠깐 동안 말이 없다가 다시 아빠가 입을 여셨다.
"니, 그럼 그동안 무슨 일이 일어났노? 뭐 때문에 성적이 떨어졌다고 생각하노. 말해 봐라."

한참 동안 다시 눈치를 보다가 입을 열었다.

"내가 공부를 왜 해야 하는지 몰랐어요. 대학이니 이런 것도 꼭 가야 되는지. 그리고……."

또 요즘에 겪고 있던 고민 여러 가지를 조심스럽게 털어놨다.

"그래, 그래가지고 그렇게 성적을 말아 처먹었단 말이가?"

갑자기 아빠가 성난 목소리로 말을 끊으셨다.

"응, 이 새끼야?"

그러면서 벌떡 일어나셨다.

"완전히 이거 개판이네 개판. 국어 이게 뭐고? 영어는 또 와 이리 못 쳤노? 그리고."

성큼성큼 다가오시더니,

"야이 새끼야, 수학 학원을 다녔는데도 이따구야!"

내 뒤통수를 세게 내리쳤다.

퍽.

맞은 곳이 멍 울리더니 갑자기 울컥하기도 했고 화도 났다. 성적 하나 때문에 이렇게 혼나야 되나.

"수학 학원을! 다니는데도! 이따구로 나와!"

말이 한 마디, 한 마디 끊길 때마다 뒤통수에 손바닥이 오고 갔다.

그러더니

"야이 새끼야, 이게 성적이가? 이 병신 같은 새끼. 이게 성적이냐고! 할아버지, 아빠, 형, 엄마 쪽이나 팔러 다니고!"

이어지는 발길질과 주먹질. 끝이 아니었다. 어디론가 향하시더니 내가 초등학교 검도 시간에 쓰던 죽도를 들고 오시더니,

"이 새꺄! 수학을! 다니는데도! 이따구로밖에 못 받아와?"

죽도를 풀스윙으로 내 팔에 휘두르셨다.

(부산 동성고 2학년 정용기 '여름방학 날의 외출'의 한 부분)

마지막으로 한 가지만 더 이야기하고 싶은 것이 있다. 아이들이 주고받은 말을 따올 때, 어디쯤에 어떻게 넣어야 좋을지 몰라서 문장이 자연스럽지 못한 경우가 더러 있다. 어떤 아이는 아예 말하는 사람을 앞에 세우기도 한다.

내가 7시 45분쯤에 집에서 일찍 나와, 기분이 좋아 여유롭게 노래를 흥얼거리면서 학교를 가고 있었다. 그런데 갑자기 옆을 지나가던 누나 세 명 중 한 명이 말을 걸었다.

누나 : 저기요?

나 : 저요?

누나 : 나이가 몇 살이에요?

나 : 중2인데요.

누나 : 저기 휴대폰 있어요.

나 : 네.

누나 : 무슨 폰 써요?

나 : 저 부비부비 쓰는데요.

누나 : 좀 보여줄 수 있어요.

나 : 네.

그렇게 말을 이어가며 나를 노래방 쪽으로 끌고 갔다. 그리고 말을 걸던 누나가 가방과 몸을 뒤지더니 정색을 빨면서,

누나 : 돈도 안 들고 다니냐! 확 그냥 죽이뿔라.

그렇게 욕을 하고 있는데 옆에서 아무 말도 안 하고 있던 누나 중 키 작은 누나 한 명이 욕 하는 누나를 말리면서 말한다.

키 작은 누나 : 아가야, 빨리 학교 가.

누나 : 야! 어디 가. 거기 서.

키 작은 누나 : 빨리, 어서 빨리 가.

나는 재빨리 노래방을 나와 학교로 갔다. 학교에 도착하고 나서도 다리가 진정이 되지 않았다.

다음 ㉮는 이보다는 조금 낫지만 이 또한 따온 말이 서툴다. 〈어머니가 말하기를 "……"라고 했다〉보다는 〈어머니가 말했다. "……"〉로 쓰는 것이 읽기에 훨씬 자연스럽다. 따온 말이 길 때는 더욱 어색해진다. ㉯와 같이 고쳐 쓰도록 지도하면 좋겠다.

㉮ 내가 초등학교 3학년이 되고 2학기가 시작될 무렵 엄마가 만나는 사람이 생겼다. 어느 날 엄마가 우리를 부르더니 그 아저씨를 소개시켜 주었다. 그날 이후로 우리 집에 오는 날이 잦

아지고 두 달쯤 시간이 지났을까, 그땐 그 아저씨의 딸을 데리고 우리 집에 왔다. 나는 그 아이가 마음에 들지 않았다. 그냥 싫었다. 지금 생각해 보면 엄마가 다른 사람을 만난다는 것 자체가 싫었던 것 같다. 내가 네 살 때, 동생이 태어난 지 일주일도 안 돼서 아빠가 교통사고로 돌아가셨다고 들었다. 내가 너무 어려서 생각이 나지 않는 아빠지만 그래도 아빠는 아빠라고 다른 사람이 엄마 곁에 있는 건 싫었나 보다. 그래서 아저씨도 싫고 그 딸인 수진이도 싫었다.

  아저씨와 엄마는 수진이와 우리들을 친하게 만들려는 모양인지 어린이대공원도 데려 가고 벚꽃축제도 데려 갔다. 나는 그 애가 싫었지만 엄마가 친해지길 원하는 것 같아 친한 척을 했다. 이때 친한 척을 하면 안 되는 것이었는데 말이다. 엄마와 아저씨는 충분히 친해졌다고 생각했는지 3학년 겨울방학 때 김해로 가서 같이 살자고 했다. 엄마가 말하기를 "너희들 더 잘 되라고 하는 거니까 그냥 가자."라고 했는데, 나는 가기 싫어서 크게 울면서 "나 가기 싫어. 안 갈래. 그냥 여기 살면 안 돼." 이러니까 아저씨가 "너 그럼 너 혼자 여기 놔두고 간다." 하길래 결국 김해로 갔다.

(부산 연제고 1학년 이○○ '초4의 어느 날'의 한 부분)

  ㉯ 엄마가 우리를 달랬다. "너희들 더 잘 되라고 하는 거니까 그냥 가자." 나는 가기 싫어서 크게 울면서 떼를 썼다. "나 가

기 싫어. 안 갈래. 그냥 여기 살면 안 돼." 옆에서 보고 있던 아저씨가 나에게 겁을 주었다. "너 그럼 혼자 여기 놔두고 간다." 나는 결국 김해로 가고 말았다.

그리고 "~라는" "~라고" 하는 말은 입말로는 잘 쓰지 않는 말이다. "~ 하는" "~ 하고"로 쓰는 버릇을 들이게 지도하는 것이 좋다. 다음 예문도 "~ 하면서" "~ 하는" "~ 하고"로 쓰는 편이 훨씬 자연스러운 걸 알 수 있다.

쉬는 시간이 끝나고 선생님이 와서, "애 왜 이러나?"라고 하면서 나를 말렸지만 나는 선생님을 뿌리쳤다. (→ "~ 이러나?" 하면서 나를 말렸지만)

그런데 그때 뒤에서 "꼬마야, 아는 사람이야?"라는 목소리가 들렸다. (→ "~ 아는 사람이야?" 하는 목소리가 들렸다.)

그래서 나도 모르게, "그럼 안방 화장실 가. 담배 내가 폈냐. 왜 짜증이야?"라고 성질을 내 버렸다. (→ "~ 짜증이야?" 하고 성질을 내 버렸다.)

내가 들어온 것을 본 선생님은 인상을 풀고 "상국아, 어제 현관에서 인라인 스케이트 못 봤니?"라고 물으셨다. (→ "~ 못 봤니?"하고 물으셨다.)

서사문뿐만 아니라 시나 일기를 쓸 때도 주고받은 말을 살려서 쓰기도 한다. 따로 가르치지 않아도 아이들은 주고받은 말을 곧잘 쓴다. 다만 단순히 주고받은 말을 늘어놓기보다는, 말을 주고받을 때 느낀 속마음이나, 속으로 한 말, 태도나 동작까지도 함께 붙잡을 수 있으면 좋겠다는 생각이다. 그래야 글에 참된 마음이 담기고, 그런 글이라야 읽는 사람 가슴에 더 와 닿지 않을까.

구자행 부산 연제고등학교

글쓰기에 들어가며,
한 해 계획 세우고 첫 물꼬 트는 것부터

이 지도안은 고등학교 1, 2학년을 대상으로, 교과 과정인 작문 시간에 하는 수업 내용이다. 1년 동안 할 수 있는 시간 수를 주 마다 1시간씩 해서 모두 32시간으로 잡았다. 시간 수를 이렇게 줄여 잡은 것은 학교에서 수업을 해 보면 행사나 시험 또 다른 사정들 때문에 수업이 빠지는 수가 많기 때문이다.

고등학생을 대상으로 한다고 해서 특별한 것이 있을 수는 없 을 것이다. 갈래별 글쓰기를 주축으로 하되 초등학생이나 중학 생보다 글감의 폭이나 내용의 깊이를 조금 더하고 논설문 쓰기 에 시간을 좀 더 쓰는 정도이다. 사실 학년이 올라갈수록 글쓰기 를 더 못한다 싶을 때가 많다. 어릴 때의 맑은 마음을 잃어 가기 때문이기도 하고, 관념적이고 상투적인 글쓰기 버릇이 들어서 살아 있는 글이 잘 안 나오기 때문이다. 그리고 초등 아이들은 한 교사와 생활을 함께할 수 있지만 중·고등학생은 수업 시간에만 만나기 때문에 삶 속에서 글쓰기를 지도하는 데 어려움이 있다. 담임을 맡은 반도 사정은 비슷하다. 생활을 함께할 여유가 없기는 마찬가지기 때문이다.

더욱이, 집에서고 학교에서고 자기 스스로 몸을 움직여 일하고, 놀고 생각하는 기회를 갖지 못하는 아이들, 자연을 가까이 할 형편조차 안 되는 도시 고등학생을 두고 삶을 가꾸는 글쓰기를 하기는 여간 어렵지 않다.

그뿐인가. 한 교사가 지도해야 하는 학생 수는 아무리 적게 잡아도 세 학급 150명은 된다. 이 아이들 글을 모두 읽어 내기도 버거울 지경이다. 이래서 학생 수를 줄이지 않고 올바른 교육을 할 수 있는 방법은 없다. 하지만 우리는 이런 한계를 인정하면서도 글쓰기 지도를 포기할 수 없다. 애써서 하고자 한다면, 자기 담임 맡은 반만 과외로 주 1시간씩 수업을 할 수도 있고, 특활 시간을 이용해서 '생활글쓰기반'을 따로 꾸려 볼 수도 있겠다.

이 지도안은 부산 중앙고등학교 2학년 문과 세 학급 150명을 대상으로 한 것이다. 학생들은 글쓰기를 처음 해 볼 뿐 아니라 도시 중심에 있는 학교라 자연을 느끼거나 땀 흘려 일해 볼 기회가 거의 없는 형편이다.

제1차시 : 마음을 여는 인사와 시간 계획

(1) 마음을 여는 인사

(2) 시간 배정

• 1~3차시 : 마음을 여는 인사, 글쓰기 연간 계획, 준비물 소개(1시간), 글쓰기 입문(2시간)

• 4~7차시 : 서사문 쓰기(4시간)

• 8~11차시 : 감상문 쓰기(4시간)

• 12~14차시 : 설명문 쓰기(3시간)

• 15~17차시 : 논설문 쓰기(3시간)

• 18~19차시 : 1학기 마무리, 작은 발표회(2시간)

• 20~21차시 : 논설문 쓰기(2시간)

• 22~23차시 : 보고문 쓰기(2시간)

• 24~26차시 : 편지, 일기 쓰기(3시간)

• 27~29차시 : 시 쓰기(3시간)

• 30~32차시 : 1학년 마무리, 문집 만들기(3시간)

(3) 준비할 것

• 주교재 :《우리 문장 쓰기》(이오덕, 한길사)

• 부교재 :《살아 있는 글쓰기》(이호철, 보리)

• 글쓰기 공책 : 공책에 글을 쓸 때는 공책을 펼쳤을 때 오른쪽 바닥에만 쓰도록 한다. 왼쪽 바닥은 나중에 글을 고치게 될 때, 또는 그 글에 대한 스스로의 비평이나 느낌, 또 교사나 친구의 감상을 쓸 자리로 비워 둔다. 글은 반드시 잉크나 볼펜으로 쓰게 한다. 나중에 평가용으로 낼 때 복사를 해서 내야 하므로, 고치는 글은 붉은색으로 쓴다.

• 모둠별로 앉는다 : 한 번 정한 모둠은 한 학기 동안 바꾸지

않는다. 모둠별로 작은 문집을 만들어 보기도 해야 하고 토론도 해야 하기 때문이다. 모둠은 '글쓰기 입문' 수업(1~3차시)이 끝난 3월 말에 정하되 서로 친한 사람끼리 자연스레 스스로 정하도록 한다.

• 평가 기준과 방법 : 학교와 의논해 따로 정한다.

제 2차시 : 지금 내가 가장 관심을 갖고 있는 일이 무엇인가

(1) 단원 : 글쓰기 입문

(2) 글감 : 지금 내가 가장 관심 갖고 있는 일

(3) 목적

• 글쓰기를 통해 마음의 문을 열게 한다.

• '글쓰기는 나를 바로 세우는 일이고, 이것으로 삶을 가꿀 수 있다'는 걸 알게 한다.

• 그래서 '왜 우리가 글을 쓰는가' 하는 목적을 바로 알게 한다.

• 글쓰기에 흥미나 자신감을 갖도록 한다.

(4) 들려줄 이야기

너희들 여태껏 글을 많이 써 왔지. 그런데 그 글쓰기가 재미나고 보람되더냐. 대부분 안 그렇제? 왜 그럴까? 왜 쓰기 싫은지 얘기해 봐라. (아이들 얘기를 칠판 한쪽에 받아 적어 본다.) 택(턱)도 아닌 제목을 받아서, 쓰고 싶지 않은 것을 써라 해서, 숙제로 써냈던 글 때문에 넌더리가 난다, 사실은 낙서처럼 일기를 써 보곤 했지만 수업 시간에 그런 것을 쓸 수는 없었다, 점수가 안 되니까…….

좋다. 오늘부터 우리가 할 글쓰기는 이런 게 아니다. 쓰고 싶지 않은 것은 안 써야지. 그러나 써야 할 글은 써야 돼. 너희들 목소리로.

자, 오늘은 여태까지 글을 잘 썼든 못 썼든 뭐 그런 것 다 버리고 처음! 처음! 시작하는 거다. 다행히 너희들 중에 말 못 하는 사람도 없고 글 모르는 사람도 없다. 이러면 됐지. 바로 이 수준에서 시작하자. 아, 좋아 맞춤법 좀 틀리는 거야 나도 틀려. 그런 건 나중에 사전 찾아보고 고치면 되는 거고.

그런데 뭘 써 볼꼬.

좋아, 지금 여러분 한 사람 한 사람이 가장 관심 갖고 있는 일이 뭔지 생각해 봐. 어제도 오늘도 머릿속에서 떠나지 않는 관심거리…… 여자 친구, 헤어진 친구, 중학교 선생님, 〈모래시계〉, 컴퓨터, 농구, 015B, 만화, 당구, 볼링, 개 기르기, 꽃 가꾸기, 시험 걱정, 뭐든 좋아. 담배, 술도 좋지. 이것은 학생부하고 상관없는 일이야. 믿어도 돼. 너희 선배한테 물어봐. 나 그런 놈 아니니까.

관심 가는 게 없다고? 나이 열여덟에 아직 관심 있는 게 없다? 그건 인생이 불쌍한 거 아닌가? 그럼 뭘 바라고 사는 거지? 있을 거야. 숨길려니 없지. 그리고 아마 자꾸 거창한 걸 생각해서 그래. 별것 아니라도 좋아. 아, 정 안 되면 무좀 때문에 고생한 일도 돼. 앓았던 병도 괜찮고. 고민거리도 좋지. 그게 바로 관심이니까. 너희들은 쓸 수 있어.

작년 2학년들도 처음에 자기 관심거리를 썼는데 참 재밌더라. 온갖 것이 다 나와. 읽으니 속이 시원한 것도 많더라. 그중에서 한두 편만 읽어 볼까. 잘 들어 봐.

현재 내 시간의 가장 많은 부분을 차지하는 오토바이에 대해 쓰겠다. 내가 처음 오토바이에 관심을 가지게 된 것은 고1 추석 때였다. 시골에 내려가 큰집 큰형님의 오토바이를 타 보게 된 것이 첫 경험이었다. 그전만 하더라도 차에 대한 관심이 컸는데 오토바이를 탄 이후로 나의 관심은 바뀌게 되었다. 형님의 오토바이(일명 Love 50)는 성능이 작은 편이었지만 그때의 나로서는 대단한 것이었다. 솔직히 말해 차를 타면 시속 80km는 '잘 나간다' 그리고 시속 100km 정도가 넘어야 '야! 좀 빨리 나간다'라고 생각을 해 왔다. 나뿐만 아니라 운전자가 아닌 탑승자들도 거의 대부분 그런 생각을 할 것이다. 그러나 오토바이는 달랐다. 성능은 약간 뒤떨어졌지만 그래도 속도감은 몸으로 느낄 수 있었기에 그 기분은 다른 그 무엇보다도 짜릿했다. 시속 30km만 넘어가도 엄청난 속도에 악셀레타를 줄이고 했던 그때가 지금도 생각난다. 아버지도 차를 사시기 전엔 여러 종류의 오토바이를 타 보셨기에 내가 오토바이를 타는 것을 반대하기보다는 권장하시게 되었다. 그렇기에 그에 대한 관심은 커

져만 갔고 지금도 그 마음엔 변함없다.

아버지는 내가 면허 따기를 원하셨고 나도 바랐기에 다른 일부 아이들보다도 나는 부모님에게 떳떳하게 면허를 딸 수 있었다. 그렇게 되기까지는 아버지의 도움이 컸다. 면허도 따기 전에 아버지는 오토바이를 사주셨다. 물론 큰 것은 아니었고 조그만 스쿠터였지만 나는 그것으로 면허 연습을 했고, 또 심부름도 했으며 하여간 다용도로 쓰였다. 그리고 현재는 125CC급의 오토바이를 타고 다닌다. 그렇다고 해서 일부 학생들이나 백수들처럼 폭주를 뛴다든지 하지는 않는다. 가끔씩 친구들과 길이 뚫린 곳에서 속력을 내기는 하지만 위험하게 타지 않는다. 하지만 일부 어른들을 제외한 거의 모든 어른들은 우리들을 나쁘게 본다. 아파트의 경비 아저씨만 해도 내가 오토바이를 타고 나가면 꼭 불량한 일을 하러 가는 것처럼 쳐다본다. 물론 일부 폭주족들 때문에 그런다는 것은 알지만 그 때문에 우리까지 그런 취급을 받는 것은 부당하다고 생각한다. 그리고 사람들은 폭주족들 사고를 매스컴을 통해 보고 모든 오토바이 운전자(학생)들이 다 그렇게 험악하게 타고 또 오토바이만 타면 죽는 것처럼 생각한다. 나는 이러한 생각을 가진 사람들을 대할 때면 한심하다는 생각이 먼저 든다. 백문이 불여일견이라고 타 보지도 못한 사람이 마치 오토바이는 다 똑같다는 식으로……

나는 이런 사람들에게 한마디 하고 싶다. 오토바이가 위험한

건 사실이지만 자신의 마음가짐과 타기 나름이라고. 그리고 많
은 이들에게 말하고 싶다. 오토바이를 타면 쌓였던 스트레스가
확 풀리게 된다고. 단 위험하게 타지 않는 한도 내에서 말이다.
(2-12 최찬호)

1월 1일 새해. TV를 보다 생각한 거다.

MBC에서 '신년 특집 사랑의 스튜디오'란 프로그램을 보는
데 출연진을 소개하는 장면이 있었다. 이름, 출신 대학, 학과,
직장이 소개되었는데 남자 출연진의 대부분이 서울대, 과기대,
연·고대, 서강대 등 최고의 명문대 인기학과 출신이었다. 약간
서운한 기분이 들었다. 그 프로에서 맺어주는 커플은 다가 최
고 엘리트들이니 그렇게 되지 못하는 이들은 그 프로그램 근처
도 가지 못한단 말인가.

결혼은 누구나 한다. 그러나 온 국민의 방송사인 MBC는 그
기회를 엘리트들에게만 독점시키고 있는 게 아닌가. 요즘은
TV 매체에 잘 오르내리지 않지만 농촌총각 문제는 아직 심각
하다. 돈과 기회가 없어 사랑에 실패하는 이 또한 무척 많다.
하지만 방송사에선 기회가 풍부한 이들만을 선별해 프로그램
을 진행하고 있다는 게 화가 난다. 하긴 이것이 방송사만의 문
제만은 아닐 거다. 우리 사회가 엘리트 중심으로만 흐르고 있
다. 그러니 우리들도 더 나은 학교, 학과에 가기 위해 하고 싶
은 대부분을 포기하고 지내는 게 아닐까! 분명 엘리트들은 대

우를 받아야 한다. 그들이 사회에 공헌하는 바는 크기 때문이다. 하지만 이젠 계급이 생긴다는 생각이 들 정도다. 우리가 고쳐 보자. (2-12 권태준)

글을 쓸 때는 맨 처음 말문을 떼기가 참 어려운데, 이것저것 생각하지 말고 하고 싶은 얘기부터 탁 쏟아 버려! 나중에 쓰다 보면 '첫머리를 어떻게 했으면 좋겠다'는 생각이 나기도 하고 아니면 그대로 둬도 돼. 글감을 잡았으면 한 줄 한 줄 다듬으려 하지 말고 처음부터 끝까지 거침없이 써 내려가. 글 고치기는 나중에 하면 되니까. 시간은 30분 동안이야. 시이작.

이상석 부산 중앙고등학교

마음을 여는 인사부터
아이들이 쓴 글 살펴보기까지

앞서 쓴 '글쓰기에 들어가며~'는 앞으로 어떻게 지도하겠다는 계획을 썼는데, 이제부터는 직접 지도한 내용을 보고하는 형식으로 쓰겠다. 계획한 것을 쓰자니까 막연할 뿐만 아니라 실제 지도한 것을 반성해 보거나, 비판받을 길이 없기 때문이다. 그래서 첫 시간부터 한 일을 다시 쓴다.

첫째 시간(3월 2일), 마음을 여는 인사

아이들 이름을 한 명 한 명 불렀다. 이름 뒤에는 '씨(氏)' 자를 붙이고 깎듯이 높임말을 썼다. 모두에게 눈을 맞추어 보기도 했다. 그리고 내 소개.

내 이름만 얘기하고 나서

"자기를 소개할 때는 여러 가지 방법이 있습니다. 집안 얘길 할 수도 있고, 살아온 내력을 얘기할 수도 있고, 자기 성격이나 특기, 취미들을 얘기할 수도 있고……. 여러분은 나의 어떤 부분을 알고 싶습니까. 질문을 하시면 성실히 말씀드리는 걸로 내 소개를 하겠습니다."

아이들은 잠시 주저하다가 한두 아이가 말문을 여니 이런저런 질문을 잇달아 한다. 내가 글쓰기 수업을 하는 세 학급 모두 똑같은 질문은 "복직을 하셨다는데, 왜 해직이 되셨느냐" "전교조에 대해서 알고 싶다"는 것이다. 정작 복직 첫 해였던 지난해에는 이런 것을 묻지 않았는데 올해 아이들은 관심이 많다. 아마, 교지에 실은 내 글 때문인 듯하다. 교지에 해직 전의 학생들과 지금 학생들을 견주어 본 글을 실었다.

간단하게 내 교육관을 밝히고 해직하고 복직한 얘길 해 준다.

"선생님은 왜 우리를 누구누구 '씨'라고 합니까. 존댓말을 쓰는 이유는 무엇입니까. 앞으로도 계속 존댓말을 써 줄 겁니까?"

"아니요. 처음이니까 한번 이래 보는 거죠, 뭐."

무슨 거창한 답을 기대하던 아이들은 와르르 웃는다. 잠시 뜸을 들였다가 다시 정색을 하고 얘길 한다.

"여러분께 높임말을 쓰는 건 내가 여러분을 진실로 존중하겠다는 내 마음의 표현입니다. 여러분 한 분 한 분 모두는 귀하고 중하지 않은 사람 하나도 없습니다. 생명을 가지고, 그것도 사람으로 태어났다는 이 사실만으로도 여러분은 이 세상에 귀하고 귀한 존재입니다. 나는 여러분이 스스로를 하찮게 여기고, 주눅들어 하고, 또 자기를 학대하는 사람이 되지 말기를 간절히 바랍니다. 여러분은 제각기 자기 방식대로 자기 삶을 살아갈 존엄한 주체들입니다. 나는 이 글쓰기 시간에 여러분과 똑같은 자리에서 여러분한테 배우고 또 가르치고 싶습니다. 아니 꼭, 그렇게 할 것입니다. 여러분은 존중받아야 하는 귀한 존재란 걸 알아주십시오. 내가 말을 높이는 것은 이 때문입니다.

그래요, 또 우리가 정이 들면 말을 높이나 낮추나 그런 것 관계없겠지요. 그때쯤에는 자연스럽게 말하도록 하지요. 그런데…… 내가 이래 높임말 쓰니까 싫습니까?"

아이들은 일제히 고함을 친다.

"아니요. 너무 좋아 얼떨떨해 그럽니다."

아이들은 초등학교 때 오히려 존중을 좀 받다가 중·고등학교 올라올수록 인격을 뺏겨 버리는 게 아닌가 싶다. 특히 남학교에서는 더 심하다. 남자란 이름으로, 사나이란 이름으로 거칠게 다루어도 좋다는 생각을 가진 사람이 많다. 아이들은 끊임없이 억눌림을 당해 오며, 시키면 시키는 대로 움직이는 인형으로 변해가서, 자기가 얼마나 귀한 존재란 걸 잊어버린다. 이런 아이들에게 자기 삶의 주체로 당당하게 살아가기를 어찌 바라겠는가. 예나 지금이나 교육이란 이름으로 아이들 기만 꺾고 있지 않은가.

"나는 여러분을 귀하게 받드는 마음으로 수업을 하고, 또 여러분과 함께 살아가고 싶습니다."

첫 시간은 이렇게 서로를 존중하는 마음을 새겨 두고 끝내었다.

둘째 시간(3월 9일), 글쓰기에 대한 설명

• 삶, 말, 글의 관계 이야기

• 글쓰기는 생명을 살리는 일이다.

• 대학 논술고사마저 외워 쓸 수밖에 없는 글쓰기 교육 현실 이야기

• 자기 삶을 바탕에 두지 않고 관념으로 된 간접 경험(독서, 예문 읽기 따위)만으로는 자기 목소리로 자기주장을 펼 수 있는 글을 쓰지 못한다는 이야기

• 결국, 글을 잘 쓰기 위한 것이 목적이 아니라 자기 삶을 잘 살아가는 것이 귀중하다는 이야기

이런 것을 죽 얘기로 풀었다.

둘째 시간은 아이들이 갖고 있는 잘못된 글쓰기 관념을 깨뜨리는 시간이다. 내가 위에 얘기한 내용들은《글쓰기 어떻게 가르칠까》,《우리 문장 쓰기》, 한국글쓰기교육연구회 회보 같은 책을 보고 나름대로 정리하여 들려주었다. 물론 얘기가 지루하지 않도록 실제 생활 얘기를 보기로 들며 얘기를 푸는 것이 좋다.

둘째 시간에도 빠뜨리지 않고 덧붙인 얘기는 서로 믿고 마음을 열자는 것. 나도 여러분께 온 마음을 열겠다는 말이었다. 이것이 어찌 말만으로 열려지겠는가마는 학교에서 함께 생활하다 보면 몸으로 느껴지는 것이다.

셋째 시간(3월 16일), 가장 관심 가는 일에 대해 쓰기

이 시간 수업 내용은 '글쓰기에 들어가며~'에 쓴 얘기 그대로 했다. 20분쯤 글 쓰는 요령과 보기 글을 들려주고 글쓰기로 들어갔는데 아이들이 너무나 진지하고 열심히 글을 쓰는데 놀라지 않을 수 없었다. 두어 시간 뜸을 들이고 또 어느 정도 믿음을 쌓은 보람이 있구나 싶어 기뻤다.

나는 아이들 사이를 돌며 구경을 했다.

"어려워 말고 쓰자. 자기가 지금 현재 가장 관심 갖고 있는 것, 그걸 쓰면 된다." 간혹 멍하게 앉아 있는 아이들을 이렇게 다독거리면서.

그중에 어떤 아이는 자기가 복학생이란 것, 감옥에 갔다 온 과거를 쓰고 있다. 담임이 아닌 나는 그 아이에 대해 전혀 모르고 있었다. 이런 고백을 하는구나. 나는 눈이 번쩍 뜨였다. 그런데 내용이 너무 비약을 하고 있고, 구체적이지 못하다. 좀 더 자세하게, 전혀 모르는 사람에게 꼬치꼬치 얘기하듯 써 보라고 일러 주었다.

셋째 시간을 글쓰기 하는 것으로 끝냈다.

넷째 시간(3월 23일), 쓴 글을 돌려 읽고 고쳐 써 보기

먼저 10분 남짓 지난 시간에 다 못 쓴 이야기를 마무리하라고 했다. 다 됐다 싶을 때, 모둠끼리 돌려 읽으며 서로의 글을 읽고 느낀 점, 고쳤으면 좋을 부분을 얘기해 보라고 했다.

돌려 읽을 때는

(1) 무슨 말인지 모르겠는 것

(2) 대상을 훤히 알도록 쓰지 못한 것

(3) 좀 더 알았으면 싶은 부분들을 찾아서 이야기해 주라고 했다.

아이들이 왁자하게 이야기하는 동안, 나는 이 모둠 저 모둠 돌아다니면서 위에 말한 부분을 지적해 주기도 했다. 그리고 지적당한 것이나, 자기가 생각해서 좀 더 자세히 바르게 써야겠다 싶은 것을 공책 왼 바닥에 고쳐 써 보게 했다. 이게 25분쯤 걸렸다.

나머지 15분 동안은 모둠별로 가장 잘 썼다 싶은 글을 골라 발표하게 했다.

아이들은 서로 열심히 얘기하는 듯했으나 나중에 공책을 모아 읽어 보니 두어 모둠 외에는 서로 지적해 준 흔적이 없고, 있어도 참고서식 지적이었다. 그리고 모둠별로 발표하는 글도 신통한 것이 없다. 그래도 아이들은 재미나게 듣고 있다.

처음 써 본 것이니까 그렇겠지. 다음 시간에는 글을 어떤 관점에서 볼 것인가, 고쳐야 할 부분은 어떤 부분인가를 몇 아이 글을 본보기로 해서 얘기해 주어야겠다고 생각했다. 수업을 마치며 글 쓴 공책을 모았다. 일주일 동안 읽어 보아야 한다.

아이들 글을 읽고

(1) 삶이 없다?

"미리 감아 놓은 태엽이 풀리면서 그 힘만큼만 작은 공간을 만들며 움직이는 장난감에나 견줄 수 있다. 그러나 이것도 '체험'이라면 도대체 어떻게 해야 하나? 큰 도시 선생들의 고민은 여기에 있지 않을까? '체험 아닌 체험을 체험시키는 일'"

원종찬 선생은 도시 아이들의 글쓰기 지도를 고민하며 이렇게 말하고 있다.(한국글쓰기교육연구회 회보 2호 '장정호네 삶 읽기') 나도 똑같은 생각이다.

그런데 이 아이들에게 어떻게 삶을 찾아 줄 것인가? 이상 세계를 펼쳐 보이는 이론은 누구나 말할 수 있겠지. 그러나 지금 당장 바로 이 도시 한복판 학교에서 우리는 어떻게 해야 하나.

누구는 그런다. "우리 글쓰기 회보에 늘 때 묻지 않은 산골 아이들이나, 가난에 찌들리면서도 바르게 살아가는 도시 아이들 글만 실을 게 아니라, 도시에서 풍족하게 살아가는 아이들 글도 싣자. 도시 아이들이 '피자' 먹고, 놀이동산에서 즐겁게 청룡열차 타고, 스키장에 다니는 것도 그들의 삶이다. 이 삶을 왜 인정 안 하는가. 이것은 현실을 인정하지 않는 것과 같지 않은가. 혹시 우리는 가난을 이기고 살아가는 아이들에게 미리부터 점수를 더 주고 있지 않은가. 산골 아이 글이 가치가 있다면 도시 아이의 솔직한 표현은 왜 가치가 없는가. 시대는 많이 변했다."

그렇지, 시대는 분명히 변했지. 그리고 스키장에 놀러 간 이야기가 무조건 가치 없다는 얘기도 아니다. 문제는 가치 있는 삶의 이야기가 없다는 것이다. 도대체 도시 아이들 글에는 자기 삶의 냄새가 없는 걸 어떻게 하나. 자기 삶의 주인이 되어 있지 못

한 아이들, 그러니 자기 느낌으로 말하고, 자기 생각으로 글 쓸 줄 모른다. 자기가 몸소 몸 놀려 깨닫는 일이 없다. 이러니 한 반 아이 글을 받아 보아도 기계로 싸구려 복제품 찍는 듯 틀에 박힌 글만 쏟아져 나올밖에. 그래도 이게 현실이다 하고는 통조림 같은 그 글들을 싣자는 말인가. 어림없는 말이다. 오히려 아이들을 이렇게 만든 우리 어른들의 잘못을 뼈저리게 깨달을 일이다.

대세는 정의로울 때가 많다. 그러나 지금 세상이 흘러가는 꼴은 자본의 거대한 마수가 우리를 어디론가 휩쓸어 넣고 있는 꼴이지 대세의 흐름이 아니다. 복직한 교단에서 절망을 느끼고 있는 교사들의 아픔이 여기 있지 않을까. 나도 이런 현실 앞에 무엇을 어떻게 할 것인가 답을 얻지 못하고 있다. 그래도 기껏 생각해 낸 것들을 실천해 볼 수밖에 없지. 무얼 생각해 내었나.

우선 아이들과 내가 서로 마음을 여는 일이다.

글을 써내라고 하면(특히 점수에 반영된다 하면) 아이들은 100% 모두 글을 써낼 자세가 되어 있다. 이게 세칭 A급지 인문계 고등학교 학생들의 착한(?) 모습이다. 그러나 이것이야말로 아이들의 삶을 죽이는 일 가운데 하나가 된다. 베껴 내고 꾸며 내고 지어내고 흉내 내고…… 숨이 막힌다. 그러니 우선 내 진실이 아이들에게 전해져야 한다. 그래서 아이들도 비로소 마음을 열고 숨어 있던 자신을 발견하도록 해야 한다. 도대체 나는 어떻게 살고 있나, 내 본래 모습은 무엇이고, 내가 진정으로 하고 싶은 말은 무엇인가. 그리고 이런 것들을 거리낌 없이 글로 쓸 수 있도록 해야 한다.

둘째, 믿음과 사랑을 이루는 일이다.

아무리 절망스런 모습으로 있는 아이들이라도 마음 한 꺼풀만 벗겨 보면 거기엔 맑고도 생생한 피가 흐르고 있다. 이것을 믿어야 한다. 나는 이 사실을 복직 1년이 지난 요즈음 절실히 깨닫고 있다.

아이들과 믿음을 쌓는 일이 수업 시간 몇 마디 얘기로 되는 것이 아님은 누구나 잘 안다. 그래, 학교 밖에서나 안에서나 내 온 삶으로 보여 줄 수밖에 없다. 아이들 위해 삶을 바치겠다고 마음 먹은 사람이라면 당장은 아프고 고돼도 끝내는 이룰 수 있는 일이다.

아이들이 써낸 글에서 아직은 기쁨과 희망을 가질 수 없지만 눈빛과 행동들을 보면 믿고 사랑할 수 있겠다 싶을 때가 많다. 희망을 가지고 힘들여 일하며 기다릴 수밖에 없다. 이 일은 때로 거대한 구조와 싸우는 일이 되기도 하고, 자신과 싸우는 일이 되기도 한다.

그리고 아이들이 서로서로 믿고 사랑할 수 있도록 해야 한다 (이 일은 주로 내가 담임 맡은 반에서밖에 할 수 없지만). 몸 부대껴 함께 놀고, 밥을 나누어 먹고, 질펀한 얘기를 나누고 그래서 서로 믿고 좋아할 수 있도록. 그런데 우리 반은 아직 모둠일기는 시작 안 했다(5월부터 시작해 볼 참이지만). 아이들이 서로 자기 얘기를 털어놓고 싶어 할 때까지 나는 참고 기다리고 있다.

끊임없이 게시판에 글을 새로 붙이고(주로 우리 회보 글), 아이들이 돌아가며 조례 시간에 '아침을 여는 말씀'을 하게 하고, 나는 아이들 속에서 친구가 되어 함께 놀고……. 흉허물이 없어지고, 좀 빠른 아이는 "어이! 상석이 잘 있었나"하며 어리광과 믿음을 보내올 때까지.

그다음으로 할 일은 아직 생각 못 하고 있다. 하지만 방법을 곧 찾을 것이다. 이호철 선생이 '재미있는 숙제'를 창조해 냈듯이.

(2) 글에 나타난 아이들의 삶

글①

아침 일찍 일어나 학교에 가면 영어 시간과 수학 시간은 잠만 온다. 한 번 잠이 오며는 거의 졸면서 수업을 하고 쉬는 시간에나 점심시간에는 여지없이 잠을 잔다. 그러다가 봉고차를 타고 집에 가는데 이상하게 학교만 마치면 자정까지 잠이 안 온다. 집에서는 텔레비전 보고 밥 먹고 쉬다가 학원 가는데, 학원에 가서 자습실에서 책을 보다가 한참 후 수업을 시작한다. 학원 수업이 학교 수업보다 더 지루하고 따분하다고 느낀다. 대충 앉아서 시간을 때우다가 장난도 치고 하면 어느새 수업은 다 마치는데 집에 돌아갈 때는 어두워져 있다. 학원에 가기 싫을 때는 만화방에서 책 좀 보다가, 오락실이 바로 옆이어서 오락 좀 하다가 11시쯤 집에 들어간다. 집에 가며는 부모님은 주무시고 나는 생각으로는 공부 좀 많이 하다가 자야지 하지만 사실은 TV 좀 보고, 공부하는 것도 주위가 산만하게 이거 하다 저거 하다가 대충 보고 끝내 잠자리에 누워 버린다. 그러면 아침이 되고, 어제와 같이 언제나 똑같은 일상에 나는 다시 톱니바퀴처럼 돌아간다.

글②

나의 현재 최대의 관심은 이 지겨운 학교에 오는 것이다. 새벽에 일어나서 학교에 도착한 후 잠시도 쉴틈없이 자율학습, 수업, 보충수업 다시 자율학습으로 이어진다. 이런 틀에 박힌 시간표와 자율학습 시간에 감시하고, 몇 분 늦었다고 패는 선생님들, 이 모든 게 나를 미치게 한다.

이런 일과들이 하루 이틀이면 참겠지만 자그만치 2년이다. 강과 산도 변하는 2년이란 엄청난 세월 동안 학교를 다닐 생각을 하니 눈앞이 깜깜하다. 정말 생각만 하면 미치겠다. 어쩔 수 없이 학교는 다니지만 나도 앞으로 어떻게 될지 모르겠다. 정말 나는 학교에 취미가 없다. 그래서 졸업한 뒤 락카페나 커피숍을 할 생각이다.

글③

현재로서는 내 미래가 불확실하다는 것에 두려움을 느낀다.

꼭 잘된다는 보장도 없고 그렇다고 잘 안 된다는 보장도 없다. 그저 오직 대학에 들어가기 위해 공부한 것이다. 공부라고 해야 국, 영, 수. 밥만 먹으면 국영수만 한다. 학과를 확실히 정한 것도 아니고 그렇다고 포기한 것도 아니다.

친구들에게 물어보면 다 꿈이 있던데 나는 왜 이렇게 방황하는 걸까. 그렇다고 현재 생활에 만족하는 것도 아니며 그 반대도 아니다. 그저 흘러가는 대로 살아가고 있는 것이다. 공부 잘하여 칭찬 받기 위한 공부를 한다는 생각이 내 머릿속을 맴돌고 있다. 미래에 큰 사람이 되겠다는 아주 막연한 내 꿈은 사람이라면 가지고 있는 보편적인 것이다. '사' 짜 자리 하나 차지하라는 게 어머니 생각이다. 그리고 나도 그렇게 하는 것이 싫지는 않다. 명문대 가면 사람들이 우러러보고 요직에 오르면 보수도 많고 세상 살 맛이 날 것이다. 솔직히 그렇게 될 자신도 있다. 그러나 한평생 살면서 후회하지 않는 인생은 없지만 그래도 내 인생만큼은 후회하고 싶지 않다.

내가 해 보고 싶은 일이 무엇인지를 잘 모르겠다. 그래서 내가 생각해 낸 것이 있다. 바로 내 인생 설계는 대학에서 배워보고 결정하기로 했다. 그러기 위해서는 일단 우리나라 최고 대학에 가서 공부해서 진정한 실력자가 되겠다는 너무 큰 생각도 가지고 있다. 내 미래는 내가 개척해 나가는 것이므로 나는 내 미래가 어떻게 되든 열심히 살 것이고, 잘되면 더욱 좋다. 우리나라는 21세기에 아마도 선진국이 될 것이다. 그래서 문과를 선택했다. 선진국은 기술 분야는 몇 사람밖에 필요하지 않고, 이끌어 나갈 사람이 더 많이 필요하기 때문이다. 내 인생은 불확실하지만 어둡지 않다는 것이 내 생각이다. 아마 내 생각이 맞을 것이다.

너무나 한심한, 자기를 어디에서도 찾아볼 수 없는 아이들 현실. 우리는 이런 글 앞에 절망만 하고 있을 것인가.

요즈음 아이들은 남학생인데도 외모에 참 많이 신경을 쓴다. 이것이 떨칠 수 없는 자기 관심이란 데야 어쩔 수 있나. 교사들은 이런 현실에도 주의를 기울여야 한다.

글④

지금 내 머릿속은 누군가 말하지 않아도 항상 내가 느끼는 것으로 차 있다. 살을 빼는 것이다. 부모님은 "니가 뭐가 뚱뚱하냐"고 하시지만 그런 얘기는 '고슴도치도 제 새끼는 예뻐한다'는 말을 생각나게 할 뿐이다. 그래서 식사 조절도 해 보고 운동도 해 보았는데 나의 의지가 부족했는지 모두 도중에 그만두었다. 살이 찌고 몸무게가 많이 나간다고 그리 불편한 점은 없다. 하지만 남의 눈을 의식하게 되면서 자신감이 없어지는 그런 기분을 느끼게 됐다. 그리고 또 살을 빼려고 하는 이유는 그것이 나의 게으름을 없애줄 것 같았기 때문이다. 게을러서 살이 찌고 살이 찐다고 게을러지는 것은 아니지만 다른 사람들이 거의 그렇게 생각을 하기 때문에 나 역시 점점 내가 게으르다고 생각을 하게 됐다. 그리고 그런 생각은 어쩌면 맞을지도 모른다.

얼마 전에 다이어트에 관해 써 놓은 책을 본 적이 있다. 그 책은 주로 여성들의 다이어트에 초점을 맞추고 있었지만 '남자나 여자나 살 빼는데 무슨 차이가 있으랴?' 하는 생각에 열심히 읽었다. 그러나 다 읽고는 허탈했다. 내용 자체가 내게는 황당했기 때문이다. "달걀 세 개로 하루를 버틴다." "야채만 먹고 사는 법"……. 그래서 역시 남자의 살 빼기는 여자의 그것과 뭔가 다르게 해야겠다고 생각했다. 그러던 중 서울에서 재수하는 형을 찾아갔던 엄마가 오셨다. 형은 살이 무척이나 빠졌다고 했다. '원래 말랐던 형인데…….' 형이 측은했다. 집 떠나면 고생이라던데……. 기숙사에서 얼마나 힘들까? 게다가 재수생이라는 부담감……. "너도 재수해라, 살 빠지게." 엄마가 장난스럽게 말씀하신다. 그래도 나의 살을 빼고 말겠다는 신념에 가까운 의지는 아직도 그대로이다.

그래서 최근에 새로 정한 목표가 있다. 첫째, 밥그릇에 두 번 밥을 푸지 않는다. 둘째, 하루에 30분 이상 뛴다. 셋째, 저녁 식사 후에는 물 외엔 아무 것도 입에 대지 않는다. 이 세 가지 목표는 내 몸무게가 정확히 60kg이 될 때까지 지켜야 한다. 그래서 딱 붙는 바지도, 바지 속에 티를 넣어 입는 기쁨도, 남 앞에서 전혀 꿀리지 않는 자신감까지 얻어 낼 것이다.

글⑤ 나의 인상

나는 우리 학급에서 인기가 없다. 그 이유는 내 인상이 남에게 친근감을 주지 못하는 아주 차가운 인상이기 때문이다. 보통 학급에서 인기가 많은 애들은 운동도 잘하고, 말 같은 것도 재미있게 잘하지만 원래가 인기가 많은 스타일이라고 나는 생각한다. 즉, 이 말은 그 애들의 인상이 인기 있는(친근감을 주는) 인상이라는 말이다. 하지만 나는 그렇지 못하다. 내가 아무리 운동을 잘하고 또 말을 재미있게 잘한다 해도, 나는 결국 그저 학급에서 있는 듯 없는 듯 눈에 잘 띄지 않는 그런 존재로 남게 될 것이고, 또 지금까지도 그래 왔다. 내 운명이니 하고 살아가야겠지만 워낙 인기가 없다 보니, 어떨 땐 급우들이 꼴보기 싫어져(다 그런 것은 아니고) 학교 다니기가 싫어질 때도 있다. 새 학기가 시작되어 나에게 먼저 말을 걸어오는 친구는 겨우 서너 명뿐이다. 정말 이번 2학년에서는 많은 친구들을 사귀어 보려고 마음먹었지만 뜻대로 되지가 않는다. 다른 아이들은 참 쉽게도 친해지는데 나만 그렇지 못한 것 같다. 내가 먼저 말을 걸면 그에 대한 응답만 할 뿐 그 뒤로는 내게 말을 하지 않는다. 그래서 자연적으로 나도 남에게 말 걸기를 꺼리게 되었다. 그 결과 새 학기가 시작되어 한 달이 지나도록 나는 대여섯 명을 제외하고는 제대로 말 한번 해 본 친구가 없다. 물론 이름도 거의 모른다. 고등학교 때 친구는 평생친구라 하는데, 나는 나랑 특별히 친한 친구 '송○○' 말고는 거의 없어 조금은 걱정이 된다. 고등학교 1학년 때 한 친구가 나에게 이런 말을 했다. "성욱이 니는 내성적인 게 그냥 딱 표시가 난다." 나는 이 말을 듣고 처음에는 그냥 흘려버렸지만 갈수록 마음에 걸렸다. 그 뒤로 나는 내 인상에 대해서 좀 더 깊이 관심을 가지게 되었고, 나의 인상이 첫째, 확실히 인기 없는 인상이고, 둘째, 남이 쉽게 말을 걸지 못하는 차가운 인상이고, 셋째, 굉장히 내성적으로 보이는 인상인 걸 알았다. 비록 내 인상이 이 꼬라지이지만 그래도 나는 친구들과 친해지고 싶다. 내가 좀 더 마음의 문을 열면 친구들도 언젠가는 나와 아주 친근한 사이가 될 거라는 것을 확신하면서 이 글을 마친다.

고등학생들이 가장 관심 갖는 것은 성적 문제 다음으로 역시 여학생 문제다.

글⑥ 나의 짝사랑

내가 관심을 가지고 있는 것은 친구이다. 그중에서도 ○○여고 이○○이다. 나는 중1 때 아버지께서 다니시는 회사가 이곳으로 이전하는 바람에 이사를 왔다. 처음에는 친구도 없었고 그냥 나 혼자 다니는 걸 좋아했다. 시간이 흐르면서 점점 친구들을 사귀기 시작했다. 하지만 여자애들에 대해서는 별로 관심이 없었다. 그런데 중3 때 ○학원에서 처음 그 애를 보았다. 좀 괜찮아 보인다고 생각했을 뿐 별로 관심을 가지지 않았다. 그러나 시간이 갈수록 그 애의 밝은 모습과 활발함은 나의 마음을 끌기 시작했다. 나는 멋있게 보이려고 옷 입는 것과 공부하는 것에 신경을 쓰게 되었다. 좀 더 단정하게 다니고 공부도 잘해서 모범생처럼 보여 그 애의 마음을 끌고 싶었다. 그러나 나의 우유부단함이 언제나 방해했다. 우연히 마주쳤을 때 뭐라고 말하면 좀 더 인상에 남을 것인가 혼자서 연습도 해 보고, 책에서 좋은 구절을 보면 외우고 다녔다. 그러나 막상 그 애와 마주치면 좋은 애 있으면 소개시켜 달라, 지금이 몇 시냐 같은 쓸데없는 이야기로 번번이 기회를 놓쳤다. 그래도 나는 용기를 가지고 물어물어 전화번호, 생일 들을 알아냈다. 그러다가 고1 초인가 중반에 그 애가 학원을 그만두었다. 굉장히 섭섭했다. 생일날이나 화이트데이 같은 날에 선물을 주고 싶었고, 가까워지고 싶었다. 라디오에서 슬픈 내용이 담긴 노래를 들으면 그 애가 생각나고, 가끔씩 그 애가 생각나면 가슴 한 구석이 허전해지곤 했다.

언젠가 용기를 내어 전화를 걸었다. "여보세요." 그 애가 받았다. 갑자기 당황해지며 말이 나오지 않았다. 저 쪽에서는 계속 "여보세요, 여보세요." 하며 다그쳤다. 결국 아무 말도 못하고 수화기를 내려놓았다. 그 뒤로도 그 애가 생각나면 전화를 걸었다. 그 애가 받으면 좋고 안 받으면 끝이고, 그 애가 받아도 "여보세요." 하는 목소리만 듣다가 가만히 끊었다.

한 달 전쯤 그 애가 다니는 ○○여고에서 학예전을 했다. 혹시나 해서 가 보았다. 여러 군데를 돌아다니다가 ○○부서에서 그 애를 보았다. 큼직한 꽃다발을 주니 환하게 웃으며 오래간만이라며 반갑다고 했다. 친절히 설명도 해 주었다. 설명이 끝나고 나는 방명록을 쓰면서 같이 나가서 먹을 거라도 사줘야겠다고 생각하고 방명록에 수고했다는 말을 쓰고 같이 나가자고 할려는데 아는 오빠가 왔다고 다음에 보자며 잘 가라고 했다. 답답한 마음에 노래방하는 친구 집에 가서 실컷 노래나 부르고 왔다. 노래를 부르고 나니 속이 시원해졌다. 지금도 그 애를 생각하면 다시 속이 답답해진다.

이 글을 부모님께서 보시고 뭐라고 하실지는 모른다. 친구들도 비웃을지 모른다. 하지만 나로서는 적지 않은 분량의 글을 막힘없이 적은 것에 자부심을 느낀다. 또 마음 한 구석에 있던 답답한 마음을 토해 내고 나니 정말 상쾌하다. 앞으로 더 열심히 글을 써야겠다.

이 글은 그나마 자기가 겪은 일을 눈에 보이듯이 드러내고 있다. 그리고 답답한 얘길 해 버리고 나니 속이 시원한 모양이다. 처음 하는 글쓰기에서 이런 맛이라도 본 것이 얼마나 다행인가.
그리고 때로는 자기 관심 분야에 대해 나름대로 비판하는 글들도 눈에 띈다. 다음 글은 만화책에 대한 관심을 쓴 글 뒷부분이다.

글⑦ 만화책

두 번째 이유로는 그 만화가의 그림 실력 때문이었다. 우리 나라 만화에서는 잘 볼 수 없는 무지하게 성실한 그림이었다. 처음 볼 때는 잘 몰랐지만 지금까지 나온 30여 권을 차례차례 로 보면 놀라지 않을 수 없다. 인물 그림은 물론이고 대강 그리 기 쉬운 건물이나 주위 사람 같은 아주 사소한 것까지도 성심 성의껏 그리고 있다. 이 만화를 한 번이라도 본 사람은 모두 그 렇게 느낄 것이다. 그림이 이렇게 잘 그려져 있으니 보고 싶은 마음은 절로 생기는 것이고 여기다 재미있는 내용까지 보태면 중·고등학생 아니 20대 형님들도 만화를 좋아하게 된다. 이것 은 비록 일본 만화지만 보고 느낀 것이 무척 많다. 주제넘은 소 리지만 우리나라 만화가들에게 해 주고 싶은 말이 있다. 우리 나라 만화도 내용은 무척 다양하다고 생각한다. 하지만 그림이 너무 형편없다. 물론 모든 만화가 그런 것은 아니다. 하지만 우리나라 만화는 중심인물만 멋지게 그릴 뿐 배경에 대해선 별 신경을 쓰지 않을 뿐더러 처음에는 성의 있게 그리다가 중반부 나 후반부에 가면 전에 있던 배경 그림이 하나씩 없어지고 처 음보다 훨씬 더 불성실하게 그린다. 나 같은 생각을 가지고 있 는 사람이 많은 줄로 안다. 나는 우리나라 만화가 좀 더 성실하 게만 그려진다면 일본 만화의 수입에 대한 걱정은 필요가 없을 것 같다.

지금도 〈캠퍼스 Blues〉는 계속 나오고 있고 내가 본 만화 중

최고라고 생각하고 있다. 앞으로도 우리나라나 일본에서 이 같은 만화가 나온다면 나는 또 다시 거기에 빠져들 것 같다.

이것 말고도 아이들의 관심은 저마다 다양하다. 따져 보면 모두 뻔한 것들이지만. 그러나 관심을 갖는 것에 대해 글을 써 보는 것은 자기를 확인하는 첫걸음이다. 저속하면 저속한 대로, 엉뚱하면 엉뚱한 대로, 아프면 아픈 대로. 이런 모습을 인정해야 그다음으로 바르게 자기 모습을 키워 갈 수 있을 것이다.

여기에 내놓은 글은 본보기로 내놓은 글은 아니다. 지금 고등학생들의 모습과 수준을 있는 그대로 내보였을 뿐이다. 이런 글을 쓴 아이들이 어떻게 변화해 갈지 지켜보도록 하자.

이상석 부산 중앙고등학교

마음을 잇는
모둠일기 쓰기

우리 2학년 2반은 5월 8일부터 모둠일기를 쓰기 시작했다. 4월부터 모둠일기를 써 보는 게 어떠냐고 운을 띄웠으니, 모두가 찬성하는 데 한 달이 걸린 셈이다. 처음에는 절반쯤 반대하더니 다섯 명, 세 명으로 줄다가 나중에는 한 명이 끝까지 반대를 한다.

"그럼, 우선 쓰고 싶은 사람만 쓰자"고 했더니 "쓰려면 다 써야 하는데 나는 아직 쓰기 싫다"고 우긴다. 중학교 때 써 보았는데 재미도 없고, 엉뚱한 것 썼다고 꾸중만 들었단다. 솔직하게 쓰지도 못할 일기를 왜 쓰느냐고 한다.

"야, 병만아! 내가 이래 뵈도 모둠일기 원조다. 원조! 너거 쓴 글 내용 가지고 이렇다 저렇다 말할 사람으로 보이나. 고마 찬성 좀 해도."

병만이는 아이들의 장난스런 원성을 듣고서야 "좋다, 써 준다"고 뜻을 모아 주었다. 이렇게 뜸을 들이고 뜻을 모으는 것이 모둠일기를 재미나고 뜻있게 이끄는 거름이 된다.

글쓰기에 대한 간단한 얘기만 하고 바로 쓰기를 시작했는데 지금까지 잘 이어져 오고 있다. 글 하나 하나에 도움말도 주고 글 고치기도 해 봐야 하는데 아직 그러지는 못하고 있다.

그래서 이런가. 좋은 글이 눈에 잘 띄지 않는다. 그래도 아이들의 삶을 아는 데는 무척 도움이 된다. 여학생 이야기, 학원 이야기, 자습 안 하고 야구 보러 간 이야기, 술 마신 이야기……. 내가 모르던 아이들 모습을 볼 때마다 오히려 살가운 정이 생긴다.

5월 18일에야 아! 글 하나 나왔구나, 눈을 번쩍 뜨고 읽고 또 읽은 글이 있다.

1995년 5월 18일 날씨 맑음

오늘 일영이가 학교를 오지 않았다. 상고.

할아버지가 돌아가신 것이다.

어제 쉬는 시간이었다. 일영인 웃으며 내 옆자리에 앉았다. 그리고 말했다. "상고면 며칠 노는데?" 난 상업고등학교면 며칠 노느냐로 해석했다. 그래서 "상고가 왜 놀아?"라고 되물었다. 그러니 일영이가 어처구니없다는 듯 웃는다. 알고 보니 일영이 할아버지가 돌아가신 것이었다. 난 이상한 기분이 들었다.

'할아버지가 돌아가셨다는데 아무렇지도 않게 웃고 다니다니.'

그리고 우리 할머니 돌아가시던 날 생각이 났다.

작년 평일 아침이었다. 한참 잘 자고 있는데 이모가 갑자기 문을 열며 들어와 "너거 할매 돌아가셨다"며 나를 깨웠다. 난 순간적으로 '드디어 돌아가셨구나' 하는 생각이 들었다. 할머닌 요즘 며칠 들어 밥도 못 드시고 시름시름 앓으며 누워만 계셨던 것이다. 그러나 난 한번 더 물었다. 이모에게 내가 놀라고 있다는 것을 알리고 싶었는지도 모른다. 이모는 똑같이 대답했고 난 서둘러 옷을 갈아입고 송이를 깨웠다. 송이도 역시 놀라워했다. 하지만 지금 생각해 보니 송이도 그리 놀라지는 않은 것 같다. 할머니의 죽음은 이미 예고된 것이었다. 이모는, 아버지와 엄마는 벌써 큰집에 갔다고 그랬다. 송이와 난 서둘러 큰집으로 가는 버스를 탔다. ①가면서 생각해 보니 눈물이 나오지 않을 것 같다. 송이도 나와 똑같은 생각을 했는지 "나 눈물 안 나올 것 같다. 어짜노."

하지만 이건 필요 없는 걱정이었다. 큰집 문을 열고 들어서자 할머니 영정이 보였다. 그때까지도 슬픈 느낌이 들지 않았다. 그런데 그 앞에 퍼져 앉아 고개를 떨구고 눈물을 한 방울씩 흘리고 있는 지원이 형 모습이 보였다. 그리고 병풍 뒤로 들어가 콧구멍 귓구멍을 솜으로 막은 할머니 얼굴을 쓰다듬으며 "엄마, 엄마……" 외치며 통곡을 하는 고모와 눈을 감고 고모를 뒤에서 감싸고 말리고 있는 큰아버지, 담배만 연신 피우며 한숨만 내쉬는 아버지를 보고 있자니 억한 감정이 솟아올라왔다. 뜨거운 눈물이 흘렀다. 나오지 않을 줄 알았던 눈물이 흘러내렸다. 송이는 벌써 훌쩍거리고 있었다. 난 밖으로 나왔다. 그 광경을 더 보고 있기가 너무 괴로웠다. 눈물이 계속 흘러 앞이 보이지 않았다. 소명이 형과 복희 누나가 심부름을 하고 다녀오는지 대문 안으로 들어왔다. ②난 고개를 돌렸다. 형과 누나도 모른 척 그대로 집 안으로 들어갔다. 난 눈물이 멈추기를 기다렸지만 멈추어지지 않았다.

할머니의 추억이 떠올랐다. 옛날 내가 5살 땐 창원 근처 시골에서 살았다. 몇 가구 되지 않는 조그만 마을이었지만 아름다운 곳이었다. 거기서 우리 가족과 할머니가 같이 살았다. 그곳은 우리 가족과 할머니에게 제2의 고향과 같은 곳이었다. 그곳을 떠나 할머닌 큰집으로 가고 우린 딴 곳으로 이사를 갔다. 할머니를 찾아갈 때마다 할머닌 내 손을 잡으며

③"정수 대학 가서 결혼하는 거 보고 죽으야 할낀데."

"내 아들 낳는 건 안 볼끼가"

"그때까지 내가 살것나."

"살지, 와 못 사노."

"오냐. 살마."

하고 웃으시며 말하곤 했다.

그 모습이 계속 떠올라 눈물을 그칠 수가 없었다. 이틀 뒤 할

머니를 태운 장의차를 타고 마산으로 할머니 산소를 향해 떠났다. 난 창문가에 앉았고 아버진 내 옆에 앉았다. 뒤에 할머니 관 쪽에선 큰고모와 작은고모가 계속 통곡을 하는 소리가 들려왔다. 창밖을 보니 차는 부산을 벗어나 마산으로 가는 고속도로를 타고 있었다. 아버진 계속 담배만 피워댔고 난 창만 바라보고 있었다. 비가 그치고 생긴 무지개를 보며 할머닌 꼭 극락으로 가겠지 하고 생각하고 있는데 옛날에 살던 그 조그마하고 아름답던 마을이 나타났다. 갑자기 눈물이 흘렀다. 주체할 수 없었다. 아버진 내 어깨를 꼭 쥐고 계셨고 뒤에선 계속 통곡 소리가 들려왔다. 산에 도착하자 할머니를 미리 파 놓은 구덩이에 넣었다. 울음을 그쳤던 모든 사람들이 다시 곡을 하기 시작했다. 하지만 난 눈물이 나지 않았다. 왜 눈물이 나지 않았는지는 지금 생각해도 모르겠다. 그저 착잡한 마음뿐이었다. 흙을 내 손으로 퍼서 그 위에 뿌린 뒤 발로 눌렀다. 가슴이 아팠지만 눈물은 나오지 않았다. 하지만 나를 뺀 모든 사람들은 눈물을 흘리고 있었다. 아버지도, 생전 눈물이 없을 것 같던 큰아버지도 모두 울고 있었다. 난 무안해지기 시작했다. 그래서 눈물을 짜내려고 무지 애를 썼지만 나오지 않았다.

할머니를 묻고 다시 장의차를 탔다. 부산으로 가는 도중 다시 그 마을이 나타났다. 다른 사람들은 울지 않고 넋 빠진 듯 창밖을 보거나 고개를 숙이고 있었지만 난 눈물이 나왔다. 왜인진 모르겠다. 그저, 그래 그냥 '그저'다.

일영이도 아마 나와 똑같은 과정을 겪을 것이다. 그리고 커다란 아픔을 가슴 속에 새기게 될 것이다. 그리고 할아버지의 비워진 자리를 느낄 때마다 아파하게 될 것이다. 빨리 그 상처가 아물기를 진심으로 바란다. (한정수)

다음날 일기에는 이 글을 읽은 아이들 반응도 나왔다.

오늘 학교에서 선생님께서 읽어 주신 정수의 글, 그냥 눈물이 났다. 나도 할머니가 한 분 계신다. 겁이 난다. 할머니의 죽음. 생각해 보지도, 생각하려고도 하지 않았던 일이다. 그래서 울었다. (5. 19 한기석)

어제 8교시 때 있었던 일이다. 선생님께서 정수 모둠 일기장을 찾아서 읽어 주셨다. 나에 대한 이야기가 나왔다. 뜨끔했다. 사실 그랬다. 할아버지께서는 오래 전부터 몸이 안 좋으셨다. 그런데 갑자기 초량에 있는 성분도 병원에 입원하셨다고 했다. 할머니께서도 같이. 할머니께서는 갑자기 '풍'이 왔다고 해서 입원을 하셨다. 나는 14일 일요일날 병원에 문병을 갔다. 할머니께서는 병실에 계셨다. 고모할머니께서도 와 계셨다. 그런데 할아버지는 안 계셨다. 아버지가 따라 오라고 해서 따라 갔다. 계단을 올라가서 보니 중환자실이라는 글자가 적혀 있었다. 할아버지는 여기에 계신다. 면회시간이 되었다. 가운을 입고 중환자실 문을 열고 들어갔다. 할아버지가 침대에 누워 계셨다. 가서 다리도 주물러 드리고 할아버지의 얼굴도 살펴보았다. 눈도 뜨시지 못하고 호흡만 하고 계셨다. 할아버지가 너무나 불쌍하다. 아버지께서는 "지금 보는 게 살아 있을 때 마지막으로 보는 것이니까 열심히 주물러 드려라"고 하셨다. 할아버지는 호흡기만 빼면 며칠이 안 지나서 돌아가실 거라고 했다. 그래서 요즈음은 이 일로 아버지도 피곤하시고 집안 모두가 아니 친척 모두가 그렇다.

......

할아버지의 얼굴이 눈앞에 아른거린다. 병원에 있을 때의 그 모습이 떠올랐다. 숨을 가쁘게 쉬시던 그 모습이 자꾸만 생각이 난다. 정말 불쌍한 우리 할아버지. 더 오래 사셨으면 좋았을 텐데……. (5. 20. 정일영)

정수가 쓴 글을 가지고 좋은 글은 어떤 것인가 얘기도 했다.
⑴ 글의 생명은 '감흥'이다. 감흥이란?
"아! 나도 그랬어. 내 맘하고 똑같아. 그런데 왜 나는 진작 이런 글을 못 썼지……."
"어? 넌 그랬어? 난 이랬는데……. 그래도 네 마음은 알겠어."
"맞아! 이 글을 읽으니 이제 알겠어."
"뭔지 모르지만 마음에 찡하게 울려오는 게 있어."
"좋네! 어쩜 이렇게 솔직하게 썼을까. 난 왜 이런 얘길 못 털어놓지……."

이런 것이다.

(2) 글쓴이의 생각, 느낌, 행동, 그 글에 나타난 상황과 배경이 눈에 보이듯이 생생해야 한다.

(3) 목숨을 사랑하고 존중하는 마음으로 쓴 것. 여기서 목숨은 사람 목숨뿐만 아니라 곤충이나 식물들 목숨까지도 생각해야 한다.

(4) 자기 삶을 당당하고 꿋꿋하게 살아가는 사람. 이런 사람들의 글은 좋게 마련이다. 자기 삶을 반성하는 것은 좋으나 비겁한 생각이나 행동, 스스로를 천하고 낮게만 생각하는 사람은 좋은 글을 쓸 수 없다.

(5) 사회 정의를 바탕에 깔고 있는 글.

(6) 평소에 하는 말대로 쉽고 바르게 쓴 글.

그리고 정수의 글을 자세하게 살펴보았다.

(1) 얘기를 푸는 방식이 퍽 자연스럽다. 일영이의 얘기에서 돌아가신 할머니를 생각했고, 끝에는 일영이의 상처가 빨리 아물기를 바라는 마음까지 물이 흐르는 듯하다.

(2) 이야기의 중심을 잘 잡고 있다. '할아버지가 돌아가셨는데 아무렇지도 않게 웃고 다니'던 일영이를 보면서 자기도 눈물이 안 나면 어쩔까 걱정했던 일과 실제 있었던 눈물과 관계된 일들을 놓치지 않고 끌어가고 있다.

(3) 줄 친 ①을 보면 자기 마음을 전혀 숨기지 않고 있어 참 좋

다. 이렇게 자기 마음을 드러낼 때 감흥을 일으킨다. 사람 마음은 모두 비슷하기 마련이니까.

(4) 줄 친 ②는 행동만을 그리듯이 썼는데도 상황과 마음을 잘 알 수 있다. 상을 당한 집안에서 아이들은 반갑다고 인사를 하고 싶어도 못 한다. 어색하게 눈을 마주쳤다가 돌려 버리는 모습이 훤히 보인다.

이 부분 말고도 이 글에는 감정을 나타내는 낱말 "슬펐다, 안타까웠다" 같은 말을 거의 쓰지 않았다. 그냥 그때 상황이나 행동만 묘사했다. 그런데도 우리는 글쓴이의 감정을 알 수 있다. 이처럼 상황을 드러내 보이기만 해도 읽는 이는 글쓴이의 감정을 잘 알 수 있다. 글은 이렇게 써야 감정을 더 절실하게 드러낼 수 있다.

(5) 줄 친 ③은 본래 〈"정수 대학 가서 결혼하는 거 보고 죽어야 할낀데"라고 말씀하시곤 하셨고, 그러면 나는 "내 아들 낳는 건 안 볼끼가" 하고 말하곤 했다. 그러면 할머닌 "그때까지 내가 살것나"라고 말씀하셨고, 난 또 "살지 와 못 사노"라고 말하면 할머닌 또 "오냐, 살마" 하고 웃으시며 말하고 했다〉고 쓴 것을 "~라고 했다"를 빼 버렸다. 이러니 훨씬 낫지 않나? 따옴표 뒤에 "~라고 했다"는 말은 안 써도 된다. 정수 글에 이런 부분이 딴 데도 많은데 주의할 일이다.

(6) 마지막 부분, 일영이가 지금은 비록 아무렇지도 않은 듯이 있지만, 막상 집에 가면 가슴 아파할 것이란 걸 정수는 알고 있

다. 그리고 위로를 한다. 나는 여기에서 뭉클한 감동을 받는다.

수학여행 때 있었던 일 한 가지만 쓰기

6월 5일부터 8일까지 설악산으로 수학여행을 다녀왔다. 기행
문 써낸 걸 보니 한결같이 여정만 죽 늘어놓았다. 느낌과 모습이
드러나지 않는다. 그래서 여행 전체를 쓰려고 하지 말고 여행 중
에 있었던 일 가운데 인상 깊은 일 한 가지만 골라서 자세히 써
보라고 했다.

기행문은 감상, 서사, 묘사, 보고문이 뒤섞여 나타날 수 있는
글인데, 정해진 분량에 여행 전체를 나타내려면 결국 여정만 늘
어놓을 수밖에 없겠다. 전체 여정은 간단하게 쓰고, 꼭지를 나누
어 쓰고 싶은 부분을 주제별로 쓰면 좋겠다.

성류굴 2학년 장용훈

버스로 6시간 정도를 달려 점심때쯤 첫 목적지인 성류굴에
도착했다. 더운 날씨에 버스에서 오랫동안 시달려서인지 머리
도 아프고 속도 안 좋았지만 단체생활이었기 때문에 그리고 수
학여행비로 낸 돈을 포기할 수 없었기 때문에 동굴로 향하게
되었다. 끝 반부터 출발했기 때문에 우리 반이 앞장서게 되었
다. 그중에서도 난 세 번째여서 전교생 중에서 세 번째로 들어
가게 된다는 생각에 기분이 좋았다. 앞장선 기수를 따라 조금
걸어가니 동굴 입구가 보였다. 만화라든지 영화에서 보면 동

굴 입구가 커다란 아치형으로 웅장하게 생겼던데 성류굴 입구
는 꼭 바위를 손가락으로 푹 찔러 콧구멍을 내어 놓은 것 같이
조그만 구멍이 두 개 뚫려 있을 뿐이었다. 그것도 몸을 푹 숙여
야 들어갈 수 있을 만큼의 크기밖에 되지 않았다. 하는 수 없이
상체는 숙이고 엉덩이는 치켜든 엉거주춤한 자세로 들어갔다.
돌들을 만져 보니 미끈미끈한 게, 그렇지 않아도 콧구멍 속으
로 들어가는 느낌으로 들어왔는데, 정말 실감났다. 조그만 입
구를 지나 어느 정도 넓은 곳으로 나왔을 때 '유령의 집' 같은
느낌이 순간적으로 들었다. 뾰족한 돌들이 여기저기서 튀어나
와 있고 조명도 그렇게 밝지 않은 게 동굴 부분 부분마다 컴컴
한 그림자가 생겨 있어서였다. 그러나 으스스하다기보다는 포
근한 분위기였다. 동굴을 따라 철판으로 된 길이 놓여 있었다.
그 길대로만 가면 동굴을 한 바퀴 돌 수 있게 되어 있었다. 나
는 천천히 가며 동굴 내부를 자세히 보고 싶었지만 뒤에서 아
이들이 밀려오는 바람에 대충 훑어볼 수밖에 없었다. 그래도
이름이 붙여진 돌들은 나름대로 유심히 살펴봤지만 전혀 이름
과 연관되는 것을 떠올릴 수 없었다. 하마처럼 생겼다는 것도
그냥 뭉텅한 바위덩이로밖에 보이지 않았고, 무슨 관음상이란
것도 그냥 길쭉하게 솟아 있는 돌 같았다. 또 무슨 무슨 탑이
라 하는 것도 내 눈에는 모두 아이스크림 같았다. 빛깔도 누르
스름한 게 아이스크림 덩어리를 쌓아놓은 게 좀 녹아내린 모양
이었다. 나는 모양보다 크기에 놀랐다. 1년에 겨우 0.4mm씩 자

란다는데 몇 년 동안 커야지 저런 크기가 될까? 길이가 내 키의 서너 배는 족히 되어 보였다. 이런저런 것을 보며 반환점을 돈 후 얼마 안 가니 웅덩이가 보였다. 완전히 별실처럼 되어 있었는데 어두컴컴해서 제대로 보이지는 않았다. 별로 넓지는 않았다. 물속에는 내 팔뚝만 한 비단 잉어가 헤엄치고 있었다. 만약 누가 인위적으로 풀어 놓은 게 아니라면 천년은 족히 넘었을 거라는 느낌이 들었다. 순간적으로 수심이 쓰여진 팻말을 봤을 때 엄청 놀랬다. 수심이 30m라고 했다. 별로 깊지 않게 보였는데, 이 물속에 10층짜리 건물이 들어갈 수 있다니……. 얼마 동안 계속 물속을 바라보다, 늦을까봐 그냥 나왔다. 나오면서도 물속은 어떻게 생겼는지, 잠수해서 내려가 보면 어떨지, 어디로 연결되어 있는지, 정말로 그렇게 깊은지 정말 궁금하였다.

술 2학년 손영호

"빨리 따라라, 술 안 따르고 뭐 하노?" 나는 벌겋게 상기된 얼굴로 술을 재촉하였다. 우리들은 소주 반 잔에 맥주, 콜라 들을 섞어 여러 잔을 마셨다. 내 딴에는 흥을 좀 더 돋우기 위해 술을 재촉했지만 술 몇 잔 마시니 숨이 가빠지고 조금씩 어지러웠다. 술을 다 마신 뒤 난 너무 어지러워 누워서 눈을 감고 있었다. 올라올 것 같아 좀 아쉬웠지만 그대로 그냥 잠을 잤다.
다음날 아침 요란한 음악 소리에 잠을 깨었다. 한숨 자고 일어나면 멀쩡할 줄 알았는데 오히려 더 머리도 아프고 어지러웠다. 아무래도 올릴 것 같아 화장실로 뛰어들어갔다. 두어 번 올렸는데 그리 썩 시원하지 않아 웅조를 불러 등 좀 두들겨 달라고 했다. "아이고, 나 죽네." "뭐 그것 조금 마시고 그라노." "몰라, 왜 내만 이렇노." 등을 두드려도 별로 시원하지 않은 건 마찬가지였다. 쓴기는 왜 그렇게도 쓴지 눈물이 날 정도였다.

빨리 식사하러 오라는 방송이 나오자 다른 애들은 다 나가고 혼자 화장실에 남았다. 올릴 것 같아 화장실 밖을 나갈 수가 없었다. "아, 이럴 줄 알았으면 술 안 마시는 건데. 이제 술 먹나 봐라." 이렇게 혼자말만 지껄이고 괜찮아지기만을 기다리며 쪼그리고 앉아 있었다. 잠시 후 다른 친구들이 식사를 하고 온 뒤에도 난 화장실 밖을 나갈 수가 없었다. 이러다간 정말 설악산이고 뭐고 오늘 하루를 화장실에서 보내게 될 것만 같았다.

얼마 안 있어 집합하라는 방송이 나왔다. 하지만 움직일 수가 없어서 난 다시 혼자 화장실에 있어야 했다. 그런데 반장이 올라와서 전부 나가야 한다고 하여 하는 수 없이 용기를 내어 조심스럽게 밖으로 나갔다. 밖에 있는 애들 중에는 나와 비슷한 증상을 보이는 애들이 몇몇 있었다.

난 선생님께 몸이 안 좋아서 여관에 남으면 안 되느냐고 물었다. 그런데 선생님께서는 "요놈 요거, 얌전하던 게 술은 왜 마셨노" 하시며 머리를 콕 쥐어박으셨다. 술 마셔서 아픈 것은 운동 좀 하면 나아진다면서 남지 못하게 하셨다.

하는 수 없이 별로 내키지는 않았지만 설악산에 오르게 되었다. 오만 인상을 찌푸리고 지나던 내 모습을 김종식 선생님께서 보시고는 눈치를 채셨는지 고소한 듯이 해해 웃으셨다. '남은 아파죽겠구만 와 웃노.' 속으로는 좀 선생님이 얄미웠다. 시간이 좀 지나자 곧 죽을 것만 같았던 몸이 조금씩 나아지기 시작했다. 나의 찡그려졌던 인상도 조금씩 웃음으로 변해갔다. 그리고 설악산을 내려올 때쯤엔 언제 그랬냐는 듯이 멀쩡하게 걸어 내려올 수 있었다.

그다지 즐거운 일은 아니었지만 수학여행의 소중한 추억으로 간직될 것이다.

이상석 부산 중앙고등학교

겪은 일을 바탕으로
주장하는 글 쓰기

고등학생들은 '글쓰기' 하면 '논술'만 생각한다. 그리고 이 '논술' 앞에 늘 막막해하기만 한다. 신문 사설을 베껴 써 보거나 갖가지 논술 지도서를 들고 끙끙거려 보아도 별 뾰족한 수가 없다. 논술의 가장 밑바탕에는 '자기 생각(의견, 주장)'이 있어야 하는데 이것을 갖고 있지 못하니 막연할 수밖에 없다. 기껏 남의 주장이나 이야기를 그럴 듯하게 짜 맞추어 써 보기는 하지만 이런 글쓰기가 재미있을 리도 없다. 이러면서도 시험을 앞둔 아이들이니 논술에서 도망을 칠 수도 없다. 어찌하나.

고등학생이라고 해서 대뜸 '논술 지도'부터 시작하면 아이들은 글쓰기에 진저리를 내게 될 것이다. 나는 '논술 글쓰기' 지도에 앞서 아래와 같은 글쓰기부터 하게 했다.

(1) 요즈음 겪은 일 가운데 잊히지 않는 일을 골라 자세히 쓰기

(2) 가슴속에 숨겨 둔 부끄러운 일, 죄스러운 일 고백하기

(3) 요즘 가장 억울하게 생각하는 일이나 가슴 아픈 일은 무엇인지. 그것에 대해 남이 들어도 이해할 수 있도록 자세하고 구체적으로 쓰기

(4) 자기가 가장 자신 있게 잘할 수 있는 일은 무엇인지 알아보고, 그 일에 대해 설명하기

(5) 자기가 가장 좋아하는 소설(시, 영화, 비디오, 만화, 노래 어떤 것이든)을 들어, 그것을 다른 사람들도 좋아할 수 있도록 내용을 소개하고 권하는 글 쓰기

이와 같은 글쓰기에 보태서 공사판에 가서 막일을 해 보고 글쓰기, 시장통 난전에서 장사하며 살아가는 사람과 이야기해 보고 글을 써 보는 것처럼 실제 자기가 일에 부대껴 보고 글을 쓰면 더욱 좋겠지만 도시에 사는 입시생 형편에 어쩔 도리가 없었다.

'논술 글쓰기'는 (1) 겪은 일을 바탕으로 주장하는 글 쓰기, (2) 우리 사회 현실을 보고 그 가운데 가장 큰 문제를 골라 이것을 비판하고 주장하는 글 쓰기를 했다.

그다음으로 할 일은 자료를 보여 주고 이를 분석 비판하는 글쓰기, 인생관이나 가치관, 자연관에 대한 글을 써 볼 수 있겠는데 이것은 3학년에 가서 할 수 있을 것 같다.

사회 현실 문제에 대한 글을 쓸 때는

(1) 사설이나 해설 기사는 되도록 보지 말고, 사건 자체를 객관으로 다룬 기사만 자료로 할 것. (섣불리 사설을 읽다 보면 자기

주장을 갖지 못하고 그 사설의 주장을 따라가기 쉽기 때문이다.)

(2) 모든 것을 자기의 삶과 견주어 생각할 것.

(3) 이미 다 알고 있는 사건을 다시 설명하는 일이 없도록 할 것. 사건은 두세 줄로 요약하고 내용의 대부분은 의견이나 주장을 쓰고 이것의 까닭을 쓸 것.

(4) 무슨 무슨 이야기를 어떤 순서로 풀어 갈지 얼거리를 먼저 짜 두고 쓸 것.

(5) 이야기를 풀어 갈 때는

• 그 문제가 일어나게 된 까닭은 무엇인지 자기 생각으로 밝힐 것.

• 그 문제를 보는 자기의 의견을 밝힐 것.

• 그런 문제가 다시 일어나지 않도록 하기 위해서는 지금 우리가 무엇을 어떻게 할 것인지 밝힐 것.

따위를 생각하며 쓰라고 했다.

글을 다 쓰고 난 다음은 네 명씩 짝을 지어 토론을 해서 글을 고쳐 보도록 했다. 글을 고칠 때는

(1) 말하려고 한 내용은 잘 드러났는가. 한 번만 읽어도 주장하는 내용을 훤히 알 수 있도록 썼는가.

(2) 더 중요한 내용(주장, 일화 따위)을 빠뜨리지는 않았나.

(3) 같은 내용을 말만 바꾸어 거듭 얘기하지는 않았나.

(4) 이야기는 반드시 몇 개의 단락으로 이루어지는데, 단락은 바르게 나누었는가.

(5) 우리말이 있는데도 한자말이나 어려운 말을 쓰지는 않았나.

(그 소식을 접하고→듣고, 보고 / 그 문제로 인하여→그 문제 때문에 / 그럼에도 불구하고→그런데도 / ……에 다름 아니다 →……와 같다)

(6) 자기 말버릇 가운데 고칠 것은 없나.

(~것이다 / 나는 잘 모르지만~ / 솔직히 말해서~ / ~인 것 같다 / ~아닐까 한다 / 쓸데없는 접속어를 자주 쓰는 버릇 따위)

(7) 맞춤법은 맞는지, 원고지 쓰는 법에 맞는가.

이런 것을 잣대로 삼는다.

그다음에는 내용 문제를 가지고 토론한다. 이때는 ①주장하는 내용이 공감할 수 있는 것인가 ②주장하는 내용이 실제로 할 수 있는 일인가를 살피고, ③자기가 미처 생각하지 못했던 것, 깨달음을 주는 것들은 서로 배워서 자기 것으로 하도록 했다.

다음은 글쓰기 시간에 나온 글이다.

겪은 일을 바탕으로 주장하는 글 쓰기

글① 이유 불문 2학년 조일환

학교생활을 하다 보면 선생님한테 벌을 받는다던가, 매를 맞는 일이 생긴다. 그러나 내가 잘못한 일도 없는데 선생님에게 맞는다면 누구든지 억울하고 분한 마음이 들 것이다.

지난 13일 친구들과 함께 하교하는 중이었다. 3층 계단을 내려가고 있는데, 우리 앞에 다른 아이들이 노래를 부르며 가고 있었다. 종례가 늦게 끝난 반이어서 이미 쉬는 시간은 끝나고 자율 학습 시간이었다. 우리 앞에 노래 부르던 아이들이 내려가고 우리가 막 내려가려는 순간, ○○○선생님이 우리를 보며 이리 오라고 하셨다. 선생님 앞에 서는 순간, 다짜고짜 빰을 치시는 것이었다. 웬 날벼락? 정말 황당했다. 빰을 한 대씩 때리고 난 뒤 선생님은

"너희가 노래 불렀지? 아마 네 놈인 것 같다."며 내 친구를 한 대 더 때리는 거였다. 아니라고 말씀드렸지만, 아무런 소용이 없었다. 그저 욕만 먹고 부어오른 빰을 만지며 내려올 수밖에 없었다. 그 선생님은 우리가 노래 부르는 것을 직접 본 게 아니라, 노랫소리를 듣고 나와서 마침 지나가던 우리를 붙잡은 것이다. 한 마디로 저 놈들이겠거니 하는 추측으로 우리를 때린 것이다. 때리는 이유도 때리기 전에 밝히지 않았다. 때리고 나서 이야기를 하셨다. 우리가 노래를 부르지 않았다고, 조용히 내려가고 있었다고 이야기를 해도 듣지 않으셨다. 화만 내고 고함을 치실 뿐이었다. 우리는 억울했지만 우리가 무죄라고 떠들어보았자 더 맞을 것 같아서 입을 다물 수밖에 없었다.

때리는 선생님이야 잘못 알았구나 하고 생각하면 그만이겠지만 맞는 우리로서는 분하고, 억울하고, 아프다. 때리기 전에 한 마디만 물으면 될 텐데, 어째서 먼저 때리고 보는지 이해하

기 힘들다. 어떤 놈이든 잡아서 본보기만 보여주면 된다고 생각하시는 걸까? 그렇다면 우리가 재수 없다고 생각하고 묵묵히 때리는 대로 맞아야만 했던 걸까? 물론 선생님도 사람이니까 실수하실 때도 있을 것이다. 하지만 실수한 것을 아셨다면 실수한 것을 시인하고, 우리에게 미안하다고 한 마디쯤 해 주실 수 있었을 것이다. 그런다고 선생님 체면에 손상이 간다고는 생각지 않는다. 그러나, 우리의 잘못 없음을 밝히는 말은 야단과 고함소리에 묻혀 버리고 선생님은 실수를 인정하지 않으셨다.

아마 우리뿐만 아니라 다른 사람들도 한두 번쯤 이런 경우를 겪어 보았을 것이다. 때리는 사람이야 별로 기분이 나쁘지 않겠지만, 맞는 사람의 기분을 헤아린다면 이런 일은 훨씬 줄어들 것이라고 생각한다. 처지를 바꾸어 놓고 생각해 주신다면 말이다.

노태우 부정 축재 사건을 듣고 쓴 글

글② '물태우'라는 가면 2학년 공웅조

우리는 썩어 가는 역사의 중간에 서 있다. 그렇게도 맹신하면서 시작한―단지 사상이 다르다는 이유만으로 수없이 많은 사람을 죽인―'자유민주주의 국가'가 벌써 50살 나이가 됐다. 중국말에 나이 오십이면 하늘의 뜻을 안다고 했는데 젖먹이 수준밖에 되지 못한다. 자유민주주의를 50년이나 한 나라가 뽑은 대통령이 모조리 살인마 아니면 도둑이다.

이 나라의 민주주의를 위해 몸바친 사람이 몇 명이었던가. 그들의 노력은 헛수고였나.

짐작은 했지만 어눌하게만 보여서 '물태우'라고 불렸던 사람이 그런 일을 했다니 겉으로 드러난 모습만 보고 사람을 판단하지 말아야겠다는 생각을 했다. 그는 어쨌든 전두환과 함께 수많은 사람을 죽였다. 평소에 보여준 그의 몸짓은 거짓말이었음을 확실하게 알 수 있다. 노태우는 고도의 대중심리술로 자신을 '물태우'로 보이게 했다. '보통사람'이라는 말과 특유의 손짓, 입가에 항상 흐르는 미소는 잔인한 속마음과 달리 온유하고 자비로운 할아버지를 만들어냈다.

물로만 보이던 그가 몇 천억이라는 돈을 받았다는 얘기를 듣자 '보통사람'들은 당연히 놀랄 수밖에. 대선에서 그를 뽑았던 정신 나간 인간들은 이 일을 보고 어떤 느낌을 받았을까.

허무할 뿐이다. 너무나도 많은 일들에 상처받다 보니 역사책을 화려하게 장식할 이 사건도, 노태우 죽인다고 들고일어날 일들인데 열을 내서 욕만 하거나 관심 없는 냉소를 던질 뿐이다.

사실 노태우에겐 도덕성을 기대하지도 않았다. 하지만 욕을 바가지로 들어서 얻은 대통령이라면 대통령이 되어서라도 적어도 욕먹을 짓은 하지 말아야 할 것이 아닌가.

글③ 비자금, 학교에서부터 2학년 김민영

6공 정권 대통령이 부정으로 엄청난 돈을 모아서 그것이 요즘 전국의 화제가 되고 있다. 모두들 전 대통령에게 욕을 하고 비난하지만 자신들을 한 번 돌아보는 사람들은 참 적은 것 같다. 특히 학교 선생님들이 그런 소리를 할 때는 아니꼽기도 하다. 내가 그렇게 하는 이유는 간단하다. 웬만한 사람들이면 돈 좀 있는 학부형들이 학교 행사마다 찾아와서 선생님께 봉투를 드린다는 것 정도는 다 알고 있는 사실이다. 모든 선생님들이 그런 것은 아니지만 많은 선생님들도 그런 식으로 '검은 돈'을 받는다는 것을 부인 못할 것이다. 돈을 갖다 주는 부모의 심정도 아마 정부에 '정치헌금'을 바치는 기업인들과 다를 바 없을 것이다. 아무런 양해도 없이 강제로 보충수업 시키고 표에는 찬성에 동그라미 찍게 만들고 부모님 도장까지 받아오게 시키고 거기다가 자습시간엔 남아서 강제로 앉힌 아이들이 답답해서 조금만 떠들어도 쥐 패고, 우리를 위한다는 명목으로 시험 후 또는 잘못이 있을 때마다 폭력이 정당화되고 또 학부형들로부터는 뒷돈을 받는 그런 학교 현실은 5, 6공의 야비한 정치 형태와 뭐가 다르단 말인가? 아마 그렇게 공부시키면 공부는 조금 더 하겠지만 나중에 정부 고위 관리들이 부정을 저지를 때, 강제 교육을 착실히 받아 온 우리들이 커서 제대로 맞설 수 있을까? 아마 없을 것이다.

조금이라도 나이 많고 높은 사람이 하는 일은 설사 그것이 잘못이라도 얌전히 따르고 묵인해 주는 게 착한 아이라는 교육을 받은 우리들. 제 7, 8공화국 때가 되어서 또 이런 일이 일어나지 않으리라고는 절대 보장할 수 없다. 나는 이번 일로 전 대통령의 잘못을 따지기보다는 학교에 깔려 있는 비민주적인 일들을 반성해 보는 계기로 삼고 잘못된 일을 하는 선생님께도, 잘못된 정치를 하는 정부에도 당당히 맞설 수 있는 아이들을 기를 수 있게 하는 게 앞으로 또 다른 부정축재를 막을 수 있는 해결책이라 생각한다.

글④ 그들만 나무랄 수 없다 2학년 박찬오

'한국의 수치' 우리나라뿐만 아니라 전 세계는 비자금 사건을 이렇게 보고 있다. 신문이나 잡지, 뉴스에서 가장 무게 있게 다루고 있는 이 비자금 사건은 어떤 이유에서 생겨나게 되었을까? 그리고 우리, 진짜 '보통사람'들은 잘못한 것은 없을까? 이러한 수치스런 사건이 다시는 일어나지 않으려면 어떻게 해야 할까?

우리 사회에서는 법보다 관례가 우선으로 지켜진다. 학부모가 선생님에게 주는 '돈 봉투'부터 대통령의 비자금까지 그 종류는 여러 가지이다. 이승만 씨가 정권을 잡기 위해 친일 세력과 손을 잡은 뒤부터 쿠데타로써 정권을 잡은 박정희, 전두환, 그리고 노태우 씨가 집권할 때까지 권력이나 돈을 가진 자들은 법에서 예외가 되었다. 열을 받으면 늘었다 줄었다 하는 자로

재려 하는 것처럼 힘 있고 돈 있는 사람의 영향력이 발휘되는 법으로 우리 사회를 이끌어 나가려 하니까 이런 사건이 생기는 것이다. 법이 제 구실을 못하니까 쓸데없는 관례가 판을 친다.

그리고 정치인들은 자신이 일반 서민과는 다르다는 착각에 빠져 있다. 국회의원이 되기 위해 집도 날리고 자신까지 망치는 사람을 가끔 볼 수 있다. 과연 그들이 그의 고장을 위해, 그의 고장 사람들을 위해 그렇게 노력했을까? 단지, 그들은 지위가 높아지고 서민이 가지지 못하는 권력을 가진다는 착각을 좇아 그렇게 발광으로 노력했을 뿐이다. 정치인들의 이런 착각이 정치인들을 서민과는 다른 행동을 하게 만든다.

하지만 그들만 나무랄 수 없다. 우리도 반성을 해야 한다. 우리는 요즘 5000억에 대해 집이 몇 채가 된다, 일반 월급을 몇 년 모아야 된다 하고들 말한다. 물론 그 비자금이 어느 정도 되는가 기준을 세워 알려 주기 위해 그렇게 했지만, 그 이면에는 그 돈에 대한 부러움이 있다는 것을 부정할 수 없다. 우리들이 그 사건 자체보다는 비자금의 액수에 대해 더 분개하는 것도 그 때문이다. 그러한 부러움을 우리 마음에서 완전히 없애지 않는다면 또 다시 이러한 사건이 일어날 가능성도 사라지지 않을 것이다.

우선 비자금 사건에 관계된 모든 사람들을 처벌하면서 땅에 떨어진 법에 대한 권위를 찾아야 한다. 그러나 그것보다 더 중요한 것은 자기 일에 충실한 것이다. 자기 일에 충실하다는 것

은 자기 직업에 충실하고, 정치에 관심을 두고 걱정도 하는 것
이다. 정치는 정치인들만이 하는 직업의 일종이 아니다. 정치
는 우리 모두가 고심하고 걱정하면서 우리의 생활을 설계하는
과제이다.

우리가 자기 자신의 일에 충실한 생활 태도를 가질 때 우리
사회는 더욱더 나은 사회가 될 것이다.

위 글에 대한 평

글①

어른들, 더구나 교사들은 아이들의 이런 글을 매우 못마땅하
게 생각한다. '생각이 부정적'이라느니 '자기들 잘못은 모른다'
느니 하는 말로. 그러나 나는 이런 말이야말로 가장 귀담아들어
야 할 말이지 싶다. 우리 회원들도 모두 그러리라 믿는다.

이 아이는 스스로 자기 글을 평하며 하는 말이 "예화 부분이
너무 길다. 전체적으로 높임의 호응이 맞지 않는다"고 했다.

글②

노태우 부정 축재 사건에 대한 신문 자료를 모아 읽고 자기 생
각을 써 보라고 했을 때 나온 글이다. 이 글을 쓴 공웅조는 평소
에도 열심히 글을 쓰고 생각이 깊은 아이다.

이 글은 내가 제시한 여러 조건을 무시하고 자기 생각과 느낌
만 한달음에 썼다. 10분도 되지 않아 다 써 버리고 또 다른 글을
쓰는 것을 내가 보았다.

논술문의 구성을 따르지 않아 완성된 글로 보기는 어렵지만 누구나 다 아는 해결책, 그러나 실천하기엔 너무나 어려운 일들을 늘어놓기 지겨워서 딴말을 덧붙이지 않았는지도 모른다. 그렇더라도 우리의 삶 속에서 고쳐 나가야 할 일들을 진지하게 고민해 주었으면 좋겠다.

글③

비리 문제를 학교생활과 견주어 살핀 것이 좋았다. 이 글 역시 교사들이 매우 싫어할 글이다. 아무리 좋은 일(어른들 기준이지만)이라도 아이들과 의논 없이 하는 일은 안 좋다. 하지만 학교 현실은 이것을 외면한다. 아이들을 오로지 길들이고 끌고 가야 할 대상으로만 보고 있으니 답답한 노릇이다.

이 글은 미리 얼거리를 짜고 쓴 글이지 싶은데 단락을 거의 나누지 않았다. 이것을 보기 글로 해서 단락 나누기 연습을 시켜 보아도 좋겠다. 또 문장이 매우 길다. 내용을 명확하게 전하려면 짧은 문장이 훨씬 낫다는 것을 알아야 하겠다.

고쳐야 할 말로는

• 전국의 화제가 → 온 나라에 이야깃거리가

• 특히 → 더욱이

• 욕을 하고 비난하지만 → 욕들을 하지만

• 아무런 양해도 없이 → 아무런 의논도 없이

글④

우리 반에는 토요일 오후에 논술 토론 모임을 하는 아이들이 열 명 있는데 이 글은 그 모임에서 나온 글이다. 앞에서 내가 제시한 글쓰기 지도에 충실히 따라서 쓴 셈이다. 짜임도 거의 완벽하고 내용도 충실하다. 앞머리에 사건이 일어난 까닭, 우리 삶의 문제, 해결책에 대한 문제를 제기하고 본문에서 차례대로 풀어 나갔다.

우리 마음속에 5천억을 부러워하지 않은가 꼬집은 점, 부정한 짓 자체에 분개하기보다 돈의 액수에 분개하는 점을 지적한 것은 다른 사람들이 잘 생각 못 하는 귀한 생각이다. 더욱이 정치는 정치인들만이 하는 직업의 일종이 아니기 때문에 우리 모두 여기에 관심을 가져야 한다는 주장도 옳은 말이다.

그러나 앞의 글2, 3보다 가슴을 울리는 힘이 적다. 자기 삶 속에서 우러난 말이 아니라 관념으로 쓴 글이라서 그렇지 않나 싶다.

이상석 부산 중앙고등학교

일하고 나서 글쓰기

해마다 여름방학을 앞두고 아이들에게 묻는 말이 있다. "훗날 노동자가 되지 않을 학생 손들어 보세요." 한 반에서 반쯤 아이들이 손을 든다. 그 까닭을 물으니 노동자가 싫다고 대답하거나, 어머니나 아버지가 노동자가 되지 말라고 한단다. 노동자에 대한 아이들과 부모님들의 생각을 알 수 있다.

그리고 다시 물어본다. "정신이든, 몸이든 스스로 움직여서 일을 한 대가로 살아가지 않을 사람?" 그러면 숫자는 아주 줄어든다. 그때 말을 덧붙인다. 엄마가 아침에 일찍 일어나서 밥하는 것부터 우리가 학교에 와서 공부하는 것까지 몸을 움직여서 하지 않는 일이 없다. 그리고 그 밖에 몇 가지 이야기를 곁들여 우리가 몸을 움직이지 않으면 안 되는 일이 너무 많다고 이야기한다.

그리고 내가 일하는 이야기를 해 주고 선배들이 땀 흘려 일하고 나서 쓴 글을 몇 편 골라서 함께 읽어 본다. 그러면 아이들의 반응이 조금 달라진다.

"2년 전 아파트에서 살다가 주택으로 이사를 했어. 이사 와서 집 뒤를 보니 엉망이야. 눈에 거슬려서 파 보니, 집 뒤에 길을 넓히고 포장을 하면서 나온 것들을 묻은 흔적, 앞에 살던 사람이 버린 쓰레기들, 집을 고치면서 나온 이런저런 물건들이 있어. 그런 폐기물들을 하나하나 파기 시작했어. 하다 보니 강가에서 볼 수 있는 둥근 돌들도 나와. 둥근 돌들을 보니 담장을 쌓아야겠다는 생각이 들었어. 아침에 일어나서 잠깐 하고, 퇴근하고 돌아와 또 일을 했어. 돌은 돌대로 골라내고, 폐기물들은 폐기물대로 골라냈어. 다시 쓸 수 있는 것은 따로 챙기고, 쓸 수 없는 것은 쓰레기봉투에 담았어. 유리 같은 것들이 많이 나와서 천으로 된 쓰레기봉투에 담을 수밖에 없었어. 비닐은 찢어지니까. 천으로 된 쓰레기봉투는 하나에 값이 몇천 원씩 하더라고. 대여섯 개 넘게 썼을 거야. 쓰레기봉투값만 꽤 들었어. 그렇게 아침저녁으로 서너 달쯤 일을 했나. 집 뒤가 조금 정리되더라. 일을 하고 있으니 오가는 사람들이 깨끗해졌다고 한마디씩 보태고. 그리고 너희 선배들이 일하고 나서 쓴 글이 있는데, 한번 들어 볼래?"

아이들에게 읽어 준 보기 글 가운데 한 편이다.

세상에 이런 일이! – 엄마 일 체험하기 최은경

우리 가족은 남상길목에 소 우리를 가지고 있다. 큰 소 우리에 세 명의 주인들이 나누어 쓰는 곳이었다. 방학 때는 엄마와 함께 자주 가서 사료를 주곤 했는데 이 날은 끔찍한 일이 벌어졌다. 7월 막바지에 들었을 때 엄마와 동생과 함께 소 우리에 오전 사료를 주러 갔다. 먼저 소 우리로 들어간 엄마가 소리를 질렀다.

"이게 뭐고? 하이고, 머리야. 애들아 빨리 이리로 와봐."

나와 내 동생은 놀래서 막 뛰어 들어갔다. 우리 눈앞에 펼쳐진 광경은 한마디로 난장판이었다. 우리 집 사료포대는 대여섯 개씩 두 줄로 나무 깔판 위에 쌓아놓았다. 그런 사료포대는 가장자리마다 찢어져 있었고, 위쪽의 사료포대 2, 3개는 발기발기 찢어져서 거지들의 누더기보다도, 걸레보다도 더 했다. 그래서 그 포대들의 사료들은 바닥으로 쏟아져서 사방팔방으로 흩어져 있었다.

"이거 완전 물고 마구잡이로 흔들었구만. 어짠다꼬 이렇게 만들어 놓았을꼬. 세상에! 이걸 우째 다 치우노?"

엄마가 사료포대를 이리저리 뒤적이면서 황당해 했다. 그런 엄마를 보면서 안쓰러웠는지 화제를 바꿔 내 동생은 말했다.

"엄마, 이거 종류별로 다 따로 담아야 돼요?"

나는 어이가 없었다. 도대체 어떻게 했기에 이렇게까지 되었을까?

"아씨 뭐라 이거, 짜증나게시리. 왜 하필이면 우리 사료라? 딴 집에는 다 괜찮더구만. 저 개새끼들이 그랬나?"

나는 괜히 입구서부터 거슬렸던 소 우리를 지키는 개 세 마리에게 화풀이를 했다. 열을 받을 대로 받은 우리 식구 세 명. 나는 성한 빈 사료포대를 찾았다. 그러는 사이 내 동생은 쏟아진 사료를 소들에게 먼저 퍼 주었다. 그리고는 마구 섞여 있는 사료들을 2개의 바가지로 각각 다른 포대에 옮겨 담았다. 전방 1m 남짓 3가지의 사료들이 서로 섞여서 거의 반 포대는 옆 배수로를 타고 벌어진 건물 바닥 틈새로 흘러내려서 바로 옆 도랑에 다 빠졌다. 사료의 종류는 번식우용 가루사료와 비육우용 후레이크, 송아지용 인공유(그냥 작은 후레이크라고 생각하면 된다)가 있었다. 그리고 3바가지 정도의 양은 나무 깔판 밑에 있던 쥐똥과 섞여서 지나가던 비둘기나 먹으라고 우리 옆 길바닥에 뿌려놓았다. 사료 한 포대에 돈도 비싼데, 너무 아까웠다. (사료 한 포대에 거의 6000원 가까이 된다.)

옆 소 우리에 소 사료를 주러 온 아저씨가 우리를 보더니, 아마도 쥐가 사료 밑의 깔판에 들어가서 개들이 쥐 잡는다고 그랬을 것이라고 했다.

"아씨 그럴 줄 알았어. 아무리 그래도 그렇지, 쥐도 못 잡는 개들이 사료를 물어뜯긴 왜 물어뜯노? 아! 열받아. 엄마, 우리 이거 개 주인한테 다 물어내라고 그러자. 아니면은 저거 잡아다가 갖다 팔자. 진짜 짜증나여."

화가 울컥 한 나는 혼자 말이 많았다. 개들만 보면 공갈 협박과 욕을 해 댔다. 그랬더니 지네들도 찔리는 것이 있는지 나를 보면 꼬리를 내리고 피하는 눈치였다. 그래도 한번 받은 열은 안 내려가고, 거의 한 시간동안 땀을 뻘뻘 흘리면서 분류할 수 있는 한 사료들을 다 새로 담았다. 그렇게 새로 퍼 담은 사료들이 자그마치 8포대 반이나 되었다. 1시간을 쪼그리고 앉아서 일했기 때문에 허리도 아프고 다리도 너무 아팠다. 새로 담은 사료포대를 일렬로 놓고, 사료 밑에 깔았던 깔판을 세워서 개들이 사료를 못 건드리게 사료를 막았다. 그제야 안심이 되었다. 다시는 이런 일이 없었으면 좋겠다고 생각했다. 물을 주기 위해 동생과 함께 물을 받았다.

우리 소는 두 군데 나누어서 매 놓았는데, 새끼를 밴 소와 새끼를 밸 예정인 소는 한 마리씩 칸칸마다 매어 놓았고, 새끼를 이미 낳은 소는 송아지와 함께 좀 넓은 우리에 풀어놓았다. 따로따로 매어 놓은 소 우리에는 소여물통 옆에 수도꼭지가 달려 있어서 저절로 물이 받쳐졌는데, 풀어놓은 소가 있는 우리에는 물이 저절로 나오지 않아서 나와 동생이 물을 받아다가 부어줘야 했다. 두 우리는 서로 10m 정도 떨어져 있는데, 20L정도 될 만한 물통에 물을 가득 담아서 3번이나 왕복을 해야 했다. 그래도 아침, 점심, 저녁으로 매번 부어줘야 하니, 소가 얼마나 물을 많이 먹는지 알만 했다. 많이 안 먹었으면 좋겠다고 생각했지만 살을 많이 찌워야 하기 때문에 입밖에는 내지 못했다.

동생과 내가 물을 주고 있는 동안 엄마는 풀 말린 것과 짚을 썰고 있었다. 다 썰고 나서 말린 풀과 짚을 섞어서 소에게 각각한 뭉치씩 주었다. 확실히 소들은 사료보단 풀을 더 좋아했다. 그리고 나서는 물통에 빠진 이물질과 지푸라기들을 손으로 건져냈다. 내가 지푸라기를 건져내다가 소뿔에 받쳤다. 하마터면 큰일 날 뻔했다. 저번에도 사람들을 많이 받은 소였는데, 아직까지 버릇이 남아있었다. 그렇지만 상처는 없어서 그냥 넘어갔다.

평소에는 30분도 안 되면 끝나는 사료 주기를 그 날은 1시간 30분이라는 시간을 들여 끝낼 수 있었다. 너무 힘든 하루였지만 사료들을 새로 담고 소 우리 바닥을 치우고 나니, 한결 깨끗해졌다. 약간의 뿌듯함도 있어 화가 누그러졌다. 이번 일을 교훈 삼아 사료 보관에 더 신경을 써야겠다. 우리 소들이 살이 많이 쪄서 우리 식구가 부자가 되었으면 좋겠다. (2001. 8. 27)

글감 주기

우리 학교 아이들은 도시와 달리 둘레에서 일거리를 찾을 수 있기에 땀 흘려 일하고 글쓰기를 할 수 있다.

더운 여름날 논밭이나 과수원 같은 곳에서 일한 뒤 자기가 겪은 일을 써 보라고 했다. 몇몇 아이들은 논밭이나 과수원이 없다고 한다. 그럴 때면 할머니 댁이나 친구 집, 이웃집 가운데 힘들지만 땡볕에서 일할 수 있는 곳을 찾아보라고 한다.

글감은 다음 몇 가지로 정해 준다.

(1) 여름방학 때 논밭이나 과수원 같은 곳에서 땀 흘려 일하고

글쓰기

(2) 어머니가 하시는 집안일을 아침에 일어나서 시작해 저녁밥을 먹고 나서 설거지까지 혼자서 해 보고 글쓰기

(3) 부모님이 일하시는 곳에 가서 몸소 겪어 보고 글쓰기

(4) 홀몸 노인 돌보는 일이나 다른 봉사 활동을 하고 나서 글쓰기

될 수 있는 대로 (1)번이나 (2)번을 하고 그럴 형편이 아니면 (3)번과 (4)번을 하게 한다. (4)번은 학교에서 적극 권장하고 있는 봉사 활동 가운데 하나이다.

글쓰기

여름방학 동안 일을 하고 나면 자기가 겪은 일을 곧바로 써 두라고 한다. 그래야 일을 하는 과정이나 일을 하면서 느낀 것들이 생생하게 살아날 수 있다. 여러 날 동안 이어서 일을 했다면 그날그날 일기처럼 날짜를 밝히고 계속 쓰라고 했다. 글을 쓰면서 살펴볼 것들은 미리 말하거나 누리집에 올려 두었다.

그리고 2학기 첫 주나 두 번째 주에 글쓰기 수업을 했다. 수업 시간에 함께 글을 살펴보는데, 일하는 모습이 잘 드러나지 않은 부분은 그때 기억을 되살려 고쳐 쓰게 했다.

다음은 아이들이 써낸 글이다.

농약 치기 성재희

8월 13일, 전화가 왔다. 외할머니였다. 엄마가 전화를 받았는데 할머니께서 일요일에 논에 약치니깐 좀 올라오라고 하셨다. 전화를 끊고 궁금한 나는

"무슨 전화야?"

"일요일에 약 치러 올라오라 카네."

엄마가 말씀하시고

"무슨 약?"

"논에 약 친다 카드라."

"아……."

그러는 사이 나는 국어 숙제가 생각이 났다. '땀 흘려 일하고 체험문' 쓰기 숙제는 해야겠고 언제 해야 할지 망설이고 있었는데 잘됐다 싶어 얼른

"엄마 우리 외갓집에 가자! 나 국어 숙제도 해야 되고. 가자, 가자."

"무슨 숙제?"

"일하고 체험문 쓰는 거. 이번 주 일요일에 가자."

"그래 가자."

일요일.

외갓집에 도착하자 외할머니께서 우릴 반갑게 맞아 주셨다. 그때 도착했을 땐 할머니랑 할아버지께서는 점심 식사를 하고 계셨다.

할아버지와 할머니 식사가 끝나고 할아버지와 동생 덕화는

경운기를 타고 먼저 가고 나랑 엄마는 오토바이를 타고 논으로 향했다. 논 가까이 갔을 땐 할아버지와 덕화는 커다란 고무 통에 물을 받고 계셨고 엄마랑 나는 먼저 논으로 갔다.

　……

어느 정도 팥잎과 깻잎을 따고 나니깐 할아버지와 덕화가 왔다. 나는 타고 온 오토바이에 깻잎과 팥잎을 갖다 놓으러 갔다.

경운기 뒤에는 커다란 고무 통이 실려 있었고 그 안에는 가득히 농약을 태운 물이 들어 있었다. 꼭 밀키스 같았다.

할아버지께서는 논에 들어가시기 전에 여러 장비들을 경운기에 연결하시고 나보고는 호스 좀 잡아 달라고 하셨다. 논이 길고 그만큼 호스가 길어야 하기 때문에 사람이 필요하다고 우릴 불렀다고 하셨다. 준비를 끝내시고 할아버지께서는 경운기에 시동을 걸었다.

"달, 달, 달, 달……." 경운기가 시끄럽게 돌아갔고 할아버지는 논으로 들어가셨다. 할머니께서는 할아버지와 가까이 계시면서 줄을 잡으셨고 엄마는 논 밖에서 줄을 잡았다. 나는 경운기 옆에서 줄을 대 주고 있었다. 시끄러운 경운기는 한참 동안 돌아가고 할아버지께서 내게 뭐라고 하셨는데 소리 때문에 도무지 할아버지 말씀을 이해할 수가 없었다. 할아버지께서는 뭐라 하시고 나는 경운기에 이것저것을 가리키며

"예? 이거요? 이거요?"

'참, 이렇게 말이 안 통해서야.'

말이 통하지 않으니깐 너무 답답했다. 내가 너무 헤매자 엄마가 얼른 뛰어 올라오셨다. 엄마가 할아버지께서 부탁하신 대로 했는데 여전히 농약이 나오지 않자 할아버지께서는 경운기 쪽으로 오시고 이것저것 살피시더니

"아, 이걸 안 했네."

하시면서 멋쩍은 웃음을 보이셨다. 원인은 제일 중요한 농약이랑 연결하는 호스를 통에 담그지 않아서 약이 나오지 않았던 것이다.

'할아버지도 이렇게 실수를 하시는구나.'

할아버지는 다시 논으로 들어가시고 본격적으로 약을 치시기 시작했다. 엄마는 호스를 힘껏 뽑으셨고 나도 엄마가 쉽게 호스를 뽑을 수 있도록 도왔다. 달달거리는 경운기 옆에서 계속 있으려니까 귀가 멍멍 했다. 내 생각엔 한 1시간쯤 된 것 같았는데도 고무 통 안에 있는 농약은 줄어들지가 않았다. 할아버지와 할머니는 어느덧 논의 끝에까지 다다라 가고 엄마도 어느새 논 안으로 들어가 호스를 잡아드리고 있었다.

어느새 할아버지와 할머니는 논 끝자락까지 가셨고 이제 반대쪽으로 돌아 나오시면서 약을 치셨다. 호스를 다 뽑고 할 일이 없자 맨 처음 엄마 있는 데로 가서 호스를 잡아 드리고 있는데 엄마께서 이제 돌아서 나온다고 호스 좀 잡아 달라고 하셨다. 나는 거기에 가만히 서서 엄마가 보내주는 호스를 잡아 당겨서 한 곳에 모았다.

논에 깔린 흙 사이에 묻혀 있던 호스가 어느새 내 손을 더럽혔다. 방학이라 길러 본 내 손톱 사이에 흙들이 마구 들어가서 좀 찝찝했다. 열심히 호스를 잡아당기면서 옷도 버리기 시작했다. '이제 일 좀 한 것 같네.' 왠지 모를 뿌듯함을 가졌다. 호스를 잡아당기고 왔다 갔다 하기를 두 번.

이제 지치기 시작했다. 농약을 다 치고 이제 호스를 감겨져 있던 수레에 다시 감아야 했다. 호스의 무게가 상당했는데 덕화가 옆에서 감고 나는 잘 감기도록 호스를 잡고 있었다. 그런데 속력이 나지 않자 엄마가 오셔서 수레를 막 돌리시는데 호스를 잡고 있던 나는 제대로 감을 수 없었다.

"아, 엄마. 천천히!"

그제야 엄마가 천천히 돌리셨고 그래도 잘 감기지 않자 나는

"엄마, 나랑 자리 바꿔."

"그래."

그리고 나랑 엄마는 자리를 바꿨다. 처음엔 괜찮았는데 계속 돌리려니 긴 줄넘기 할 때 줄 돌리는 것도 아니고 팔뚝이 너무 아팠다. 줄을 감고 있는 엄마를 보니깐 나보다 더 못 감길래.

"에이, 나보다 못 감네."

"괜찮아."

그리고 계속 감는 것이었다. 정말 순식간에 수레에 감긴 호스는 엉망이 되었다. 이게 뭐야. 외갓집에 도착했을 땐 2시, 벌써 6시가 다 되어 갔다. 아침을 늦게 먹은 탓에 점심을 먹지 않

아서 배가 고팠다. 옆에 있던 덕화가

"엄마, 배고파."

이 소리를 듣고 할머니께서는

"집에 애들 데리고 가서 밥 먹이고 와."

라고 하셨다.

'와? 다 끝난 거 아닌가?'

할머니랑 할아버지는 뒷정리를 하시고 오실 것이라 생각하고 대충 챙겨서 타고 온 오토바이를 타고 외갓집까지 갔다.

엄마는 열무에 밥을 비비셨고 우리는 발하고 손을 씻은 뒤 식사를 했다. 일하고 먹은 밥이어서 그런지 정말 맛있었다.

'일하고 먹는 밥이 이 맛이구나.'

식사를 하던 중 엄마가

"빨리 먹어. 아직 일 안 끝났어."

"헉, 또?"

"이번에는 아까 거보다 작은 논이야."

"아……."

식사를 마치고 다시 할아버지, 할머니가 계신 곳으로 갔다. 우리가 밥 먹고 오는 동안 벌써 할머니와 할아버지께서는 농약을 치고 계셨다. 정말 이번에 약을 칠 논은 아까 것의 반밖에 되지 않았다. 나는 얼른 달려가 줄을 잡아 드리고 엄마도 이번에는 논 안에 들어가지 않으셔서 옆에서 같이 했다. 정말 이번 논은 1시간도 채 되지 않아 끝이 났고 밖으로 잡아당긴 호스를 이번엔 꼼꼼히 잘 감았다. 아까는 다시 약 친다고 대충 감은 것 같다. 흙이 호스에 묻어 있어서 감을 때마다 자글거리는 소리가 났다. 일이 끝나고 시끄러운 경운기 소리도 꺼졌다.

이렇게 일을 끝낸 엄마와 나, 덕화는 할머니가 싸 주신 오이, 부추, 고추 그리고 아까 땄던 깻잎, 팥잎을 싸 들고 우리 집으로 돌아왔다.

그리 힘든 일을 한 것도 아니다. 힘들게 일하신 건 할머니 할아버지이신데 너무 피곤했다. 해마다 외갓집에서 가져오는 쌀로 우리 집은 밥을 먹는다. 그런데 농약을 치러 찾아뵙던 적은 나는 오늘이 처음이다. 힘들게 벼를 키워 밥을 만든다는 건 알았지만 계절마다 할아버지 할머니께서 수고를 하시니 앞으로는 정말 밥알 하나하나까지 남기지 않고 깨끗이 먹도록 해야겠다.

그리고 이번 가을에 수확할 때 또 찾아가서 도와 드리고 싶다. 너무 멀리 있는 것도 아니고 20분 거리에 있는데 오늘 너무 나도 오랜만에 외갓집을 방문했다. 늘 찾아뵙지 못한 점이 죄송스러웠다. (2004. 8. 25)

하루 동안 집안일 혼자 다 하기 변미나

8월 13일. 방학이 얼마 남지 않은 날, 나는 드디어 결심했다. 사실 오늘로 결정한 데에는 다 이유가 있다. 오늘은 아빠, 엄마 두 분 다 일이 있어서 밤늦게 들어온다고 하셨기 때문이다. 이런 날은 숙제 때문이 아니라도 큰딸인 내가 집안일을 모두 해야 하니까 숙제하는 날로는 안성맞춤이다.

아침부터 저녁까지 일을 해야 하기 때문에 나는 오랜만에 일찍 일어났다. 부엌에서는 전기밥솥이 칙칙거리며 밥을 하고 있었다. 밥하려고 일찍 나왔는데 밥이 벌써 되고 있다니 분명 엄마가 어젯밤 타이머를 맞추어 두고 잔 것이 틀림없다. 하지만 그 덕분에 나는 조금의 여유를 부릴 수 있게 되었다. 특히 토요일이라서 어젯밤에 먹다 남은 국과 감자볶음으로 반찬 끝. 감자볶음은 간단하기 때문에 별 어려움은 없었다. 게다가 맛도 만족스럽다. 우리 식구 모두 밥을 먹은 뒤, 나는 혼자 싱크대에서 달그락거리면서 설거지를 했다. 거실에서 들려오는 만화소리에 몇 번씩이나 거실과 부엌을 넘나들었지만 설거지는 무사히 끝났다. 요즘 들어 게을러져서 엄마 일을 잘 돕지 않았더니 많이 힘들었다.

설거지가 끝난 다음에 내가 할 일은 바로 청소. 새로 산 좋은 청소기로 온 집 안 구석구석을 청소했다. 솔직히 청소기로 미는 것보다 방바닥에 떨어져 있는 잡동사니를 치우는 것이 더 힘들었다. 청소가 끝나니 벌써 10시가 되어버렸다. 시간 하나는 빨리 가는 듯했다. 12시 30분, 동생들 벌써 밥 달라고 난리다. 토요일 점심이기 때문에 라면을 끓여 주었다. 사실 평일이라도 귀찮아서 그냥 라면 끓여줬지만. 배부르게 잘 먹고 난 후, 아침과 같이 난 또 설거지를 했다. 배가 부를 때는 소파에 앉아서 티비 보는 게 좋은데, 설거지를 하고 있자니 엄마의 심정을 조금은 알 것 같았다. 오후, 동생들은 컴퓨터를 하고 있어서 나 혼자만의 시간을 가졌다. 혼자만의 시간이라고 해 봤자 티비 보거나 그림 그리거나 노래 듣거나 셋 중 하나다. 오늘은 그림이었다. 그림은 그릴 때는 행복하지만 정신없이 그리고 나면 책상 위, 책꽂이, 방바닥, 모두 엉망이다. 오늘도 마찬가지여서 청소하느라 애먹었다. 한두 시간 정도 내 방에 꼼짝 않고 있다가 잠깐 물 마시러 바깥에 나갔는데, 처음 내 입에서 나온 말은 단 한마디였다. "헉!" 그 깨끗하던 거실은 온데 간 데 없고 과자 부스러기와 책, 비디오, 장난감으로 돼지우리가 되어 있었다. "변준호, 변준석. 왜 이렇게 더럽혀 놓는데." 엄마 일 대신한 지 하루도 채 되지 않았는데 내 입에서는 잔소리가 너무 자연스럽게 튀어나왔다. 동생들 시켜 가며 청소를 다시 했다. 안 그래도 힘든 청소 하루에 두 번 하려니 죽을 맛이었다. 그러고는 다시 내 방에 들어갔는데 '헉, 내 방 청소를 까먹고 있었다.' 그렇게 나는 하루에 청소를 세 번 했다.

6시. 점심 때 라면을 먹었더니 빨리 배가 고파져서 나는 저녁 준비를 시작했다. 3시쯤 꺼내 놓은 돼지고기와 감자, 양파, 당근으로 카레를 만들었다. 일찍 저녁준비를 해서 7시쯤엔 저녁을 먹을 수 있었다, 역시 먹고 난 후에는 설거지를 했다. 설거지를 끝냈을 때, 나는 너무 행복했다. 설거지까지만 하면 나의 국어 숙제는 끝이 아니던가. 정말 하늘을 날아갈 것 같았다.

그리고 나는 내 방으로 들어갔다. 오늘을 영원히 기억하기 위해 일기를 쓰기 위해서이다. 사실 요즘 3달 동안 내 일기장은 구석에 처박혀 있었다. 어쨌든 펜을 들고 나는 일기를 썼다. 정말 오랜만에 진지하게 일기를 썼다. 일기 내용은 다른 말이 다 필요 없었다. 왜냐하면 이 한 문장으로 끝나기 때문이었다.

"오늘 하루 정말 힘들었고, 엄마가 얼마나 힘든지 알게 되었다."(2005. 9. 13)

아빠의 하루 일과 정유리

오늘 오전 아빠가 일하시는 모습을 지켜보았다.

아빠는 개인택시를 운전하시는데, 혹시나 내가 방해가 되지 않을까 하는 마음에 선뜻 따라 나서지 못했다. 하지만 괜찮다는 아빠의 말에 나는 택시 앞좌석에 올라탔다.

아침 9시, 떠지지 않는 눈을 뜨고 아빠와 하루 일과를 시작하였다. 아빠는 먼저 터미널 앞에 있는 사무실로 갔다. 사무실에 가니 많은 아저씨들이 계셨다. 아빠 사무실에서는 차를 순서대로 세워놓고 손님이 오면 차례대로 태워갔다. 아빠는 차들이 줄을 서 있는 제일 뒤쪽에다 차를 세웠다. 손님이 한 명씩 오자 차들은 순서대로 손님을 싣고 달려갔다. 하지만 제일 뒤에 있는 아빠의 순서는 아직 먼 듯했다. 아빠의 순서는 언제 올까 하는 지루함이 들어 갈 때쯤, 드디어 아빠의 차례가 되었다. 손님이 와서 택시를 찾자 아빠와 나는 밖으로 나가 손님을 태웠다.

그 손님은 대경 아파트에 간다고 했다. 나는 갑자기 황당해졌
다. 1500원을 벌기 위해 이렇게 많이 기다렸나 하는 생각도 들
었다. 택시 기사들은 1500원을 벌기 위해 그렇게 많은 시간을
기다려야 한다는 생각을 하니 문득 아빠가 안쓰러웠다. 오늘따
라 아빠의 얼굴이 더 햇빛에 그을려 보인다.

첫 번째 손님을 태워주고 돈을 받는데, 그 손님이 5000원을
주셨다. 내가 얼마를 남겨줘야 하나 생각을 하고 있을 때 아빠
는 자연스럽게 잔돈을 남겨주셨다.

손님을 내려주고 오던 길, 로타리를 돌아 나오니까 한 손님
이 손을 들었다. 그러다 내가 손님인 줄 알고 손을 내리려 하자
아빠는 손님 쪽으로 차를 대고 타시라고 했다. 그 손님의 목적
지는 베어스타운이었다. 아빠는 손님의 목적지에 가는 내내 손
님이 지루하기 않도록 이야기를 걸며 대화를 이어나갔다. 나는
괜히 뻘쭘해져서 밖을 내다보며 갔다. 손님이 내리고 1500원을
받아 다시 사무실로 향했다.

"재미 없제? 집에 갈래?"

"아니, 괜찮은데."

"덥제? 음료수 사 줄까?"

"응."

나는 아빠가 사 준 음료수를 손에 쥐었다. 원래 아빠랑 말을
잘 하지 않아 오늘따라 부쩍 늘어난 아빠와 둘만의 시간에 난
어찌할 바를 몰랐다.

다시 차를 세워놓고 손님이 오길 기다리며 사무실에서 티비를 보았다. 왠지는 몰라도 아까보단 지루하지 않았다. 아까보다 차들이 없어서일까?

"몇 살이고?"

"16살요."

"그럼 내년에 고등학교 가겠네?"

"네."

"느그 아빠도 부질이 벌어야겠네. 아빠 따라 댕기니까 재미없제?"

"아니요. 재밌어요."

아저씨들과 대화를 하고 있는데, 손님이 왔다. 이번에는 운좋게도 시내가 아닌 남하로 가게 되었다. 이번에도 아빠는 웃으며 손님과 이야기를 하셨다. 시내를 갔다오는 것보다 남하를 갔다 오는 게 훨씬 멀어서 그런지 차를 오래 못타는 나는 머리가 띵해 휴대폰을 가지고 놀았다. 남하에 도착해 손님을 내려주고 오는 길, 나는 아빠와 대화를 했다. 집에선 잘 하지 않던, 잘 해보지 못했던 많은 이야기를 했다.

"오늘 재밌었나?"

"응, 이렇게 아빠 따라 다니는 건 처음이잖아. 맨날 아빠 차만 타고 다녔지. 손님이 타는 걸 본 건 처음이라서 재밌었어."

"이제 아빠가 돈을 어떻게 버는지 알았나?"

"응."

아빠를 따라 일을 한 건 네 시간뿐이었다. 하지만 난 그 시간 동안 많은 걸 보았다. 처음으로 아빠의 일하시는 모습을 보았다. 항상 웃으며 일하시는 모습을.

아빠가 이렇게 힘들게 번 돈을 우리는 너무 쉽게 써버렸다는 생각에 내 자신을 반성했다. 시내 몇 바퀴를 돌아야 겨우 한 손님 태울 수 있고 어떤 날에는 몇십 분을 기다리고도 겨우 1500원밖에 벌 수 없다. 모두들 편히 일한다고 하지만 사람들은 겉만 보고 얘기할 뿐이다. 속은 기다림에 지쳐있다는 걸 모르고.

작은 돈을 모아 큰돈을 만드는 아빠가 대단하고 자랑스럽다. 오늘따라 아빠의 얼굴이 더 힘들어 보이는 건 왜일까.

그 누가 이 세상에서 제일 존경하는 사람은 아버지라고 했다. 가족을 위해 일하시는 아버지. 나도 이 세상에서 제일 존경한다.

아까부터 하고 싶었지만 쑥스러워서 하지 못한 말,

아빠 힘내세요! 아빠는 내가 이 세상에서 제일 사랑하고 존경하는 사람입니다. (2005. 9. 3)

더운 여름날 일을 하려고 오랜만에 부모님과 함께, 또는 혼자서 할머니 댁이나 외할머니 댁을 찾아간 아이들도 있다. 삼촌 댁이나 이모, 고모 댁을 찾아간 아이들도 있었다. 또 몇몇 아이들은 가까운 친구 집을 찾아가서 일손을 돕기도 했다.

일을 해 보지 않은 아이들한테는 더운 여름날 일하는 게 쉽지

않은 일이다. 땀나고, 냄새도 나고, 짜증도 나고, 거기다가 방학
이지만 학원도 가야지 쉴 틈이 없다. 그렇지만 사람들이 어떤 일
을 얼마나 힘들게 하는지 겪으면서 아이들이 일하는 것이 얼마
나 소중한지 느끼길 바라는 마음으로 '땀 흘려 일하고 난 뒤 글
쓰기'를 해마다 되풀이한다.

박정기 거창 혜성여자중학교

땀 흘려 일해 본 것 쓰기

- 지도한 곳 : 안성여고 생활 글쓰기반 (24명)
- 갈래 : 겪은 일 쓰기
- 때 : 1998년 9월 26일

노리는 것

자기가 일해 본 것을 글로 쓰면서 땀 흘려 일하는 것이 몸과 마음을 건강하게 하는 값진 삶이라는 것을 깨닫게 한다.

이 글을 쓰게 한 까닭

나는 결혼하기 전까지는 일이라는 것을 거의 모르고 자랐다. 밥이나 빨래 같은 것도 제대로 할 줄 모르면서 겁도 없이 결혼을 하고 보니 내가 해야 할 일이 끝도 없이 기다리고 있었다. 일이 서투르고 일에 대한 가치를 모르니 사는 게 힘들게만 느껴져 짜

중 내며 사는 날들이 많았다. 그런데 어쩔 수 없이 일을 하면서 내 생각이 바뀌었다. 일이 삶을 바라보는 눈을 밝혀 준 것일까? 서툴지만 늦게나마 일을 하며 살다 보니 어려운 고비가 있어도 씩씩하게 살아 낼 수 있었다.

이런 까닭에 아이들에게도 일하는 삶이 값지다는 것을 일깨워 주고 싶었다. 그 방법 가운데 하나로 땀 흘려 일해 본 것을 글감으로 주고 글을 써 보게 했다.

지도 차례

(1) 글쓰기에 앞서 보기 글을 읽어 준다.

(2) 아이들에게 느낌을 말해 보게 한다.

(3) 땀 흘려 일해 본 자기 경험을 떠올려 보게 한다.

(4) 어떤 차례로 쓸 것인지 적어 보게 한다.

(5) 글쓰기. 될 수 있으면 이야기하듯이 써 보게 한다.

아이들 글

아기 보기 3학년 이운숙

생각대로 되었다면 지난 일요일은 내겐 오랜만에 쉴 수 있는 날이었어. 늘 약속이 있어서 일요일이어도 평일보다 더 바쁘게 지내곤 했는데 지난 일요일엔 아무 약속도 되어 있지 않았거든. 토요일 오후부터 다음 날 아침 늦게까지 자고, 하루 종일 먹고 놀면서 텔레비전을 볼 생각을 하니 너무나 기대가 컸어.

그런데 웬 날벼락인지, 아침 일찍 전화도 없이 언니네 식구들이 들이닥친 거야. 뭔가 불길한 느낌이 들었고, 그 예감은 적중했지. 언니와 형부가 초상집에 가야 하는데 아기를 데리고 갈 수 없다며 우리 집에 맡겨 놓고 간다는 거야. 그때 우리 집에는 엄마, 언니, 나 이렇게 셋이 있었거든. 엄마는 모임에 가야 했고, 언니는 일하러 가야 했어. 결국 아기를 봐 줘야 할 사람은 나였지. 나도 약속이 있다고 해 버리고 싶었지만 방긋방긋 웃는 아기 모습을 보니 그럴 수 없었어.

아기는 남자야. 8월 중순쯤에 돌이 지났어. 자라는 게 남보다 빠른지 다른 아이들보다 덩치가 커. 게다가 힘도 세서 아기 손이라도 맞으면 많이 아프지. 그래도 얼굴은 무진장 예쁘다. 속쌍꺼풀만 있는 눈인데도 동그랗고 크거든. 속눈썹은 길게 꺾여 올라가서 눕히면 눈을 감고 일으키면 눈을 반짝 뜨는 서양인형 같아. 게다가 얼굴도 우윳빛으로 뽀얗고. 평소엔 성격도 좋아서 배고플 때 빼고는 울거나 찡얼대지도 않고 보채지도 않아. 아기 보는 데 별로 힘이 들지 않을 것 같았어.

식구들이 모두 나가고 아기와 나, 둘만 남았어. 처음에 아기는 적응이 잘 안 되는지 얌전히 앉아 있었어. 오히려 내가 심심했던 탓에 먼저 아기에게 장난을 걸었지. 그러자 그것을 시작으로 아기 본성을 드러내기 시작했어. 이쪽 방 저쪽 방을 돌아다니며 살림을 하나씩 가져다 거실에다 늘어놓는 거야. 거기까지는 괜찮았어. 시간이 갈수록 아기는 포악해지는 거야. 펜 뚜껑을 다 열어 바닥에 낙서하고 종이는 구기고 찢고, 물건들은 집어던져서 부숴 놓곤 했어. 혼자서 막자니 기운이 쫙 빠지지 뭐야.

밖에 나가면 그래도 좀 덜할 것 같은 생각이 들어 놀이터로 데리고 갔지. 하지만 덜하기는커녕 더욱더 신이 나서 이젠 소리까지 질러 대는 거야. 잠깐 한눈이라도 팔면 재빠르게 걸어가 남의 공을 뺏고, 그러는 걸 다시 내 옆으로 데려다 놓으면 그다음엔 다른 아이가 타고 있는 자전거 꽁무니를 따라가는 거야. 그러다가 그 자전거가 서기라도 하면 어떻게 해서라도 한 번 타 보려고 자전거 주인에게 다가가 까닭 없이 웃고 몸을 만지며 온갖 애교를 다 떨더군. 그러다가 자전거 주인이 태워 주지 않고 가 버리자 그 애 뒤쪽에다 대고 알아들을 수 없는 말로 빽빽 소리를 지르는 거야. 그런 모습이 안타까워 집으로 데리고 가려고 안았는데 이상한 냄새가 풍겨 왔어. 혹시나 하는 마음에 엉덩이에다가 코를 대어 보니 똥 냄새가 코를 찔렀어. 얼른 안고 집으로 가서 기저귀를 벗겼지. 똥 싼 지 한참 지났는지 똥이 모두 뭉개져 있는 거야. 아기도 배가 고프고 지쳤는지 울어 대기 시작했어. 어쩔 수 없이 휴지로 엉덩이를 대충 닦아 주고 바지만 벗겨 엉덩이에 따뜻한 물을 뿌려 댔지. 물이 좋은지 아기는 금세 얌전해졌고. 덕분에 똥도 금세 치울 수 있었어. 간단히 씻은 아기는 우유를 먹으면서 잠이 들었어.

오후 세 시쯤 잠든 아기는 많이 피곤했는지 밤이 다 되어서
야 일어났어. 아기가 일어나고 조금 뒤에 언니와 형부가 왔고
아기는 자기네 집으로 돌아갔지. 하루 종일 내가 돌봐 줬는데
도 아기는 돌아갈 때 나와 헤어지는 것이 서운하지 않은 듯했
어.

'아기니까. 아직 아무것도 모르니까 그렇겠지' 하는 마음이
들다가도 서운함이 불쑥 치솟곤 했어.

하루를 이렇게 지내고 보니 힘든 일을 날마다 하고 있는 언
니가 너무 존경스러웠어. 다섯이나 그렇게 키운 우리 엄마는
더욱더 존경스러웠고. 이 세상에서 엄마가 되는 일이 결코 쉬
운 일은 아니라는 것도 느꼈어. (1998. 9. 26)

잔치 음식 나른 일 3학년 서미정

여름방학 동안에 나는 아르바이트라는 것을 처음 해 봤어.
방학이었지만 나는 보충수업을 받기 위해 학교에 나갔거든. 어
느 날 뒷자리에 앉은 친구가

"너 아르바이트 안 해 볼래?" 하는 거야. 자기가 아는 아줌마
가 식당을 하시는데 이번 주 그 곳에서 결혼 잔치가 있다는 거
야. 음식 나를 아이들이 필요하다는 거였지. 마침 난 옷을 사려
고 돈을 모으는 중이었거든. 난 기쁜 마음으로 시원스럽게 좋
다고 했지.

그 주 일요일에 나와 세 친구들은 서라벌회관으로 9시까지

갔어. 그 곳엔 아줌마들이 바쁘게 음식을 만들고 있었어. 잔치는 12시부터였는데 우린 가자마자 아주머니들 잔심부름을 했어. 상 위에 음식이 차려지고, 12시가 조금 넘자 한두 사람씩 들어서더니 12시 30분쯤부터는 셀 수 없이 많은 사람들이 몰려들었어. 그리고는 "헤이~ 아가씨!" "어이, 학생!" "아줌마"하며 우리를 불러 댔어. 아가씨나 아줌마로 부를 땐 왠지 기분이 묘하더라구. 좋지도 않구 나쁘지도 않지만 이상한 기분 말이야.

열심히 음식을 나르고 있는데 어디선가 '퍽' 하는 소리가 나는 거야. 돌아보니까 친구가 국수를 엎은 거야. 사람들이 너무 많아 발 디딜 틈이 없던 터라 국수를 나르다가 옆 사람과 부딪쳤던 모양이야. 아줌마들이 나오셔서 뒷수습을 했는데 친구는 부끄러워서인지 미안해서인지 얼굴이 시뻘겋게 달아올랐더라. 그 모습이 너무 안돼 보였어. 한편 난 다짐했지. 나는 절대로 실수하지 말자고.

그 곳의 열기로 얼굴이 후끈 달아올라 이마에 땀이 나고, 점점 다리와 팔이 아파 왔어. 그래도 그 와중에 우리는 아줌마와 손님들 눈치를 봐 가면서 거기 있는 음식들—떡, 과일, 오징어회, 갖가지 전 들—을 집어먹었는데 정말 맛있더라. 차츰 손님들이 빠지더니 2시쯤 되니까 잔치를 열었던 두 집 사람들만 계산을 하기 위해서 남아 있는 거야. 우리들은 그릇과 남은 음식을 치우고 마무리를 했어. 그리고는 바빠서 먹지 못했던 점심을 먹었지. 물론 남은 잔치 음식과 잔치 국수 말이야. 국수는 음식을 나르면서 못 먹었더니 더 맛있더라.

그렇게 모든 일을 끝내고 나니까 3시가 조금 넘고 있는 거야. 마침내 우리가 일하며 땀 흘린 값을 받을 때가 온 거였어. 아줌마가 우리를 부르더니 모두들 열심히 했다면서 우리들 손에 15000원씩 쥐어 주셨어. 그때 기분은 말로 다 할 수 없을 정도로 감격스러웠지. 그런데 좀 아쉽기도 하더라. 우리가 했던 일을 생각하면 조금 부족하지 않나 하는 생각에. 하지만 뭐 그게 어디야. 우리 손으로 돈을 벌었다는 게.

처음엔 옷을 살 때 보태려고 했지만 함부로 못 쓰겠더라. 그래서 한동안은 꼭 쥐고만 있었어. 절대 안 쓸 거라면서. 하지만 지금 그 돈은 없어. 왜냐구? 돈을 안 쓰는 건 우리 경제에 안 좋을 거라는 생각이 들더라구. 그래서 경제 순환에 조금 도움이나 될까 하고 사회로 풀었지. 헤~.

아무튼 그 날은 19년 동안 살아오면서 내가 땀 흘려 처음으로 돈을 벌어 본 날이었잖아. 돈은 쉽게 벌어지는 게 아니구나 하는 것도 깨달았고 한마디로 돈의 귀중함을 알았지. 돈을 얼마 벌었냐는 것을 떠나서 이 깨달음을 얻었다는 게 중요한 거겠지. 앞으로는 돈 함부로 안 쓸 거야. 돈 버는 건 정말 힘든 일이었거든. (1998. 9. 26)

밭에서 돌을 골라낸 일 1학년 홍효정

올해 9월 초 어느 일요일 아침. 한참 달게 자고 있는데 언제 날아왔는지 엄마 손이 내 등짝을 후려갈겼다.

"효정아, 빨랑 일어나서 나가자 얼른. 해 뜨기 전에 해야지 응? 얼른 일어나!"

"아얏!" 하는 소리와 함께 나는 잠이 덜 깬 채로 엄마 손에 이끌려 밥상 앞에 앉았다. 졸면서 밥을 몇 숟갈 먹었지만 그땐 밥보다 잠이 더 단 것 같았다. 꾸역꾸역 반 공기쯤 먹고 숟갈을 놓기가 무섭게 엄마는 내게 호미와 괭이를 내밀더니 들고 따라오라고 하셨다. 삽을 들고 집 앞에 있는 밭으로 가는 엄마에게

"나, 내일 실기 시험 봐야 돼. 다음에 하면 안 돼? 지금 나 정말 졸리단 말야."

하며 애원하고 투덜거려 봤지만 엄마에게는 씨도 안 먹히는 소리였다.

'아직 더위가 가시지 않은 여름 날씨인데 살도 많이 타겠지' 하고 생각하니 당장이라도 다시 이불 속으로 뛰어들고 싶었다.

하지만 단념하고 먼저 밭에 돌을 골라내는 일을 했다. 넓은 밭을 보니 엄마와 나 단 둘이 하기에는 너무 벅찰 것 같았다. 언제 다 할 수 있을까 하고 생각하니 한숨만 나왔다. 괭이로 이리저리 땅을 뒤적거려 돌이 나올 때마다 한쪽으로 모아야 했는데 조금 하다 보면 돌맹이를 모아 놓은 곳과 거리가 멀어져 힘껏 던져야 했다. 한참 그러다 지치면 쪼그리고 앉아 목에 걸친 수건으로 흘러내리는 땀을 닦으며 잠깐잠깐 쉬었다. 이렇게 푹

찌는 날씨에 일을 해야 하는 내 신세가 정말 처량하다는 생각이 들었지만 아무 말 없이 열심히 일하시는 엄마를 보면 순간 미안한 마음이 하늘을 찔렀다.

두어 시간 넘게 일하고 나서 엄마는 나보고 먼저 들어가라고 했다. 마음 같아선 들어가서 덜 잔 잠도 보충하고 싶었지만 쪼그리고 앉아서 돌만 부지런히 골라내는 엄마 모습을 보니 차마 그렇게 할 수 없었다. 엄마 옆에서 엄마를 따라 열심히 일했다. 팔도 아프고 허리가 끊어질 것 같았다. 한참 쪼그리고 앉아서 일을 하다 일어서면 다리가 후들거렸다. 엄마에게 그런 모습을 보이지 않으려고 했지만 엄마는 다 알고 계시는 듯했다. 내게 먼저 들어가라는 말을 하시곤 했으니까.

점심때가 가까워 오자 엄마에게

"엄마, 나 배고파. 밥 먹고 합시다. 예?"

하고 말하며 엄마 손을 붙들고 집으로 돌아왔다. 집으로 돌아오자마자 거울을 보니 내 모습은 땀투성이에다 머리는 이리저리 흩어져 있고 살은 술을 많이 먹은 사람처럼 벌겋게 탔다. 대충 씻고 밥을 먹는데 밥맛이 참 좋았다.

점심 먹고 다시 나가시는 엄마를 보며 난 벌렁 누워 있는 언니를 이끌고 밭으로 나갔다. 엄마, 나, 언니 셋이서 밭을 골랐다. 돌을 어느 정도 골라낸 후 고랑을 팠다. 엄마가 삽을 가지고 하려는 것을 내가 빼앗아 힘껏 내리쳤지만 삽은 흙 속으로 조금밖에 들어가지 않았다. 두어 번 되풀이해 봤지만 찌걱찌걱

쇠가 긁히는 소리만 날 뿐 마찬가지였다. 할 수 없이 언니에게 삽을 넘겨주고 엄마가 계시는 쪽으로 가서 엄마가 일하는 것을 지켜보았다. 난 앉아서 쉬고 있는데 엄마는 여전히 남아 있는 돌을 골라내느라 쉴 새가 없었다. 다시 엄마 옆에서 엄마가 하는 일을 거들었다. 생색을 안 내려 했던 나인데 점점 곡소리가 절로 나왔다.

"아이고 다리야, 허리야."

"휴, 정말 더워 미치겠네."

"아휴, 힘들어."

내가 이러는 동안에도 아무 소리도 없이 일만 하시는 엄마를 보며 난 정말 엄마가 '원더 우먼'이라는 생각까지 했다.

날이 저물자 집으로 왔다. 간단하게 몸을 씻고 저녁밥을 먹은 다음 티브이(TV)를 켜고 누워 있었다. 엄마도 옆에 누우시더니 곧 잠이 드셨다. 주무시면서 "아이구, 아이구" 하며 신음 소리를 내셨다. 난 엄마가 원더 우먼이라고 생각한 것이 잘못이었다고 생각하며 엄마 옆으로 가서 다리와 팔을 주물러 드렸다. 엄마는 잠결에도 괜찮다 하셨지만 난 잠자코 앉아서 계속했다. 그때 마음속으로 느끼는 것이 참 많았다. 엄마도 직장에 다니시느라 일요일에는 쉬고 싶을 텐데 힘들다는 한 마디 말씀도 없이 일요일마다 밭일을 해 오셨다. 그런데 어쩌다 가끔 한 번 하는 난 너무 엄살을 떤 것은 아니었나 하는 생각이 들었다. (1998. 9. 26)

글을 지도하고 나서

아이들이 쓴 글을 읽으며 아이들이 일하면서 얼마나 많은 것을 보고, 듣고, 느끼고, 배우는지 또 어떻게 다른 사람의 처지를 이해해 가는지를 알 수 있었다. 아이들이 쓴 글에서 희망이 보였다. 또 아이들에게 적당히 일을 시키면 인성 교육을 따로 할 필요도 없다는 생각도 들었고.

요즘 부모님들은 자식들에게 될 수 있으면 일을 안 시키려고 하는데, 그것은 아마도 자신들의 삶이 고단했던 탓도 있겠지만 사회 분위기가 그 값어치를 제대로 인정해 주지 않기 때문이라고 생각한다. 우리 아이들이 내가 그랬던 것처럼 공부만 잘하면 된다는 식으로 길러진다면 우리 아이들은 물론 우리 앞날은 밝지 않다. 따라서 아이들에게 일한 만큼 바르고 마땅한 값을 매겨 주는 것과 함께 일에 대해 갖고 있는 잘못된 생각을 바로잡아 주는 것이 우리 어른들이 해야 할 몫이라고 생각한다.

홍은영 경기 안성여자고등학교

2

몸으로 붙잡은 말,
시 쓰기는 이렇게

시란 무엇일까? 몸으로 붙잡은 빛나는 말이 무엇일까?
또래 동무들이 쓴 시를 함께 읽으면서
시가 무엇인지 몸으로 느끼게 되고, 아이들이 조금씩
자기 마음이 머무는 순간들을 붙잡아 내는 과정을 볼 수 있다.

이오덕 선생님과 함께한 시 공부

무너미 공부방에서 이오덕 선생님과 공부하던 기억이 새롭다. 공부방 둘째 날 그러니까 일요일 아침을 먹고 나면 선생님이 올라오신다. 언제나 공부할 자료를 가득 넣은 봉투 하나를 옆에 꼭 끼고 오신다. 그러면 그날 공부방에 공부하러 온 선생님들과 옆방에서 회보 편집하던 편집부 식구들이 모두 한자리에 둘러앉는다. 선생님이 꺼내 놓은 지난달 회보를 보면 곳곳에 꼼꼼한 작은 글씨로 주석을 달아 놓았다. 주로 글쓰기 지도 사례를 가지고 말씀을 많이 하신다. 다른 글공부도 했지만 시 쓰기에 대해 말씀해 주신 게 기억에 많이 남아 있다.

선생님은 안경을 들어 천천히 시를 한 편씩 읽어 나가면서 말씀해 주신다. 늘 건강이 좋지 않으셔서 그랬는지 목소리가 작다. 한방에 빙 둘러앉았는데도 귀를 기울여 들어야 한다.

우리 교실에서 아이들과 같이 시 공부를 하면 무너미 공부방에서 선생님과 함께 공부하던 기억이 되살아나곤 한다. 시 쓰기에 앞서 나도 선생님처럼 시를 한 편씩 읽어 주고는 먼저 아이들과 이야기 나누는 시간을 가진다. 공부감으로 삼는 시는 지난 시간에 다른 반 아이가 쓴 것이다. 바로 옆 반 친구들이 쓴 시라 귀 담아 듣고 이야기도 곧잘 한다.

아기 부산상고 3학년 손정화

학교 가는 169번 버스
아기 업은 아줌마가 탄다.
아기가 옹알거리면서 징징댄다.
사람들은 아기 쪽을 쳐다본다.
나도 쳐다본다.
아기 엄마는 아기보고
말하지 말라고 꾸짖는다.
아기는 자꾸 옹알거린다.
아기 엄마는 말하지 말라고 또 꾸짖는다.
아기도 하고 싶은 말이 있을 텐데. (2003. 5. 26)

"9반에 정화가 쓴 신데 어때 좋지?" "그래 어디가 좋은데?" 그러면 마지막 구절이 좋다고 한다. "'아기도 하고 싶은 말이 있을 텐데' 이 말은 정화가 머리로 만들어 낸 말인가, 아니면 자기도

모르게 저절로 나온 말인가?" 그러면 자기도 모르게 저절로 나
온 말이라고 한다.

공부방에서 선생님이 그러셨다. 자기도 모르게 가슴에서 터져
나온 말이라야 시가 된다고 하셨다. 선생님은 '몸으로 붙잡은 빛
나는 말'이라고도 하셨다.

무엇이 시가 되는가. 몸으로 붙잡은 빛나는 말이라야 시가
됩니다. 또 자기도 모르게 저절로 터져 나온 말이라야 시가 됩
니다. 머리로 짜 지어낸 말이나 책 보고 흉내 낸 말은 죽은 말
입니다. 살아 있는 입말이라야 시가 됩니다.

(2000년 3월 12일 무너미 공부방에서 이오덕 선생님이 하신 말씀)

울 엄마 부산상고 3학년 김미래

12시 정각, 밖은 깜깜한 게 가로등 불빛뿐이다.
엄마 올 시간인데
달깍 소리와 함께
맛있는 고기 냄새가 먼저 풍겨 온다.
"나 왔다. 자나?"
"엄마 왔나. 안 피곤하나?"
"세상에 안 힘든 일이 어딨냐."
얼굴에 가득 웃음을 머금고 대답한다.

늘어가는 주름살,

군데군데 박힌 굳은살,

퉁퉁 부은 다리

엄마도 전엔 고왔는데. (2003. 5. 24)

　이 시는 여학생 반 미래가 쓴 시다. 미래는 몸이 안 좋아 한 해 쉬었다가 다시 들어왔다. 8반 맨 뒷자리에 혼자 앉아 있다. 복학 생이라서 다른 아이들이 '언니'라 그런다.

　미래 마음이 담겨 있는 곳이 어딘가 물어보면 마지막 구절이 라고 한다. "엄마도 전엔 고왔는데"이 말이 자기도 모르게 마음 속에서 우러나온 말이다.

　또 물어본다. "미래 엄마가 무슨 일 하지?"모두 고깃집에서 일한다고 한다. 무슨 일 하는지 ·말해 놓았냐고 물어보면, 말해 놓지 않았다는 아이들도 있고 말해 놓았다는 아이도 있다. "말해 놓지는 않았는데 읽어 보면 알 수 있는 곳이 있지. 어디야?" "우 리 엄마는 갈빗집에서 일한다고, 이렇게 써 놓으면 어때?"아이 들은 필요 없는 말이라고 한다.

　공부방에서 선생님은 "이 말은 필요 없는 말이지요" "이 말은 빼면 좋겠네요" "이 말을 빼고 읽어 보세요"하는 말씀을 자주 하셨다. 선생님이 말씀해 주시는 대로 고쳐 놓고 보면 '아, 그렇 네' 싶었다.

　얼마 전에 글쓰기회 누리집에 삼척 강삼영 선생님이 〈아이들

글마당〉에 시를 올려놓았다. 그 시를 읽고 속초 탁동철 선생님이 둘째 줄 "자고 있던 할머니가 깰까 봐"를 가리고 읽으면 어떨까 하고 조심스럽게 답글을 달아 놓았다. 그 뒤에 다시 들어가 보니 탁 선생님이 지웠는지 답글이 없어졌던데. 아무튼 탁 선생님 말 대로 둘째 줄을 가리고 읽어 보니 시가 더 살아나는 듯했다.

오줌 삼척 고천분교 4학년 고현우

밤에 오줌 누러 간다.
자고 있던 할머니가 깰까 봐
살금살금 간다.
문소리 때문에
할머니가 눈을 떴다.
오줌 누고 오는데
할머니가 문창문으로
내다본다. (2003. 6. 2)

또 이오덕 선생님은 시는 순간의 감각을 살려서 쓰도록 지도 해야 한다고 말씀하셨다. 감각으로 보고 듣고 느낀 온갖 모양, 빛깔, 움직임 같은 것을 어떤 말로 드러내야 할지 지도해야 한다 고 하셨다.

아이들이 집에 가서 보고, 다음날 학교 와서 이야기하고, 그
것을 쓰면 그때 그 감각을 붙잡을 수가 없습니다. 죽어 버립니
다. 살아 있는 말이 안 나옵니다. 버스를 타고 가다가, 산길을
가다가, 벌레를 보았을 때, 그때 그 순간 감각을 잡아서 써야
합니다. 교실에서 쓰더라도 아까 본 것이나 학교 올 때 본 것을
그때로 다시 돌아가서 지금 막 그것을 겪는 것같이 그 순간의
감정을 살려서 쓰도록 지도해야 합니다.

(2002년 4월 공부방에서 이오덕 선생님이 하신 말씀)

봉사 활동 부산상고 3학년 이정연

방에 들어가는 순간
쾨쾨한 냄새가 났다.
하나 같이 다 해어진 옷을 입은
까까머리 아이들
이름표를 보니 모두 예쁜 이름이다.
까까머리 병태는
앉아서 자꾸 머리를 벽에 쿵쿵 박는다.
그러면서 끝없이 울어 댄다.
민지는 양 갈래로 묶은 머리를 풀더니
다시 묶어 달라 한다.
그리고는 또 풀고, 또 풀고 한다.

눈 사이가 먼 민수는
내 바지 옷자락만 잡고 있다.
내가 문을 나갈 때까지 잡고 있다. (2003. 5. 21)

아이들에게 시를 읽어 주고 나서 이렇게 묻는다. "정연이는 이
시를 봉사 활동 갔다 와서 바로 썼을까, 아니면 그 뒤에 한참 있
다가 썼을까? 내가 물어보니 한참 뒤에 썼다고 하더라. 그런데
시를 읽어 보면 정연이가 지금 막 그 일을 하는 것 같지?"
  이 시를 읽어 보면 아이들이 생생하게 그려진다. 병태는 왜 머
리를 자꾸 벽에다 박을까. 머리가 아파서 그럴까. 민지는 전에
엄마가 머리를 묶어 주고 하던 기억을 자꾸 떠올리는 것 같고.
민수는 아마 사팔뜨기인 듯한데 그것을 "눈 사이가 먼"이라고
표현한 것 같다. 그렇게 표현한 정연이 마음이 아름답다.
  이렇게 아이들과 시를 읽고 이야기를 나누고 나서 시 쓰기를
한다. 요즈음 부딪혔던 일 가운데 하나를 붙잡아서 써 보자고 한
다. 또 선생님 말씀을 떠올려서 나도 따라서 그대로 말해 본다.

  사람은 누구든지 세상을 살아가면서 그 무슨 일에 부딪혔을
때 마음이 켕기고 움직입니다. 감정의 물결이 생겨나는 것이지
요. 그 물결이 갑자기 성난 파도처럼 일어날 수도 있고, 천천히
그러나 크게 일어날 수도 있고, 아주 잔잔하게 보일 듯 말 듯
무늬를 짓기도 합니다. 이런 감정의 무늬를 잡아서 보여 주는

것이 시입니다. 《우리 모두 시를 써요》 64쪽)

아이들이 다음과 같은 시를 썼다. 그냥 흘려보내고 말면 그뿐
이지만 이렇게 제 삶의 결을 붙잡아 놓으니 두고두고 꺼내 볼 수
있게 되었다. 이래서 시 공부가 좋다. 아이들도 좋고 나도 좋다.

어머니 생각 부산상고 3학년 서석만

학교를 마치고 집으로 가던 길이다.
저기 멀리서 고급 승용차 한 대가
내 옆을 지나간다.
검은 선글라스에 화려한 옷을 입은 아주머니가
창문을 반쯤 열고 지나간다.
우리 어머니와 비슷한 나이 같아 보인다.
저 아주머니는 저렇게 멋을 부리고 사는데
우리 어머니는 아침마다 버스를 타고 일하러 가신다.

(2003. 10. 14)

석만이는 집으로 가다가 고급 승용차를 탄 아주머니를 보고
제 어머니가 떠오른 장면을 붙잡았다. 마지막 줄 "우리 어머니는
아침마다 버스를 타고 일하러 가신다"는 "아침마다 버스를 타고
일하러 가시는/ 어머니 생각에 가슴이 뭉클하다"고 썼던 것을

공부 시간에 들고 들어가 아이들과 같이 읽으면서 고쳤다.

개 목의 노끈 부산상고 3학년 최지왕

쓰레기를 뒤지는 개가 있다.
썩은 고기를 먹더니 켁켁거린다.
목에는 꽉 조여든 노끈이 묶여 있다.
개에게 다가가서 그 줄을 풀어 준다.
풀다가 손을 물렸다.
손에서 피가 난다.
개 목에도 피가 고여 있다.
피가 주르륵 흐르는 노끈
가슴이 답답해진다. (2003. 10. 14)

이 시를 읽으면서 나는 우리 아이들이 꼭 목줄이 꽉 조인 개 신세 같다는 생각을 해 본다. 지왕이는 손을 물리면서까지 개의 목줄을 풀어 주었는데 나는 아무래도 아이들 목줄을 못 풀어 주는 것 같다.

마지막 용돈 부산상고 3학년 최용성

고모부 병문안을 갔다.

고모부는 심장병으로 입원해 계신다.

누워 계신 고모부가 일어나서 반겨 주신다.

원래는 뚱뚱하셨는데 살이 많이 빠지셨고

얼굴빛도 안 좋아지셨다.

병문안을 마치고 나오는데

고모부가 바지를 주섬주섬 챙기시더니

만 원짜리 하나를 쥐어 주면서

"이거 고모부가 주는 마지막 용돈이 될 것 같네."

그 말을 듣고 돌아나오는데

눈물이 났다. (2003. 10. 14)

아이들에게 여러 편 읽어 주고 어느 시가 가장 마음에 와 닿는가 물었더니 이 시를 꼽는 아이가 많았다. 가슴이 찡하다고 한다.

처음에는 "고모부가 입원해 계신 병원으로 병문안을 갔다"고 써내서 용성이에게 물어보니 고모부가 심장에 혈관이 막혀서 오래 사실 수가 없게 되었단다. 그래서 그렇게 자세하게 다시 써 보라고 했더니 "고모부 병문안을 갔다./ 고모부는 심장병으로 입원해 계신다"로 고쳐 써 왔다.

수험생 부산상고 3학년 허성민

방 안에 앉아 컴퓨터 오락을 한다.
방문이 열리고 아버지가 들어오신다.
아버지는 수능 언제 치냐고 물으신다.
잘 모른다고 하니 아버지가 말씀해 주신다.
걱정이 되는지 수능날을 가르쳐 주신다.
꼭 아버지가 수험생인 것 같다. (2003. 10. 14)

청소 시간 부산상고 3학년 손희구

지루했던 5교시 수업이 끝나고
청소 시간이 되었다.
나는 잠에서 깨어 멍하니 앉아 있었다.
어디서 "담임선생님이다" 하는 소리가 들렸다.
급히 일어나 옆에 자고 있는 기수를 깨우고
책상을 뒤로 땡겼다.
두 번째 책상을 옮기고 있는데
아직도 잠에서 덜 깬 기수가
걸레가 없는 밀대를 들고
빨러 간다고 들고 가고 있었다. (2003. 10. 14)

성민이가 쓴 '수험생'과 희구가 쓴 '청소 시간'은 우리 아이들
사는 모습이 참 잘 드러나 있다. 실업계 학교인데도 인문계 학교

흉내를 내어 0교시에 방송 수업도 하고, 정규 수업 마치고 보충 수업도 하고, 밤 9시까지 야간 자율학습도 하지만 대부분 아이들은 공부에는 관심이 없다. 인문계 아이들이야 수능 날이 가까워 오면 안 하던 설사도 하고 멀쩡하던 머리도 아프고 하지만 우리 아이들은 태평이다. 되레 선생이 답답하고 아버지가 답답하다.

자다가 일어나 걸레도 없는 막대만 들고 걸레 빨러 간다고 가는 기수 때문에 참 많이 웃었다. 참말로 "담임선생님이다" 하더냐고 물었더니 사실은 담임선생 별명을 말했다고 그랬다.

무너미 공부방이야 다달이 했고 선생님도 강의를 계절마다 하셨다. 그런데 내 기억에는 선생님과 함께 공부한 시간은 모두 봄날 같다. 공부를 마치고 밖으로 나와 선생님과 사진 찍던 풍경도 봄이고, 모임집 뒤쪽 언덕에서 산딸기를 따 주시던 기억도 봄날이다. 아! 따뜻한 봄날 같으신 선생님.

구자행 부산상업고등학교

시 쓰기 어떻게 할까?

시 쓰기, 참 재미나는 공부

내가 고등학교 아이들과 시 쓰기를 한 지는 올해로 7년째고 학교는 세 학교째다. 앞에 두 학교는 인문 고등학교였고 지금은 실업 고등학교이다. 아이들과 하는 시 공부가 참 재미있다. 나만 재미있는 것이 아니라 아이들도 그렇다. 공부 시간에 시를 써 보자고 하거나 집에서 써 오라고 하면 더러 불평할 때가 있지만, 아이들이 쓴 시를 같이 읽고 이야기 나눌 때는 즐거운 마음으로 푹 빠져든다. 제 친구가 쓴 시를 읽고 그 마음을 어루만져 주기도 하고, 비슷한 자기 경험을 떠올려서 곧잘 이야기를 하기도 한다. 교과서에 나오는 어른들의 시는 아무리 애를 써도 아이들 마음을 끌어들이기가 쉽지 않은데, 아이들이 쓴 시를 맛볼 때는 저절로 그렇게 되는 듯하다. 교과서에 나오는 시가 어렵기도 하고 아이들이 사는 현실하고는 동떨어진 이야기라 그렇지 싶다.

사실 아이들과 시 쓰기를 한다고 해서 무슨 거창한 이론이 있는 것도 아니고 시간별로 단계를 정해서 무슨 지도를 하는 것도 아니다. 그저 부지런히 아이들 글 읽어 주고, 함께 느끼고 이야기 나누고 하는 게 모두다. 아이들에 대한 끝없는 믿음, 아이들을 벗으로 여기는 마음을 지니려고 애쓸 뿐이다. 이것이 내가 하는 글쓰기 지도의 바탕이고 시 쓰기 지도의 이론이다.

고등학교에서 그것도 대학 입시를 앞둔 인문 학교에서 한가하게 시나 쓰고 있을 여유가 있느냐고 따질지도 모르겠다. 더러 비슷한 질문을 하는 교사들도 있다. 우리 아이들이 새벽에 집을 나서서, 학교에서 정규 수업과 보충수업과 자율학습까지 마치면 밤 10시나 11시가 되고, 그길로 학원 가서 또 두세 시간 공부하고 나면 밤 12시, 1시가 넘어서야 집으로 돌아오는 판에 무슨 시 타령이냐고. 토·일요일도 없고, 공휴일도 없고, 방학도 없는 마당에 시가 당키나 한 이야기냐고.

그 말이 맞는 구석도 있다. 시 쓰기 공부는 대학 입시하고는 아무 상관이 없다. 보기 다섯 개 가운데 정답 하나 찾아내는 훈련과는 전혀 다른 길이다. 그렇지만 세상이 입시 하나로 우리 아이들을 몰아갈수록 제 삶을 가꾸는 시 쓰기 공부가 더욱 절실하다고 생각한다. 남들은 한 문제라도 더 풀어 주려고 바쁘게 문제지 들고 쫓아다닐 때, 나는 참 한가하게 아이들 삶을 붙잡고 시 타령을 하고 앉았다.

어떻게 쓸까?

(1) 또래 아이들이 쓴 시 맛보기

처음 시 쓰기를 할 때는 욕심만 앞서서 아이들한테 시는 이렇게 써야 한다고 이것저것 주문을 많이 했다. 요즈음은 그러지 않고 또래 아이들이 쓴 좋은 시들을 읽어 주는 것으로 그친다. 그러고 나서 너희들도 써 보라고 한다. 아이들이 시를 써내면 그 시를 놓고서 이것은 어째서 좋은 시가 되었고, 이것은 어째서 시가 안 되는지 욕심부리지 않고 하나씩 이야기해 준다. 제 또래 아이들이 쓴 시를 읽어 주는 것이 시 쓰기를 지도하는 첫걸음이라 말하고 싶다.

창작 교육에 힘쓰는 국어 교사들이 시 쓰기 지도를 어떻게 할까 고민한 끝에 '유행가 가사 바꿔 쓰기' '모방시 쓰기' '삼행시 쓰기' '모둠 공동시 쓰기' 같은 것을 하고 있다. 그렇게 해서 아이들이 쓴 시를 보면 삶을 가꾸는 글쓰기는 아닌 듯하다. 아이들이 쓴 모든 시를 싸잡아서 어떠하다고 말하기는 어렵지만 대체로 제 삶이 빠졌거나, 절실한 마음이 담기지 않았다. 그냥 재미있게 쓰려는 쪽으로 흐른 듯한 느낌이다.

(2) 한순간 장면을 붙잡아서

이야기는 일이 어떻게 벌어져서, 이런저런 곡절을 거쳐서, 어떻게 매듭이 졌는지 보여 주어야 한다. 처음과 중간과 끝이 있어야 이야기가 된다. 하지만 시는 꼭 그럴 필요가 없다. 처음부터 끝까지 다 보여 주지 않아도 된다. 아이들에게 한순간 느꼈던 감각을 붙잡아 장면을 그려 보라고 말한다. 학교에 오다가다 보고 느낀 것이라든지, 학교에서 친구나 선생님과 부딪힌 한 장면이라든지, 집에서 식구들과 지내면서 부딪힌 한 장면을 붙잡아 보라고 한다.

자기 소개서 부산상고 3학년 함수정

"저의 장점은 무엇이든 최선을 다하는 자신감입니다……."
대학 진학, 수시 1차 때문에 쓰는 자기 소개서
종이 한 장에 나를 소개하기란 어려운데
나 자신조차도 아직 나를 잘 모르는데
어떻게 종이와 연필로만
내 인생을, 내 자신을 쓰라는 걸까?
그렇게 뒤죽박죽 엉킨 생각으로
새하얀 종이가 검게 변해간다.
그러면서 내 마음도 검게 변해간다.
있지도 않은 사실을 써 나가면서
좋은 일만 부풀려 쓰면서
그렇게 새하얀 종이는 검게 변해간다.
자기 소개서는 새까만 거짓말이다. (2004. 6. 18)

수시 입학시험 원서를 낼 때 자기 소개서도 함께 써내라는 대학도 있다. 이 아이는 자기 소개서를 쓰다가 그 순간 느낌을 붙잡았다. 어느 대학 무슨 학과를 지원했는지, 왜 그 학과를 지원하는지, 자기 성적은 어느 정도인지, 자기 소개서 내용은 무엇인지, 그렇게 해서 합격했는지 하는 것은 시시콜콜 다 보여 주지 않아도 된다. 그런 말을 곁들이면 너절해질 뿐이다. 자기 소개서를 쓰면서 없는 일을 지어내기도 하고, 조그만 일을 크게 부풀리고 하면서 찔리는 마음을 잘 담았다.

(3) 절실한 마음을 담아서

아이들이 쓴 시를 읽어 보면 모두 다 글 쓴 아이 마음이 느껴진다. 마음이 안 담긴 시는 없다. 그런데 어떤 시는 그 마음이 밋밋한데 어떤 시는 절실하다. '아! 이 시가 참 좋다' 싶은 시는 절실함, 간절함, 애틋함 이런 마음이 담겨 있다.

시를 재미나게만 쓰려는 아이들이 많다. 내가 읽어 주는 시를 읽고 아이들이 막 웃으니까 웃기면 좋은 시가 되는 줄 아는 모양이다. 시는 우스개나 말장난이 아니라 글 쓴 사람의 간절한 마음이 느껴져야 한다는 말을 시 쓸 때마다 한다.

엄마 생일 부산상고 3학년 박선미

아! 이번 주 돈 쓰면 안 되는데

결국 다 써 버리고
다가온 엄마 생일
편지 한 장 써서
엄마한테 드렸더니
너무 좋아하셨다.
해가 지나 또 엄마 생일
또 돈이 없네. (2004. 6. 8)

엄마 지갑 부산상고 1학년 최재훈

누나는 맨날 엄마에게
옷을 사달라고 조른다.
엄마는 대꾸도 안 하고
그냥 방으로 들어간다.
누나는 화를 내며
자기 방문을 '꽝' 닫고 들어간다.
살짝 열린 방문 틈으로
엄마를 보았다.
엄마는 지갑을 꺼내 보며
돈이 얼마나 남았나
한숨을 쉰다. (2004. 6. 12)

두 시가 다 엄마를 생각하는 마음을 담았다. 그런데 앞에 시 '용돈'은 선미가 엄마한테 선물을 못 해 주어서 안타까워하는 마음이 그렇게 절실해 보이지 않는다. 그런가 하면 '엄마 지갑'은 얇은 지갑에 애가 타는 엄마만큼이나 재훈이도 안타까워하는 마음이 진하게 느껴진다. 재훈이가 제 마음을 직접 드러내지는 않았지만 시를 읽으면 저절로 느껴진다. 공과금 낼 것 제해 놓고, 학원비 제해 놓고, 대출 상환금 제해 놓고 나면 아이들 용돈이랑 반찬값이 빠듯한데 누나는 철없이 옷 투정이다.

(4) 지금 막 그 일을 겪는 듯이

시는 순간의 감각을 붙잡아 쓰는 것인데, 그 감각이란 것이 시간이 지날수록 흐려지게 마련이다. 감각으로 보고 듣고 느낀 온갖 모양, 빛깔, 소리, 냄새, 움직임 들은 조금만 시간이 흘러도 잘 떠오르지 않는다. 설사 그 감각이 아주 강렬해서 오랜 시간이 지난 뒤에 떠오른다 하더라도, 그 순간만큼 생생하지 않게 마련이다.

그래서 나는 오래전에 겪은 일을 글감으로 삼지 말라고 한다. 요 근래에 겪은 일을 쓰거나 바로 어제나 오늘 겪은 일을 쓰라고 한다. 바로 지금 보고 겪은 일이 아니고 얼마 전에 보고 겪은 일이라도, 그때로 다시 돌아가서 지금 막 그것을 겪는 것같이 그 순간의 감정을 살려서 쓰라고 한다.

엄마 부산상고 3학년 민태민

요즘 집에 늦게 들어가는 때가 늘었다.
엄마는 텔레비전을 켜 놓고
소파에서 잠이 들었다.
"엄마 일어나라.
자다가 감기 들지 말고
방에 들어가서 자라."
엄마는 자다가 일어나 한마디 한다.
"일찍 좀 다녀라.
아이고 죽겠네."
요즘 들어 부쩍 자주 듣는 말이다.

아침에 학교 갈 때면
내가 보이지 않을 때까지
문을 닫지 않고
내 뒷모습을 보고 있다.
이제서야 엄마가 늙어간다는 걸 느낀다. (2004. 6. 9)

태민이가 쓴 '엄마'는 두 장면을 붙잡아 그렸다. 앞에 장면은
밤늦게 집에 들어갔을 때 본 엄마 모습이고, 뒤에 장면은 아침에
학교 간다고 집을 나설 때 본 엄마 모습이다. 어젯밤과 오늘 아

침에 겪은 일은 아닐 것이다. 어젯밤과 오늘 아침에 일어난 일이
라 해도 시간 차이가 있다. 그런데 두 장면 모두 지금 막 그 일을
겪는 듯이 생생하다.

　다음 시 '1998년 겨울, 고추튀김'은 사정이 조금 다르다. 오륙
년이 지난 이야기지만 요즈음 자기 집 형편이 어려워지면서 자
연스럽게 떠올린 것이다.

　　　1998년 겨울, 고추튀김　부산상고 3학년 박철우

　　　내 어릴 적 가장 친한 친구
　　　귀환이는 엄마 아빠가 이혼을 하고
　　　엄마는 혼자서 리어카에
　　　고추튀김, 떡볶이, 오뎅 같은 것을 팔았다.
　　　그걸 부끄러워했던 귀환이는
　　　나에게조차 자기 엄마를 보여주려 하지 않았다.
　　　어느 날 리어카를 끌고 가는 귀환이 엄마와
　　　우리 둘이 같이 마주쳤다.
　　　나는 얼른 리어카를 밀어드렸고,
　　　귀환이는 돕는 척하다가
　　　배가 아프다고 들어가 버렸다.
　　　나 혼자 얼떨결에 돕고 있었다.

귀환이 엄마는 고맙다며
팔다 남은 고추튀김을 주셨다.
난 받기는 받았지만
솔직히 너무 먹기가 싫었다.
먹는 척하고 얼른 자리를 떴다.
그리고는 먹은 것을 다시 뱉어내어 버렸다.
그때는 그게 끝이었다.
별 느낌이 없었다.
그러나 요즘 들어 우리 엄마 아빠가
아주 힘들어하시는 걸 보면
귀환이 엄마와 고추튀김 생각이 난다.
그때 뱉었던 고추튀김이. (2004. 6. 9)

(5) 제 삶을 제 목소리로

  좋은 시는 시를 쓴 사람의 삶이 담겨 있다. 시를 읽었는데 시
를 쓴 사람(말하는 이)이 보이지 않는다면 이는 머리로 쓴 시다.
몸으로 쓴 시는 장면이 환하게 그려지고, 시를 쓴 사람의 삶(마
음, 정신)이 보이고, 말하는 사람의 목소리가 들린다. 좀 거칠고
투박하다 싶어도 평소 쓰는 자기 입말과 제 사투리를 살려서 쓰
도록 지도한다.

  노젓기 부산 강서고 2학년 고현경

밥만 먹고 배만 탄다.

사람 참 환장하겠네

땡기다 지쳐서 힘 한 번 빼면

확성기 들고 고함지르는 코치선생님의 무서운 목소리

"야! 힘줘. 힘주란 말야."

겁에 질린 우리는 정신차려 다시 힘을 준다.

죽을똥살똥 막 땡기다 보면

또다시 들려오는 전혀 다른 부드러운 목소리

"새끼들 바로 그거야. 하면 되는데 왜 안 했어."

그제서야 우린 안도의 숨을 내쉰다.

지친 몸을 이끌고 선착장에 배를 댄다.

그리곤 밥을 먹는다. 참 맛있다. (1998. 5. 2)

오전 수업만 마치면 낙동강으로 나가 배를 타고 노 젓는 연습을 하는 아이다. 시합을 앞두고는 오전 수업마저 빼먹고 연습한다. 얼마나 그 일이 힘들고 지겨울까? 그것을 '사람 참 환장하겠다'고 말했다. 여고생이 한 말치고는 매우 거칠다. 그러나 고상한 체 꾸미거나, 유식한 체 머리로 만들어 낸 말이 아니라서 정이 간다. 그 마음을 알 것도 같다. 한 번도 조정부 아이들이 훈련하는 모습을. 본 적이 없다. 하지만 이 시를 보면 환히 알 것 같다. 생생하게 그림이 떠오른다.

(6) 고쳐 쓰기

아이들이 공부 시간에 시를 쓰기도 하고, 숙제로 집에서 써 오기도 한다. 숙제로 글쓰기 공책에 써 온 시는 시가 되었구나 싶으면 그대로 들고 가서 읽고 다 같이 고쳐 보기도 한다. 아이들에게 시를 읽어 주고 '안 해도 될 말' '자세하지 않아서 더 써야 할 말' '고치고 싶은 말'을 찾아보라 한다. 그런데 아이들에게 맡기고 싶어도 그게 잘 안 된다. 내가 미리 이것은 고쳤으면 하고 생각해 두었던 것을 가지고 이야기하게 된다.

공부 시간에 쓰면 먼저 쓴 아이들부터 차례로 아이와 머리를 맞대고 고치기를 한다. 절실한 마음이 없어 아예 시가 안 되는 것은 다른 글감을 찾아 다시 쓰라고 하고, 시가 되겠구나 싶은 것은 같이 이야기한다. "이 부분이 자세하게 드러나지 않았구나" "이때 무슨 이야기를 주고받았나?" "이 말은 빼도 좋겠는데" "이것은 우리 말법이 아니다" "지금 막 겪는 듯이 현재형으로 고쳐 보자" "이 줄은 한 숨에 읽기에는 너무 길지 않나?" 이런 이야기를 나눈다.

칠판 모서리 부산상고 3학년 김상지

우리들의 뜨거운 시선을 받아온 칠판
그 모서리에 써 놓은 메모
잊지 말라고 재촉하지만

아무도 정을 주지 않는다.

시험기간이나 수행평가……

날이 지나기 전까지

누구도 지우지 않는 칠판 모서리의 미운 글들 (2004. 6. 10)

상지가 처음에 들고 온 시다. 이것을 가지고 상지와 주고받은 이야기는 대충 이랬다.

"지금 칠판 모서리에 뭐가 적혀 있노?"

"수학 노트 내라는 거 하고예, 기말고사하고 수능 모의고사 언제 치는가 하고예."

"그렇제. 그러면 시험 기간이나 수행평가라 뭉뚱그려 말하지 말고 그대로 쓰면 되겠네."

"예."

"수능 모의고사랑 수학 노트는 날짜가 지났는데도 아직 안 지웠네?"

"예."

"그러면 '날이 지나기 전까지' 하는 말은 안 맞지?"

"예."

"우리들의 뜨거운 시선을 받아 온 칠판이라 한 마음은 알겠는데, 표현이 너무 상투다. 차라리 첫 줄을 다 빼고 그냥 칠판 모서리에 하는 것이 더 나을 것 같은데, 니 생각은 어떻노?"

"그럴 것 같네예."

"방금 이야기한 것 고쳐서 다시 써 봐라."

〈고쳐 쓴 시〉

칠판 모서리에 써 놓은 메모

잊지 말라고 재촉하지만

아무도 정을 주지 않는다.

"수학 노트 6/9까지"

"기말고사 6/29~7/2"

"수능 모의고사 6/2"

날이 지나간 것도 있건만

누구도 지우지 않는 미운 글들

무엇을 쓸까?

(1) 자연을 보고 느낀 것

수업 일기 | 2004년 3월 29일 월요일 4교시

넷째 시간 1학년 4반 수업이다. 며칠 전부터 벼르고 있었다. 벚꽃이 피면 시 쓰기를 해야겠다고. 꽃몽우리를 쏙 내밀 때는 온통 팥죽색이었는데 꽃이 피면서 점점 옅은 분홍빛으로 바뀌어 간다. 넷째 시간에 창밖을 내다보면서 물었다.

"아요, 너거는 저걸 보아도 아무 느낌이 없나?"

아이들은 말이 없다.

"흥분 안 되나 그 말이다."

그제야 여기저기서 아이들이 대꾸한다.

"예, 안 되는데요."

"그라면 선생님은 서요?"

그 말에 아이들이 모두 까르르 웃는다.

"그래, 너거만 할 때는 됐다."

내 대답에 아이들이 모두 깔깔대고 웃는다.

이렇게 벼르고 있다가 오늘 드디어 아이들을 몰고 나갔다. 아무리 보아도 우리 학교 벚꽃이 가장 아름답다. 어제 어린이대공원에 가 보았지만, 우리 학교만큼 아름답지 않았다. 꽃송이부터 다르다. 상철이 말처럼, 우리 학교 벚꽃은 정말 몽실몽실 꽃공들이 달린 것 같다. 학교 건물과 운동장 사이에 한 줄로 길게 늘어서 있다. 가지가 위로 뻗지 않고 옆으로, 앞뒤로 쭉쭉 뻗어 있다.

밖으로 나가기 전에 교실에서 잠깐 시가 이런 것이라고 이야기했다. 보기 시도 몇 편 읽어 주고 했지만 귀담아듣는 것 같지 않았다. 밖에 나가자 아이들은 제멋대로다. 교실에서 해방된 자유를 누리는 데 온 정신을 다 빼앗겼다. 도무지 시를 쓸 마음이 아니다. 다시 모두 불러 모았다. 지금부터 벚꽃을 자세히 관찰하고 그 장면을 생생하게 그려 보라고 했다. 다른 학교로 간 친구가 너희가 쓴 시를 읽고 부산상고 벚꽃이 그려지게 써 보자고 했다.

한 20분 지나자 다 썼다고 가져온다. 온통 설명이고 눈 타령이고 나비 타령이다.

"우리 학교 벚꽃을 보면 정말 멋진 것 같다."

"뒷문 쪽을 나가다 보면 정말 멋진 것 같다./ 나는 우리 학교를 와서 정말 멋진 광경을 본 것 같다."

"투명한 벚꽃이 눈송이처럼 나왔네."

"벚꽃을 보면서 길을 걸으면/ 영화 장면이 생각난다./ 꼭 내가 주인공이 된 것처럼/ 어디든 빛이 되어 비추어 준다."

"따스한 햇볕 아래 벚꽃이 내 마음을 녹이네."

"바람에 벚꽃이 눈송이처럼 화려하게 날리네."

"학교에 하얀 나비가 날아다닌다."

"개구리가 올챙이알을 까놓은 것 같다."

이래 가지고 시가 안 되겠다 싶어 다시 불러 모았다. 내가 시가 됐다고 말한 사람만 점심 먹으러 가고, 시가 안 된 사람은 점심시간에도 여기 앉아서 쓸 것이라 했다. 제발 어설픈 비유 하지 말고, 자세히 보고 그 순간 일어나는 느낌과 마음이 흘러가는 것을 그대로 붙잡아 보라고. "개구리가 올챙이알을 까놓았다"고 한 표현은 빛나는 관찰이라고 칭찬해 주었다.

까딱하다간 점심시간을 빼앗기게 생겼다고 생각했는지 이번에는 제법 분위기가 좋다. 하나씩 공책을 들고 오면 읽고 같이 고쳐 보기도 했다. 군더더기 말은 빼 주기도 하고. 그렇게 한 사람씩 받으니 제법 잘 썼다.

꽃공 부산상고 1학년 박상철

하얀 공처럼 뭉쳐진 벚꽃잎
그 꽃잎들이 한 잎씩 떨어져 나간다.
몽실몽실 뭉쳐진 하얀 꽃공들이
형체를 잃어간다.
꽃공들이 모두 사라지면
그냥 나무가 되겠지.

벚꽃 부산상고 1학년 강동규

다섯 개의 꽃잎들이 이야기를 나누는구나.
이곳저곳에서
"내부터 집에 갈게."
하면서 떨어져 나가는구나.

봄이 가면 부산상고 1학년 박준영

밖에 나오니 뎁따 덥네.
우와! 햇빛 졸라 따갑네.
좀 시원한 곳 없나.
좀 걸어볼까.
오! 벚꽃
하나 둘씩 떨어지네.

아까버라.
벚꽃이 다 떨어지면
봄이 가고
또다시 덥겠네.

나비 같은 벚꽃 부산상고 1학년 김우형

가지를 앞으로 쭉 뻗은 벚꽃나무는
당감동 우리 동네를 가리키고 서 있다.
바람이 불면
잡고 있다가 놓아준 나비처럼
꽃잎이 우리 동네로 날아간다.

벚꽃 부산상고 1학년 박아영

멈췄다.
엇, 다시 움직인다.
또다시 멈췄다.
바람이 벚꽃을 데리고 논다.
떨어지는 꽃잎을
바람은 기다렸다는 듯이
납치해 간다.

(2) 나날이 부딪히는 제 삶의 문제

어른들은 대수롭지 않게 여기고 무심코 내뱉은 말이지만 아이들에게 못이 되어 박힌 일, 아이라고 부당하게 무시당한 기막힌 일, 학교에서 부딪힌 일, 집에서 식구들이랑 지내는 모습, 학교 오며 가며 겪는 일, 친구들이랑 지내는 일. 그냥 흘러 보내고 말면·묻혀 버리고 말 작은 일들이지만, 그 순간순간 장면을 시에 담아 두면 두고두고 바라볼 수 있게 된다.

따로 글감을 주지 않고 요즈음 부딪혔던 일을 써 보라고 하면 아이들은 곧잘 쓴다. 그렇지만 숙제로 써 오라고 하지 않으면 좀처럼 스스로 쓰는 일은 잘 없다. 내가 시키지 않아도 '아, 이게 시가 되겠는데' 하고 쓰면 좋겠는데. 어쩌다 "선생님, 이거 제가 쓴 시예요" 하고 가져오면 참 고맙다.

7교시를 째고 부산상고 3학년 문기영

오늘 7교시는 쨌다.
나 때문에 친구가 폰을 압수 당해서 열받았기 때문이다.
아니다. 수업도 그리 받고 싶지 않았다.
여섯 명 정도 밖에 나와 나무 그늘 밑 기둥에 걸터앉았다.
매미 소리가 자꾸 난다.
어릴 때 험하게 자랐다는 친구가 매미를 잡는다.
매미는 15년간 땅속에 살다가

세상에 나와서는 일주일을 울다가

저 세상으로 간다 한다.

대단해서 빨리 날리 주라 했다.

이때부터 모두 어릴 적 곤충에 관한 이야기를 꺼냈다.

잠자리 꼬랑지에 실을 묶어 연 날리듯 했다는 둥

배가 빨간 개구리에는 진짜 독이 있는 줄 알았다는 둥

돈이 없어 잠자리채를 양파 보자기로 만들어 썼다는 둥

가재를 잡을 때 흐르는 개울에 돌을 살짝 들어내면 나온다는
둥

나는 가재 한번도 못 봤다는 둥

잠잘 때 바퀴벌레가 몸을 훑고 지났다는 둥

개미를 집에 키우다가 모두 도망가서 엄마한테 호되게 혼났
다는 둥

종이 쳐서 교실로 오니 이미 선생님이 눈을 부릅뜨고 계신
다.

한 명씩 맞았다.

선생님이 물었다.

"니는 1학년 때 가가가, 2학년 때 수수수, 3학년 때 가가가,
공부가 안 중요해서 인생 포기했나?"

난 크게 대답했다.

"포기 안 했습니다."

뭔가 하고 싶은 말이 있는데 안 돼서 땅만 봤다.

7교시 때 했던 이야기를 생각해 보니까.

어릴 땐 말 그대로 돈 안 되는 일에 매달려 살았다.

어른이 되어 갈수록 자신의 이름과 이익을 위해 살지 않으면
사람 대접받기 힘들 것 같다. (2004. 7. 9)

기영이는 이 시를 누가 시켜서 쓴 게 아니라 스스로 쓰고 싶어
썼다. 꼭 시를 쓴다는 생각도 없이 그냥 답답한 마음을 하소연하
듯이 학교 누리집에 글을 올렸다. 정말 반갑고 좋다. 자기 때문
에 친구가 핸드폰을 빼앗기고, 그 일로 교무실에 불려 가 선생님
한테 꾸중을 듣고, 도저히 교실에 앉아 공부하고 싶은 마음이 없
어 7교시 보충수업을 쨌다. 혼자가 아니라 같은 반 친구 대여섯
명이 같이 수업을 빼먹었다. 수업 빼먹은 친구 몇이 어울려서 어
릴 적 곤충 이야기로 답답한 가슴을 잠시 풀었지만, 다시 교실로
올라오니 꽉 막힌 기분을 떨칠 수가 없다.

(3) 땀 흘려 일하면서 순간순간 느낀 것

이오덕 선생님이 엮은 아이들 시집 《일하는 아이들》을 보면
그 시절 아이들은 일을 하면서 자랐다. 밭 매고, 소 먹이고, 꼴
베고, 담배 심고, 나락 짐 지고, 비료 짐 지고, 온갖 농사일을 하
면서 건강하게 자랐다. 그 아이들이 시를 썼던 60년대 말과 70년
대 초는 내가 초등학교를 다니던 시절이다. 우리도 그런 농사일
을 하면서 자랐다. 고달프고 힘들기도 했지만 아이들은 제각기

자기 몫의 농사일과 집안일을 거들면서 밥값을 한다고 생각했고, 공동체의 떳떳한 구성원이 되어 갔다. 아이들도 낫질이 서툴고 쟁기질을 못하고 나뭇짐을 적게 지면 그것을 남부끄러워하기도 했다.

이제는 농촌도 사정이 많이 달라졌다. 농촌 아이들도 학교 마치면 교문 앞에 미리 마중 나온 학원 차로 학원 다니느라 시간이 없단다. 농촌 아이라 해서 도시 아이들과 별로 다를 것이 없다는 것이다. 그래도 밀양 이승희 선생님이나 속초 탁동철 선생님이 지도하는 아이들 글을 읽어 보면 일하는 모습이 자주 등장한다. 농사일을 거들면서 순간순간 느낀 감각을 붙잡은 시가 참 귀하고 아름답다.

도시 아이들 글에도 일하고 나서 쓴 글이 가끔 있다. 다른 글감보다는 드문 일이지만 소중한 글이다. 공사판에 찾아가서 막노동한 것이나, 음식점 같은 데서 아르바이트한 경험이나, 봉사활동 한 것, 방학 때 아버지 하시는 일을 도와준 경험들이다.

봉사 활동 부산상고 3학년 이정연

방에 들어가는 순간
퀴퀴한 냄새가 났다.
하나 같이 다 해어진 옷을 입은
까까머리 아이들

이름표를 보니 모두 예쁜 이름이다.

까까머리 병태는

앉아서 자꾸 머리를 벽에 쿵쿵 박는다.

그러면서 끝없이 울어댄다.

민지는 양 갈래로 묶은 머리를 풀더니

다시 묶어 달라 한다.

그리고는 또 풀고, 또 풀고 한다.

눈 사이가 먼 민수는

내 바지 옷자락만 잡고 있다.

내가 문을 나갈 때까지 잡고 있다. (2003. 5. 21)

(4) 이웃 사람들이 꿋꿋하게 사는 모습

이상석 선생님이 내가 엮은 아이들 문집을 읽어 보고 꿋꿋하게 살아가는 이웃 사람들을 그린 작품이 안 나오는 게 아쉽다고 몇 번이나 일러 주셨다. 그런가 하고 귓등으로 흘려 듣고 말았는데, 선생님이 펴낸《있는 그대로가 좋아》나《도대체 학교가 뭐길래!》를 꼼꼼히 읽으면서 정말 그렇구나 느꼈다. 선생님이 아쉬워한 것이 이것이구나 싶었다. 시장에서 생선 파는 아줌마, 공사판에서 일하는 아저씨들 모습, 길에서 옥수수 파는 아저씨 모습을 그린 작품들을 보면서 내 생각이 미치지 못했던 부분이 무엇인지 배웠다.

먼저 제 삶을 돌아보고, 그다음에 꿋꿋하게 살아가는 이웃 사

람들을 애정 어린 눈으로 바라보고, 그런 다음에 세상일에도 관
심을 가져 보는 것이 순서다.

생선 장수 아주머니 경남공고 2학년 김명수

집으로 가는 길
해가 지고 어둑어둑해져간다.
늘 다니던 시장 터 옆 작은 골목
변함 없이 골목 들머리 모퉁이에 자리잡고 있는
생선장수 아주머니.
늦은 저녁인지 파리가 날아다니는
생선 대가리 옆에는
양푼에 한가득 비빈 밥이 있다.
흰머리가 희끗희끗 보이는 파마 머리에
키가 조그마한 아주머니가
주름투성이 투박한 손에 낡은 칼을 들고
생선 대가리를 쳐댄다.
한참을 바삐 손질한 생선 두 마리 봉투에 싸
손님에게 건네주고는
돈 받아
생선 비늘과 내장이 말라붙은
앞치마 주머니에 구겨 넣는다.

그리고는 다시 양푼을 손에 들고

파리를 쳐내며

허겁지겁 밥을 먹기 시작한다.

골목을 지나다니는 사람들을 무심히 바라보며.

(5) 세상일을 보고 느낀 것

고등학생이면 이제 자기나 식구 이야기, 동무나 학교 이야기에서 좀 더 눈을 넓혀 세상일에 관심을 가져야 할 나이가 지났다. 그러나 새벽부터 밤늦게까지 갇혀 사는 우리 아이들은 그럴 여유가 없다. 많은 아이들이 아예 관심조차 가지지 않으려고 한다. 리영희 선생님이 부산에 와서 강연하실 때 들은 말인데, 우리나라 중고생 가운데 절반이 남북한 문제나 통일 문제로 이야기를 나눠 본 경험이 아예 없다고 한다. 어릴 때부터 어른들한테 중요하다고 들어 온 것이 오로지 시험 점수와 등수였기 때문일까. 어떤 동료 선생님은 그런다. 우리 아이들이 초등학교도 들어가기 이전부터 수많은 학원으로 내돌리다 보니 이제 다른 사람 이야기를 듣는 게 지긋지긋해졌다는 것이다. 자기도 모르게 바깥세상 일에는 담을 쌓고 살게 되었다고 한다. 오로지 자기 테두리 안에서만 산다고 한다. 들어 보니 그럴 법도 하다.

자주는 못 해도 세상일을 가지고 아이들과 토론을 하려고 애쓴다. '미국의 침략 전쟁' '효순이와 미선이 사건' '미국의 국가 목표가 무엇인가' '이라크 파병' '남북한 문제' 내가 알고 있는 게 깊이도 얕고, 거의 즉흥으로 이루어지지만 아이들과 이야기를 나누고 나서 시를 써 보기도 한다.

미치광이 전쟁광 부시 부산고 2학년 최현진

10년 만에 미국을 되찾은 부시는
다시 온 세계를
전쟁 공포로 몰아갑니다.

빈 라덴을 잡겠다고
세상에서 가장 가난한 나라
아프가니스탄을 쑥대밭으로 만들고는
승리했다고 자축합니다.

전쟁을 사랑하는 그들은
중동석유를 갖고 싶은 욕심은 숨긴 채
이라크가 가진 무기가 위험하다고
세상에서 가장 위험한 무기로
전쟁을 일으키려고 합니다.

세계 왕따를 당하는 미국은
똘마니 영국을 앞세운 채

세계평화를 위해 전쟁을 합니다. (2002. 11. 26)

주한 미군에게 부산고 2학년 이영일

오늘도 한 맺힌 가슴 안고 무의미한 시위에 나선다.

전경들의 몰매를 맞으며 울분을 토해 낼 때,

정작 미군들은 차를 마시며 농담을 주고받는다.

끔찍한 시체 사진을 보며 피눈물을 쏟을 때,

한 미군은 삿대질을 하며 입가엔 미소를 띄운다.

너희들은 분명 따뜻한 체온과 눈물을 가지고 있는가?

나중에 반드시 올 후환이 두렵지도 않은가?

묻고 싶다.

죽었지만, 영원히 날 수 없을 한 맺힌 두 아이가

무슨 죄가 있다고 다시는 날 수 없게 만든단 말인가.

너희에게 그나마 자그마한 양심이 숨어 있다면

부디 그 양심이 제 자리를 찾아 눌러앉아 주기를 바란다.

(2002. 11. 23)

미국이 말하는 민주주의 부산상고 1학년 정영찬

머리도 식힐 겸 텔레비전을 켰다.

미국대통령 부시가 나와서

웃고 있다.

얼마 전에 신문을 봤는데

미국 여장교가 이라크 포로 목에

개목걸이를 걸고 끌고 다니고 있었다.

과연 미국이 말하는 민주주의는 뭔가? (2004. 6. 11)

파병 부산상고 1학년 이호진

노무현 대통령

계속 파병한다고 말하면

김선일이 죽는 걸

몰랐을까. (2004. 7. 3)

같이 읽어 보고 싶은 아이들 시

아버지 부산상고 1학년 허지현

학교를 마치고 집으로 돌아왔다.

아버지는 소파에서 전화를 받고 계셨다.

전화를 하면서 표정이 굳어졌다.

전화를 끊고 베란다로 가더니

담배 한 개피를 피셨다.

아버지의 뒷모습이 참 쓸쓸해 보였다. (2004. 6. 7)

공부 부산상고 3학년 이동형

오늘도 우리 학생들은 공부라는 것을 한다.

나는 공부가 왜 해야 되는 것인지를 모르겠다.

학교에서 시키니깐 그냥 하는 것 같다.

하지만 이것만은 알 것 같다.

우리가 공부를 하지 않고

개판 치고 논다면 세상은 엉망이 될 것이다.

그래서 학교에서 공부를 시키는 것 같기도 하다.

나는 오늘도 공부란 걸 한다고 앉아 있다.

그저 남이 쓴 책 한 권을 보며

무작정 외우는 것 같다.

나는 이왕 공부할 것 같으면

무조건 외우지 말고 제대로 알아듣게 했으면 한다.

이런 생각을 하면서 공부를 한다고 앉아 있다. (2004. 6. 9)

쉬는 시간 부산상고 3학년 김성훈

쉬는 시간 종이 치면

어김없이 하나둘 화장실로 모여든다.

화장실 구석구석 자리 잡고
너도나도 입에 새하얀 담배 하나씩 물고
담배 끝에 불붙이기 바쁘다.
이 정다운 분위기에 훼방꾼이 꼭 있다.
쌤 온다! 이 한마디에
아이들은 재빠르게 소변기 하나씩 잡고
오줌 싸는 척을 한다.
알고 보면 짓궂은 장난짓
놀란 가슴 부여잡고 무조건 욕을 해댄다.
화장실은 웃음바다가 되고
수업 시간 종이 친다.
꿀 같은 쉬는 시간은 아쉽게 끝나 버린다. (2004. 6. 9)

학교 부산상고 3학년 이영민

나는 날마다 똑같은 옷을 입고 학교를 와서
똑같은 일과로 공부를 한다.
나이 스무 살 먹고도
왜 이런 학교 같은 것이 있는지를 깨우치지 못했다.
공부를 하기 위해서?
그럼 교복은 왜 입는지 모르겠다.
교복이 공부를 가르쳐 주는 것도 아닌데.

그럼 머리는 왜 짧게 자르라고 하나?
머리카락이 길다고 친구를 못 사귀는 것도 아니고,
공부 안 한다는 것도 아닌데
오직 학생인 것처럼 보이기 위해?
그 이유로 대한민국에 있는 고등학생들을
설득하기는 무리일 것이다.
이런 틀 속에 갇혀서
교복을 입고 선생님들이 시켜서 공부하는 것이나
교도소에서 죄수들이 죄수복을 입고
교도관 지시에 따르는 것이 무엇이 다르냐.
고등학생들은 대학 문제 때문에 골치가 아프고
죄수들은 얼마나 더 갇혀 있어야 하나 골치가 아플 것이다.
전혀 다른 문제이나 공통점은 있다.
나도 지금 대학을 위해 공부를 한다.
대학을 가고 늙으면 학교란 제도를 이해할 수 있을까?
우리 나이에 생각해보면
학교란 것이 무엇보다 심한 벌인 것 같다. (2004. 6. 9)

야쿠르트 아줌마 부산상고 3학년 이수현

복도에 노란색이 보인다.
야쿠르트 아줌마다.

여학생들에게 둘러싸여
'월'을 파신다.
다 파셨는지 아줌마가 간다.
뒷모습이 쓸쓸해 보인다.
우리 엄마도 저 옷을 입고
가는 뒷모습이 쓸쓸하겠지. (2004. 6. 9)

아줌마 부산상고 3학년 정용석

어제와 똑같은 하루를 또 시작했다.
아침에 버스를 탔는데
자리가 딱 하나 남아 있었다.
앉아서 편안히 학교로 가고 있는데
약간 무거워 보이는 아줌마가 탄다.
그 아줌마는 가장 만만한 상대를 찾는 듯하더니
바로 내 앞에 와서 자리를 잡았다.
그런데도 나는 자리를 양보해 주지 않았다.
양보하기가 싫었다.
그렇게 십 분쯤 갔을까.
우연히 아줌마 손을 보았다.
얼굴은 깨끗한데 손은 쭈글쭈글하고 상처투성이다.
아마도 힘든 일을 하시는 거 같다.

가만히 우리 어머니 손을 떠올려보니
손 모양이 비슷하다.
조금 뒤 아줌마가 먼저 내리시고
나는 자리 양보 안 한 걸 후회했다. (2004. 6. 10)

남녀평등 부산상고 3학년 권경진

교장 선생님이 상을 준다.
옆에 젊은 여 선생님이 계신다.
도대체 왜 젊은 여 선생님만 세우는지
굉장히 기분 나쁘다. (2004. 7. 3)

구자행 부산상업고등학교

나한테 맞는 말

쓰기 전에

칠판에 긴 줄을 그리고 그 가운데를 자른다. 그리고 그걸 확대
해서 보여 준다.

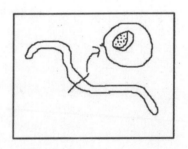

여기서 줄은 시작과 끝이 있다. 이것은 이야기다. 이야기에는
시작과 끝이 있다. 가운데 잘린 부분은 한순간의 생각이나 느낌
이다. 이것은 시가 된다. 한순간에 떠오른 생각, 그것은 시간과
관련이 없다. 무엇을 하거나, 무엇을 보거나, 무엇을 생각할 때

퍼뜩 떠오른 생각, 그것을 잘 붙잡아야 한다.

> 자기 마음이 흔들렸던 때를 생각해 본다.
>
> (감동, 울음, 억울, 깨달음, 기쁨, 놀라움, 뿌듯함,
>
> 따뜻했던 기억……)
>
> 그 사건을 설명하지 말고(설명문)
>
> 그 사건을 이야기하지 말고(서사문, 이야기)
>
> 꼭 할 말만(토해 내듯) 쓴다.

이렇게 보여 준다.

그리고 이오덕 선생님이 《삶을 가꾸는 글쓰기 교육》에서 예로
든 아이들 시를 보여 준다.

> ## 1. 보고 느낀 것을 쓴 시
>
> 무엇을 가만히 보고 있을 때 참 좋구나 하고 마음이 끌
> 린 것, 깊이 느낀 것을 자기 말로 짧게 쓴 시.
>
> | 이슬 | 구름 |
> |---|---|
> | 이슬이 | 구름이 |
> | 코스모스 잎사귀에 | 해님을 꼭 안고 |
> | 두 줄로 졸로리 있다. | 놔 주지 않았다. |
> | 손가락으로 건드리니 | 그런데 해님이 |
> | 낭낭낭 떨며 | 가랭이 쌔로 |
> | 흙같이 팍삭 깨졌다. | 윽찌로 빠자 나왔다. |

무엇을 가만히 보고 있으면 어떤 생각이 떠오른다. 그것을 자기 말로 써야 한다. "졸로리 있고, 으찌로 빠자 나왔다"는 아이가 자기 말로 쓴 것이다. 그렇지만 중학생들은 이런 글을 잘 쓰지 않는 것 같다고 말했다. 이렇게 무엇을 가만히 보고 떠오른 생각을 쓰는 글은 잘 쓰지 않는 것 같다.

---

2. 겪은 일을 쓴 시

무슨 일을 체험했을 때 그 일에 대해서 강하게 느낀 것. 깊이 생각한 것을 자기 말로 짧게 쓴 시.

- 버림 받은 개
- 화장실의 비밀
- 아버지

아무래도 서사시라고 할 수 있는 이런 시를 쓰기 쉬울 것 같다.

버림 받은 개

합천중 2학년 강세훈

지난 겨울 날 학원을 마치고 집으로 가는 길
가로등 밑에 개 한 마리가 엎드려 있다.
쇠사슬이 있어 묶여 있는 줄 알았지만
사슬은 끊어져 있었다.
목줄이 있는 걸 보니 주인이 있는 개 같은데……
그 개는 우리를 경계한다.
크르릉, 크르릉
하지만 만지려고 해도 움직이지 않는다.

옆에 있는 박스더미로 덮어 주어도
나와서 가로등으로 걸어간다.
하지만 움직임이 좋지 않다.
그때 나는 그 개가 다리를 다쳤다는 것을 알았다.
우리는 그 개가 못 움직이는 걸 알고
집에 가서 빵을 몇 개 들고 와서 주었다.
우리가 가고 나서도 그 개는 그 자리에 있다.
누구를 기다리는 듯이······

다음날 아침 그 개는 없었다.

화면을 보여 주면서 한 아이에게 이 글을 읽힌다. 아이들이 이
글을 읽고 세훈이가 가진 따뜻한 마음을 느낄 수 있으면 된다.
하지만 그렇게 감동하는 눈치는 아니다. 하지만 공감은 할 것이
다. 희원이가 눈을 빛낸다. 희원이는 길고양이한테 줄 먹이를 사
서 가방에 넣어 다닌 적이 있다.

다음은 일본 아이가 쓴 글이다.

화장실의 비밀

5학년 요시모토 마이

"아, 아파."
배를 움켜 쥐고 화장실로 뛰어들었다.
물랑한 똥이 주루룩 주루룩 나왔다.
교장 선생님 소리가 들렸다.
누군가와 이야기하면서 들어왔다.
푸드등 하고 소리가 나면
어떻게 할까?

꽉 똥을 움츠렸다.
빨리 나가요. 빨리 빨리
빨리 나가 주세요.
교장 선생님은 이런 때에 꼭 오줌이 길다.
이제 참을 수가 없다.
끙! 힘을 주었다.
푸등 푸등 푸드등
화장실에 울려 퍼졌다.

교장 선생님의 발소리가 안 들릴 때까지
화장실에서 나가지 않았다.

이 글은 김녹촌 선생님 책에서 뽑은 시이다. 아이들은 이 시를 보고 많이 웃었다. 고상한 것만 시가 되는 것은 아니다. 이 아이가 느낀 간절함, 두근거림도 시가 될 수 있다고 말했다. 꾸밈없음, 그것이 시가 된다.

3. 언제나 생각하고 있는 것을 쓴 시

마음속에 언제나 품고 있는 생각, 남몰래 가지고 있는 생각을 쓴 시.

우리 오빠

나는 오빠가 보고 싶어요
남의 집에 일꾼을 들었는데
우리 오빠 고생하는 것 보면
참 눈물이 납니다.
아래 저녁에 왔는데

참 뱃작 말랐는 걸 보고
나는 어머니하고 울었습니다.
(2학년 여자아이)

공부를 못해서

나는 공부를 못해서 걱정이다.
집에 가마 맞기마 한다.
내 속에는 죽는 생각만 한다.
(3학년 남자아이)

나는 이런 시(언제나 생각하고 있는 것을 쓴 시)에서 아이들 진실을 발견할 수 있다고 생각한다. 아이들 진심이 보이고 아이를 이해할 수 있고 아이에게 더 다가갈 수 있다. 태영이가 쓴 어머니라는 시를 보여 준다.

어머니

합천중 2학년 류태영

어머니는 장애인이시다.
어머니는 집에서 앉았다가 누웠다가 계속 반복하신다.
어머니는 아침, 점심, 저녁을 밥을 드신다.
내가 학교에 다녀오면
어머니가 저녁 밥을 챙겨 주신다.
나는 밥을 먹고 나서
강아지 밥을 준다.
나는 강아지랑 바깥에 나가서 놀고 온다.
나는 어머니가 왜 장애인지를 모르겠다.

> 나는 어머니를
> 매일매일 학교 갔다 오면 도와 드리겠다고 생각한다.
> 어머니가 오래 오래 건강했으면 좋겠다.

이 글을 읽었을 때 아이들은 별 감흥을 느끼지 못했다. 태영이는 백혈병 진단을 받고 투병 중이었다. 학교 성적은 낮았다. 처음 만났을 때는 글을 읽고 쓸 수 있을까 하는 생각도 들었다. 태영이 집에 가정방문 갔을 때 페인트칠도 안 된 두 칸짜리 시멘트 집에서 나온 어머니는 내 손에 들린 정구지를 봉지째 낚아채더니 그 자리에 앉아 다듬기 시작했다. 나를 보지도 않고, 나에게 한마디도 하지 않고 마당에 쭈그려 앉아 정구지를 가렸다. 태영이 어머니는 보지도, 듣지도, 말하지도 못한다. 오로지 몸 감각만으로 살림을 해 오셨다. 태영이 말대로 언제나 누워만 있다가 아침, 점심, 저녁으로 밥을 해 드셨다. 종일 누워 있다가 때가 되면 일어나 손을 더듬어 간장 종지를 찾고 냄비에 물을 부었을 것이다. 나는 안타까운 마음에 헤어질 때 어머니 손을 한번 잡아 보았다. 어머니는 내 손을 쓰다듬더니 "에이"하며 손을 뿌리친다. 남편 손도, 자식 손도 아닌 낯선 사람 손이니까 그랬을 것이다.

태영이는 어머니가 왜 그렇게 아픈지 모른다. 태어나면서부터 그런 어머니를 보고 자랐다. 어느 순간 태영이는 그런 어머니가 낯설게 느껴졌다. 보통 어머니와 다르다는 것을 알게 되었다. 이런 자기 인식이 이 시를 빛나게 한다. 자기를 사회 속의 한 사람으로 바라보면서 처지를 깨닫고 있다. 이렇게 했을 때 이겨 내려는 의지가 생긴다. 나는 태영이 시에서 이겨 내려는 의지를 볼 수 있었다. 그것이 대견하고 고마웠다.

아이들은 태영이 시와 내 이야기를 듣고 놀라워했다. 그러면 됐다. 태영이 마음, 내 마음이 전해졌다. 이것이 시라고 나는 생각한다.

쓴다

아이들이 글을 쓴다. 시를 쓴다고 하지 않겠다. 시가 될 수도 있고 안 될 수도 있다. 시는 작품이다. 잘된 글이다. 감동이 있는 글이다. 시가 되는지 안 되는지는 나중에 읽어 봐야 안다. 지금은 진정으로 쓰고 싶은 간절한 이야기를 쓴다. 보고, 겪고, 오랫동안 가슴에 남은 어떤 생각을 쓴다. 이 과정은 내가 끼어들 수 없는 시간이다. 아이들에게 주어진 자유로운 시간이다. '이것'을 쓰라고 할 수 없다, '이렇게' 쓰라고 할 수도 없다. 꼭 쓰고 싶은 것을 쓰라고 그렇게만 말할 수밖에 없다.

내가 아이들 말을 듣고 싶어 하니 아이들은 진심을 이야기해 준다. 그런데 그게 잘 안 될 때가 있다. 아이들이 써낸 글을 쳐다보기 싫을 때도 있고 대충 쓴 글을 대충 보고 대충 던져 놓을 때도 있다. 그런 무관심이 쌓이면 아이들은 더 이상 진심을 드러내지 않는다.

쓰지 않는 아이들, 떠드는 아이들이 있다. 어떤 아이는 복도에 데리고 나가서 이것저것 묻는다. 요즘 생활이랄지, 고민이랄지, 어떤 이야기든 그 아이를 보면서 떠오르는 질문을 던진다. 그러다가 쓸 게 있으면 들어가서 쓰라고 한다. 그러면 대개는 들어가서 한 줄이라도 써낸다.

아이들이 글을 쓰고 있을 때 나도 글을 쓸 때도 있고 다른 반 아이들이 쓴 글을 읽어 볼 때도 있다. 어떤 글을 읽을 때는 나도 모르게 웃음이 나온다. 가슴이 따뜻해지는 웃음이다. 마치기 5분 전쯤 되면 내도 되느냐고 묻는다. 내라고 한다. 두셋은 아직도 적고 있다. 이 아이들은 소중한 비밀을 전해 주듯 쉬는 시간에 글쓰기 공책을 건넨다. 나도 그 비밀은 소중히 다룬다.

아이들 글

우리나라 3반 정은수

구겨지고 구겨지지만
다시 새 종이처럼 펴진다.

뒤에 더 쓰려고 하다가 못 썼다고 했는데 나는 쓰지 않길 잘했다고 했다. 딱 여기까지다. 일본의 짧은 시 하이쿠를 닮았다. 우리나라 같다.

나는 3반 홍진휘

우리 사촌 언니는 수의사
우리 사촌오빠는 한의사
우리 이모는 미용사

우리 엄마는 공인중개사
우리 막내이모는 유치원교사
우리 고모는 국어교사

부러워할 필요없다
마음만 먹으면
뭐든지 될 수 있는
나는 마법사 (10. 2)

여기에는 감동이 없다. 재미도 없다. 말장난 같다. 하지만 나는 여기에서 진휘를 본다. 이 말 몇 마디가 진휘를 보여 준다. 자랑하는 진휘, 마음만 먹으면 뭐든 할 수 있다고 믿는 진휘를 볼 수 있다. 아이가 가진 의욕을 볼 수 있다.

그 아이가 꾸미지 않고 진심으로 하는 말이라면 일상에서 하는 몇 마디 말만 들어도 바로 그 아이를 알 수 있다. 그 아이의 성격과 고민과 생각하는 방식, 생활 태도를 알 수 있다. 나는 아이들 글을 보면서 그렇게 느꼈다. 논설문과 설명문, 또는 독서 감상문에서는 볼 수 없는 그 아이 전체를 나는 이런 글쓰기에서 볼 수 있다. 그 아이가 내뱉는 말 한마디, 전혀 꾸미지 않고 일상에서 하는 그 한마디가 그 아이 온통을 나타낸다. 요즘 그런 생각이 자주 든다. 그 아이가 하는 몇 마디만 들어도, 그 아이가 쓴 몇 줄만 읽어도 그 아이를 알 수 있다.

갱지 3반 우희윤

필통을 열고
곱게 깎인 연필을 꺼낸다.
책장에서
갱지를 꺼내
그 위에 사각사각
내 마음을 쓴다.
거친 갱지의 느낌이
날 편하게 만든다.

아, 좋다. (10. 2)

글쓰기를 좋아하고 무엇이든 야무지게 하려고 하는 희윤이가 보인다. 잘하려고 하는 그 마음이 참 보기 좋은 아이다.

나 3반 이지원

처음엔 잘 알다가도
잘 아는 것만 같더라도

모른다.

복잡한 나
어느 것이 내 생각인지
어느 것이 진짜 내 마음인지
헷갈린다.

내가 나를 파헤쳐 나가는 게
이렇게 힘든 일인지 몰랐다. (10. 2)

  이 글을 보면 지원이가 보인다. 언젠가 지원이는 '내가 누구인
지 알기 전에는 아무것도 못 하겠다'고 했다. 생각이 깊은 아이
다. 생각이 깊은 아이는 그 생각만큼의 짐을 지고 살아간다. 짐
을 지고도 더 높이 올라가 보려는 지원이가 보인다. "내가 나를
파헤쳐 나가는 게"에서 지원이가 보인다.

    사과 1반 송주영

아침에 평소보다 조금 늦게 일어났다.
내가 냄비에 물을 받아
배즙을 끓였다.
엄마보고 부탁도 하지 않았는데
컵에 따라 놓았다.
학교 가서 먹으려 했는데……
괜히 짜증냈다.

집에서 먹을 시간이 없어
사과 하나를 챙겨 가려고 씻었다.
사과 표면이 씻어도 씻어도
끈적거렸다.
괜히 또 엄마한테 짜증냈다.

왜 엄마한테 짜증 부렸지?
나도 모르겠다. (10. 2)

주영이는 둘째 딸이다. 누구보다 엄마와 친하다고 한다. 엄마
가 배드민턴을 치다가 다쳐 병원에 입원했을 때 어머니는 주영
이가 간호해 줘서 너무 편하다고 했다. 그런 주영이가 요즘은 이
런가 보다. 사과를 씻고 씻는 모습이 주영이다. 야무지게 살림을
잘하는 주영이 모습이 보인다. 엄마한테 짜증을 부리고 다시 화

해하고 하면서 엄마와 친구처럼 살아가는 주영이 모습이 보인
다. 힘이 느껴진다.

서로의 동생 1반 오상헌

아빠가 평소에는 하지도 않는
험한 말을 하며 화를 내고 있다.
"아, 나쁜 새끼, 그런 놈은 죽어야 돼."
고모의 회사 사장님이 고모를 장애인이라고 무시하고
또 정말 심한 말을 했다고 한다.

아빠의 화난 표정 속에
아빠의 동생을 사랑하는 마음
아빠의 동생을 위하는 마음
아빠의 동생을 걱정하는 마음이 보인다.

아빠도 평소에는 티를 안 내지만
내가 동생을 사랑하고 위하고 걱정하는 것처럼
아빠도 아빠의 동생에게 그런가 보다. (10. 2)

차를 타고 가는데 길거리에서 상헌이가 웬 여학생이랑 너무나
다정하게 장난을 치면서 가고 있다. 다음날 상헌이에게 물었다.

"오상헌, 다정하던데. 요즘 연애하나?"

그러자 둘레에 있던 아이들이 웃는다. 한 살 아래 여동생이었
던 것이다. 상헌이는 여동생과 친해서 그런 오해를 가끔 받는다
고 했다. 천방지축 상헌이가 동생을 아끼는 마음을 볼 수 있다.
아빠가 자기 동생을 사랑하는 마음이나 상헌이가 동생을 사랑하
는 마음이나 똑같다는 것을 느낀다.

비가 온 날 1반 장영인

하루 종일 화가 난 듯 세차게 내리던 비가
무슨 일인지 뚝 하고 그친 후
하늘은 깜깜하고 해는 온데간데 없다.

늦은 밤 학원을 마치고 걸을 때면
웅덩이 속 빗물에 가로등 빛이 스며든다.
그 불빛이 나를 비춰주면 나도 모르게
그 빗물을 뚫어지게 쳐다보다가
질퍽질퍽 밟기 시작한다.

빗물을 밟을 때의 그 소리와
튀어 오르는 빗물의 느낌이 너무 좋아
바지 끝이 다 젖어 축축해질 때까지 밟았다. (10. 2)

내 마음에 오래 남은 시다. 늦은 밤, 집에 들어오는 길에 본 물
웅덩이, 그걸 밟고 있는 영인이 모습. 이 시를 읽으며 사는 게 무
엇인지 하는 생각이 드는 까닭은 무엇일까. 서너 살 된 우리 딸
들이 비 온 뒤 고인 물을 굳이 밟으려고 하는 모습도 떠오른다.
늦은 밤까지 수학 문제를 풀고 영어 문장을 외우며 힘들게 공부
하다가 집에 오는 길에 본 물웅덩이, 발로 밟는 영인이. 꾸밈없
는 인간 본래 모습을 보는 것 같다.

할머니 1반 박수연

내가 전화해서
"할매요!" 하고 부르면
좋아하시던 우리 할머니

첫째 집 가서는 첫째가 최고다.
둘째 집 가서는 둘째가 최고다.
막내 집 가서는 막내가 최고다.
말씀하시던 우리 할머니

버스비 아끼고 병원비 아끼고
반찬값 아끼고 용돈 아껴서
마지막까지 자식들 뒷바라지만 하신 우리 할머니

죄송한 일도 많고 할머니랑 함께
가고 싶은 곳도 많고 할 말도 많은데
인사도 안 하고 가신 우리 할머니

아직 우리 아빠 전화번호부에
"사랑하는 우리 엄마"라고 저장 되어 있는 우리 할머니

요즘 따라 더 많이 보고 싶고 생각나는 우리 할매 (10. 2)

이 시를 읽으며 눈물이 날 뻔했다. "버스비 아끼고 병원비 아
끼고/ 반찬값 아끼고 용돈 아껴서/ 마지막까지 자식들 뒷바라지
만 하신 우리 할머니" 그 할머니 자리에 어머니를 넣었더니 가
슴이 꽉 조여 왔다. 수연이는 이혼한 부모님 모두를 받아들이고
양쪽에 다니면서 부모님을 다독거리는 아이다. 호텔리어라는 꿈
을 가지고 열심히 공부해서 올해 성적이 참 많이 올랐고 봉사 활
동도 꾸준히 하는 참 훌륭한 아이다. 그런 수연이가 이 시에서
보인다.

할머니 2반 이유진

친구랑 놀다가 집으로 가는 길
시장 앞 버스정류장에 할머니가 서 있다.

바람에 나풀나풀거리는 얇은 바지에
다 떨어진 파란 슬리퍼
그 옆엔 할머니만한 나물 바구니가 있다.

바구니를 들고 버스를 타러 가는데
어떤 아저씨가 전화통화를 하며
먼저 휙 타버린다.
할머니가 주춤한다.

다시 계단을 오른다.
한발 내딛는데
"아 빨리 가야하는데"
"짜증나"
"저럴거면 택시를 타지."
버스 안에서 버스 밖에서
투덜투덜댄다.
할머니가 또 주춤한다.

어떤 아저씨가 일어선다.
도와드리려나 싶어 쳐다보니
그냥 내린다.
짜증스러운 얼굴이다.

할머니가 뒷사람을 본다.
다시 버스를 본다.
할머니가 또 주춤한다.
고개를 숙이고 뒷걸음친다.
버스는 나머지 사람을 싣고
부릉부릉
새카만 연기를 내뱉고 떠난다.

뒤를 쳐다보니
할머니가 가만히 있다.
고개를 숙인 채
그저 가만히

내 고개도 숙여진다. (10. 4)

　야무진 유진이. 뚫어져라 나를 쳐다보는 유진이가 이 시에서
도 느껴진다. 무거운 짐을 지고 버스를 타려는 할머니를 유진이
는 가만히 보고 있다. 안타깝다. 하지만 도와줄 용기는 없다. 그
저 누군가가 나타나 도와주기만을 바란다. 누구나 이렇게 보고
이렇게 생각한다. 하지만 유진이만큼 이렇게 온 마음으로 보기
는 쉽지 않다. 그런 쉽지 않은 힘을 유진이는 가지고 있다.

딱 맞는 말

이번에 시 지도를 하면서 얻은 사실이 있다. 시는 그 사람과 그 상황에 딱 맞는 말이라는 거다. 아이들이 쓰는 다른 글들에도 그 아이가 드러나겠지만 시만큼 자신을 그대로 드러내는 형식은 없다. 시를 읽어 보면 그 아이가 보인다. 그 아이를 알 수 있고, 그 아이를 느끼게 된다. 그렇다면 좋은 시라고 나는 생각한다.

시가 딱 맞는 말이 되려면 어떤 장애도 없이 자기를 드러낼 수 있는 조건이 마련되어야 한다. 잘 들어 주는 이해심 깊은 선생님도 있어야 하고, 잘 들어 주는 친구들도 있어야 한다. 스스로 두려움을 이겨 내야 하고, 스스로 정리가 되어야 한다. 그래야 쓸 수 있다. 그렇게 해서 쓴 글에는 그 아이가 그대로 드러난다. 말이 곧 사람이다. 누군가 말했듯이 말은 또 다른 몸짓이다.

시를 쓰면서 아이들 생각이 깊어지고 높아진다면 좋겠지만 그것은 내 바람이고, 아이들이 조금도 어색하지 않게 자기에게 딱 맞는 말을 할 수만 있으면 좋겠다. 내가 해 놓고도 내 말이 아닌 말이 얼마나 많은가. 그런데 시는 그래서는 안 된다. 나와 떼어 놓을 수 없는 말이 시이다. 나와 하나가 되는 말이 시이다.

윤동주 시인의 '서시'에는 윤동주 시인이 보인다. "죽는 날까지 하늘을 우러러 한 점 부끄럼이 없기를"과 "잎새에 이는 바람에도 나는 괴로워했다"에서 윤동주 시인이 보인다. 그 시인에게 딱 맞는 말이다. 어색하지 않은 말이다.

딱 맞는 말을 쓰려면 간절한 걸 써야 한다. 꾸밈없이 써야 한다. 그리고 쉬운 말로 써야 한다. 윤동주 시인의 '서시'에 나오는 유일한 한자는 "점(點)"자다. 그런데 그 글자도 우리말이라는 느낌이 드는 글자다. 있는 그대로 드러내려면 어머니 아버지에게 배운 말로 할 수밖에 없다. 그것이 우리말이다.

시는 그 사람과 그 상황에 딱 맞는 말이다. 시 한 구절을 보고 그 아이를 알 수 있겠다는 생각도 해 보았다. 무엇보다 시에서 풍기는 사람다운 분위기가 내 온몸으로 전해져서 좋았다.

정유철 경상대학교 사범대학 부설중학교

3

제 삶의 주인이 되는 첫걸음,
이야기하기는 이렇게

무엇이든 말할 수 있는 교실이라면
아이들은 자기 이야기를 솔직하고 당당하게 이야기하고 쓸 수 있다.
아이들과 교사가 어떻게 마음을 나누면서 이야기를 풀어내는지,
아이가 교실에서 기죽지 않고 동무들 앞에서 어떤 이야기를 하는지
그 모습을 생생하게 볼 수 있다.

이야기하기 교육

국어 시간 교실에 들어가서 아이들과 인사를 나누고 나면, 교과서 공부에 앞서 나는 자리를 비켜 주고 대신 그날 이야기를 준비해 온 아이가 앞으로 나와서 이야기한다. 학교에 오며 가며 겪은 이야기나, 학교 밖에서 동무들과 지낼 때 있었던 일이나, 자라온 이야기 가운데 한 도막이나, 식구들이나 동무들한테 들은 이야기 같은 바로 자기들 이야기를 풀어 놓게 하였다. 내가 교과서를 들고 수업을 하면 엎어져 자던 아이도 동무 이야기에는 귀를 기울인다. 생생하게 살아 있는 자기들 이야기라 귀담아듣고 그 이야기 속으로 끼어들기도 하고, 이야기를 재미있게 잘하는 아이보고는 하나 더 하라고 조르기도 한다. 자기 차례인데 미처 이야기를 준비 못 해 오거나 시시한 이야기를 하면 반 동무들한테 원망을 들어야 한다. 그러니 내가 챙기지 않아도 자기들끼리 알아서 잘한다.

처음 몇 번은 그냥 듣고 넘겼다. 그런데 몇 번 듣다가 보니 한 번 듣고 흘려버리기엔 참 아깝다는 생각이 들었다. 그래서 녹음기를 들고 들어갔다. 이야기는 남이 귀담아들어 주기만 해도 신이 나는 법인데 자기 이야기를 녹음해서 담아 둔다고 하니 더 신이 나는 모양이다. 아이들 이야기를 들으면서 나도 모르게 아이들 이야기에 빠져들기도 했다. 아이들과 참 많이 웃었다. 아이들과 한바탕 웃고 나면 교과서 공부도 술술 잘 풀려 나간다.

나는 주로 아이들 이야기를 들어 주는 쪽이지 지도한 것은 거의 없다. 내가 이야기를 어떻게 하라고 열을 내어 설명하는 것보다 자기 동무가 해 주는 생생하게 살아 있는 이야기 한 자리가 더 효과가 있었다. 다만 무슨 연설하듯이 폼 잡고 하지 말라고 했다. 평소 동무들한테 이야기할 때같이 자연스럽게 하라고. 그리고 늘 쓰는 자기 말과 자기 목소리로 이야기하라고 했다. 그랬더니 아이들이 "존댓말 써야 돼요?" "반말해도 돼요?" 하고 물었다. 그것도 하고 싶은 대로 하라 그랬다.

이렇게 교실에서 이야기판을 벌이다가, 가을이 되면 그 가운데 이야기를 잘한다 싶은 아이들을 따로 모아서 교내 이야기대회를 연다. 반마다 한두 사람씩 이야기꾼이 나오고, 몇몇 반은 방청석에 앉아서 이야기를 재미있게 들어 준다. 교내 대회에서 뛰어난 아이는 전국중고등학생 이야기대회 부산 예선에 내보낸다.

아이들 글을 정성껏 읽어 주는 것이 가장 좋은 글쓰기 지도 방법이듯이, 아이들 이야기를 귀 기울여 들어 주는 것이 가장 좋은 말하기 지도다. 그리고 이야기는 조용한 가운데 한껏 분위기를 돋우어서 해야 맛이 난다. 큰 강당에서 하면 분위기가 한데 모이지 않아 이야기하기가 힘들다. 큰 강의실이나 의자가 있는 작은 강당이 제격이다.

녹음한 아이들 이야기를 다시 들어 보고 제법 이야기를 잘 풀어 놓았다 싶은 것은 모두 입말 그대로 옮겨 적어서 문집에 실어 주었다. 그 가운데 몇 개를 소개해 볼까 한다.

1학년 4반에 김우형입니다. 저는 중학교 3년, 중학교 마지막 겨울방학 때 있었던 일을 이야기할라 하는데요. 제가 겨울방학 때 뱃살이 좀 많이 나왔거든요. 그래서 제가 살을 좀 뺄려고 사직야구장 홈플러스 새로 생긴 데에 스쿼시를 배우려 다녔는데요. 제가 거기에 저 혼자 다녔거든요. 그래서 친구도 없고 해서 거기서 친구도 좀 사귀야겠다 생각하고 딱 갔는데, 저랑 굉장히 성격이 비슷한 친구가 한 명 있었어요. 활발하고. 그래서 그 친구랑 친해질라고 약간 오버도 하고, 친해질라고 막 옆에서 친한 척하고 이래싸갖고 좀 친해졌거든요. 그 친구랑 전화로 불러내서 피씨방도 가고 또 스쿼시 끝나고 같이 목욕도 하고 뭐 이런 식으로 같이 놀았는데 이제 스쿼시 하는 날이 마지막 날이 되었거든요. 이제 헤어져야 되잖아요. 그러니까 이제 못 만나잖아요. 그래 제가 전화번호를 물어봤거든요. 친구한테.

(여자예요?) 아니 남잔데요. 예, 그래갖고 그 친구 전화번호 적고 그 친구도 적고. 제가 만약에 그 친구가 고등학교 올라가서 축제가 되면 제가 갈 수 있을 것 같아서 그 친구 학교를 물어봤어요. 예, 학교를 물어봤는데, 그 친구가 자신 있게 과학고라는 거예요. 그런데 그 친구는 생긴 걸 보니까 굉장히 공부 잘하게 생겼어요. 그래서 저도 그걸 믿었거든요. 설마 해서 임시 소집일 언제 했냐 물어보니까 자신 있게 딱 대답하는 거예요. 우아, 대단하다. 저 친구 대단하다. 이래 생각하고 있었는데 그 친구도 인제 저한테 학교를 물어본 거예요. "야, 니 무슨 학곤데?" 이렇게 딱 하니까, 저도 이제 오늘 보고 말 건데 좀 멋있게 나가보자 이래갖고 저도 국제고라 했거든요. 예, 저도 멋있게 국제고라 했어요. 그래서 그 친구가 제가 국제고라 하니까 처음에 안 믿는 눈치였는데 제가 또 거짓말 잘하거든요. 그래서 거짓말로 어떻게 속여서 그 친구를 믿게 했어요. 예, 그래서 저는 이제 그 친구와 헤어지고 이렇게 1학년 돼갖고 고등학교로 올라왔는데, 그 과학고 간 친구가 제 짝지였습니다.

(부산상고 1학년 김우형 2004년 11월 18일 교내 이야기대회)

한 아이는 과학고로 간다고 하고 또 한 아이는 국제고로 간다고 했는데, 고등학교 입학하고 보니 부산상고에서 둘이 만났다. 그것도 같은 반이 되어 짝지로 만난 것이다. 이야기의 반전이 참 좋다. 우형이와 승현이는 3년 동안 정다운 친구로 지내다가 졸업

했다. 이야기는 사람 마음을 풀어 주는가 하면, 또 사람과 사람을 이어 주어 서로 한데 어우러지게 하기도 한다. 그래서 진정한 소통을 이루는 힘을 지녔다.

제가 병원에 입원해 있었을 때 일인데 제가 고1 때 귀 수술을 해서 병원에 있었습니다. 그때 중앙병원에 입원해 있었는데 중앙병원에 계시는 분이 우리 어머니 친구라서 저는 특실에 저 혼자 입원해 있었습니다. 거기 두 명이 쓰는 특실을 저는 저 혼자 누워 쓰고 있었는데 편안히 누워서 텔레비전도 보고 잘 놀고 있었는데 맨날 제가 닝겔을 맞고 하는데 어느 날 간호사가 아닌 다른 사람이 들어왔습니다. 보면 병원에 실습을 나오는 간호학원 학생들이 있는데 모두 예쁘고 키도 크고 다 그런데 제 병실에도 실습생 한 명이 배정되었습니다.
맨날 주임 간호사가 들어오다가 그날은 그 실습생이 제 병실에 들어왔는데 닝겔을 갈아 주러 들어왔습니다. 닝겔병이 다 됐으니까 그걸 빼고 제 팔에 이제 닝겔을 꽂으려고 팔을 걸었는데 이 간호사가 실습생이라서 그런지 제 핏줄을 찾지를 못하고 한 10분 동안 여기저기를 뒤지다가 바늘을 찔렀는데 바늘을 찌르는 순간 다른 간호사들은 찌르면 물약이 잘 들어가는데 이 간호사는 찌르는 순간 피가 호스를 따라 쭈욱 역류를 해서 올라가더니 닝겔병까지 올라갈려고 하는 겁니다. 그래서 간호사가 놀래서 어머! 어머! 그러면서 호스를 손으로 탁 쳤는데 순간 호스가 바늘에서 빠지면서 피가 밖으로 쫘악 분출해 나오기 시작했습니다. 피가 그냥 나오는 게 아니라 이게 동맥 혈관에 찔려 있으니까 그대로 벽면에 피가 쫘악 뿌려지면서 벽에 쫘악 피무늬가 그려졌는데 그런데 간호사는 그러면 호스를 다시 꽂아 줄 생각을 해야 되는데 휴지를 뽑아 벽만 닦고 있는 겁니다. 그래가 제가 간호사를 보고 이거 안 꽂아 주냐고 물어보니까 제 말을 듣지도 못하고 계속 벽만 닦고 있었습니다. 그래서 그냥 제가 호스를 잡아서 꽂고 약을 조절했습니다. 그러니까 나중에 간호사가 그제서야 정신을 차리고 "죄송합니다" 말을 하더니 밖으로 나갔습니다.

그리고 거기서 저 혼자 생각할 때 저 간호사한테 걸리면 고생 좀 하겠구나 생각을 했는데 얼마 뒤 혈압을 재러 누가 들어왔는데 또 그 간호사가 들어왔습니다. 그런데 지금까지 혈압을 재면은 여기(팔뚝) 묶는 걸로 묶어 놓고 한 번 바람을 넣은 다음에 바로 얼마라고 적고 나가는데 그 간호사는 여기(팔뚝)를 묶더니 한 열댓 번을 바람을 넣었다 뺐다 넣었다 뺐다 그러더니 한참 재고 나서 맥박 한 번 잡았다가 시계 보고 또 한 번 쟀다가 맥박 잡고 시계 보고 하더니 간호사가 근 40분 동안 혈압을 쟀습니다. 한참 40분 동안 혈압을 재고 겨우 이 판에다가 뭘 적고 나가더니 조금 있으니 주임 간호사가 같이 들어왔습니다. 그러더니 주임 간호사가 다시 혈압을 재더니 그 간호사 머리를 판대기로 슬쩍 때리면서 "40이나 높잖아?" 그러면서 머리를 한

대 쳤습니다. 그러자 간호사가 또 저보고 "죄송합니다" 그러고 나갔습니다.

그리고 그날 저녁이 거의 다 됐을 때 제가 주사를 맞았는데 그 간호사가 주사기를 들고 들어왔습니다. 그래서 내심 불안한 마음에 뭔가 좀 느낌이 불길했는데 아니나 다를까 지금까지 늘 닝겔병에 놓던 주사를 갑자기 저보고 엉덩이를 내라고 그러는 겁니다. 아, 지금까지 닝겔병에 계속 맞았는데 왜 엉덩이를 맞아야 되는지 이유를 몰랐는데 그래도 일단 주사를 맞았습니다. 그리고 간호사가 나갔는데 조금 있으니까 오른쪽 다리가 뭐가 뻣뻣해 오기 시작하는데 영 느낌이 이상했습니다. 나중에는 무릎을 굽히고 싶어도 무릎이 굽혀지지 않고 엉덩이부터 돌처럼 딱딱해지더니 움직일 수가 없었습니다. 그래서 제가 실습생을 부르니까 주임 간호사가 같이 올라오더니 상황을 보더니 알고 보니까 그 주사가 옆방 환자에게 놔야 될 주산데 제가 맞았다는 것입니다. 그래서 저는 근 두 시간 동안 기다렸다가 겨우 다리가 풀렸는데…… (부산고 2학년 류영진 2001년 11월 9일)

· 영진이가 한 시간 내내 이야기하는 바람에 이날 교과서 공부는 못 하고 말았다. 이야기가 길어 다 옮기지 못하고 줄였다. 정작 큰일은 뒤에 일어난다. 귀 수술을 해서 귓속에 박힌 고름주머니를 들어내는데, 이때는 주사 마취가 아니라 호흡 마취를 했다. 그런데 마취 담당이 또 그 실습 간호사였다. 고름주머니를 들어

내자 피가 엄청나게 나오기 시작했고, 피를 보자 실습 간호사는 어쩔 줄 몰라 흥분하기 시작했고, 피가 저렇게 많이 나는데 얼마나 아플까 싶어 호흡 맞춰 하는 손잡이를 쭈욱 올리게 되었고, 영진이 몸은 돌덩이처럼 굳어 갔다. 수술하던 의사가 칼 닿는 느낌이 달라 돌아보았을 때는 이미 한발 늦었던 것이다.

만약 영진이가 이 이야기를 글로 썼더라면 어땠을까? 이만큼 이야기가 길어지지도 않았고 재미도 덜했지 싶다. 듣고 있는 아이들이 모두 이야기 속으로 빨려 들고, 여기저기서 웃음보가 터져 나오자, 이야기하는 영진이도 덩달아 신이 나서 시간 가는 줄 모르고 한 시간 동안이나 이야기가 이어진 것이다.

아이들 이야기를 가만히 들어 보면, 입말은 문장으로 이어 가는 글말과 또 다른 질서를 지니고 있다는 것을 알 수 있다. 글말과 달리 입말은 짧은 말마디로 이어 간다. 문장으로 따지면 말이 안 되지만, 말마디로 자연스럽게 이어 가는 것을 보면 입말은 입말대로 참 오묘한 질서를 지녔구나 싶다. 그것을 섣불리 글말 질서를 가지고 지도하려 들어서는 안 되겠다. 그리고 입말로 하는 이야기는 '꾸미는 꼴'보다 '푸는 꼴'을 더 많이 쓴다.*

㉮ 옛날에 젊었을 때 남편을 잃고 아들이랑 며느리랑 같이 사는 한 할머니가 살고 있었어.

---

* 서정오 《옛이야기 되살리기》 보리, 76~80쪽 참조

㉯ 옛날에 한 할머니가 살았는데 그 할머니는 젊었을 때 남편을 잃고 아들이랑 며느리랑 같이 살고 있었어.

㉮는 꾸미는 꼴이고 ㉯는 푸는 꼴이다. 우리 옛이야기를 살펴보면 말법이 모두 푸는 꼴이다. 말을 할 때 꾸미는 꼴로 하면 듣고 있기가 여간 답답하지 않다. 그런가 하면 푸는 꼴은 마치 얼레에서 연실이 풀려 나가듯 시원시원하다. 영진이가 한 이야기 한 도막을 살펴보자.

제가 병원에 입원해 있었을 때 일인데/ 제가 고1 때 귀 수술을 해서 병원에 있었습니다./ 그때 중앙병원에 입원해 있었는데/ 중앙병원에 계시는 분이 우리 어머니 친구라서/ 저는 특실에 저 혼자 입원해 있었습니다.

영진이 말법은 푸는 꼴이고 짧은 말마디로 이어 간다. "병원에 입원해 있었다"는 바탕말을 먼저 해 놓고, 왜 입원해 있었는지, 그 병원이 어느 병원인지, 어떤 병실에 있었는지, 차례로 풀어 나간다. 이것을 글로 썼더라면 아마 이렇게 썼지 싶다.

저는 고1 때 귀 수술을 하게 되어 우리 어머니 친구 분이 계시는 중앙병원 특실에 저 혼자 입원해 있었습니다.

이야기하기에 앞서 미리 대본을 써서 외워 오는 아이들 말법이 대개 이렇다. 달달 외워서 티 안 나게 감쪽같이 해도 이야기를 듣는 아이들과는 따로 겉도는 느낌이다. 이야기는 이야기대로 푸는 가락이 있는데, 이야기하는 사람이나 듣는 사람이나 그 가락에 올라타지 못하고 만다.

제가 해 드릴 이야기는 '장인뿐인 줄 아나'라는 옛날이야기입니다. 한 농사꾼이 장에 갔다 오는 길에 중 한 사람을 만났는데 그 중이 큼지막한 보따리를 들고 신바람을 쌩쌩 내며 걸어가기에 "스님께서 무엇을 사 가지고 가십니까?"라고 물으니, "오늘 장에 좋은 양고기가 나왔지 뭔가. 갖은 양념 쳐서 구워 먹으려 사 간다네." "아니 스님께서도 고기를 드십니까?" 농사꾼이 깜짝 놀라 이렇게 물으니, 중이 몹시 당황했던지 얼버무린다는 것이 "아니 누가 고기를 먹고 싶어서 먹나. 절에 좋은 술이 있지 뭔가. 술안주로야 양고기가 제일이지. 그래서 조금 샀다네." 이러는구나. "그럼 스님께서도 술을 드시나요?" 농사꾼이 더 놀라서 이렇게 물었겠다.

중은 또 실수했구나 싶었던지 얼른 둘러대는데, "아, 그게 아니라 절에 손님이 와 계시지 않겠나. 중이야 술은 안 먹지만 손님 대접까지야 안 할 수야 없지 않은가?" "그렇군요. 어떤 손님이신지 귀한 분인가 보군요?" 농사꾼은 고개를 끄덕이고, 한고비 넘긴 중은 입에서 신바람이 나는구나. "귀하다마다. 오랜만에 장인이 오지 않았겠는가." 듣고 보니 점입가경이라 농사꾼이 되물을 수밖에. "아니 방금 장인이라고 하셨습니까?" "장인뿐인 줄 아나. 장모도 와 있는걸." "예에, 그게 정말입니까?" 중이 그제서야 아차 했는지 말꼬리를 슬쩍 돌리는데, "이 사람아, 중이라고 농담도 못 하나. 나와는 인연이 있는 사람들인데 집에 좀 시끄러운 일이 있다는 소문을 듣고 찾아왔다네." "아아, 그렇군요. 산중에 절에도 시끄러운 일이 있다니 믿기지 않는데요?" 또 한고비 넘긴 중이 가만히 있으면 좋을 것을 어디 입이라는 게 가만히 있으라고 붙어 있는가. "골치 아픈 일이라네. 글쎄 마누라하고 첩하고 대판 싸움이 붙었지 뭔가. 오죽했으면 장인 장모가 담판을 내겠다고 그 먼 데서 찾아왔겠는가?" "예에, 첩이라고요?" "이 사람아, 누가 첫째 첩 가지고 그러는 줄 아나. 얼마 전에 얻은 둘째 첩이 말썽이라네. 지금도 대판 싸우고 있을지 모르니 나는 어서 가 봐야 되겠네." 중이 이러고 앞에 성큼성큼 가더라. 이상입니다.

(부산상고 황영학 2004년 11월 17일 교내 이야기대회)

영학이는 이야기대회에 나와 우리 옛이야기를 했다. 그런데 책에서 읽은 옛이야기를 그대로 외워서 마치 글 읽듯이 했다. 이야기할 내용을 미리 글로 써 오지 말라고 그렇게 일렀는데 어쩌다가 한두 명이 미리 써 오는 경우가 있었다. 써 온 것을 보고 읽거나, 슬쩍슬쩍 보면서 말하거나, 외워 와서 쓴 대로 따라가면서 말하거나 모두 이야기 맛이 죽어 버렸다. 생생한 맛이 없고 듣는 아이들과 따로 노는 느낌이 들었다. 굳이 말을 유창하게 잘할 필요가 없다. 좀 더듬거려도 그것대로 맛이 나고 뜨음뜨음 어눌하게 해도 그것대로 맛이 난다. 제각기 자기 목소리를 살려서 말하도록 도와주어야 한다. 마치 군대 보고하듯이 씩씩하게만 말하는 아이들도 있는데 귀에 거슬렸다.

중1 여름방학 때 사촌 형하고, 사촌 형들하고 밀양에 있는 송백강에 놀러 갔었단 말이야. 준비 다해서 차 타고 도착했는데 장마철이라서 사람 별로 없데. 일단 텐트 치고 바로 물에 들어갔단 말이야. 거기 강 수심이 좀 깊어갖고 잠수하면서 놀았거든. 한참 놀고 있는데 내 레이더망에 존나이 잘 빠진 누나들이 딱 들어오데. 그래 보니까 고2쯤 보이는 누나들이데. 좋아갖고 그 누나들 주위에서 빙빙 돌면서 놀았거든. 계속 놀다가 누나들 나가데. 그래 나도 나가갖고 수박 좀 먹어 보라고 갖다 주었거든. 갖다 주니까 누나들이 막 좋아하면서 잘해 주데. 그래갖고 누나들하고 같이 밥도 먹고 수영도 같이하고 놀았거든. 나중에 밤이 돼갖고 잘라고 하는데 누나들이 다슬기 잡으로 가자데. 그래갖고 통 하나 들고 후라쉬 들고 수심 좀 얕은 곳에 가갖고 잡고 있었는데 내 신발이 자꾸 벗꺼지갖고, 신발이 벗꺼지갖고 떠내려가데. 강 물살이 좀 세갖고 빠르게 떠내려가는기라. 나는 수영을 하고 쫓아가고 있었는데, 발을 헛디디갖고 물

에 빠졌단 말이야. 물살이 세갖고 나도 떠내려가데. 그런데 차
마 그 누나들 앞에서 쪽팔리게 살려 달라고 못 하고. 쪽시러워
서 될 대로 되라는 식으로 떠내려갔거든. 컴컴하고 막 아무도
없고 막 정말 쫄이데. 내가 처음에 떠내려온 곳이 저 강 상류
쪽이었는데 떠내려오다 보니까 강 하류 쪽까지 왔데.

그런데 갑자기 옆에서 마악 누가 잡아땡기는 거라. 난 막 귀
신인 줄 알고 죽을 똥 살 똥 하고 막 도망갈라 했거든. 그런데
누가 옆에서 "큰 거다 큰 거. 이거 함 잡아 봐라." 이라데. 보니
까 밤낚시 하는 아저씨들 같데. 알고 보니까 그 바늘, 낚싯바늘
이 내 옷에 걸리갖고 막 내가 끌리가고 있는 거야. 막 불쌍한
표정 지으면서, 계속 막 힘 주고 있었는데, 아저씨들이 막 이상
하게 느꼈는지 막 후라쉬 비차 보데. 그래가 내 모습 보고 그
아저씨 기절해갖고 119 불러갖고 실리 갔거든.

그다음에 그 아저씨 우째 되었는지 모르고. 다음 날 돼갖고
날씨가 좀 꾸리하데. 천둥 번개 막 치고 막 폭우 쏟아지고 그라
데. 사촌 형들하고 텐트 안에 있었는데 갑자기 텐트가 막 구르
데. 한 세 바퀴 굴렀는데 구르는 동안 내 자갈에 부닥치갖고 쌍
코피 막 흐르데. 완전 개판이었거든. 텐트 좀 약하게 치갖고. 누
나 쪽도 마찬가지일 거 같데. 그래갖고 비 맞으면서, 비 맞으면
서 그 철수하고. 결국은 1박 2일 만에 집으로 돌아왔거든. 그런
데 그때 그 누나들 중에 한 명하고 사촌 형하고 눈 맞아갖고 아
직까지 사귀고 있다. (부산고 1학년 장기준 2000년 4월)

재미난 이야기일수록 이야기를 듣는 중간에 더러 끼어들기도 한다. "뭘 봤는데?" "좀 조용히 하고 듣자" "뭔데? 빨리 말해라" 하면서 추임새를 넣어 준다. 기준이가 이야기할 때도 아이들은 기준이 이야기에 사로잡혀, "뭐라고, 누나들이랑 같이 잤다고?" "아! 은근히 웃기네" 하면서 자기도 모르게 불쑥불쑥 한마디씩 내뱉었다. 방해하기보다 오히려 흥을 더해 준다 싶어 막지 않는다. 드문 일이긴 하지만 간혹 다른 아이 이야기를 듣고 나서 자기도 비슷한 경험을 이야기하고 싶다고 손들고 나오는 아이도 있었다.

기준이는 몸짓이나 얼굴 표정을 지어 가며 온몸으로 이야기했다. 낚싯바늘에 걸려 끌려갈 때, 안 끌려가려고 버티는 자세와 그때 표정까지 되살려 보여 주기도 했다. 녹음한 이야기를 옮겨 적으면서 그것까지 다 살릴 수는 없었다. 글로 옮긴다는 것은 벌써 듣는 사람이 아닌 읽는 사람을 생각하고 있기에 입말에서 한 걸음 떠나서 글말 쪽으로 기울어진 것이다. 아무리 잘 붙잡아 적는다고 해도 이야기하는 사람이 말하는 사이사이에 잠깐 뜸을 들이는 거라든지 목소리에 실린 감정 같은 것은 도저히 잡아낼 수가 없었다.

저는 제 친구 중학교 때 일을 얘기해 드리겠습니다. 중학교 때 제 친구 학교 선생님 중에서 그 기독교 그거를 아주 믿는 선생님이 계셨는데, 애들 보기만 하면 맨날 기도를 해 주는 그런 선생님이 있다고 하였습니다. 하루는 제 친구 반에 들어와서 제 친구의 친구에게, 성깔이 좀 있는 앤데 그 애한테 기도를 해 주겠다고 뭐 하느님 아버지 뭐 축복이 어쩌고 그런 말을 하고 있는데 내 친구의 친구가 "아이 또 시작이가" 막 이랬는데 여 선생님이 하는 말이 "이런 악의 무리 같으니, 하느님의 축복을 받지 못한다" 막 이래 말했습니다. 그래 그 친구가 나가면서 하는 말이 "에이씨, 나무아미타불" 이라면서 나갔다는 그런 얘기가 있었습니다. (부산고 2학년 이민우 2002년 6월 4일)

그게 아니고 민우가 한 이야기를 제가 다시 하겠습니다. 주현이라는 제 친구가 있었는데 그 친구는 성격이 다혈질이고 성질이 더럽고 양아치였습니다. 그래서 어 우리 중학교 때 영어 선생님이 절실한 기독교 신자셨는데, 학교에서도 선생님을 하시고 교회에서도 선생님을 하셨습니다. 그래서 저도 맨날 복도에서 마주치기만 하면은 "경택아, 시간 있니?" 이래서 양호실로 끌고 가서 이상한 종이 쪼가리를 주시면서 예수를 믿으라면서 매일 저에게 강요를 하였습니다. 저는 복도에서 그 선생님을 마주칠 때마다 매일 피해 다녔는데, 일욜날에도 저에게 교회에 나올 것을 요구하였습니다. 저는 그래서 마지못해 교회에 갔다가 빨리 왔던 일이 있는데.

주현이라는 친구가 3학년 때 저랑 같은 반이었습니다.

수업 시간에 갑자기 예수 얘기가 나와서 주현이가 흥분한 나머지 선생님에게 "저 미친년 또 시작한다" 이랬는데, 주현이가 그렇게 사알 말했는데 선생님이 들은 것 같았습니다. 그래서 선생님이 와서 뭐라 했느냐 하면서 이렇게 꼬치꼬치 캐물었는데 "아아, 꺼지라" 이라면서 아주 심하게 반항을 하였습니다. 선생님도 너무나 흥분을 하여서 주현이의 뺨을 후려쳤습니다. 그러자 주현이는 너무나도 흥분한 나머지 가방을 들고 팍 뛰쳐나가는 거였습니다. 선생님도 너무 화가 나서 이렇게 멍하니 서 있는데, 다시 나갔다가 들어와서 하는 말이, 아 아닙니다. 아닙니다. 그래 주현이가 그어 반항을 하고 가방을 메고 나갈려고 하자 그 선생님이 이렇게 말했습니다. "예수의 이름으로 물러나라. 이 사악한 것아." 이렇게 말씀하셨는데 그 친구가, 그 친구가 나가면서 그 말을 들었는데 다시 그어 뒷문으로 들어오는 것이었습니다. 들어와서 하는 말이 "미친년 지랄하네. 나무아미타불 관셈보살이다" 이렇게 말했습니다. 그러자 선생님은 화가 너무 나 있었는데 그 말을 듣고 너무 황당해서 선생님이 웃어 버렸던 이야기가 있습니다. (부산고 2학년 이경택 2002년 6월 4일)

같은 이야기를 두 아이가 했다. 앞에 이야기한 민우는 친구한테 들은 이야기를 옮겼고, 뒤에 이야기한 경택이는 자기가 바로 옆에서 지켜본 일을 말했다. 경택이 이야기가 훨씬 자세하다. 민우 이야기를 듣고 나서 그게 아니라고, 다시 해 보겠다고 자청해서 앞으로 나왔다.

시를 쓸 때는, 어느 때 어느 자리에서 본 한 장면을 또렷하게 그려서 써야 한다. 언제나 겪는 일처럼 쓰면 시가 안 된다. 그런데 이야기는 속살을 빠뜨리지 않고 자세하게 말해야 한다. 누구와 부딪힌 일인지, 언제 어디서 일어난 일인지, 무슨 일이 벌어졌고, 그 일이 왜 일어났는지, 그래서 어떠한 곡절 끝에 어떻게 결말이 났는지 빠짐없이 말해야 한다.

요즘도 교실에서 아이들에게 이 이야기를 들려주곤 한다. 그러고는 주현이랑 선생님 두 사람 중에 누가 더 잘못한 것 같으냐고 물어본다. 아이들은 모두 주현이 편을 든다. 자기 학교에도 그런 선생님이 있었는데 정말 괴로웠다면서. 그런가 하면 선생님을 변호해 주는 아이도 있다. 아무리 그래도 선생님인데 너무 심한 거 아니냐고.

저는 그냥 얘기 하나 해 드리겠습니다. 얼마 전에 시골에 사는 사촌 형이 우리 집에 왔습니다. 그래가지고 우리 어머니가 "니 뭐 제일 먹고 싶노?" 그러니까 "피자요" 그랬습니다. 그래가지고 어머니께서 저에게 돈을 주셔서 가까운 피자집에 가서, 피자집에 갔습니다. 그러니까 형이 가자말자 직원에게 "피자 줘" 하는 것이었습니다. 그래가지고 직원이 "예에~" 그러니까 "아! 빨랑 피자 줘" 그러는 것이었습니다. 그래가지고 직원이 "아니 피자 종류에는 이것이 있고 저것이 있고 여러 가지가 있습니다. 그러니까 여기서 고르세요." 그러니까 "아! 그냥 피자 줘" 그러는 것이었습니다. 그래가지고 제가 피자를 살라면 피자 이름을 말해야 된다고 하니까 "아! 그러면 제일 비싼 걸로 줘" 그래가지고 시켰습니다. 피자 제일 비싼 게 좀 큰데, 그것을 마지막까지 다 못 먹었습니다. 그래가지고 형이 하는 말이, 형이 하는 말이 "니 이거 다 못 먹겠제. 우리 이거 집에 들고 가자." 그러면서 갑자기 후라이팬을 막 들고 피자집에서 나가는 것이었습니다. 그래가지고 그 사람 많은 데를, 그냥 그 피자 후라이팬을 들고 집까지 왔습니다. 아직도 그 후라이팬이 우리 집에 있습니다. (부산고 1학년 유정민 1999년 5월 10일)

아이들 이야기를 들어 보니 끝말이 "~것이었습니다"가 많았다. 우리 옛이야기를 보면 끝말이 아기자기하다. 요즘 글말처럼 "~다" 하나로 끝맺는 경우가 없다. 이야기를 들려주는 사람이 이야기에 끼어들어 참견하기도 하고, 듣는 사람에게 묻기도 하고, 앞말을 받아 되감아 나가기도 한다. 옛이야기에서 이야기를 풀어내는 가락을 배우면 좋겠다.

(1) 끝말: "~할 판이야" "~한다네" "~하더래" "이러더란 말이야" "~했네" "이러더래".

(2) 끼어들기: "~하겠다는데 누가 마다할 리가 있나" "아, 이런단 말이지" "큰일이 나긴 났지 뭐" "그러니 기가 찰 노릇이지" "아닌 게 아니라 가니까 뭐가 있어" "참 기가 막히거든" "아, 듣고 보니 예삿일이 아니야" "들어 보니 참 딱하거든" "에라 모르

겠다, 그냥 갔지" "일이 딱하게 된 거야" "그러니 이거야 원"

(3) 묻기: "제정신이겠어?" "그러니 답답할 것 아냐?" "그러니 도리가 없지. 뭐 어쩌겠어?" "안 그러면 어떡할 거야? 엎질러 논 물인 걸" "그게 어디 쉬운 일인가?"

(4) 되감기: "밤이 이슥해지더래. 이제 밤이 이슥해지니까" "겨우 목숨을 건져서 또 가는데, 가다 보니" "쌔가 빠지도록 온다. 쌔가 빠지도록 오다가, 오다가 중간에" "사람이 문을 열면 구리가, 지동 같은 구리가" "죽어도 못 가게 허네. 못 가게 혀. 못 가게 허고 나를 잡고 허는 말이"

이야기는 지닌 속성이 쭈욱 늘어서 풀어 놓는 것이다. 그래서 이야기하는 사람 마음속에 맺힌 것을 풀어 준다. 억울한 마음도 풀어내고, 실수해서 부끄러운 마음도 풀어 주고, 잘못해서 죄스런 마음도 풀어 주고, 혼자 간직하기엔 아까운 가슴 벅찬 마음도 풀어 준다. 그리고 그런 이야기를 듣는 사람 마음까지도 함께 풀어 주는 재미와 맛이 있는 듯하다.

아이들이 쓴 글을 읽어 보아도 아이가 보이고 아이들이 어찌 사는지 알 수 있지만, 아이들 이야기를 듣다 보면 글쓰기와 또 다르게 아이들이 보이고 아이들 곁으로 한 발짝 다가서는 느낌이다. 아이들끼리도 그렇지 싶다. 이야기하는 아이는 자기 이야기를 풀어 놓으니 신이 나서 좋고, 듣는 아이들은 같이 웃기도 하고 이야기에 끼어들기도 하면서 동무의 새로운 면을 느끼니 좋은 모양이다.

녹음해 둔 아이들 이야기를 옮겨 적으면서 이런 생각이 들었다. 우리 아이들이 말을 어떻게 하고 사는지 참 관심을 가져 보지 못했구나. 말하기 지도란 바로 아이들이 나날이 쓰는 말에서 시작해서 말을 가꾸고 삶을 가꾸는 쪽으로 나아가야 하는데, 우리는 그러지 못했구나. 말하기조차도 틀에 박힌 이론을 앞세워 지식이나 기능으로 가르치려 들었구나. 한번 걸러서 나온 글말보다 생생한 입말이 아이들 삶과 더 가까이 있구나. 아이들 입말을 그대로 담았다가 다시 들어 보고 또 그것을 글로 옮겨서 공부거리로 삼으면 좋겠구나.

구자행 부산상업고등학교

부자들은 죽었다
깨어나도 못 느끼는

내가 전에 친구들하고 부페에 간다고 엄마하고 한바탕 싸웠단 말이야. 한 6학년 땐가 중1인가 그랬어.

"엄마, 빨리 5천 원 도."

"3천 원밖에 없다."

그거라도 달라니 안 된다며 1,600원만 갖고 가래. 내가 막 소리 지르며 그걸로 어떻게 가냐고 화를 내며 그냥 문을 콱 닫고 나갔어. 딱 나가는데 엄마가 3천 원을 주며 "자, 빨리 가지고 학교 가" 이러데.

나는 또, 3천 원을 가지고 우째 가라고, 이라며 받아 가지고 학교 갔어. 학교 가니 아이들이 5천 원 가지고 있제? 이라데, 3천 원뿐이다 하니 친구들이 2천 원을 빌려 주며 가자고 해. 학교 마치고 부페로 갔지. 아이들하고 기분 좋게 먹고 나왔지. 이제 집으로 가려고 나서는데 앞에 많이 봤던 사람이 걸어가고 있어.

'어! 우리 엄마네.'

난 반가워서 뛰어가서 엄마를 불렀어. 뒤에서 보니까 다리가 아파서 두드리며 가다가 나를 보더니 다시 팽팽해. 우리 엄마는 억수로 작아서 요만하다 말이야. 그리고 몸도 약해서 많이 못 걷거든. 내가 "엄마, 왜 걸어다니노." 명장동 그 입구에서 우리 집까지는 억수로 멀단 말이야. 엄마가 "알 꺼 없다"하고 그냥 가. 걷다가 갑자기 3천 원 생각이 나데. (이때부터 울먹이기 시작) 엄마는 차비까지 나한테 다 줬던 거야. 거기다 누나한테 물어보니 월급 날짜가 이틀 후였어. 난 그때 방 안에 멍하니 있었어. 50분을 걸어오며 거기다 키도 작고 말랐는데⋯⋯. 점심은 먹었을까? 이런 생각이 계속 들어. 난 엄마한테 큰 죄를 진 것 같았어. 난 그것도 모르고 소리를 질렀으니 엄마는 얼마나 속상했을까.

난 그때부터 돈 달라고 떼쓰지는 않아.

지난 시간에 썼던 '감동 받은 일'을 이야기로 풀게 했을 때 이 상화가 나와서 한 이야기다. 상화는 이야기하다가 그만 울먹이게 되었다. 상기가 "운다, 운다" 했다가 그만둔다. 상기도 마음에 눈물이 흘렀던 모양이다. 아이들 모두 잠깐 숨을 죽인다. 감동이 교실에 조용히 흐르는 모습이 바로 이런 것이다. 어느 반보다 분위기가 좋은 5반. 아무리 보잘것없는 글이라도 우리끼리 이런 감동을 나누면 그게 좋은 글이지. 그래, 이렇게 하려고 글을 쓰고 이야기를 했지.

김원일이 나왔다.

"초등학교 때 우리 집 형편이 되게 어려웠거든. 급식비가 많이 밀렸단 말이야. 그래 그날도 내가 급식비 내야 한다고 급식비 빨리 달라고 했는데. 아빠가 좀 힘없는 말로 다음 주에 갖고 가면 안 되겠나 하고 한숨을 쉬는 거라. 그날이 일요일인데 다음 주면 너무 멀잖아. 내가 안 된다고 소리치고는 놀러 나갔거든. 아버지도 그때 힘없이 나가데. 돈 구해 온다고. 나는 친구들하고 막 놀았어. 어두컴컴해서야 들어왔는데, 아버지는 한참 있다 들어오데. 아버지가, 자 여, 급식비다, 하고는 주머니에서 꾸게꾸게해진 돈을 다시 곱게 펴서 나한테 주데. 돈을 받으며 아래를 보니 아버지 신발이 다 떨어졌어. 아⋯⋯."

원일이도 그만 울먹해졌다.

"아버지는 아까 어디 나가서 돈을 구해 왔던고?"

"아까 놀 때 봤거든. 억수로 험한 일을 하고 있데."

"무슨 일?"

"으응⋯⋯ 너머 집 앞 쓰레기 치우는 일⋯⋯."

아이들이 잠깐 말을 잇지 않는다. 그때 맨 앞에 앉은 원규가 말한다.

"얌마, 쓰레기 치우는 일 그거 괜찮다. 어때서."

"그래, 어때서."

아이들은 여기저기서 작은 소리로 말하고 있다.

우리는 또 하나가 된다.

장성민은 나와서 몇 마디 못 하고 기어이 울고 말았다.

"며칠 전에 교복 맞추러 갔는데…… 아버지하고 같이 갔거든. 아버지하고 그렇게 나가 본 적 별로 없었단 말이야. 아버지를 보니까……."

평소 거의 말이 없는 성민이는 금방 얼굴이 붉어지더니 그예 눈물을 글썽인다. 아버지가 장애인인가? 아버지가 많이 편찮으신가? 몇 아이들은 "운데이. 성민이 운데이" 한다. 말이 이어졌다가 다시 끊긴다. 참는다.

"아버지 입고 있는 옷이, 신발이 너무너무 낡았는 기라……."

여기까지 이야기하고 성민이는 그만 눈물을 쏟고 말았다.

내가 앞으로 나가 울고 있는 성민이를 안았다. 한숨이 나온다. 한참 안고 있었다.

그리고 이야기하기 전에 써 둔 글을 내가 대신 읽어 주었다.

"한참을 걸어가다가 아버지를 그냥 슬쩍 보았다. 아버지 모습은 초라했다. 나는 좋은 옷에 좋은 신발을 밖에 나간다고 옷을 잘 입고 나갔는데, 아버지는 허들허들한 옷에 다 떨어진 신발을 신고 걸어가고 있었다. 순간 나는 아버지께 미안했다. 그 모습을 보자 내가 공부 안 하고 놀았던 기억이 떠올랐다. 나는 지금 무엇을 하고 있는가. 내가 참 한심스러웠다. 아버지 어머니 생신 때 좋은 신발 하나 사 드리려고 생각했다. 하지만 그건 생각뿐

실현되지 않았다."

　여태껏 시시했던 내 수업이 갑자기 환해지는 기분이었다. 우리는 이렇게 마음을 나누고 있구나!
　그래 가난이 아니면 누가 이런 감동을 주겠는가. 마음도 아프고 몸도 고달프게 살아가지만 우리는 그래도 이런 따뜻한 훈기를 느끼기도 하지. 부자들은 죽었다 깨어나도 못 느끼는.

이상석 경남공업고등학교

4

글쓰기로 살아가는 아이들

교사와 한 아이, 그리고 같은 반 동무들끼리 글을 쓰면서
어떻게 삶을 나누는지 알 수 있다. 글을 쓰고 함께 읽으면서
같이 웃기도 하고, 마음 아픈 동무를 위해 손뼉 쳐 주면서
아이들도 교사도 함께 살아가는 것을 배운다.

글쓰기로 풀어 본 학교 폭력

6월 기말고사 전 1학년 3반 이영준 학생에게 화장실에 불려 가 김상연, 김민성이 보는 앞에서 가슴과 다리 등 10여 차례 폭행당했으며, 기말고사 후에는 10여 차례 이상 화장실로 불려 가서 가슴과 다리 등 얼굴을 제외한 여러 곳을 3~4대 정도 지속적으로 폭행당했습니다. 또한 방학 시작 전 제가 4층 탁구대에 휴대폰을 올려놓고 갔다가 휴대전화를 분실하여 어머니가 담임선생님께 말씀드렸습니다. 담임선생님이 휴대전화를 찾기 위해 노력한 결과 이영준 학생이 탁구대에 있는 휴대전화를 가지고 간 것을 확인하였고, 이영준 학생이 저의 유심칩을 분리하는 과정에서 김상연, 김민성, 정준영 학생이 함께 있었지만 이영준 학생이 휴대전화를 가지고 있다고 저에게 알려 주지 않았습니다. 부모님께서 화가 나서 이영준 부모님을 비롯한 다른 학생 부모님들께 항의하기 위해서 해당 학생 학부모님들을 학생과 함께 학교로 오게 하여 2시간 동안 대화를 통해 사과와 반성을 통해 휴대전화를 돌려주고 서로 화해하고 추후 또 다시 이런 일이 발생하지 않도록 잘 지내도록 해 주었습니다.

2학기 개학을 하여 이영준 학생이 신체 폭력은 하지 않았으나 개학 후 지금까지 수시로 휴대전화 사건에 관련하여 다른 학생들이 다 듣는 교실에서 언어폭력을 행사하였고, 근처에 있는 대부분의 학생들은 직접적인 욕설은 하지 않았으나 비웃는 등의 행동을 하였습니다. (남궁민호)

개학하고 일주일쯤 지나서 진술서 하나가 날아왔다. 117로 신고하려는 것을 담임이 학생 마음을 돌려 학생부로 보낸 것이다. 개학하자마자 학교 폭력이다. 민호는 누군지 알겠는데 영준이 얼굴은 퍼뜩 떠오르지 않는다. 교장도 이 소식을 알고는 1학년 모두를 강당에 불러서 학교 폭력을 엄격하게 처벌할 것을 강조했다. 보고도 못 본 척하는 학생도 학교를 다니지 못하게 만들겠다고 할 정도로 강경한 태도를 보였다. 하지만 정작 설문 조사를 했을 때는 이 건에 대한 제보는 단 하나뿐이었다. 이런 방법은 어지간해서는 사실 별 효과가 없어 보인다.

민호는 빨리 엄격하게 처벌해 주기를 원하고 있고, 스스로 했다고 인정하면 선처하겠다고 했는데 영준이는 꿈쩍도 않고.

이때쯤 마침 공감 놀이도 끝나고 1학년 3반이 글을 쓰는 시간이었다. 영준이가 스스로 학교 폭력을 고백할 수 있는 마지막 기회라고 생각했다. 영준이를 지켜봤다. 영준이는 글을 5분 만에 다 쓰고는 놀았다.

나는 국어 선생이 좋다. 그냥 좋다. 너무 매력 있다. 우리를 너무 잘 이해하는 거 같다.

어찌 보면 성의 없기 짝이 없어 보이는 이 글을 보니 오히려 학교폭력위원회에 넘어가지 않고 문제를 해결할 수 있겠다 싶었다. 영준이를 따로 불러 조용한 곳에서 단둘이 얘기하며 상황이 심각하다는 것을 알려 줬다. 영준이는 당황하면서도 학교 폭력 부분은 대부분 인정하지 않았다. 나는 그것을 캐내기 위해 영준이를 부른 것이 아니라 했다.

"영준아, 니가 비록 짧지만 나에게 써 준 글 때문에 너에게 부탁 하나만 하고 싶구나. 니가 내 좋다고 했제? 너희들을 잘 이해한다고 했제?"

"네……."

"그래, 그럼 이 선생님 무조건 믿고 내가 하라는 거 하나만 해 줄래?"

"어떤 거 하면 되지요?"

"니가 지금까지 살면서 혹시 남에게 괴롭힘을 당한 일이 있다면 그걸 있는 그대로 글로 쓰면 좋겠어. 혹시 마음속에 아픈 기억으로 맺혀 있는 것은 없는지 한번 돌아보면서 말이야. 특별한 형식 없이 그냥 니가 생각나는 대로 중얼거리듯이 써도 돼. 니가 너한테 쓰는 글이라고 생각하고 말이야. 나한테 보이는 글이라고만 생각 안 하면 돼. 그동안 공부 시간에 내가 읽어 준 글들 떠올리면 무슨 말인지 이해할 거야. 만약 니가 그렇게만 해 준다면 내가 이 문제를 다른 방법으로 풀어 볼 수 있을 것 같아서 그래. 할 수 있겠나?"

"네……. 한번 써 볼게요."

"그래, 고맙구나."

　나는 초등학교 1학년부터 3학년까지 서천 기산에 살았다. 물론 초등학교도 그쪽이고. 5~6학년 때 얼굴에 자신이 없었을까. 머리가 짧고 뚱뚱한 나를 남들 앞에 보이기 싫었다. 잘생긴 애들처럼 생기고 싶은 마음은 되게 간절해 보인 거 같다.

　나라는 점에 장점은 그냥 운동 신경 말고는 없어 보인다. 공부도 안했고 씻는 것도 안했던 거 같다. 그때 자신감만 좀 있었으면 뭔가 낳아질 꺼 같은 생각이 드네. 사진 찍기도 싫어했다. 그때는 부모님이랑 찍은 사진도 없는 거 같고……. 그냥 내 자신이 진짜 싫었나 보네. 쌘 척도 해보고 멋진 척도 해 봤는데 그런 게 무슨 쓸모가 있었을까. 6학년 후반 정도 돼서 애들과 친해진 거 같다.

　중1 때 나는 반에 초딩 친구는 없고 나 혼자 38명의 아이들과 친해지려니 너무 힘들다. 반에서 6명 정도가 띄엄띄엄 날 괴롭혔던 기억이 난다. 학교 가기도 시러지고 그랬는데 엄마는 학교가기 시른 게 사춘기라고 하길래 난 그냥 어이가 없다라고 말해야 하나 그런 생각. 말했다 엄마한테 내가 괴롭힘을 당한다고. 당장 학교 찾아와서 담임께 엄마가 말했다. 선생님은 누가누가 그랬냐 글로 쓰라고 했다. 사소한 거, 어깨 치는 거, 그런 거 6명 하나하나 기억해서 다 썼다. 그때는 아무 생각 없이 죽고 싶다 이 말도 썼다.

이상하게 친구가 많아진 시점은 머리를 기르고 나서였다. 그러고 1학기가 지나고 2학기 때는 나는 그런 무시를 안 받는구나 하고 생각했다. 그때부터 3학년 끝까지 졸업할 때까지 친구들과 지내면서 재밌게 놀면서 이런 게 추억이구나 생각했다.

고등학교가 돼서 또 27명의 친구들과 친해지려니 답답했다. 있는 친구라곤 옆 반에 태준이 현준이 옆옆반에 철민이 뿐. 그러다 몇날 며칠이 지나면서 친해졌고 답답한 마음은 사라졌다.

'피해자가 다시 가해자가 된다는 말이 맞구나' 하는 생각이 들었다. 예상은 했는데 영준이도 괴롭힘을 당한 일이 있다 생각하니 짠했다. 숨길 수도 있었을 텐데 글을 써 줘서 고맙다. 이야기를 더 풀 수 있을 듯했다. 괴롭힘을 당한 장면은 잘 드러나지 않지만 고백해 준 것이 어디인가. 그럼 왜 민호를 그렇게 괴롭히고 싶었는지 까닭을 쓸 수 있냐고 했더니 고맙게도 다시 글을 써 주었다.

학기 초반에 민호가 쎈 척을 했다. 나중에 보니 그게 아니었다. 근데 나를 포함한 몇 명을 뒷조사 했다고 한다. 그래서 나는 그때부터 맘에 안 들었다. (……)

누가 어떤 잘못을 했는지, 그것을 확인하는 것이 중요하지 않다는 생각이 들었다. 혹시 민호도 학교 폭력으로 힘들었던 아이가 아니었을까. 그럼 이 녀석들은 옛날 상처 때문에 그 상처를 되풀이하고 있을지도 모르겠다. 그럼 이 상처를 푸는 것이 가장 중요한 문제다. 생각이 여기에 이르렀다. 민호도 학교 폭력 피해자라고 생각한 까닭은 쎈 척을 하고 아이들 뒷조사를 했기 때문이다.

이번엔 민호를 불렀다. 이번 일을 학폭위에 넘겨서 일을 처리하라고 하면 그리하겠지만 혹시 그전에 다른 길이 있다면 한번 찾아보는 게 어떠냐고 물었다. 민호가 고개를 끄덕였다. 그래서 나는 이번 일을 글쓰기로 먼저 풀어 보고 싶다고 했다. 그리고 영준이에게도 글을 받았다고 했다. 민호에게도 옛날에 누군가에게 괴롭힘을 당한 일이 있으면 글로 풀어 주면 좋겠다고 얘기하면서 영준이에게 했던 설명을 똑같이 해 줬다. 고맙게도 민호도 글을 써 주었다.

중2 때에 나는 왕따였다. 중1 때까지만 해도 안 그랬는데…….
중2 1학기 말이었다. 왕따는 그때부터 시작이었다. 중2 때 나는 활발했다. 그래서 그런지 애들이 욕을 해도 나도 욕으로 받아 쳤다. 중2 1학기 말이었다. 친구가 장난 식으로 "너 그거하면 남궁"이 말을 했다. 나는 그때 왜 내 이름 가지고 그러냐며 화를 냈다. 그 이후에도 계속 "너 그거하면 남궁"이라는 소리가 계속 들리기 시작했다. 그때부터였다. 나를 버리고 밥을 먹으러 가고 같이 안 놀기 시작했다. 그때 나랑 같이 놀아 주던 친구가 있었다. 그 친구는 아직까지도 놀고 있다. 주말만 되면 그 친구랑 나가서 놀았다. 피시방에서 담배도 피고 노래방도 가고 이곳저곳 같이 다녔다. 중3 때 친구가 한 명이 늘어났다. 하지만 중2 때 놀던 친구와 다른 반이 되고 중3 초, 중2 때와 마찬가지로 또 놀리기 시작했다. 나는 그때 엄마랑 아빠한테 말했더니 좀만 더 참아보고 정 안 되겠으면 또 말하라고 말했다. 나는 그 이후에 애들이 놀려도 말을 안 했다. 그때 나는 진짜 죽고 싶었다. 아무도 내 편이 없다고 생각할 때 중2 때 같이 놀던 친구한테 죽고 싶다고 말했더니 너 믿는 사람이 왜 없냐고 하면서 화를 냈다. 나는 그때 다시 마음을 잡고 그전 일은 다 잊고 다시 시작하기로 했는데 그 다음날 진짜 학교 가기 싫었다. 학교에 가면 놀림 받을 게 뻔한데 왜 가냐며 혼자말로 했다. 그날 엄살을 부려 학교를 조퇴했다. 중3 때 처음 만난 친구와 놀다가 아빠 지갑에 손을 댔다. 당연히 그 다음날 걸렸다. 그때 아빠가 휴대폰 검사를 했다. 나와 중3 때 만난 친구가 한 카톡을 봤다. 거기에는 돈을 가져오라는 말이 처음부터 있었다. 아빠는 그날 학교에 전화해서 화를 냈다. 그 일이 정리가 되고 애들이 놀리는 게 줄었다. 그렇게 중학교 시절이 끝났다.

짐작이 맞으니 착잡했다. 한 피해자가 가해자가 되고, 한 피해자는 또 피해자가 되고. 이 아이들 문제를 학폭위를 열어 해결하는 것은 의미가 없다고 생각했다. 어쨌든 학교 폭력은 학교 폭력이니 가해 사실과 피해 사실은 확인해야 해서 그 뒤 네 번 더 글을 쓰게 했다. 민호가 영준이에게 괴롭힘당한 일을 두 번 썼고, 영준이가 민호를 어떻게 괴롭혔는지 두 번 썼다. 피해자인 민호는 진술서를 쓸수록 처음 진술서에 없던 내용을 쓰기 시작했는데, 영준이는 그게 아니었다.

3월에 들어왔을 때 쎈 척 한 거 그게 맘에 안 들었지만 피시방도 내 주고 라면도 사 줘서 친하게 지냈는데, 핸드폰 때문에 내가 때려서 사이가 안 좋아졌다고 생각하는 거 같은데 정중하게 때리고 나서 사과하고 이번 일은 내가 잘못했으니까 내가 학생부실 간다고 너도 신고해도 된다고 해서 그 일을 푼 줄 알았는데, 그러고 보니 때린 후에 말도 안 하고 탁구만 쳤다. 친했던 1학기와 다르게 2학기는 거의 탁구 몇 번 치고 말은 거의 안 했던 거 같다. 나는 화해했다고 생각하는데 민호는 아니라고 해서 또 민호가 미워진다. (이영준)

영준이와 민호가 처음에는 가깝게 지냈다는 사실을 알게 되었다. 그런데 가해자는 정말 자기가 한 일을 괴롭힌 것이라고 생각하지 않는 걸까. 영준이는 그런 듯했다. 했는데 안 했다고 우기는 게 아니라 자기가 한 일이 괴롭히는 것인 줄 모르고 있었다. 폭력은 피해자의 몫이구나. 내가 몇 가지를 다시 물었고, 영준이가 글로 다시 썼다.

1. 나는 왜 센 척하는 것이 싫을까.

중학교 때 싸움도 못하는 애들이 선배들 있다고, 잘나가는 친구들 있다고, 많이 무시를 했다. 그래서 그런지 민호가 동아리 뽑을 때 축구부 한다고 했는데 다른 애들이 한다고 하니까 하지 말라고 소리 지르면서 쎈 척한 게 싫었고 그 후에도 쎈 척을 좀 하고 다녀서 싫었다.

2. 왜 나는 다른 애들은 가만있는데 민호를 건드렸을까.

나중에 민호가 약한 걸 알게 되었고 그래서 더 유난히 괴롭힌 거 같다. 그때는 장난으로 때리고 욕하고 그랬는데, 웃으면서 받아 줘서 서로 장난치는 줄 알았다. 근데 지금 민호를 보니 장난이 아니었구나 생각했다.

3. 민호를 괴롭히고 싶은 마음이 왜 생겼을까.

유난히 약해서 그런 것이 있고 애들이 싫어해서 나도 그쪽으로 점점 더 빠져서인 거 같다. 민호는 학교생활 잘하고 있는데 약해 보이고 애들이 싫어해서 그런 거 같다. 여자 친구가 생긴 이후에는 남자애들이랑 말도 안 하고 같이 놀지도 않아서인 거 같다고 생각한다.

4. 민호를 괴롭힌 다른 까닭은 있는가. (보기: 다른 친구가 시켜서)

내가 싫어서 괴롭힌 적도 많지만 준수가 민호 건드리라 해서 건드린 적도 있다. 민성이랑도 싸움 붙이라 시켰고 그러고는 이영준 니가 잘못한 거다, 나(이준수)는 잘못 없다고 말하지 말라고 했다.

학교 폭력을 당한 일이 있어서 영준이가 민호를 더 괴롭혔다는 생각이 확신으로 바뀌어 갔다. 그리고 뜻밖에 준수도 관계가 있다는 사실을 알게 되어 놀랐다. 준수는 중학교 때 유명한 일진이었다는 소문이 있다. 또 다른 숙제가 생긴 듯하다.

어쨌든 이쯤에서 영준이에게 왜 민호도 센 척할 수밖에 없었는지 이야기해 주고 싶었다. 민호를 따로 불렀다.

"민호야, 억수로 조심스러운데, 부탁 하나만 해도 되나?"

"뭔데요?"

"얼마 전에 니가 쓴 글 있잖아, 예전에 괴롭힘당한 이야기. 그걸 혹시 영준이한테 읽어 줘도 괜찮을까?"

"네, 상관없어요."

너무 쉽게 허락을 해 줘서 좀 당황스러웠다. 나는 기쁜 마음으로 영준이를 따로 불러 민호 글을 조용히 들려줬다. 영준이 눈빛이 흔들리는 것이 보였다.

"영준아, 민호에게 이런 과거가 있는 거 혹시 알았나?"

"아니요……. 전혀 몰랐어요. 상상도 못 했어요……."

"나는 니가 자꾸 센 척하는 게 맘에 안 든다고 할 때마다 민호 글이 마음에 걸렸거든. 민호는 민호 나름대로 과거처럼 되고 싶지 않다고 몸부림치는 걸로 보였어."

"……."

"이제 너도 민호 옛날 일도 알게 되었으니 민호에게 편지 한 통 써 보면 어떨까 싶다. 민호에게도 허락받고 읽어 준 거니까 괜찮아. 나는 지금 니가 쓰게 되는 이 편지가 이번 일을 푸는 가장 중요한 열쇠가 될 듯하다. 지금까지 솔직하게 글을 쓴 것처럼 니 솔직한 온 마음을 담아서 편지를 썼으면 해, 한번 써 볼래?"

"네……."

"그래, 고맙다, 부탁하마."

민호에게

우선 사과 먼저 한다. 민호야, 미안하다. 니가 민영이랑 같은 중을 나와서 민영이가 니 이야기 많이 한 거 알지? 그때는 평범하게 지냈구나 생각했다. 그런데 선생님 이야기를 듣고 나니 좀 기분이 안 좋네. 너가 중2 때부터 중3 때까지 왕따를 당했다는 이야기를 듣고 아, 이건 내가 죽을죄를 졌구나 했어. 나도 초4 때부터 지속적인 왕따였으니까. 너처럼 돈도 뜯기고 그랬어. 너처럼 이름으로 뭐하면 남궁, 이거 하면 남궁 그러지는 않았어. 내가 너한테 했던 거처럼 장난으로 때리고 욕하고 그렇게 왕따를 당했었어. 그래서 그런지 중3 졸업 후에 가오도 잡아보고 담배도 피고 했어.

유난히 약해 보였던 너를 괴롭히고 때리고 돈 있을 때 친구인 척하고 내가 정말 한심하다. 학교 가기 싫어서 할머니랑 산다고도 했었다. ㅋㅋ 나는 내가 당해온 걸 너한테 그대로 했지만 너는 당한 걸 또 당하고 해서 더 힘들었겠지?

미안해. 내가 글을 잘 못 써서 편지도 잘 못 쓴다. 정말 나를 용서해 줄 수 없다면 어떠한 벌이라도 받을게. 벌 받고 나면 초같이 탁구나 치자. 1학기 동아리 때 치던 거처럼. 미안하다. 친구야.

희망이 보이는 듯했다. 편지에서 진심으로 미안해하는 영준이 마음이 느껴졌다. 다시 민호를 불렀다. 이번에는 영준이 허락이 필요했다. 영준이가 괴롭힘당했던 이야기를 민호한테 해도 되냐고 물었고, 영준이도 흔쾌히 허락했다.

민호에게 보여 줄 글은 두 편이다. 영준이가 옛날에 겪은 이야기와 영준이가 쓴 사과 편지였다. 민호도 영준이가 괴롭힘당한 이야기를 들을 때 눈빛이 흔들렸다. 그리고 내가 직접 워드로 쳐서 봉투에 넣은 영준이 편지를 전달했다. 민호는 앉은 자리에서 그 편지를 다 읽었다. 글을 다 읽은 민호에게 혹시 답장할 마음

이 있냐고 물었다. 민호가 하루만 시간을 달라고 했다. 영준이와
얘기를 나눠 본 뒤에 답을 주겠다고 했다. 그러라고 했다. 하루
가 지난 뒤 민호가 나를 찾아왔다. 민호 손에 편지가 들려 있었
다.

영준이에게.

영준아, 너가 초등학교 때 왕따를 당했는지 몰랐어. 너가 그
런 아픈 기억이 있었다니. ㅜㅜㅜ 그리고 오해해서 미안해. 이준
수가 시켜서 그런 건 줄 모르고 너 뒷담만 까고 내가 오해해서
미안하고 그리고……, 사과해 줘서 고마워. 다음부터 안 그럴
거라 믿을게~~^^

우리 학기 초에 같이 피시방 가고 친하게 지냈던 거처럼 이
제부터라도 다시 친하게 지내자, 알겠징??? ㅎㅎ 그리고 다음에
주말에 만나서 같이 놀자~~

그리고 너 담배 좀 줄이고 -.- 내가 담배를 끊으니깐 알겠
더라. 담배 필 때하고 담배 안 필 때하고 몸이 달라. 담배를 안
피니깐 아침에 일어날 때도 상쾌하고 기분이 좋아지더라고 ㅋ
ㅋㅋ 너가 담배 끊기가 힘든 거 알아. 그니깐 너 몸 생각해서라
도 조금씩 줄이면서 고2 땐 담배 끊기다~~^^ 그리고 고등학교
친구가 평생 친구래잖아. 그니깐 우리도 평생 친구 되도록 싸
우지 말고 사이좋게 지내자~~

아참 미안한 말인데……. 심한 벌은 아니어도 교내 봉사 정

도면 되겠징~ 또 그러면 이제 심하게 준다~ㅡ.ㅡ

영준이를 용서해 준, 민호가

다음 날 민호와 영준이를 데리고 가까운 경양식집에 갔다. 둘이 화해한 기념으로 어깨동무 예산으로 밥을 샀다. 이럴 때 쓰라고 있는 돈이었는데 딱 맞게 쓰게 된 거다. 그런데 내가 생각한 것보다 비싼 음식을 시켜서 내 돈도 좀 나갔다. 하지만, 언제 그랬냐는 듯 즐겁게 밥을 먹는 모습을 보니 오히려 내가 좀 더 큰 걸 사야 하는데 못 사 준 것 같아 미안했다. 민호가 스테이크 먹고 싶다고 했는데, 그건 너무 비싸다고 내가 곤란한 표정을 지었기 때문이다. 이번 일은 내게 큰 공부가 되었고, 공부를 하게 해 준 아이들이 고마웠는데 말이다.

즐겁게 밥을 먹고 마지막으로 부탁 하나만 더 했다. 이 일을 겪으면서 마지막으로 글 한 번만 더 쓰자고 했다. 이번엔 이 아이들 이야기를 내가 제대로 써 보고 싶은 욕심이 있었다. 이번 일을 겪으며 마음에 떠오르는 생각과 느낌들을 차분하게 글로 풀어 보라고 했다. 어떤 글이 나올지 조금 기대도 되었다. 아이들은 둘이서 같이 앉아 써도 되냐고 했다. 당연히 괜찮다 했다. 아이들이 한 시간쯤 지나서 글을 써 왔다. 욕심이 들어가니 뜻대로 되지는 않았다.

이대로 쭉 민호와 평생 이 사이를 놓치고 싶지 않다.

그리고 선생님, 정말 감사해요!! (이영준)

영준이와 이대로 쭉 평생 친구로 가고 싶다.
그리고 화해시켜 주신 선생님께 감사드립니다. (남궁민호)

이렇게 일을 풀기까지 일주일쯤 걸렸다. 그리고 둘은 지금까지 잘 지내고 있다. 아이들에게 겁만 한번 줬다.
"만약에라도 또 안 좋은 일이 벌어지면, 니들이 쓴 마지막 이 글, 선생님이 SNS에 쫙 뿌려 버린다!"
"하하, 선생님, 그런 일은 없을 거예요!"

김제식 군산남자고등학교

글쓰기로 살아가는 명섭이

도덕 숙제로 쓴 이야기

명섭이는 우리 반 아이다. 키는 보통이고 갸름한 얼굴에 눈꼬리가 조금 쳐져 슬픈 얼굴을 하고 있다. 하지만 뭐든지 딱 부러지게 일 처리를 하는 야무진 아이다.

새 학기가 시작되자마자 아이들 얼굴을 다 익히지도 않았는데 교육행정실에서 실업자 자녀들에게 학비 감면 신청서를 받으라 한다. 명섭이가 신청서를 가져왔는데, 아버지가 작은 금은방을 운영하다 아이엠에프 때 부도를 냈고, 다른 사업도 실패해 어렵게 산다며 학비 감면을 꼭 받았으면 좋겠다고 쓰여 있다. 명섭이에게 물으니, 은행과 사채업자에게 빚을 많이 졌고, 아버지는 하는 일이 없단다. 아버지는 왜 아무 일도 안 하시느냐 하니, 다른 일자리를 얻지 못했다 한다. 어머니가 한화프라자 콘도에서 청소 일을 하지만 월급이 그대로 은행에 넘어가 돈 한 푼 만지기가 어렵단다. 그럼 어찌 생활하느냐고 물으니 삼촌이 가끔 도와준다고 한다. 명섭이 사는 처지가 너무 딱하다.

아이들 사는 처지를 빨리 알아야겠다 싶어 우리 반 도덕 시간에 숙제를 냈다. 지난해 도덕 시간에 만났던 아이, 태종이 이야기를 읽어 주고는 태종이 형처럼 자기가 살아온 이야기, 식구들 이야기를 자세히 써 보라고 했다.

태종이는 태어나서 지금까지 네 어머니를 두었던 아이다. 지난 겨울방학 때, 태종이는 그동안 살아온 이야기를 눈물을 흘리며 내게 털어놓았다. 그 이야기를 글로 남겨 두려고 졸업식 전날까지 붙잡아 두고 글을 쓰게 했다. 졸업식 날 내게 선물로 주고 간 도덕 공책을 펴 보니, 힘겹게 살아온 태종이 이야기가 공책 여섯 쪽에 빽빽하게 쓰여 있다. 밥 굶은 이야기와 아버지에게 매 맞은 이야기는 공책을 읽는 동안 내내 가슴을 쳤다.

태종이 이야기를 읽으니 아이들이 숙연해진다. 아이들에게 이야기했다. 어려운 이야기, 부끄러운 이야기 뭐든지 좋다. 솔직하고 자세하게 써 와라. 담임으로 내가 너희들 사는 형편을 알아야 도울 수 있지 않겠냐. 내가 도울 수 있는 일이면 어떤 일이라도 하겠다고. 며칠 뒤에 명섭이는 집 이야기를 이렇게 써 왔다.

우리 집 이야기

나는 강원도 속초시 새한병원에서 태어났다. 난 어려서부터 몸이 약해 부모님 속을 많이 썩혀 드렸다. 경기, 폐렴, 감기……. 그래서인지 내 손금의 생명선은 유난히도 짧다.

아버지는 젊은 나이부터 세공일을 배우셨다. 세공일을 하면서 사람 몸에 해로운 염소나 염산과 질산을 섞어 금을 녹이는 데 쓰는 왕수 따위를 만지는 것은 보통이었다고 한다. 또 금을 녹일 때 생기는 황산가스나 탄산가스를 마시고 술과 담배까지 해서 폐가 몹시 안 좋다. 내가 초등학교 1학년 때, 아버지는 고생 끝에 금은방을 차렸다. 내가 5학년 때까지만 하더라도 여행도 많이 다니고 잘 먹고 잘 커서 배고픈 줄 모르고 남이 굶는 걸 보면 이상하게 생각했다. 내가 6학년 때에는 아파트에 전세도 들어가고 땅도 400평 가량 샀다. 하지만 카드회사에서 빌리고, 남에게 빌려서 샀기 때문에 그리 마음 편하지는 않았다.

아이엠에프가 터지자 금모으기 운동 때문에 우리 가게는 장사도 안 되고 빚에, 이자가 너무 불어나서 가게 문을 닫았다. 가게 문을 닫고 나서 다시 일어서려고 아버지는 다른 빚을 내어 낚시점을 새로 차렸다. 하지만 그것도 오래 가지는 못했다. 돈 내놓으라고 빚쟁이들이 찾아와 가게를 차지하고 앉아 손님도 못 오게 했다. 돈이 없다고 하면 이자 돈이라도 내놓으라는 것이었다. "우리가 돈이 없으니까 못 주지. 돈 있으면 당신들만 안 주겠소?" 하지만 통할 리가 없다. "내 돈을 썼으면 갚아야 하는 게 당연한 거 아니야!" 우리가 돈을 주지 않자 우리 집 곳곳에다가 차압 용지를 붙이고 전셋돈까지도 차압을 해 버렸다.

너무 괴로운 나머지 아버지는 또 알림방이나 교차로에 나오는 더러운 도둑놈들의 돈을 쓰셨다. 이자는 다 갚아서 좀 편했지만 그리 오래 가지는 않았다. 전화에다 대고,

"야, 너 죽고 싶어. 내 돈을 썼으면 내 놔. 이 개새끼야!"

"좀 더 기다려 주세요."

"내 돈을 썼으면 빨리 가져와야 될 것 아니야!"

정말 입에 담을 수 없는 이야기를 막 하는데 나는 소름이 끼쳤다. 그놈들이 옆에 있었으면 싸대기라도 때릴 텐데. 악이 받쳤다.

그 바람에 아버지와 어머니는 많이 다투셨다. 정말 살맛이 안 났다. 학교 선생님 말이 귀에 들어오지도 않았다. 난 세상이 미워서 죽어버리고 싶었다. 하지만 안타깝게도 죽을 용기가 나지 않았다. 그 새끼들 때문에 전화번호도 많이 바꿨다. 정말 많은 생각을 했다. 집에 들어오기도 싫었고 부모님께서 싸우는 모습도 보기 싫었다. 하지만 그 때마다 우리 하나만 바라보고 사시는 부모님이 떠올라 차마 행동으로 옮기지는 못했다. 모두 자식들 하나 먹여 살리려고 노력하시는 것을 알기 때문이다. 아버지는 워낙 말솜씨가 없으셔서 돈이 꼭 있어야만 해결을 하신다. 아버지는 맨날 술로만 사셨다. 이런저런 생각도 많이 해 보았지만 맨날 헛수고였다.

드디어 그 나쁜 사람들은 벌써 차압 용지가 붙은 가구에다 차압 용지를 또 붙였다. 그리고 욕을 하며 협박을 했다. "야, 이 개새끼야 죽고 싶어? 너 그렇게 세상 살기 싫어? 어?" 지옥

이 따로 없었다. 아버지께서는 너무 괴로워서 죽을 생각을 하신 것 같았다. 칼을 들고 우시는데 그 때 나도 눈물이 핑 돌았다. 왜 내가 이렇게 살아야 하나? 내가 전생에 무슨 잘못을 했길래…….

드디어 일이 터지고 말았다. 내가 중학교 1학년을 다니던 때였다. 술로만 사시던 아버지가 어머니를 때려서 어머니는 집을 나가셨다. 어린 나로서는 도저히 이해가 가지 않았다. 그깟 돈 때문에 어린 자식들을 놔두고 나가시다니……. 엄마 없는 아이로 따돌림당할까 봐 겁도 났다. 하지만 아버지가 빨리 정신을 차려서 어머니에게로 달려가 두 손 두 발 싹싹 비셨다. 그래서 어머니는 다시 우리 집에서 사시게 되었다. 학교에서 돌아오면서 어머니를 보는 순간 난 눈물이 핑 돌았다.

아버지는 아무 일도 안 하셨다. 아니 일거리가 없었다. 정부에서 하는 공공근로사업을 신청했지만 아버지 차례가 오지 않았다. 백수로 사시던 아버지를 도우려고 어머니는 식당에 가서 일을 하셨다. 하지만 아는 사람들도 많고 자존심 때문에 오래 가지는 못했다. 식당 일을 그만두고 오징어 순대 공장에 다녔지만 그것도 금방 그만두셨다. 그 뒤에 프라자랜드 일용직으로 옮기셨다. 하지만 월급이 은행통장으로 들어가서 돈을 찾을 방법이 없었다. 그래서 오늘, 그 일도 그만두셨다. 그래도 다행인 건 뭐냐면 삼촌 월급으로 검은 돈을 다 갚았다. 사실은 삼촌이 갚아주고 싶어서 그런 게 아니라 그 놈들이 삼촌 월급에다가 차압을 붙여 돈을 받아 낸 것이다.

내일 부모님은 법원에 가신다. 사채업자와 은행에서 부모님을 사기죄로 고발한 것이다. 내일 법정에서 잘 해결해야 될 텐데. 걱정이다. 그래도 다행이다. 우리가 고성에 사 놓은 땅이 며칠 전에 팔렸다. 400평을 3,000만 원에 팔았다. 하지만 그 돈 가지고 새 발에 피도 되지 않는다. 빚은 2억 정도인데 겨우 3,000만 원 가지고는 턱없이 모자란다. 더구나 전세로 있는 우리 집 계약이 6월 1일이면 만기가 되어 방을 빼야 한다. 전세금도 받지 못하고 가구도 그대로 놔두고 나가야 한다. 당장에 길거리로 쫓겨나게 생겼다. 6월 1일이면 얼마 남지 않았는데 걱정이다. 하지만 난 부모님을 믿는다.

난 학원에도 다니고 싶지만 그냥 예습, 복습만 해야겠다. 우리보다 더 어려운 사람들도 이겨 내는데 우리라고 뭐……. 나도 모르게 가난한 사람들의 마음을 이해하고 좀 더 강해진 것 같다. 내가 기필코 공부를 열심히 해, 이 썩은 세상을 고쳐 놓겠다. (1999. 3. 8)

생활글쓰기반에서 쓴 이야기

올해부터 특기 적성 교육을 한다기에 생활글쓰기반을 만들었다. 생활글쓰기반은 1학년과 2학년만 신청받았는데 모두 스물다섯 명이다. 명섭이에게도 생활글쓰기반에 들라 했다. 명섭이가 스스로 자기 삶을 헤쳐 나가는 데 글쓰기가 많은 도움이 될 것 같았다.

생활글쓰기반은 한 주에 두 번이나 세 번씩 학교 공부가 모두 끝난 뒤에 만나 같이 공부를 한다. 어떻게 할까 고민하다, 첫날은 이오덕 선생님이 쓰신 《글쓰기 어떻게 가르칠까》에서 글쓰기가 무엇인지, 왜 글쓰기를 하는지 자료들을 뽑아 정리한 글을 나누어 주고 같이 읽었다. 글쓰기를 하는 목적은 우리들의 삶을 참되게 가꾸어 사람다운 사람이 되게 하는 데 있다. 목적은 삶을 가꾸는 것이고, 글을 쓰는 것은 그 목적을 이루는 수단이다. 자기 삶을 떠난 글쓰기는 거짓이고 속임수다. 자기 삶을 솔직하고 자세하게 글로 써 보자. 또 글쓰기로 우리 삶을 아름답게 가꾸어 보자 했다.

두 번째 시간에는 이호철 선생님이 쓰신 《살아 있는 글쓰기》를 참고로 글쓰기 일곱 단계를 공부했다. 글을 생생하게 써 보는 방법으로 눈에 보이는 대로 귀에 들리는 대로 써 보자고 하면서 보기 글로 '싸움' '고등어 파는 아저씨' '동생이 공부하는 모습' 따위를 읽어 주었다.

그다음 날 명섭이는 이렇게 글을 써 왔다.

피자 장사를 하시는 어머니

친구들과 놀다가 아남프라자 근처에 1000원짜리 피자 장사를 하는 어머니에게 갔다. 어머니는 리어카에서 피자를 만들어 판다. 리어카는 빨간 바탕색이 칠해져 있어 눈에 잘 띄고 앞쪽에는 동전 모양의 간판이 노란색으로 그려져 있다. 그 동전 안에 까만색으로 그린 여자 주방장 그림이 있고 그 밑에 '디마떼오'라는 글씨가 빨간색으로 써 있다. 노란 동전 위를 보니 양념통이 있는데 '피자 한 판에 1000원'이라고 써 있다. 리어카 위쪽에는 피자 그림이 그려져 있는 삼각형 모양의 천들이 달려있다. 옆에도 하얀 천에 피자 그림이 있고 그 아래에 까만색으로 '디마떼오'라고 써 있다. 다른 트럭이 가까이 바짝 붙어 있다. 그 트럭도 우리 가게와 같이 노점상을 하는 것 같아, 가 보니 오뎅과 호떡을 팔고 있다. 다시 돌아와 우리 가게를 살폈다.

　잠시 뒤에 옆 트럭에서 호떡을 팔던 괴상망칙한 할머니가 우리 가게로 왔다. 스트레칭 파마를 하고 코는 납작하며 키도 쪼그맣고 몸뻬 바지를 입은 촌티 나는 할머니다. 그 할머니가 우리 가게에다 삿대질을 하면서 "아니, 앞에 피자 장사 가게가 있어 장사도 안 되는데 뭣 하러 요기 오는 거야 어?"한다. 아무래도 자리싸움인 것 같다. 잠시 뒤 웬 공무원이 오더니 자리를 빼라고 한다. 아니, 같이 벌어먹자고 하는 짓인데 너무 한다고 생각했다. 할 수 없이 물건들과 피자들을 정리하고 리어카를 밀며 신호등을 기다린다. 근데……. 그새를 못 참아 할머니가 막 욕을 한다. 옆에서 이것을 쓰고 있던 나도 화가 났다. 하지만 참았다. 내 성질 많이 죽었다. 그만큼 했으면 됐을 텐데, 이번엔 막 밀친다. 피자 기계도 차고. 참을 수 없었다. 열 받아서 연필을 확 던졌다. 그리고 "야, 지금 빼고 있잖아!"하고 큰

소리로 외쳤다. "짱돌로 안 찍은 게 고마운 줄 알아!" 하고 소리쳤다. 그러자 아버지가 날 말리셨다. 괜히 눈물이 났다. 화도 났다. 꼭 이렇게라도 살아가야 하나. 이젠 옆에 있던 다른 노점상 사람들까지 불러서 "자식교육 자알 시켰다!"며 막 뭐라 한다. 전부 다 쭈글쭈글하고 몸뻬 바지를 입고, 하는 말은 모두다 욕이다. 할 수 없이 기계를 빼서 한쪽 구석 손님이 없는 쪽으로 옮겼다. 비참했다. 그런데 왜 공무원이 우리만 빼라고 했을까? 이해가 안 간다. 아무래도 뇌물을 받은 것 같다. 화가 치밀어 오른다. 하지만 어쩔 수 없어 참았다.

11시쯤 집에 왔다. 가족 모두 피곤하고 지쳐서 쓰러졌다. 아버지는 어머니 어깨에다 손을 얹더니 괜찮다고 말하셨다. 어머니는 손을 머리에 짚으면서 한숨을 쉬며 "그놈의 돈이 뭔지!" 하셨다. 노점상 자리라는 게 정해 놓은 것도 아닌데. 왜 우리만 자리를 빼게 했을까? 너무너무 억울하고 분했다. 우리나라 살기 좋은 나라인데 이토록 썩어 뭉그러지다니……. 이 세상이 미웠다. 다음에 우리 부모님에게 또 욕하면 그 땐 트럭에다 불을 확 싸질러 버리겠다.

시간이 지나니 감정이 조금 누그러들었다. 옷을 갈아입고 부모님에게 "안녕히 주무세요!" 한 다음, 거실로 와서 동생과 같이 잤다. 정말 안 좋은 하루였다. (1999. 4. 21)

명섭이는 부모님이 피자 장사를 시작한 뒤에 처음으로 찾아갔다고 한다. 서울에 사는 이모부 도움을 받아 이틀 전부터 장사를 시작했다고 한다. 그전까지만 해도 먹고살 일을 걱정만 하다가 그래도 어떡해서든지 자식들을 위해 살아 보려고 애쓰는 부모님을 생각하니 가슴이 미어졌다고 했다. 그런데 명섭이가 찾아간 날, 자리싸움이 일어났고 부모님이 욕을 먹고 쫓겨 가는 모습을 보게 된 것이다. 명섭이에게는 집에 찾아와 행패를 부리는 사채업자나 자리 때문에 텃세를 부리는 할머니, 모두 용서할 수 없는 나쁜 사람들이다. 명섭이는 돈 때문에 사람들이 모두 잘못되었다고 생각했다. 그래서 세상이 썩었다고 했다.

이 세상이 꼭 그런 것만은 아니라는 것을 명섭이에게 알려 주고 싶은데, 지금 명섭이가 세상에서 느끼는 것은 절망뿐이다. 이를 어찌해야 하나?

모둠일기로 쓴 이야기

명섭이는 자기 사는 처지를 숨김없이 글로 써낸다. 스스로 글쓰기가 좋다고 했다. 자기 딱한 처지를 글 말고 하소연할 데가 없다고 했다. 가끔 답답할 때면 내게 찾아와 집안 이야기를 한다. 한번은 돈 문제로 어머니와 아버지가 싸웠다면서 눈물을 글썽이며 이야기를 했다. 명섭이는 어머니와 아버지가 싸우다 보면 헤어질지도 모른다며 그게 두렵다고 한다. 명섭이 이야기를 들으며 내가 할 수 있는 일이 없다. 그냥 미어지는 내 가슴을 쓸어내리거나 명섭이 등을 툭툭 치며 "기운 내라!" 하는 한마디밖에.

며칠 뒤 명섭이는 모둠일기에 이렇게 썼다.

1999년 4월 26일 월요일 맑음

지금 사방이 암흑이다. 믿을 것이라곤 이 촛불 하나밖엔 없다. 이틀 전부터 우리 집은 원시 시대의 '캄캄한 굴'이다. 아파트 관리비를 11개월이나 밀려 전기와 물을 끊어 버렸다. 너무 너무 괴롭다.

아버지는 관리사무소에 전화를 해서 "나 지금 길거리에서 장사하는데, 겨우 생계 꾸려나가고 있는데, 냉장고 안에 있는 재료들 상하면 너희가 다 물어 줄 꺼야! 어?" 하고 소리쳤다. 그래도 관리사무소에서 안 된다고 하니, 아버지는 "그럼 내일 2시까지 관리비 반(50만원)이라도 낼 테니, 지금 당장 전기와 물 좀 들어오게 해!" 하셨다. 그렇게 해결을 보고 아버지는 장사하러 내려가셨다. 난 안다. 아버지가 그 돈을 낼 수 없다는 것을. 자식들이나마 편하게 지낼 수 있도록 노력하시는 것을.

너무 화가 나고 괴로웠다. 어떡하든 살려고 노력하는 우리 집에 이런 고통을 주다니. 이렇게 살아가는 내가 싫고 이렇게 돌아가는 세상도 싫다. 이틀 전에도 부모님께서 싸워 너무 괴로운 나머지 담임선생님께 찾아가 하소연했다. 서랍을 열어 보았다. 본드가 있었다. '차라리 본드를 마시고 죽어 버렸으면 좋겠다'는 생각을 했다. 난 글 쓰는 것이 좋다. 어디다 내 마음을 하소연할 마땅한 곳이 없다.

나도 재민이처럼 수학여행 안 가도 좋다. 차라리 그 돈을 보태어 관리비를 내거나 어머니와 아버지에게 뭔가 해 드리고 싶다. 어머니는 자꾸 수학여행을 가라 하신다. 수학여행이 뭐가 그리 대수라고. 지금 내 인생 최대의 갈등이다. 잘못된 길로 빠지느냐 아니면 그냥 억척스럽게 이겨내며 사느냐. 성적이라도 좋으면 성적으로나마 부모님을 기쁘게 해 드릴 텐데. 그런 성적도 안 되고. 난 잘하는 게 하나도 없는 것 같다. 운동도 잘 하지 못하고 공부도 잘 못하고. 그런 내 자신이 너무 싫어 내가 나를 공부 못한다고 울며 때린 적도 있다.

오늘도 부모님은 밤늦게 들어오셨다. 이젠 자리싸움에서 완전히 지셨는지 하루에 돈 1, 2만 원도 벌기 힘들다. 부모님께서는 한숨만 푹푹 쉬고 계신다. 그 옆에 있는 나까지 괴롭다. 아버지는 요즘 카드노름을 좀 자제하시는 것 같다. 하긴 더 이상 빚 때문에 돈이 솟아나올 구멍이 없다. 왜 나에겐 항상 불행한 일만 생길까? 내 운명이 그런 것인가? 어지럽다. 더 이상 생각하기도 싫다. 집안 분위기가 또 살벌해지고 있다. 난 도대체 어떡해야 할지 모르겠다.

글을 읽으면서 명섭이가 어두컴컴한 방에서 느꼈을 절망을 떠올렸다. 명섭이 마음은 이곳저곳을 헤맨다. 자기에게 왜 이런 불행이 닥치는지 원망스럽다. 차라리 죽어 버릴까도 생각했다. 하지만 살아 보려고 애쓰는 부모님을 생각하면 죽을 용기도 나지 않는다. 이런 명섭이의 갈등은 쉽게 끝날 것 같지 않다. 앞으로 명섭이가 겪어야 할 일이 엄청나다. 사기죄로 고소당한 아버지는 빨리 돈을 갚겠다고 합의했지만 쉽게 해결될 일이 아니다. 당장 6월부터는 지금 전세 사는 곳에서 한 푼도 받지 못하고 나와야 한다. 명섭이에게 물으니 도와줄 친척도 없다고 한다.

그나마 명섭이를 지탱해 주는 것은 글쓰기다. 국어 시간에 시를 써 보라 했더니 어머니가 피자 파는 이야기를 썼다고 한다. 국어 선생님은 시가 된 것은 아니지만 솔직하고 절절하게 썼다고 했다. 컴퓨터로 만들어 내는 가족 신문에서도 명섭이는 집안 이야기를 자세하게 썼다. 명섭이에게 글쓰기는 희망이다. 글쓰기로 맺힌 응어리를 풀고 있다. 지난 속초글쓰기 모임에서 아이들이 글쓰기를 통해 당당하게 자기 말을 할 수 있고 자기 삶과 맞서 싸울 수 있을 때, 진짜 글쓰기를 하는 것이라 했던가. 명섭이가 바로 그런 아이다 싶다.

평소 장난이 심한 한준이가 명섭이 일기를 가슴 아프게 읽었다면서 어떡해서든지 돕고 싶다고 모둠일기에 진지하게 썼다. 한준이는 어떤 일인지는 모르겠지만 도울 일이 있을 거라 했다. 하지만 난 아직 모르겠다. 내가 명섭이를 위해 어떤 일을 할 수 있을지. 아이들에게 내가 도울 수 있다면 어떤 일이라도 하겠다며 큰소리쳐 놓고, 이런 생각을 하고 있는 내가 한심할 뿐이다.

김상기 강원 속초중학교

장정호네 삶 읽기

아무런 준비 없이 복직을 한 데다가 처음으로 중학교 그것도 1학년 학생들을 가르치자니 이게 영 체질에 맞지 않는다고 투덜 거린 1년이었다. 담임도 안 맡고 해서 아직껏 고만한 아이들의 특성을 잘 모르겠고, 오히려 아이들하고 세대 차이를 절감하면 서 앞으로도 계속 그럴까 봐 속으론 꽤나 끙끙거리는 편이다.

다 알다시피, 큰 도시의 아이들은 거의 모두가 비슷하게 정해 진 틀에 붙박여 살고 있다. 이 아이들에게 자유로운 글감으로 글 을 쓰게 하니, 농구와 축구 얘기, 동전 치기와 오락실 얘기, 학원 다니기 지겹다는 얘기, 길 가다 불량배한테 돈 빼앗긴 얘기, 식 구랑 자가용 타고 어디 놀러 갔다 온 얘기 따위들을 마치 기계로 싸구려 복제품 찍어 내듯 '대량생산' 한다. 이걸 한번 통계로 내 보려 했으나, 대중없이 수두룩한, 그 한결같이 성글고 밋밋한 맛 에 질려 그만두고 말았다.

왜 밋밋했을까? 제대로 지도하지 못한 탓을 빼놓을 순 없지만,

아이들은 그런 삶을 의식할 여지도 없이 주어진 시간표대로 대충 스치면서 보내고 있다. 이런 삶은, 미리 감아 놓은 태엽이 풀리면서 그 힘만큼만 작은 공간을 만들며 움직이는 장난감에나 견줄 수 있다. 그러나 이것도 '체험'이라면 도대체 어떻게 해야 하나? 큰 도시 선생들의 고민은 여기에 있지 않을까? '체험 아닌 체험을 체험시키는 일' 물론 내겐 아직 해답이 없다.

겉으로 보기에, 중학교 남학생들의 한결같은 특징은 깊게 생각하거나 무엇이든 꼼꼼히 하는 걸 아주 싫어하고, 초등학교 학생들처럼 끊임없이 움직이려고만 든다는 것이다. 그런데 학교 수업에선 초등학교 때보다 더 많은 개념들을 주입시킨다. 아이들은 숨구멍을 찾으려 혈안인 것 같다. 그런데 이 숨구멍이란 게 또 뻔하다. 10분밖에 안 되는 쉬는 시간에도 공을 들고 운동장으로 뛰어나가는 아이들이 많고, 그도 아니면 좁은 복도와 교실 통로에서 우유갑으로 축구를 한다. 오죽하면 특별활동반을 짤 때, 공놀이반은 정원의 몇 배로 넘쳐 나고 문예반이나 독서반은 가위바위보로 결정해서 도살장 끌려오는 표정으로 들어오겠는가.

이런 특징은 여중생, 그리고 초등학생들하고도 좀 차이가 있는 것 같다. 중학교 남자아이들한테 '꼼꼼하게' 글을 쓰도록 강요하는 것은 만만치 않은 일이다.

한 가지 참고로 말할 것 같으면, 식구 가운데 어느 한 사람에 대해 쓴 글들은 그래도 진지하고 괜찮은 편이다. 거기엔 사람 사는 냄새가 난다. 이 주제만큼은 아이들도 글을 쓰면서 뭔가 의식

해야 한다는 의무감을 갖는다. 자기가 의식 없었다는 사실을 부끄러워한다. 자기의 하루보다는 아버지의 하루, 어머니의 하루, 형과 누이의 하루를 곰곰이 되새기는 데에서 뭔가 새로움을 느끼는 듯하다.

진지하게 쓴 글이 나오면, 쓴 아이가 동의했을 때 아이들과 함께 읽어 본다. 읽고 난 느낌을 다시 이야기해 본다. 아이들은 서로 다른 삶을 느끼고 배운다. 그리고 그렇게 쓴 글을 모방하려 든다. 그렇지만 어른들의 삶이 똑같을 수야 있나. 저마다 새로운 결을 뽑아내어 적는다. 식구들의 삶은 자기의 삶과 긴밀히 연결되어 있다. 이제 자기 삶도 쓸거리가 많다는 것을 깨닫는다. 집안싸움, 누나의 연애 사건, 아파트 마당에서 동네 사람들 사이에 일어난 일, 길에서 본 이상한 아저씨의 행동……. 이렇게 눈이 조금씩 넓어진다.

장정호는 첫 시간부터 내 눈길을 끈 아이다. 키가 아주 작아서 맨 앞줄에 앉아 있었는데, 뭐랄까 아주 웃음을 자아내게 생긴 구석이 있어 얼른 눈에 들어왔다. 게다가 장정호는 곧바로 나와 인연을 맺게 되었다. 1학년 첫 단원 '나의 소개' 시간이었다.

교과서 보기 글은 터무니없는 것이었다. "나는 어느 초등학교를 졸업해서, 대한중학교에 다니는 누구이고, 취미는 뭐고……" 따위를 보여 주는 글이었다. 내가 따로 보기 글을 골라 보려 했지만 편안한 느낌을 주는 글을 찾기가 어려워 아무런 준비를 하지 못했다. 그래서 아이들한테 교과서 예문을 무시하고 자기 성

격이 잘 드러나도록 느낌이 솔직한 소개문을 써서 발표하자고
했다.

그렇지만 아이들이 써낸 글은 약속이나 한 것처럼 백이면 백,
교과서의 보기 글과 하나도 다를 바 없었다. 아이들을 나오게 해
서 한 명씩 발표를 시키는데 흥미 있는 얘깃거리도 없고 전부 비
슷한 내용이니 아무도 관심을 가지지 않았다. 아이들은 막 떠들
고, 발표자는 성의 없이 대충대충 자기 순서를 넘기는 데에만 관
심을 두었다. 복직하고 처음 하는 수업이라 그랬는지, 나는 그때
몹시 어처구니없는 표정이었고, 속으론 절벽을 만난 듯 아찔한
기분조차 느끼고 있었다. 헌데, 제일 나중 손에 잡힌 단 하나, 장
정호가 쓴 글만이 거기에서 벗어난 내용이었다. '옳다구나!' 하
고 아이들에게 주목하라고 한 뒤 이걸 발표시키니까 아이들은
모두 손뼉을 치며 좋아했다. 한순간에 장정호는 수업 분위기를
180도로 바꾸어 낸 것이다.

안녕하십니까.

나는 강원도 산골짜기 정선에서 "응애, 응애" 하는 우렁찬
목소리로 태어난 장정호입니다. 그래서 저는 산골짜기에 태어
났기 때문에 자연이 좋습니다. 그리고 또 좋아하는 한 가지는
바로 공짜입니다.

내가 제일 싫어하는 것은 얼굴 가지고 약올리는 것입니다.
내 얼굴 생김새는 눈썹이 거의 없고 뾰통이 많고 얼굴에 점이

40개 이상이 됩니다. 그리고 특이하게 입술에 점도 있습니다.

제 특기는 춤이며, 소풍이나 운동회 때 저의 춤솜씨를 보여 주면 아이들이 모두 즐거워합니다. 저는 그런 때 보람을 느낍니다.

그리고 저의 별명은 주윤발, 칠뜨기, 독수리 오형제 등 아주 많지만 그 중에서 두껍이라는 별명이 제일 좋습니다. 그 별명은 내가 엎드려서 잔다고 우리 형이 지어 준 별명입니다. 할머니가 저를 부를 때 "껍아, 껍아!" 하는 소리로 부를 때마다 기분이 무척 좋습니다.

또 저의 성격은 무엇이든지 끼어들기를 좋아하는 성격입니다. 앞으로 저 두껍이 장정호는 여러분과 좋은 친구가 되고 싶습니다. (1994. 3)

이 짤따란, 또 어떻게 보면 그저 평범하기만 한 소개글 하나 얻는 게 왜 그리 어려운지. 난 이 글이 주는 매력이 그 말투에 배인 솔직함과 자연스러움, 생긴 그대로의 낙천성, 뭐 이런 게 아닐까 생각했다. 아이들한테도 그런 점을 칭찬하고 장려해 주었다. 장정호는 아이들의 열화 같은 주문에 못 이겨 한바탕 춤까지 추고서야 들어갔다. 난 속으로, 이 아이는 서민다운 어려운 생활이더라도 각별히 흐뭇한 집안 분위기에서 살고 있으려니 짐작했다.

그런데 작년 1학기 때 장정호는 '아버지가 돌아가시던 날'을 써서 나를 놀라게 했다. 글이 좋아서 놀란 것이 아니고, 그 내용이 갖는 파격이 나를 망연자실하게 만든 것이다. "……그 순간 아버지가 병원에 입원을 하였다는 것을 알았다. 나는 그 순간 눈물이 나왔다. 그 이유는 아버지가 다쳐서가 아니라 병원비가 아까워서였다. ……통장 아저씨는 아버지가 돌아가셨다고 말했다. 나는 그때야 안심이 되었는데……."

그러더니 2학기 때는 '형'이라는 글을 써서 자기 삶을 남김없이 드러냈다. 나는 의문인 채로 남아 있던 이 아이의 삶에 대해 알게 되었다. 남다른 아버지 때문에 일찍이 남다른 삶을 겪은 이 아이는, 형이 집을 나와 천신만고 끝에 자그마한 삶의 터를 막 마련해 놓았는데 아버지가 병원에 입원한 것 때문에 그 터가 또다시 위협받는 상황을 못 견뎌 했던 것이다. 이 글을 읽고서야 나는, 앞에 '나의 소개'를 얘기하면서 처음 내렸던 판단을 다시 신뢰할 수 있었다. 장정호가 쓴 글에서 장정호의 형은 장정호의 어제이고 오늘이며 내일이었다. 내가 보기에 장정호의 형은 장정호의 집이고 밥이고 옷이며, 또 무엇보다도 장정호가 지닌 낙천성의 뿌리였다.

올 2월 들어서는 글쓰기 할 시간 여유가 더 많아졌다. 이때 쓴 '할머니의 머리카락', '복슬이', '도배하기'는 이미 알고 있는 이 아이의 삶을 조금씩 다른 각도에서 볼 수 있는 글들이다. 글감에 대해 뭐라 지시하지 않아도 모두 연작처럼 되어 있는데, 이 아이의 생활에서 마땅히 나옴직한 글들이라 하겠다. '할머니의 머리카락'에서 장례 때 형네 회사 사람들이 50명이나 와 주었다는 사실은 형의 인간됨을 알게 해 주는 것이고, '복슬이'는 형하고 단둘이만 사는데 형이 야근할 때, 이 개가 얼마나 소중한 가치를 지니는지 알 수 있게 해 준다. 또 '도배하기'는 할머니가 돌아가시고 난 뒤에 집 분위기를 새롭게 해 주려는 형의 마음 씀씀이를 엿볼 수 있다.

장정호는 맞춤법이 엉망이다. 마음속으로는 늘 교과서를 베껴 쓰도록 지도해야지 했는데, 그만큼의 자상함도 갖지 못한 채 1년을 보냈다. 하지만 장정호의 문장은 고칠 데가 없을 정도로 단숨에 읽히는 힘이 있다. 보통 어른들의 수기를 보는 것 같은 복잡하고도 파란만장한 삶이 담겨 있는데, 초등학생도 이해할 수 있는 아주 쉬운 말들로 간결하게 표현했다. 잘못된 문장이 조금씩 있지만, 굳이 문장을 고치면 이 아이가 지닌 몸냄새가 없어질 것 같아서 나는 문장 다듬는 일에는 관심을 두지 않았다. 가르치지 않아도, 그건 시간과 함께 자연스레 고쳐질 것이라 믿는다. 다만, 작년 1학기 수업 시간에 대화글 쓰기와 사생글 쓰기 연습을 한 번씩 한 결과는 조금 나타났다고 생각한다. 글 고치기 지도는 특별히 어느 대목이 자세하지 못해서 잘 알 수 없는 곳을 지적하고는 '통째로' 다시 적어 오도록 했다. '형'이 바로 그랬던 예이고, 나머지는 처음 쓴 그대로를 띄어쓰기와 맞춤법만 고친 것이다. '형'에서 "어머니"라고 쓰기도 하고 "엄마"라고도 썼는데, 뜻이 있는 것 같아 그대로 두었다.

장정호더러 자기가 쓴 글을 발표해도 되느냐고 물으니, '형'은 자기 학교의 자기 학년에서만 읽어 주지 말라고 한다. 삶이 복잡한 만큼 아무래도 학교 친구들의 눈이 부담 가는 모양이다. 글쓰기 회보에 실리는 것은 관계치 않았다. 또래 아이들은 물론이고, 어른들도 한번 읽어 볼 만한 글이라고 생각한다.

형

우리 형은 키가 작다. 형이 신체검사를 받으러 갈 때 키가 158센티미터라서 군대에도 안 간다. 한편으로는 안심도 되지만 싫기도 하다. 형과 같이 거리에 나가면 다른 사람들의 키를 본다. 그 이유는 형이 다른 사람들보다 얼마나 작은가를 보기 위해서다. 어떤 키가 큰 사람이 형 옆으로 지나갈 때면 형이 안쓰럽게 느껴진다. 언젠가 내가 형에게 키가 작다고 놀리니까

"다 일 때문이야."

"왜?"

"내가 집 나와서 양계장에서 일했을 때 비료 부대를 많이 지고 날랐기 때문이야. 너 지금 25키로짜리 비료 부대 메고 돌아다닐 수 있어?"

하고 대답했다.

내가 어렸을 때 우리 식구들은 강원도 정선에서 살았다. 아버지는 광산에서 일을 하셨고 할머니와 어머니는 밭농사를 하셨다. 그러던 도중 어머니가 서울로 가면 돈을 많이 벌 수 있으

니까 서울로 가자고 했다. 그래서 우리는 서울로 이사를 왔다.

막상 이사를 오긴 왔는데 아버지가 일자리를 못 구해서 어머니하고 맨날 싸우셨다. 그리고 어머니도 밤늦게 집으로 돌아오셨다. 한번은 어머니가 아침에도 일어나지도 않고 점심, 저녁에도 일어나지 않았다. 그래서 아버지가 어머니를 깨워 봤는데 일어나지를 않았다. 어머니가 수면제를 많이 먹었기 때문이다. 그래서 아버지는 호수를 엄마의 입에 대고 약을 뽑아 내었다. 그리고 병원에도 연락을 했다. 그래서 엄마는 구급차에 실려 나갔다. 엄마는 살아났다. 엄마는 죽을라고 여러 약방에서 수면제를 사서 한꺼번에 먹은 것이다. 그래서 어머니와 아버지 사이가 더 나빠졌다. 어머니는 집을 나갔다.

그 해 우리는 월세에서 살았는데 주인집에 불이 났다. 다행히 우리 방은 불이 안 번졌는데 소방차가 물을 너무 많이 뿌려서 방 안이 물바다가 되었다. 우리는 대충 물을 없애고 그 위에다가 이불을 있는 대로 깔았다.

그때 아버지는 취직도 못하고 있어 돈이 없어 먹을 것이 없었다. 아버지는 형과 나를 시켜 라면을 외상으로 사 오라고 시켰다. 그리고 막걸리 한 병도 가지고 오라고 시켰다. 그때 가겟집 아줌마는 우리 사정을 잘 알고 있어 라면을 잘 주셨다. 그렇지만 술은 외상으로 안 주셨다. 그래서 아버지는 화를 내셨다. 그때 아버지는 사는 것을 포기한 표정 같았다.

그 후 몇 달 후에 큰집에 내려 가셨던 할머니가 오셨다. 할머니가 가지고 온 돈으로 그 동안 밀린 방세와 가겟집 외상을 다 갚았다. 그 해 우리 형은 집을 나갔다. 형이 국민학교를 막 졸업할 때였다. 나도 형 나이였으면 집을 나가고 싶었다.

우리 식구는 여러 집으로 이사를 다녔다. 그러던 도중에 큰집에서 돈 30만원을 주어서 우리는 상계동으로 이사를 왔다. 그 집은 방 한 개만 있고 부엌도 없었다. 그래서 문 앞에다가 곤로를 놓고 밥을 해 먹었다.

아버지는 한동안 열심히 일을 하는 것 같았지만 금방 집에서 놀고만 있었다. 아버지는 광산에서 일을 할 때 허리를 다쳐서 아프기 때문에 일을 안 나간다고 한다. 그렇지만 나는 그 소리가 핑계로만 들린다. 우리는 먹을 것이 없어서 할머니가 이웃집에서 돈을 빌려 라면을 사서 먹었다.

나는 일어나서 맨 처음 하는 행동이 아버지가 누워 있는 자리를 보는 것이었다. 아버지가 없으면 일을 하러 나간 것이고, 자리에 있으면 그냥 오늘도 노는 날이다. 나는 매일 일어나면서 아버지가 없었으면 하고 생각을 하면서 일어난다. 그렇지만 아버지는 자리에 있는 날이 더 많았다. 그때 우리 가족은 숱하게도 굶었다. 그때 나는 아버지에게

"아버지, 아버지는 우리를 살려야 돼요. 아버지가 이러면 우리는 굶어 죽어요."

라고 말하고 싶었다. 그렇지만 용기가 없었다.

나는 이제 국민학교에 들어갈 나이가 되었다. 그때 집을 나

갔던 형이 돌아와서 나에게 책가방, 옷, 연필, 공책 등을 사 주었다. 나는 그때 형이 무척 커 보였다. 나는 형하고 살고 싶었지만 형은 떠났다.

입학식 날 다른 아이들은 엄마 손을 잡고 오지만 나는 아버지 손을 잡고 왔다. 그리고 그 다음 날에는 나는 학교를 혼자 갔다. 그때 학교는 꽤 멀었다. 나는 길을 잃어버릴까 무척 무서웠다.

학교에서 육성회비를 내라고 할 때 나는 육성회비를 못 냈다. 나는 무척 부끄러웠다. 선생님도 나에게 육성회비를 내라고 강요하지도 않았다.

아이들이 도시락을 먹고 있을 때 나는 자리를 피했다. 아이들이 참치에 소세지를 먹고 있으면 나는 마음이 울적했다.

내가 3학년 때 형이 다시 찾아왔다. 형은 월세방을 얻어 할머니와 나를 데리고 이사를 가겠다고 우리를 찾아와서 우리는 행당동으로 이사를 왔다. 이사를 올 때 형이 나에게

"이제는 주인 아줌마가 집 나가라는 소리 안 할거야."

이런 말을 했다. 나는 지금까지 이 말을 잊을 수가 없다.

이사 와서 첫날 아버지가 찾아왔다. 아버지는 술에 취해 있었다. 아마도 형이 이사올 때 아버지에게 5만원을 주었다. 그 돈으로 술을 마셨나 보다. 형은 다시 3만원을 더 주면서 가라고 했다. 그렇지만 아버지는 돈을 받고 안 갔다.

아버지는 할머니한테

"어무이오 내한테 오셔. 아들한테 와야 돼요."

라고 말했다. 할머니는 그 말을 듣고는 눈물을 흘리셨다. 형은 아버지가 안 가자 아버지를 발로 찼다. 형의 눈에 눈물이 났다. 아버지도 형을 때렸다. 아버지 눈에도 눈물이 났다. 나도 눈물이 났다. 형은 집을 나갔다. 아버지도 나갔다.

다음 날 형이 돌아왔다. 형은 아버지가 어디 있냐고 물었다. 나는 갔다고 말했다. 형은 안도라는 표정을 지었다. 나도 안심이 되었다. 그 후로 아버지는 안 나타났다.

이제는 할머니, 형 그리고 내가 함께 살아간다. 처음에는 집도 좁았다. 가전제품이란 텔레비전과 밥통밖에 없었다. 이렇게 우리는 몇 달 동안 살아갔다. 아버지하고 살 때보다 더 행복했다.

그런데 등기로 편지가 한 통 날라 왔다. 편지에 보니깐 가정법원에서 우리 아버지에게 보내는 편지였다. 나는 이상한 생각이 들어서 편지를 뜯어보았다. 편지 내용은 어머니가 아버지에게 이혼하자는 내용이다. 그래서 며칠 날에 우리 아버지가 법원에 출두하라는 것이다. 할머니는 내가 이 내용을 말하니깐 쾌씸해 했다. 할머니는 자나깨나 아들 얘기를 한다. 나는 그 얘기가 듣기 싫다. 하여튼 나는 이 내용을 읽어보고 왠지 억울한 느낌이 들어서 울음이 났다. 나는 엄마가 싫다. 자식이 보고 싶지도 않나 보다. 한번도 나를 만나 본 적이 없다. 나는 형이 식당 일을 하고 돌아오자 이 편지를 보여주었다. 형은 아무 표정

없이 편지를 읽었다.

그 후 한 달 정도가 되니깐 편지가 또 왔다. 할머니가 편지를 되돌려 보냈다. 형은 쉬는 날에 그때 온 편지를 들고 엄마를 만나러 갔다. 형은 엄마를 만나고 왔다. 할머니가 엄마에 대해서 묻자 형은 대답을 안했다. 그래서 나는 형에게 아무 것도 묻지 않았다. 형의 표정은 밝았다. 나는 안다, 형의 마음을.

내가 4학년 때 우리는 인천으로 이사를 왔다. 이사를 가던 날 우리 집 옆에 있는 구멍가게 아줌마가 할머니한테 무슨 이야기를 했다. 그 내용은 아버지하고 형이 싸우고 3일 후에 아버지가 다시 왔다. 그런데 아버지는 가겟집 아줌마한테 물어 보니까 아줌마는 모른다고 했다. 그 이유는 아버지하고 형이 또 싸울까 봐서이다. 할머니는 이 내용을 듣고 울고 계셨다. 아마도 아들을 잃었기 때문이다.

우리는 그때보다 더 넓은 방을 얻었다. 그리고 월세에서 전세로 옮겼다. 또 살면서 냉장고, 세탁기, 가스렌지, 전화기, 컴퓨터 등 여러 가지 생활용품을 샀다. 맨 처음 이사올 때보다 살림살이가 3배 정도는 늘었다. 나는 형이 자랑스러웠다.

형은 국민학교밖에 졸업하지 못했다. 그래서 형은 일을 하고 학원에 다녀 중학교, 고등학교 검정고시에 통과했다.

얼마 전에 우리 식구는 아버지가 돌아가셨다는 소식을 들었다. 나는 눈물이 나지 않았다. 오히려 가슴이 후련했다. 그렇지만 할머니는 속으로 무척 가슴 아파하신다. 나는 우리 식구 모두가 행복하게 살았으면 좋겠다.

나는 누가,

"너 엄마 아빠 보고 싶지?"

하면,

"아니요."

라고 대답한다.

요새는 우리 식구가 하나 더 늘었다. 형이 새벽에 전철역에
서 추위에 떨고 있는 강아지를 주워 왔다. 그 개 이름은 복슬이
다. 뜻은 복이 있고 슬기롭게 자라 달라는 뜻이다. 그렇지만 복
슬이는 말도 안 듣고 고기에다가 밥을 섞어 줘야지 밥을 먹는
다. 그 이유는 형이 하도 귀여워해서 방에다가 매일 고기 반찬
에다가 밥을 섞어 주기 때문이다. 나는 복슬이를 형만큼 귀여
워하지 않지만 그래도 귀여워한다.

나는 형에게 심심할 때면 '장가가'라고 놀린다. 그러면 형은
'보내 줘'라고 한다. 나는 그러면 우리 둘이 같이 영원히 살자
고 말한다. 그러면 형은 그 무서운 말 하지 말라고 한다. 형은
내가 고등학교만 졸업하면 독립을 시킨다고 한다. 형은 나에게
아버지, 어머니, 친구처럼 느껴진다. 나는 형에게 진 빚은 영원
히 못 갚는다. 나는 이 세상에서 형을 제일 존경한다. 형은 언
젠가는 복 받을 것이다. (1994. 10)

할머니의 머리카락

아침에 일어나서 형과 나와 할머니는 함께 아침 식사를 했다. 아침을 먹고 형은 일하러 나가고 나는 학교에 갔다. 그때는 겨울 방학하기 이틀 전이었다. 학교가 끝나고 나는 집으로 돌아왔다. 그때는 금요일이라서 학교는 7시간을 했고, 올 때 친구하고 놀다 와서 한 5시 30분쯤 되었다. 나는 집에 가까이 오자 이상한 기분이 들었다. 방문을 열자 형이 와서 할머니께서 돌아가셨다고 했다. 나는 그 말을 듣고 크게 놀라지 않았다. 왜냐하면 언젠가 한번 일어날 일이라고 생각했기 때문이다.

할머니는 3년 전부터 옷에다가 오줌을 쌌다. 요즘 들어서는 매일같이 오줌을 싸 기저귀를 차고 주무신다. 나는 할머니 옷을 빨 때마다 어서 돌아가셨으면 하는 생각도 들었다. 그래서 형과 나는 할머니에게 되도록 물을 주지 않는다. 그런데 할머니는 물을 달라고 그래서 물을 주니까 한 몇 분 있다가 또 물을 달라고 했다. 그때 나는 속이 터질 것만 같았다.

나는 사람이 죽은 걸 처음 봤다. 몸은 차갑고 심장도 뛰지 않았다. 그날은 다행히도 형이 나보다 일찍 왔다. 형은 매일 9시쯤에 왔는데 그날은 형이 일하는 기계가 고장이 나서 잔업을 안 하고 일찍 왔다. 형은 먼저 우리 집 가까이에 있는 이모네 집으로 연락했다. 그리고 큰집과 대구에 사는 고모들한테 연락을 했다. 또 형이 일하는 데에도 연락해서 못 나간다고 했다. 그리고 형은 장의사를 불러올 테니까 방 좀 치우라고 했다. 나는 방을 치웠다. 장의사 아저씨와 형이 왔다. 장의사 아저씨는 장례 절차를 한 다음 내일 관을 가지고 온다고 했다.

조금 있다가 큰이모가 오고 셋째 이모도 왔다. 그리고 고모부들도 왔다. 또 형이 일하는 데서 한 열 명 정도 왔다. 그 사람들은 좁은 골목에다가 천막을 치고 술을 마시며 얘기들을 했다. 이모들은 동태를 사다가 국을 끓여 주었다. 나는 그 사람들이 그냥 갔으면 했다. 그 사람들이 있으니깐 나는 귀찮은 느낌이 났다. 나는 그때 형하고 얘기를 나누다가 잠이 들었다.

나는 새벽 2시쯤에 일어났다. 나는 일어나서 형이 일하는 사람들이 어디 갔냐고 물으니깐 다 갔다고 했다. 그리고 이모들도 집에 가서 내일 아침에 오겠다고 했다. 우리 집에는 고모부와 우리 둘만 있었다.

아침이 되자 나는 학교에 가서 방학 과제물을 받아 일찍 조퇴를 했다. 집에 돌아올 때 은행에서 50만원을 찾아가지고 형한테 갖다 주었다. 그리고 우리 집 개도 애완견 센타에 맡겼다. 이모들이 아침에 우리 집으로 왔다. 그리고 회사 사람들이 와서 주인집 옥상에다가 천막을 쳤다. 점심쯤에는 사장까지 왔다 갔다. 오후 2시쯤에는 장의사 아저씨가 와서 할머니를 관에다가 모셨다.

저녁 때는 형이 일하는 부서 사람들이 50명이나 왔다. 그리고 8시쯤에는 고모 세 분과 큰아버지, 맹호 형과 기만이 형이 왔다. 고모들은 우리 형제를 만나자마자 미안하다고 했다. 원래는 큰아버지와 고모들이 할머니를 모셔야 되는데 우리가 할머니를 5년 동안 모셨기 때문이다. 고모들은 매우 슬프게 울었다.

큰아버지는 회사 사람들한테 고맙다고 했다. 나는 회사 사람들이 귀찮게 느껴지지만 그래도 매우 고맙다.

아침이 되자 장례식을 치르러 화장터에 갔다. 할머니를 담은 관은 불 속으로 들어갔다. 그리고 하얀 가루만 나왔다. 할머니는 산에다가 뿌려졌다.

집에 돌아와 모든 것을 정리했다. 회사 사람도 갔고 큰아버지와 고모들도 갔고 이모와 이모부들도 갔다. 집에는 우리 둘만 남았다. 우리는 방청소를 했다. 그때 할머니 머리카락이 있었다. 그 순간 할머니의 모습이 떠올랐다. 나는 눈물이 났다. 그날 밤에 나와 형이 둘이 잠을 잤다. 왠지 방안이 썰렁해 보였다. (1995. 2)

복슬이

우리 집 강아지인 복슬이는 우리 집에 온 지가 벌써 1년이 넘었다. 복슬이는 우리 형이 새벽 6시에 학원에 가기 위해서 전철을 기다리는데 웬 조그만 강아지가 추위에 떨며 돌아다니는 걸 보고 불쌍해서 가지고 왔다.

나는 복슬이의 첫인상이 나빴다. 한쪽 귀만 올라갔고, 털 색깔은 규칙도 없이 막 나 있고, 남자 개같이 생겼는데 여자 개다. 그렇지만 형은 몹시 복슬이를 귀여워했다. 나도 형을 따라서 점점 복슬이가 좋아졌다.

나는 복슬이가 족보 있는 개인줄 알았는데 지난 번 광견병 예방주사를 맞히러 갔을 때 수의사 아저씨에게 물어 보니깐 똥개라고 했다. 그렇지만 수의사 아저씨는

"똥개면 어때, 귀여우면 됐지."

라고 말하셨다. 나도 별로 크게 기대는 하지 않았다. 그렇지만 아쉬웠다.

우리 집 복슬이는 우리 집에서 없어서는 안되는 가족이다. 형이 야근을 할 때면 나는 복슬이를 끌어안고 잔다. 아마 복슬이가 없으면 나는 밤이 무서울 것이다. 그리고 복슬이는 형의 사랑을 독차지한다. 이불에다가 오줌을 싸도 복슬이를 미워하지 않고 혹 큰 잘못을 저질러도 몇 대 때리고 나서 금방 쓰담아 주고 귀여워한다.

몇 달 전 복슬이가 무척 아팠다. 밥도 먹지 않고 토도 하고 그때 나는 복슬이가 죽을까 봐 무척 걱정을 했다. 그래서 나는 손가락에다가 요구르트를 찍어 먹여 주었다. 몇 시간이 지나자 복슬이는 밥도 먹고 돌아다녔다. 나는 무척 기뻤다.

다음 달에는 복슬이를 시집 보낸다고 형이 말했다. 나는 복슬이가 난 강아지를 전부 다 키우고 싶다. (1995.2)

도배하기

토요일 형은 9시 20분쯤에 퇴근을 했다. 형하고 나는 내일

도배를 하기 위해서 먼저 도배지를 규격에 맞게 잘랐다. 방 치수도 재고 도배지를 알맞게 잘랐다. 그렇게 도배지를 자르다가 나는 지쳐서 구석에서 잠을 잤다. 그래서 형은 혼자서 도배지를 잘랐다. 다음날 일어나니깐 형은 도배지를 다 잘랐다. 나는 형에게 "몇 시까지 했어?"라고 물어 보니깐 1시 30분까지 했다고 했다. 나는 12시도 안돼서 잤는데 형에게 너무 미안했다.

우리는 먼저 도배의 난코스인 천장 붙이기를 했다. 나는 잡아 주고 형은 도배지를 발랐다. 책상을 이리저리 옮기면서 도배를 했다. 형은 키가 작아서 천장 붙이기가 힘이 들 것이다. 처음에는 도배가 잘 안돼서 그냥 이렇게 살지 하는 생각도 들었다. 그렇지만 형은 끝까지 도배를 해서 천장을 다 붙였다. 곳곳에 빈 공간은 형의 전문인 뙨빵을 했다. 뙨빵을 했지만 잘 티가 나지 않는다.

우리가 이렇게 열심히 일하는데 우리 집 복슬이는 가만히 있다. 하긴 복슬이가 가만히 있는 것도 우리를 도와주는 거다.

천장을 붙이고 우리는 아침 겸 점심을 먹었다. 급한 대로 라면을 끓여서 먹었다. 우리 집 복슬이는 라면을 안 좋아하기 때문에 특별히 참치에다가 밥을 비벼 준다.

아침 겸 점심을 다 먹고 우리는 벽을 붙였다. 벽을 거의 다 붙이고 나는 갑자기 잠이 와서 형에게 99.9퍼센트가 되면 날 깨우라고 했다. 그러면 나머지는 내가 하겠다고 했다. 그래서 나는 구석에서 한 30분 동안 잤다. 일어나니깐 형은 벌써 도배를 다했다. 형에게 또 미안했다.

　형은 초보자가 이 정도라면 잘한 거라고 기뻐했다. 나도 좋아했다. 꼭 새 집에 이사온 것만 같았다. (1995. 2)

원종찬 인천 부평중학교

내 마음의 상처,
도덕 숙제로 낸 글쓰기

선생 노릇 8년 만에 처음으로 중3 담임을 맡았다. 그리고 1반부터 9반까지 3학년 도덕 수업을 한다. 도덕 수업을 하면서 갖는 고민 가운데 하나가 아이들에게 도덕책에 나오는 말 따위가 별 도움이 되지 않는다는 거다. 아이들은 도덕책에 나오는 이야기는 빤한 이야기라서 안 들어도 다 안다는 태도다. 그래서 여기저기서 좋은 글을 찾아 살아가는 이야기를 많이 들려준다. 글쓰기 회보는 큰 도움이 되어 수업 교재로 자주 쓴다. 한번은 '감정'이라는 말을 이야기하면서 글쓰기 회보 10호에 김경희 선생님이 쓰신 '내가 부르던 노래'를 읽어 주었다. 몇 번을 다시 읽어도 나도 모르게 선생님의 감성에 빠져 버린다. 2학년 때 김경희 선생님한테 도덕과 국사를 배웠던 아이들이 숨죽여 듣기도 했다.

'고난 극복'이라는 단원을 가르칠 때였다. 아이들에게 들려줄 마땅한 글을 찾다가 〈함께 찾는 교육〉 6호에 나온 미경이 이야기를 읽어 주기로 했다. 〈함께 찾는 교육〉은 속초 지역 교사들 모임 소식지인데 황시백, 이은영 선생님과 함께 만들었다. '한 교사와 한 아이'라는 꼭지에 정광임 선생님이 '시를 쓰는 미경이'를 썼는데, 편집부원들이 읽고 마음 아파했다. 미경이는 간질병을 앓고 있는 아이다. 시도 때도 없이 쓰러져 정신을 잃고 거품을 입에 물고 괴로워하다 다시 일어나면 수치스러움에 못 견뎌 하던 아이다. 중2 때는 중풍까지 앓아 오른손이 마비되었고, 한쪽 다리마저 절게 되었다. 그리고 새아버지가 자주 바뀌는 불안한 가정 형편을 보면 마음앓이도 컸을 거다. 하지만 그런 어려움 속에서도 많은 사람들을 기쁘게 하겠다며 미경이는 시를 썼다. 이런 미경이를 정광임 선생님은 6년 동안 지켜보며 정말 가슴 아파했다. 정광임 선생님 글을 읽어 줄 때 아이들은 숨소리 하나 내지 않았다. 미경이가 쓴 편지와 국사 시간에 글쓰기 숙제로 쓴 '나의 역사'라는 글도 읽어 주었다.

나의 역사

나는 77년 10월 1일 어느 산동네인 강원도 영월군 구천면 신일리 1489호에서 태어나 원주시 우산동에 거주지를 옮겨 다니며 살다가 네 살 때 충청북도 음성군 음성읍 감우리의 외갓집에서 부모와 헤어져 뼈아픈 어린 시절을 보냈다.

국민학교 1, 2학년을 음성읍 사정초등학교에서 외삼촌과 손붙잡고 통학을 하였다. 4학년이었던 외삼촌은 나를 친동생처럼 사랑해 주고 내가 감기라도 걸리면 40분을 걸어 버스가 다니는 정류장에서 20분마다 지나가는 버스를 잡아 타고 음성 읍내에 나가 약국을 찾아 감기약을 사곤 하였다.

2학년 2학기에 어린 나를 감당하기 힘이 든다고 하시며 원주 우산동의 친할머니 집으로 보냈다. 삼촌들에게 매와 욕으로 시달리던 나와 동생은 엄마를 찾아 강원도 거진읍 화포리로 와서 거진초등학교에 전학을 하였다. 엄마의 직장 문제로 대진, 간성, 또다시 대진, 대대리를 거쳐 간성읍 신안리에서 살다가 지금은 간성읍 교동리 15번지인 지금 우리 식구의 보금자리를 마련해 살고 있다.

엄마는 늘 병마와 싸우는 나를 제일 사랑해 주었다. 중학교 2학년 1학기 때, 아니 2학기 때인가. 여름 방학 때 중풍으로 쓰러져 엄마에게 큰 근심을 안겨 준 나는 병원에 누워 나를 곁에서 지키던 엄마가 잠시 자리를 비우게 되면 같이 병실에 있던 사람들이 뭐라 하든 소리내어 울기도 했다. 왼쪽 팔엔 혈관이 약해 바늘을 넣기만 하면 터져 버린다는 간호사 언니, 나는 그 언니가 너무 미웠다. 혈관이 없으면 오른 팔목에 그냥 꽂아 버리면 될 것을 무엇 때문에 왼팔에 사방으로 바늘을 꽂아 시퍼런 멍으로 물들게 했었는지……. 멍들어 버린 팔을 보며 우는 나에게 엄마는 하얀 연습장과 샤프를 사다 주셨다. 지우개도 같이. 내가 글씨가 쓰고 싶다고 바락바락 우겨서였지만. 공책을 거꾸로 놓고 글씨 연습을 했다. 왼손 글씨는 생각보다는 예쁘게 쓰여졌다. 오른손 글씨보다는 못해도 나는 이 정도에서 만족하기로 마음을 먹었다. 중학교를 졸업하고 나는 거진여상에 입학해 지금까지 통학을 하며 잘 다니고 있다고 확신하고 있다. 취업이나 진학은 불가능하겠지만 나는 시인이 되겠다는 꿈을 안고 시 쓰는 작업에 열심을 기울이고 있다. 내가 고등학교를 졸업하기 전에 내 시집을 내고 싶어서 글쓰는 작업에 모든 것을 걸고 있다.

선생님의 도움을 받아서 시집을 만들고 싶다.

난 이 글을 읽을 때마다 마음이 아프다. 글을 읽다가 목이 멘다. 몇몇 아이들이 소리 없이 눈물을 흘렸다. 미경이가 쓴 시 두 편을 마저 읽었다. 그러자 미경이 언니 시집이 나왔냐고 묻는 아이들도 있다.

글을 읽고 난 뒤 아이들에게 꿈도 희망도 없이 살아서는 안 된다고 이야기했다. 아무리 힘들고 어려운 일이 닥쳐도 우리 피하지 말자. 미경이 언니를 생각해 보면 못 견딜 게 없지. 우리들 가운데 마음에 상처가 없는 사람이 어디 있겠냐. 그걸 꺼내어 써 보자. 지난 이야기도 좋고 지금 이야기도 좋다. 마음에 깊이 묻어 둔 힘들고 어려운 이야기를 솔직하고 자세하게 써 보자. 마음의 상처가 아니라 지금 겪고 있는 고민도 좋다. 그리고 그것을 이겨 낼 방법을 한번 생각해 보자. 그렇게 글쓰기 숙제를 냈다.

아이들이 쓴 도덕 공책을 모아 보니 300권이나 된다. 이 공책을 꼼꼼히 읽고 도덕 실기 점수를 주어야 한다. 사실 아이들은 글쓰기 숙제를 내면 귀찮아한다. 숙제라 그러면 "에에에……" 한다. 이번 숙제를 낼 때도 "전 쓸 게 없어요"하거나 "그런 걸 어떻게 써요"한다. 그래서 숙제로 낸 글들이 실기 점수 때문에 쓴 것들이 많다. 그 글들을 읽고 글쓰기 지도를 한다는 건 엄두도 못 낸다. 내게는 그럴 만한 힘이 없다.

그 300권 중에서 마음을 드러내고 쓴 글들이 많지 않았다. 시험이나 진학 때문에 겪는 고민들이 가장 많았는데, 그런 글들은 마지못해 쓴 글이다. 또 친구 때문에 상처 입은 이야기도 많은데, 소개할 만한 글들이 없다. 어려운 가정 형편이나 부모 때문에 겪는 갈등 따위를 쓴 글들은 자세하게 썼다. 글을 읽다가 그 아이들 마음속에 남아 있는 상처를 생각하니 너무 애처롭다. 어떤 아이는 글을 쓰며 울기도 했단다. 마음 아픈 이야기라 꺼내기 싫으면서도 자세히 쓸 수 있었던 것은 그 아이들 아픔이 그만큼 생생해서였을 거다.

회보에 낼 '글쓰기 지도' 숙제를 하려고 몇 편 글을 뽑았다. 그리고 그 아이들을 다시 불러 글을 다듬어 다시 써 보라 했다. 좀 더 자세하게 쓰라 했고, 우리말을 살려서 써 보라 했다. 그리고 아이들과 같이 글을 읽으면서 조금씩 다듬었다. 내가 글 지도를 했다고 내세울 게 없다. 다행히 마음을 열고 글을 열심히 쓴 아이들이 있었다.

여기에 실은 다섯 편의 글들은 남에게 쉽게 얘기하기 어려운 상처나 고민을 잘 꺼내어 썼다. 하지만 이름 밝히기를 꺼리는 아이들도 있어서 그 의견을 받아들이기로 했다. 글다듬기를 하는데 아이들 모습이 너무 진지했다. 좋은 책에 이 글들이 실린다 하니 모두들 좋아했다. 한 아이는 글 이야기를 하다 눈물을 글썽거린다. 그 아이의 마음을 다시 아프게 한 건 아닌지 걱정된다.

내 고민 3학년

인생에서 중요한 사춘기 시절인 중2 때, 나는 일 년이라는 길다면 길고 짧다면 짧은 시절을 방황했다. 술도 마시고 담배도 피우고 친구들과 어울려 외박, 가출을 자주 했다. 어른들 하는 행동을 거의 다 따라 했다.

중3 올라와서 내 나름대로 많은 생각을 했다. 엄마하고도 많은 이야기를 나누었다. 그래서 내가 얻은 결론은 마음을 잡고 새로 출발하는 것이다. 처음 중3 올라와 앞으로 잘 해야지 하는 각오로 시작했다. 그런데 '지 버릇은 개도 못 준다'라는 말이 있듯이 수업 시간에 집중이 잘 안 되고 친구들과 어울려 놀고 싶고, 무엇보다 담배를 끊을 수 없다.

2학년 학기 초에 담배를 배웠다. 그러니 지금까지 담배 피운 지 일 년이 넘는다. 내 자신과 담배를 끊겠다고 약속을 하면서도 자꾸 피우게 된다. 어제도 피웠고 오늘도 피웠다. 아마 내일도 피우게 될 것이다. 아무래도 담배에 중독이 된 것 같다. 담배를 자꾸 피우게 되니 기억력도 점점 떨어지고 눈도 잘 안 보이는 것 같다. 하루빨리 담배를 끊어야 한다. 하지만 담배를 안 피우면 가슴이 답답하고 무언가 하나를 빠뜨리고 지나가는 것 같다. 이런 게 중독인가 보다. 하루에 나는 학교 갈 때 두 가치, 점심 먹고 두 가치, 집에 갈 때 두 가치, 모두 여섯 가치를 피운다. 조금씩 줄여서 피워야지 해도 그렇게 안 된다. 내게 의지가 부족한 것 같다. 내가 왜 담배를 피우게 됐는지 잘 모르겠다. 담배를 끊는다는 것이 지금 가장 큰 어려움이다.

요즘 난 너무 힘들다. 마음을 잡기 위해 그 전에 놀았던 친구들과 정리해야 한다. 그 까닭은 친구들과 놀게 되면 더 놀고 싶고 또 부모님과 선생님들이 싫어하신다. 나는 내 친구들이라서가 아니라 그 친구들 모두 다 순진하고 착하게 생각한다. 하지만 그 친구들 때문에 내가 요즘 큰 갈등을 한다. 놀 것인가? 말 것인가? 이 글을 읽고 계신 선생님은 장난으로 글을 쓴다고 생각하실 것이다. 난 장난이 아니다. 내게 '놀 것인가? 말 것인가'는 정말 큰 갈등이자 고민이다. 지금 다시 놀게 된다면 내 인생은 완전히 구겨지고 쓰레기가 되기 때문이다. 하지만 안 놀자니 좀 이상하고 공부만 하고 있는 건 낯설게 느껴진다. 그래서 너무 힘들다. 친구들이 토요일에 놀러 다니는 것이 너무 재미있어 보인다. 그래서 나도 자꾸 그 쪽으로 마음이 쏠린다. 이러면 안 되는데 하면서도 자꾸 마음이 흔들린다.

엄마는 나보고 뭐든지 하면 된다 하지만 정말 너무 힘들다. 내 자신과 싸워야 한다. 하지만 나는 이길 자신이 없다. 이제는 그전처럼 충고해 주고 걱정해 주는 사람들도 없다. 모두들 내가 마음잡고 아무 고민도 없는 애인 줄 알고 있다. 외롭다.

언제쯤이나 나는 방황에서 벗어나게 될지…….

○○는 2학년 때 가출 대장이었다. 며칠 가출을 했다가 돌아오고, 그러다 심심하면 다시 가출을 했다. 지도과 선생님에게 "너는 가출해도 보름도 못 넘겨" 하는 말을 듣고, 보름을 넘길 수 있다는 걸 보여 주기 위해 가출을 하기도 했다. ○○ 때문에 ○○ 아버지는 학교에 와서 살다시피 했고, 선생님들은 도저히 구제할 수 없는 아이라 했다. 하지만 3학년에 올라오자 선생님들은 "○○가 사람됐다"며 반가워했다.

내 상처 3학년

난 어렸을 때부터 아빠에 대한 마음이 좋지 않다. 아마 초등학교 때부터일 거다. 정확하지는 않지만 그 때부터 아빠는 도박을 하기 시작했다. 그 때는 직업이라도 가지고 있어서 그리 큰 문제가 되지 않았다. 그런데 다니던 직장도 관두고 도박을 계속해서 빚을 많이 졌다. 엄마는 할머니 식당에서 일하면서 아빠 빚을 갚았고 많이 힘들어했다. 아빠는 운전을 잘하기 때문에 주유소 기름차 운전도 했고, 금강운수 버스 운전 기사도 했다. 하지만 둘 다 오래 가지 못했다. 그래서 초등학교 때는 밤이나 새벽에 엄마, 아빠가 싸우는 소리를 많이 들었다.

한때는 아빠가 다른 여자를 좋아한 적도 있다. 내가 초등학생이었지만 알 건 다 알았다. 엄마가 너무 불쌍했고, 아빠가 너무 미웠다. 그 때 엄마가 많이 울었다.

난 늘 아이들이 아빠에 대해 물을 때가 제일 속상하다. 아빠가 없는 친구들에게는 미안한 말이지만 어쩔 때는 아빠가 그냥 없었으면 하는 생각도 해 보았다. 가족 소개서 같은 걸 써 낼 때는 아빠 직업란에 백수라 쓰기에는 너무 창피해서 그냥 상업이라고 썼다. 할머니 식당 일을 돕기는 하지만 아빠는 별로 일을 하지 않는다.

아직도 아빠는 노름에서 손을 떼지 못했다. 요즘은 옛날보다 많이 나아졌지만 그래도 나는 엄마를 볼 때마다 가슴이 아프다. 아빠는 늘 언니나 내게 잘 해 주지만 이런 기억들 탓에 아빠와 가깝게 지내지 못한다. 친구들이 아빠와 고민도 얘기하고 또 이야기도 많이 나눈다고 하지만 난 그래 본 적이 한번도 없다. 그래서 꼭 한번은 우리 가족이 모두 마음을 털어놓고 이야기해 봤으면 좋겠다. 하루빨리 아빠가 노름에서 손을 떼고 가정에 돌아와 충실했으면 한다. 아빠가 부끄럽다는 말은 자식으로서 해서는 안 될 것 같지만 아빠에 대해 친구들이나 다른 누가 물어 보면 창피할 때가 많다.

지금 이 글을 쓰면서도 너무 고민을 했다. 이런 말을 솔직히 털어놓은 건 하나님과 6학년 때 담임 선생님밖에 없다. 2학년 도덕 시간에 가족 소개하는 글을 쓰는데 아빠 얘기는 쓰지 못

했다. 발표를 할 때 아빠 소개를 하는 도중에 그냥 눈물이 쏟아졌다. 그 때 아이들과 선생님이 날 이상하게 생각했을 것이다.

지금도 아빠의 옛 과거를 생각하면 가슴이 뭉클해진다. 아빠가 빨리 정신차려서 엄마가 이제부터라도 편안하게 살았으면 한다. 우리 가족이 행복해졌으면 하는 게 내 바램이다.

이 글을 쓰고 ○○는 다른 아이들이 보면 창피하다며 도덕 공책에 쓴 건 지우고 다른 공책에 옮겨 쓰겠다며 내게 이해해 달라고 덧붙여 썼다. 하기 힘든 이야기를 내게 털어놓은 셈이다. 학교에서 ○○는 참 밝고 씩씩한 아이다. 그런 ○○가 남모르게 겪어야 하는 고민으로 얼마나 힘들어했을까 생각하니 가슴이 미어진다. 이 글을 읽고 나니 ○○의 커다란 눈이 서글퍼 보인다.

내 상처 3학년 한현주

다른 친구들 고민은 공부가 우선이겠지만 난 아직 공부가 힘들거나 하지는 않는다. 그래서 난 예전에 힘들었던 우리 집 이야기를 쓰려 한다.

우리 집은 부자가 될 수 있었던 기회가 여러 번 있었다. 엄마와 아빠는 돈을 벌기 위해 공사장 옆에 밥집을 했다. 그래서 나는 아홉 살 어린 나이에 할머니 손에 맡겨졌다. 하지만 그 때 번 돈은 하나도 없고 겨우 지금 살고 있는 집 한 채를 살 수 있었다. 난 우리 집이 생겨 마냥 좋았다. 할머니와 엄마와 아빠 모두 같이 살게 되어 더 좋았다.

하지만 엄마와 아빠는 여러 번 밥집 일을 했지만 아빠가 그 때마다 번 돈을 술로 다 날렸다. 그래서 나는 남몰래 눈물을 흘린 적이 많았다.

그 뒤로 아빠는 혼자 힘으로 돈을 벌려 하지 않고 돈이 필요하면 번번이 삼촌에게 손을 벌렸다. 그런 아빠가 너무 싫었고, 나와 아빠 사이가 멀어진 것은 이 때부터다. 난 아빠가 무능력하다는 것에 너무 화가 났고, 내가 너무 어려서 아무것도 할 수 없다는 게 속상했다. 어렸을 때부터 엄마와 아빠가 싸우는 모습을 너무 자주 봤다. 싸울 때 아빠는 기분 나쁘다며 엄마를 마구 때렸고, 엄마는 대들지도 못하고 두들겨 맞았다. 그래서 더 아빠가 미웠고, 빨리 죽었으면 하는 생각도 많이 했다.

밥집 할 기회도 없어지고 달리 할 수 있는 게 아무것도 없는 아빠는 배를 탔다. 엄마는 파출부로 나갔다. 엄마는 점점 힘들어했다. 엄마가 너무 안쓰러워서 나는 술 먹은 아빠 앞에 앉아 울면서 말했다.

"아빠, 제발 엄마 힘들게 하지 마, 응?"

"알았다, 알았어. 니가 뭘 안다고."

하지만 아빠는 변하지 않았다. 아빠 친구 소개로 엄마는 회사에 취직했고 우리는 엄마 월급으로 한 달을 생활해야 했다. 나와 동생의 학원비, 교납금, 세금 따위를 내는데 엄마 월급 60만원은 턱없이 모자랐다. 나는 아빠가 점점 미웠고, 심지어 대들다가 맞기도 했다. 나는 너무 속상했다. 엄마는 남 앞에서 울지 않는 성격이라 계속 가슴에 묻어 두곤 했다. 그리고 늘 피곤한 얼굴을 했다. 어느 날, 아빠는 술을 먹고 들어와 엄마에게 돈을 달라 했다. 난 옆에서 계속 주지 말라고 했다.

"돈 주지 마."

"줄래도 줄 돈도 없어."

"돈 좀 빌려 줘."

엄마가 아빠에게 시달리는 게 너무 불쌍해서 나는 내 용돈을 몽땅 아빠에게 주었다. 이 날 내가 얼마나 울고 또 울고, 죽고 싶다는 생각을 했는지 모른다. 불쌍한 우리 엄마.

"엄마는 아빠와 이혼할래도 할 수 없어. 엄마 생명보다도 소중한 너희가 엄마 곁에 있는데 편하게 갈 수 있겠니? 엄만 너희만 두고 안 가."

난 이날 처음이자 마지막으로 엄마의 눈물을 보았다. 난 포기하고 살기로 했다. 아빠가 들어오든지 말든지, 술을 먹든지 말든지, 정말 관심 없었다.

그러던 어느 날, 아빠가 이렇게 말씀하셨다.

"배 안 다녀. 공사판에 다닐 꺼야."

엄마와 난 깜짝 놀랐다. 며칠 뒤부터 아빠는 막노동판에 나갔고, 열흘 만에 45만원 정도를 벌어 왔다. 엄마 월급도 80만원으로 늘어나서 지금은 생활이 많이 안정되었다. 이제 아빠가 술 먹는 날도 줄었다.

난 이 생활에 만족한다. 앞으로도 계속 이렇게 행복했으면 좋겠다.

현주는 1학년 때 내가 담임한 아이다. 그때도 많이 힘들었을 텐데, 아무 얘기도 하지 않았다. 3학년에 올라와 이 글을 읽고서 야 현주의 집안 사정을 알게 되었다. 아이들 형편도 잘 모르는 정말 못난 담임이었다는 게 부끄러웠다. 지금은 가정 형편이 나 아졌다니 정말 다행이다.

마음에 남아 있는 상처 3학년 김명숙

내 마음의 상처는 내가 세상에 난 뒤 세 살 때부터 시작됐다.

난 잘 모르지만 언뜻 할머니께 듣기에는 아버지가 워낙 술을 좋아하는 분이어서 술 안 먹고 들어오는 날이 없으셨다고 한 다. 날마다 밤늦게까지 술 먹고 와서 어머니랑 많이 싸우셨다 고 한다. 아버지의 술주정에 못 이겨 어머니는 집을 나가셨다.

초등학교 시절에 어머니 얼굴 그리기, 어머니에게 편지 쓰기 는 내 가슴을 아프게 했다. 어두운 구석에 앉아 울기도 많이 울 었다. 하지만 남은 가족들이 있어서 큰 위로가 되었다. 8년 동 안 날 키워 주신 할머니. 할머니는 나와 내 동생을 이렇게 예쁘 게 자랄 수 있게 해 주신 분이시다. 우리 자매를 힘들게 고생하 며 키우느라 흰머리와 주름살이 더 많이 생기신 것 같다. 올해 93세이시다. 다리가 많이 불편하시다. 얼굴이 많이 마르고 점점 검게 변하신 것 같다. 얼마나 더 사실지 모르는 할머니가 하루는 이런 말씀을 하셨다.

"우리 명숙이 불쌍해서 어떻게 눈을 감을 수 있을까?"

눈물이 나왔다. 우리 할머니는 아버지의 어머니이지만, 내 어머니나 다를 바 없다. 꼭 커서 보답하려 하는데…….

'할머니 사랑해요. 오래오래 건강하세요.'

우리 아버지는 어부이다. 날마다 새벽에 나가는데, 한 번 나가면 일주일 뒤에 돌아오시곤 한다. 그런데 5년 전 가을이었다. 아버지 친구분 딸이 내게 말했다.

"너네 아버지 돌아가셨대."

난 처음에 무슨 말인지 알 수 없었다. 시간이 지나 집으로 가 보았더니 고모가 와 있었고 사람들이 많았다. 모두 울고 계셨다. 도저히 참을 수 없는 울음이 터지면서 난 하루 종일 울다 지쳐 자다가 다시 깨어 울었다. 그러다가 더 불행한 말을 듣게 되었다. 아버지가 술 먹고 일하시다가 바다에 빠졌는데 아무도 찾지 못했다는 것이다. 차라리 집에서 돌아가셨다면 마지막 얼굴이라도 볼 수 있었을 텐데. 이게 뭐야. 한없이 바다를 보며 아버지를 불러 보았지만 아버지 목소리는 들을 수 없었다. 아버지의 목소리가 그리웠다. 처음에는 아버지의 빈자리가 왜 그리 크고 힘들던지. 아버지가 생각날 때마다 울었다. 아버지에게 잘 해 드리지 못한 내가 너무나 미웠다.

큰아버지와 큰어머니께서 할머니와 우리 두 자매를 맡으셨다. 그래서 큰집이 있는 이 곳 속초로 이사를 왔다. 그 때부터 난 울지 않고 나를 미워하지 않기로 했다. 새로 시작하는 삶이라 생각하며 살기로 했다. 큰아버지와 큰어머니께 너무나 고마웠다. 부모님께 다하지 못한 효도를 그분들께 할 것이다.

여기 속초에 와서 많은 단체들이 우리 같은 어려운 사람들을 도와 주셨다. 그분들이 계셔서 우리 같은 소녀 가장들은 용기를 얻고 힘내어 살아간다. 그분들께도 깊은 감사를 드린다.

이제 내게 단 한 가지 소원이 있다. 아버지의 꿈이었던 선생님. 그 꿈을 내가 이루는 것이다. 그래서 최선을 다해 열심히 공부해야만 한다. 마음씨 좋은 선생님이 되고 싶다. 내 행복한 미래를 위해 좀 더 기운을 내야겠다.

내가 겪은 고통 3학년 김동현

고통은 지혜와 용기로서 맞서 싸운다 했다. 내게도 다시 기억하고 싶지 않을 뼈저린 고통의 아픔이 있다.

작년 12월 20일, 우리 집에는 생각지도 않은 일이 생겼다. 아빠는 제법 큰 배의 선장이셨는데, 아빠 생애에 가장 큰 실수를 저질렀다. 그 날 새벽 세 시쯤, 하루 일을 마치고 돌아오는 길에 아빠의 큰 배와 한 사람밖에 탈 수 없는 아주 작은 통통배가 충돌했다. 통통배는 순식간에 두 조각이 나고, 배에 탔던 사람이 물에 빠져 죽었다. 사고가 나면 곧바로 해양경찰서에 알려야 하는데 당황한 아빠는 시체를 찾으려 했다. 결국 시체도 찾지 못하고, 뺑소니 사고라는 누명을 쓰게 되었다. 뉴스에서도 뺑소니라고 나왔다. 그 때문에 아빠와 갑판장 아저씨는 해양경찰서에서 조사를 받았다. 아빠는 법으로 따지면 수없이 많은 죄를 진 셈이다. 무면허 갑판장 아저씨에게 운전을 맡긴 것, 배에서 기름이 새어 나와 환경오염을 일으킨 것, 시체를 찾지 못한 것, 신고를 바로 하지 않은 것 따위가 아빠의 죄목이었다. 그 때부터 점점 일이 복잡해졌다.

그 사고가 있은 지 이틀 뒤에 피해자 쪽에서 시체를 찾아 주지 않는다며 행패 부리는 바람에 나와 엄마는 떨어져 살아야 했다. 나는 숙모집에 맡겨졌고 엄마와 아빠는 다른 곳에 피해 있었다. 그 동안 나는 수없이 많이 울었고, 아빠가 너무 원망스러웠다. 나는 밥도 제대로 먹지 않고 그냥 울기만 했다. 그 때 피해자 쪽에서는 절대 합의를 해 주지 않겠다며 버티기만 했다. 사람들이 그렇게 냉정하고 인정이라고는 조금도 없었다. 합의를 해 주지 않아 아빠는 어쩔 수 없이 속초경찰서 유치장에 끌려갔다. 사람들은 나만 보면 수근수근 귓속말을 하고, 우리 집도 내 맘대로 갈 수 없었다. 엄마와 나는 아빠를 유치장에 보내고 나서 집에 와 서럽게 껴안고 울었다. 불도 켜지 않고 싸늘한 내 방 구석에 둘이서 숨소리도 제대로 내지 못했다. 혹시라도 불이 켜져 있으면 그 사람들이 다시 찾아올까 봐 겁이 났다. 전화 오는 소리에 깜짝깜짝 놀랐고 전화도 마음대로 받을 수 없었다. 학교 갈 때도 누가 볼까 봐 몰래 집을 나서야 했다.

며칠 뒤에 아빠 생신이었다. 그래서 엄마 몰래 케이크를 사서 아빠에게 찾아갔지만, 아빠가 날 보면 속상해하고 창피해할까 봐 경찰서 앞에서 왔다 갔다 하다 집에 돌아왔다. 집에 돌아왔을 때, 엄마는 누군가에게 맞고 있었다. 피해자 쪽 집에서 왔다. 어떤 남자들이 엄마를 죽이려고 작정을 했는지 엄마를 공격하고 있었다. 나는 책가방을 던지고 엄마를 감싸며 소리내어 크게 울었다. 그래서 나도 그 사람들에게 죽도록 맞았다. 자식도 똑같은 사람이라면서 아빠 대신 나를 죽여야겠다며 목을 조르고 발로 짓밟고 했다. 엄마가 말리다가 나보다 더 심하게 맞았다. 우리가 사는 연립 주택에 다른 사람들도 많았는데 아무도 나와서 도와주는 사람이 없었다. 나는 무릎을 꿇고 두 손을 모아 빌었다.

"오늘이 우리 아빠 생신이에요. 도와주세요. 제발요. 아저씨, 제가 대신 사과할게요."

그렇지만 그 사람들은 감정도 없는 나쁜 사람들이었다.

"쬐끔한 게 까불고 있어. 니 애비 생일이 문제니? 우리 애비 죽은 게 문제지! 지랄하지 말고 조용히 있어. 너도 물에 콱 처박는 수가 있어."

차마 입에 담을 수 없는 욕을 마구 했다. 집안은 이미 난장판이었다. 아빠가 제일 아끼던 화분이 깨진 걸 보고 나는 내가 크면 나쁜 놈들을 혼내 주겠다고 결심했다.

엄마는 서울에 있는 오빠에게 연락 않겠다고 했지만, 나는 어쩔 수 없이 오빠에게 전화를 했다. 오빠는 다음날 속초로 왔고, 그 때부터 오빠가 합의를 보러 다녔다. 처음엔 2억이라는 어마어마한 돈을 요구했지만 주위 사람들이 사정해서 겨우 1억 5천으로 내려갔다. 하지만 1억 5천이라는 돈은 우리가 구할 수 없는 돈이었다. 결국 자기들이 엄마와 내게 행패 부렸던 게 문제가 되어 1억에 합의를 보았다.

어느 날, 아빠가 나를 보고 싶어한다고 해서 면회를 할 수 있었다. 두 손에 수갑을 차고 하얀 고무신을 신은 아빠 얼굴이 노랗게 보였다. 예전에 아빠 얼굴이 아니었다. 아빠는 배를 타고 있어야 하는데, '업무중 과실치사'로 햇빛을 보지 못하고 있는 것이었다. 나는 아빠 앞에서 울지 않으려 했지만 아빠를 보는 순간 그만 엉엉 울어 버렸다.

"울지 말고. 아빠 이제 곧 나가게 될 거야. 동현이가 엄마 좀 잘 챙겨 주고 건강하게 있고."

아빠 눈이 빨개지셨다.

'왜 하필이면 우리 집인 거야? 왜 하필이면 우리 아빠야?' 나는 하루에도 수십 번씩 이런 생각을 했다.

아빠는 1억이라는 망할 놈의 돈 덕택에 나올 수 있었다. 그 1억에는 엄마의 눈물이 담겨 있었다. 자존심 구겨 가면서까지 이곳 저곳 울며 겨우 마련한 돈이다.

다시 돌아온 아빠는 늘 미안한 마음을 갖고 있는 것 같았다. 예전에 당당한 아빠 모습을 보고 싶은데, 아빠는 죄책감 탓인지 좀처럼 웃지 않았다.

　게다가 나는 초등학교 6학년 때부터 안 좋았던 심장이 갑자기 약해져서 많이 아팠다. 갑자기 쓰러지는 것은 보통이었고, 숨쉬기가 힘들어 병원에 다녔다. 지금은 많이 좋아졌지만, 아직도 빈혈이 있고 간까지 나빠졌다. 10원이라도 아껴야 할 판에 내 병원비 때문에 우리 집이 더 힘들어진 것 같다. 그런 건 바라지도 않는 일인데. 이번 여름 방학에는 원주 병원에 가기로 아빠랑 약속했다. 그 동안 아빠 때문에 가족들이 받은 고통을 다시 나누고 싶다며 내게 꼭 병원에 가자고 했다. 내가 아픈 건 아무렇지도 않은데, 그 때문에 가족들이 아파하는 게 더 고통스럽다.

　이제 그 지옥 같은 고통을 이겨 내고 앞으로 행복을 만들고 싶은 게 내 가장 큰 소망이다.

　명숙이나 동현이 글을 읽으면서 참 대단한 용기를 가진 아이들이라 생각한다. 지금 수업 시간에 만나는 명숙이나 동현이는 얼마나 씩씩하게 생활하는지 모른다. 내가 명숙이나 동현이 처지였다면 어땠을까 생각해 보았다. 난 견뎌 내지 못했을 것 같다. 이 아이들에게 삶을 꿋꿋하게 헤쳐 나가는 용기를 배운 셈이다.

김상기 속초 설악여자중학교

우리 집 이야기

언제부턴가 한 해씩 걸러 담임을 맡게 되었다. 별난 교장 교감 만나 담임을 달라, 못 준다 실갱이 하면서 한 해씩 걸러 겨우 담임을 얻어 낸 시절이 지금 생각하면 우습지만 이젠 제법 나이가 많다고 대접받느라 젊은 사람들에게 밀려 내 몫을 특별히 챙기지 않으면 담임도 못 할 판이 되었다.

올해는 겨우 누구나 맡기 싫어하는 2학년을 맡게 되었다.

국사 선생인 내가 아이들과 글쓰기를 하는 것은 담임을 맡지 않으면 정말 힘들다. 국사 수업을 하면서 글쓰기를 할 수도 있지만 삶을 가꾸는 글쓰기를 하는 게 어렵다. 일부러 도덕 과목을 몇 반 신청해 교과 단원과 관련해서 글쓰기를 해 보지만 담임을 맡지 않은 아이들의 생활에 하나하나 다가가는 게 쉽지 않다.

담임을 한다 해도 숙제 베끼기 바쁘고 프린트 풀랴, 쪽지 시험 공부하랴 정신없는 자율학습 시간에 악다구니로 시간을 마련,

입이 한 주발이나 나와 투덜대는 아이들 눈치 보며 달래서 겨우 겨우 글쓰기 교육 흉내를 낼 뿐이다.

늘 이런 것들을 핑계 삼아 알차게 해 보지도 않고 아이들이 되는 대로 써 온 모둠일기 글을 모아 문집이랍시고 내놓은 게 참으로 부끄럽다.

더 늙기 전에, 그래서 더 이상 담임을 못 맡기 전에 담임 노릇도 잘해 보고 글쓰기 교육도 잘해 보리라 마음먹고 2학년 2반 담임이 되었다.

해마다 아이들에게 가장 먼저 쓰게 하는 글은 '우리 집' 이야기다. 이 글은 아이들의 삶을 가꾸게 하려는 것보다 내가 맡은 아이들의 여러 사정을 알아보려는 뜻이 더 크다.

첫째, 아이들의 집안 사정을 알 수 있다.

처음 만난 아이들이 어떤 환경에서 어떻게 살아가는지 아는 것은 담임한테는 아주 중요하고 흥미 있는 일이다. 사람들 살아가는 이야기가 얼마나 재밌는가. 더구나 1년 동안 함께 살아갈 아이들의 사는 얘기니. 어떤 집에 살며 부모님이 무슨 일을 해서 먹고사는지, 그 속에 어떤 어려움이 있는지, 어떤 사람이 한 식구로 함께 사는지, 그 집에서 아이는 행복한지……. 나는 이런 얘기들에 가장 마음이 간다. 그리고 담임으로 꼭 알아야 할 일이기도 하다.

이 글감은 글을 쓰기 싫어하고 어려워하는 아이들에게 처음부터 아주 쉽게 다가갈 수 있다. 자기가 잘 알고 있는 내용을 이야기하듯 쉽게 써 나갈 수 있으니 아이들이 쉽다고 느낄 것이다. 많은 아이들이 한 시간 동안 공책 두 쪽을 가득 채우며 쓴 자기 글을 보고 뿌듯해한다. 게다가 나중에 내가 다 읽어 보고 칭찬하며 몇 편을 골라 읽어 주면 아주 재밌어한다.

가정방문을 할 수 없는 형편에서 상담으로 이것저것 묻고 대답하는 것보다 아이들의 사정을 잘 알 수 있는 좋은 글감이라 생각한다.

둘째로 어떤 글감보다 아이들 하나하나의 정서와 성격을 잘 알 수 있는 글감이다. 집안 사정과 그 분위기에서 자란 아이들의 정서와 성격을 읽어 낼 수 있다. 많은 아이들이 시내 아파트나 일반 주택에 살면서 아버지의 자상함이나 엄마의 음식 솜씨를 자랑하고 언니나 동생과 싸우면서도 사랑하는 화목한 집이라는 틀에 박힌 얘기들을 한다. 하지만 그 얘기들을 자세히 풀어 나가는 데서 아이의 삶과 정서와 성실함을 느낄 수 있는데, 그것이 얼마나 내 마음을 가득 차게 하는지. 시내 변두리에서 농사짓고 사는 아이들 얘기는 가뭄에 단비를 만난 듯 소중하다. 물론 나중에 크게 실망하고 전혀 다르게 느껴질 때도 있지만 식구들과 살아가는 얘기 속에는 아이들의 착한 마음과 따뜻함이 가득하다. 그래서 아이들에 대한 믿음과 기대를 안고 담임을 맡은 한 해를 시작할 수 있다.

셋째, 다른 글도 그렇지만 글을 깨끗하고 쉽게 쓰는지, 말재주 부려 가며 만들어 내는지, 문장을 제대로 쓰는지, 맞춤법에 맞게 쓰는지 들을 살피면서 아이들이 어느 정도 글을 쓰는지, 학습 능력이 어느 정도인지 알 수 있다.

맞춤법은 정확하지만 얘기의 대강만 잡아서 어른들 글투로 간단하게 쓰는 아이와 맞춤법은커녕 그저 소리 나는 대로 쓰지만 온갖 얘기를 자세히 되는 대로 늘어놓는 아이들을 가늠하며 살펴볼 수 있다. 그런 걸 미리 알아서 아이들에게 상처 주지 않고 격려해 가며 지도하고자 한다.

이제까지는 늘 보기 글 없이 집이 어디에 있고 어떻게 생겼는지, 집 식구들은 누구이고 무슨 일을 하는지, 성격은 어떤지 따위를 자세히 써 보라고 했다. 그러니 가지각색으로 글이 나오는데 어느 한 가지만 몰아서 써서 다른 소개할 내용을 많이 빠뜨린다.

이번에는 글을 한 편 읽어 주고 쓰게 했다. 마침 보기 글이 '우리 식구'로 식구 얘기를 아주 자세하고 재미있게 쓴 글이라 그런지 아이들이 거의 다 식구를 차례로 소개하는 글을 틀에 박힌 듯 쓰고 있다. 보기 글처럼 자세히 있는 그대로 써 보자 한 것이 그대로 틀을 주는 결과가 되었다. 그래서 더 써야 할 것을 일러 주고 다시 쓰게 했다.

다음 글은 그래도 집 이야기를 골고루 잘했고 살아가는 모습을 생생하게 잘 나타냈다 싶어 여기 소개한다. 처음에는 엄마 얘기와 농사짓는 얘기가 없었는데, 더 쓰게 지도했다.

우리 집 2학년 김현경

조양동에 속하는 우리 마을은 청대리라 부른다. 이곳에 빨간 기와집 우리 집이 있다. 우리 집은 원래 부엌 하나, 방 두 개, 작은 마루 하나였다. 부엌에선 아궁이로 불을 지폈다. 지금은 집을 많이 고쳐서 부엌을 없애고 내 방을 짓고 집을 조금 늘려서 큰 거실에 주방까지 만들었다.

우리 집 주변은 무척 아름답다. 집 둘레가 밭으로 둘러싸여 있다. 집 뒤에 있는 밭 하나는 우리 밭이고 다른 밭은 남의 밭이다. 계절 중 여름이 가장 아름답다. 옥수수가 조금씩 자라고 고추도 새파랗고 감나무엔 아직 익지 않은 파란 감이 열려 있다. 이런 곳에 아버지, 할머니, 나, 동생, 이렇게 넷이 산다.

우리에겐 작은 밭이 세 개 있다. 우리 집 앞에 밭 하나가 있고 싸리골이란 곳에 밭 하나, 우리 집에서 조금 떨어진 곳에 하나, 이렇게 밭이 세 곳에 있다. 이곳에 고추, 감자, 고구마를 심는다. 고추를 심으려면 비닐을 땅에 까는데 이 일은 나, 아버지, 할머니가 같이 한다. 고추 심을 구멍은 아빠가 가르쳐 주는 대로 내가 뾰족한 나무로 구멍을 낸다. 가을엔 할머니와 내가 하나씩 익은 것만 골라 딴다. 바쁠 때면 내 동생, 아빠도 같이 딴다. 감자, 고구마는 내가 좋아해서 심는다. 내가 좋아하니깐 할머니가 심어 주신다. 감자, 고구마는 어떻게 심는지 할머니가 심어서 나는 모른다. 감자, 고구마를 캘 때는 내가 도와 드린다. 호미로 하나씩 파서 고구마, 감자는 바구니에 담고 고구마 줄기는 잘 다듬어서 데쳐 맛있게 볶아 먹는다.

우리 집 가장인 아버진 노동자다. 한 몸을 바쳐 일하시는 분이다. 우리 아버진 특별한 기술이 없어서 집짓는 데서 벽돌 나무 같은 무거운 걸 나르시거나 시멘트를 바르는 일을 하신다.

아버진 얼굴이 험상궂게 생기셨다. 얼굴에 흉터 자국이 몇 개 있다. 나이따라 주름살도 조금씩 늘어가신다. 우리 아버진 화를 잘 내신다. 그래서 난 언제나 아버지가 무섭다. 언제 화를 내실지 모른다. 화가 나면 술을 많이 잡수시는데 화풀이는 집에서 하신다. 화풀이는 주로 말로 하는데 심할 때는 물건을 집어던지는 경우도 있다. 하지만 술을 안 잡수시고 화를 안 내실 땐 정말 좋은 아버지다.

엄마. 엄마와 아버지는 별로 신중하게 결혼하신 것 같지 않다. 내가 할머니께 들었는데 아버지가 빨리 결혼을 해야 한다며 엄마랑 결혼했다고 한다. 누군가 "엄마가 좋니, 아빠가 좋니?" 하면 대부분 엄마가 더 좋다고 한다. 하지만 난 엄마가 싫다. 엄마라고 부르기 싫을 만큼…….

처음, 그러니깐 중학생이 되기 전까진 아빠가 싫었다. 내가 유치원에 들어가고 나서 부모님의 부부싸움은 계속됐다. 우리 아빠 술만 안 잡수시면 아주 좋은 아버지다. 술을 자주 잡수시곤 엄마와 싸우는 아버지가 싫었다. 난 엄마 아빠가 싸움을 하실 때마다 밖에서 울었다. 안에서 요란한 소리가 나고…… 그때까진 난 엄마보단 아빠가 미웠다. 엄마는 내가 5학년 때 집을 나가셨다. 엄마는 나도 모르게 나가셨다. 학교 갔다 오니 엄만 없었다. 할머닌 엄마 욕을 많이 하셨다. 난 할머니께 내가 젖먹이일 때 엄마가 나갔다 들어오시곤 했다고 들었다. 지금은 아주 나가신 엄마지만…….

그래서 고생하시는 할머니. 할머니의 지금 연세는 66세이시다. 머리는 곱슬곱슬, 흰머리가 듬성듬성 나셨다. 얼굴엔 나이만큼 주름이 많으시다. 할머니의 하루 일과는 새벽 4~5시부터 시작된다. 아침에 일어나시면 물과 개밥을 끓이신다. 우리 집엔 개밥과 물을 끓이는 데가 따로 있다. 집 앞에 아궁이 같은 곳을 두 개 만들어서 할머닌 그곳에서 개밥과 물을 끓이신다. 그렇게 대충 준비해 놓고 방으로 와 아버지 아침상을 차릴 준비를 하신다. 준비가 끝나면 잠깐 눈을 붙인 다음 아침상을 차리신다. 여섯 시 반쯤에 아버지는 아침밥을 잡수고 일하러 가신다. 그러면 할머닌 내 점심을 싸 주시고 나와 동생의 밥을 차려 주신다. 그 이후 난 학교를 가기 때문에 어떤 일을 하시는지 모른다. 가끔 시장에 가신다는 것밖에. 할머닌 집에 돈이 떨어질 때쯤 시장에 가신다. 무도 꺼내고 우리 집 김치도 무말랭이도 모두 모아 커다란 대야에 담으신다. 한 구석에 비닐봉지, 그릇을 넣으시고 보자기로 잘 싸신다. 똬리를 머리에 올려놓고 대야를 머리에 이고 시장으로 가신다. 그리고 시장 한 구석에 앉아 하나하나씩 파신다. 올 때면 반찬거리 몇 개 사서 오신다. 오시면 추우시다고 이불 속에 누우신다. 어쩔 땐 너무 아파 하루 동안 계속 누워 계신 적이 있다.

지금 난 중2인 키 작은 소녀이다. 나보다 더 작은 아이들도 있지만 난 내가 너무 작게 보인다. 난 집에서 별로 하는 일이 없다. 가끔 설거지를 하고 할머니를 도와 드린다. 숙제도 하고. 할 일이 많은 날은 일요일이다. 설거지, 방청소, 정리정돈을 한다. 나는 아버지께 게으르단 말을 많이 듣는다. 사실은 내가 생각해도 게으르다. 바로 눈앞에 쓰레기통이 있어도 쓰레기를 던져 넣거나 내 동생한테 버리라고 시킨다. 하지만 이젠 나도 부지런한 아이가 되려고 노력한다.

우리 집의 막내 내 동생은 교학이다. 아버지가 교학이를 업고 학교에 갔다가 생각난 이름이라고 한다. 교학이는 순진하면서도 멍청이라고 할까? 남의 말을 잘 듣지만 선생님 말은 안 듣는 말썽장이다. 또 멍청하게 생겼다. 속옷을 겉에 내놓고 다니지를 않나, 신발을 거꾸로 신지 않나. 어쩔 땐 옷차림이 말이 아니다. 내 동생은 둥글넓적하다. 입은 동글게 되어 화나면 삐쭉 나온다. 키는 나처럼 작은 편이다. 손에는 사마귀가 오돌도돌 나 있고 꺼멓다. 얼굴은 까맣지 않은데 말이다.

우리 집 식구를 더 말하자면 토끼도 있고 개도 있다. 작은아버지가 토끼 두 마리를 사 오셨는데 지금은 열일곱 마리로 늘어났다. 회색빛이.도는 암놈이 새끼를 낳았는데 여섯 마리, 일곱 마리, 여덟 마리 이렇게 낳았다. 그런데 다 죽고 지금은 열일곱 마리밖에 안 남았다.

우리 집 개는 아홉 마리. 누렁이, 얼룩이, 흰둥이가 있다. 누런 어미 개가 새끼를 여섯 마리 낳았다. 모두 누렁이이다. 어미 누렁이는 개 중의 왕비다. 힘이 얼마나 센지 자기보다 큰 수캐한테도 이긴다. 흰 바탕에 누런 점이 땡땡 있는 얼룩이는 수캐다. 어릴 땐 고양이만했는데 지금은 갓 태어난 송아지만하다. 흰둥이는 암캐. 앞집에서 사 왔는데 풀어놓으면 앞집으로 계속 간다. 지금 누렁이랑, 흰둥이, 토끼 두 마리는 새끼를 가진 어미들이다.

내가 할머니 집에 이사 올 적엔 개가 무지 많았다. 그땐 할머니는 개가 많다고 개장수가 오면 값을 불러 팔았다. 작은 새끼는 통통하게 살을 찌워서 팔았다. 어떨 땐 마을 사람한테 팔 때도 있다. 마을 사람한텐 값을 많이 못 부른다. 마을 사람과 정이 있어서 그런지 개장수보단 많이 받지 못한다. 이제 우리 집 개는 하나하나 크면서 팔려 갈 것이다.

우리 집 소개를 이제 그만하겠다. (1996. 3. 20)

김경희 속초 설악여자중학교

학교는 왜 다니는가?

길지도 않은 여름방학을 보충수업, 친정 나들이, 글쓰기 연수, 중국 여행으로 바쁘게 보내고 개학을 해서 아이들을 맞은 지 한 달이 다 되어 가는데, 지금 나는 여러 가지로 쩔쩔매고 있다. 이번 방학 동안 권정생 선생님 잠깐 찾아 뵌 얘기며 중국 다녀온 얘기를 어떻게 재미있게 아이들한테 들려줄까 막막하기도 하고 설레기도 한 마음으로 아이들을 맞았다. 반가운 얼굴들 속에 개학 첫날부터 사흘이 지나도록 한 아이는 안 보이고 몇몇 아이는 얼굴빛과 눈빛이 많이 수상해졌다. 머리 모양과 교복 차림부터 달라졌다.

1학기 언제부터인가 약속이나 한 듯 똑같은 차림으로 몰려다니는 아이들이 있었다. 머리를 노랗고 검붉게 물들인 채 앞가르마 타서 양옆으로 쏟아지게 내려 눈동자가 보일 듯 말 듯 얼굴을 덮고 귀고리 한 귀까지 가렸다. 교복 치마는 밑으로 잡아당겨 엉덩이에 가까스로 걸친 데다 밑단을 뜯어 실밥이 너덜거리고, 한 쪽 옆 솔기는 한 뼘쯤 가르고, 양말은 종아리 반쯤까지 올려 신었다. 이런 아이들이 쉬는 시간만 되면 이 반 저 반에서 모여들어 한 무더기가 되어 복도로 교실로 몰려다녔다. 그런데 이번에 개학하고 난 뒤 우리 반 이쁜이 몇몇이 똑같은 차림을 하고 그 속에 끼어 있지 않은가. 전에부터 그러던 몇몇 녀석은 더 말할 것도 없지만 그 참하던 아이들이 끼어 있었다. 불러서 얘기해 보니 아니나 다를까 방학 동안 이 아이들과 휩쓸려 다니며 아주 달라져 버렸다.

개학 첫날부터 안 나오던 아이는 엄마 손에 이끌려 나오다 말다 하면서 아이보다 엄마를 더 많이 보게 된다. 부모 속이 썩어 문드러지는 줄도 모르고 아이는 돈 안 주고 옷 안 사 주면서 잔소리만 한다고 제 엄마를 천사의 탈을 쓴 악마라고 내게 하소연한다. 한 아이는 집에 안 들어오고 어디서 자고 있는 걸 부모가 찾아내 학교에 데려와 울면서 내게, 아이에게 호소하고 아이도 울면서 다짐해 놓고는 다음 날 집을 나가 사흘 만에 돌아왔다. "왜 나갔니" 하는 내 물음에 너무도 꼿꼿하고 당당하게 "안 나갔어요. 외박한 거지" 한다. 난 나도 모르게 "어이구, 잘났다" 하며 들고 있던 책으로 아이 머리를 치고는 깜짝 놀랐다. 나도 어느덧 이렇게 되어 가는구나. 화가 나서 소리치고 몽둥이를 든 적은 있지만 이렇게 빈정대고 책으로 머리를 치다니. 사흘 동안 무얼 어쩌고 다녔는지 팔목엔 담뱃불로 지진 상처와 칼로 그어 새겨 놓은 남자애 이름으로 형편없다. 전에부터 말썽은 많았어도 내 앞에서만큼은 다소곳했는데 이젠 아니다.

이 아이들이 한패를 이루어 복도로 교실로 몰려다니며 남자애들 만나고 돌아다니며 술 담배 먹고 놀았던 얘기, 삐삐 친 얘기 따위들로 자랑스레 떠들고 웃고 소리치고 하는데, 침을 뱉어 대고 말끝마다 쌍소리가 튀어나온다.

몇 년 전만 해도 집을 나가거나 나쁜 길로 빠져드는 아이들은 대부분 집안 환경에 문제가 있는 경우였는데, 요즘 이런 아이들은 암만 봐도 집안 환경에 별 문제가 없다. 집이 가난하거나 부모가 문제가 있어 집을 나오거나 하면 어디 도시로 가서 공장에 다니거나 일을 해서 밥벌이를 하던지 그랬던 게 엊그제 같은데 요즘은 돈이 생기거나, 훔쳐서 나갔다가 돈 떨어지면 돌아오고 부모가 달래서 학교 데려오면 얼마 뒤 또 그러면서 끊임없이 들락거린다. 그야말로 가출이 아니라 외박인 셈이다. 집안에 대한 불만도 없다. 그냥 아이들과 몰려다니고 돈 쓰고 노는 재미로 그러고 다닌다. 공부할 환경이 안 돼서도 아니고 그냥 공부하고 머리 쓰는 것이 싫고 놀고 싶은 것뿐이다. 장래 꿈은 가수, 탤런트, 실내장식가 아니면 연예인 ○○와 결혼하는 것이다.

전에는 집안 사정을 나도 어쩌지 못해 두 눈 뜨고 볼 수밖에 없는 형편이었는데, 요즘은 무슨 바람이 아이들을 이 지경으로 내모는지 이것도 어쩌지 못하겠다. 이것도 사회문제이고 교육문제임에 틀림없겠지만 이렇게 아이들 가슴이 메마르고 머릿속이 텅 비어 있을 수 있을까. 아마도 아이들이 놓여 있는 우리 사회의 모순이 모두 한데 엉켜 이 아이들을 몰고 가는 듯하다.

마침 요즘 2학년 도덕 수업으로 '학교생활과 도덕 문제'라는 단원을 하게 되었다. '학교생활의 의미'라고 해서 좋은 말은 다 나오는데 실제 아이들 생활이 그럴까. 교과서를 쭉 읽으니 아이들이 "치이, 치이" 한다. 아이들에게 학교 다니는 게 좋으냐고 물으니 "싫어요" 하며 악을 쓴다. 그렇게 싫은 학교 왜 다니느냐 물어보니 하나같이 "엄마가 다니라니까요" "남들이 다니니까요" "시집 잘 가려고요" "안 다니면 불량 학생, 문제아로 보니까요" "이다음에 잘 먹고 잘살려고요" "심심해서요"…… 어느 반에서나 한결같이 이런 말만 늘어놓는다.

그렇게 장난스럽게 말하지 말고 한번 진지하게 생각해 보고 공책에 써 오라 하니 이번엔 "사회가 학벌로 사람을 평가하기 때문에, 장래 꿈을 이루기 위해, 훌륭한 사람이 되려고(훌륭하다는 것도 좋은 직업이나 직위를 말한다), 이다음 자기 자식이 창피당하지 않게 하려고……" 이런 얘기뿐이다. 몇몇이 고생하는 부모님 호강시켜 드려야 한다며 눈물겨운 얘기를 써 왔다.

안 되겠다 싶어 학교생활을 하나하나 짚어 보면서 학교에 다니는 뜻을 찾아보도록 했다. 아침에 학교 오는 길에서부터 자율학습, 수업 시간, 점심시간, 청소 시간, 조·종례 시간, 집으로 돌아가는 시간까지 찬찬히 살펴보고 어떤 뜻과 진실이 담겨 있고 무엇을 얻을 수 있나 찾아보자고 했다. 적당한 보기 글도 없이 그냥 학교 와서 시간마다 갖는 느낌과 반 친구들이나 선생님들과 지내면서 깨닫는 것들을 써 오라고 숙제를 냈다.

아이들은 내가 얘기한 순서대로 하루 생활을 차례차례 똑같이 쓰고 있다.

"지옥 같은 아침 버스, 학교 걸어오는 길, 교문 통과 때 부딪치는 선도부원, 자율학습이 아닌 강제 학습에 선생님이 안 계시면 난장판이 되는 교실, 숙제 베끼기, 수업 시간 선생님들의 특징과 매 맞는 얘기, 조는 얘기, 학교생활에서 오직 하나의 즐거움인 점심시간, 지겨운 청소 시간, 해방감에 넘쳐 다시 살아나는 집에 가는 길……."

그리고 끝에 가서 이제까지 자기가 한 얘기와 상관없이 도덕 교과서 문장처럼 인격 형성과 자아 발전을 위해 학교에 다닌다고 써 놓았다.

많은 아이들이 아주 길게 정성껏 썼지만 글이 밋밋하고 재미가 없다. 내가 보기에도 아이들의 학교생활이란 게 재미없고 지겨울 수밖에 없다. 글을 보면 아이들에게 보람 있고 즐거운 것은 선생님도 아니고 공부하면서 깨닫는 것도 아니고 오직 하나 쉬는 시간, 점심시간 친구들과 모여서 수다 떠는(아이들 표현대로) 것뿐이다.

글을 보면 아이들이 학교생활을 어떻게 느끼며 보내는지 대충 알 수 있을 뿐 아이들의 절실하고 진지한 마음과 고민, 기쁨 따위들이 잘 안 나타난다. 그래서 다시 써 보자고 했다. 이번에는 학교생활을 차례로 다 쓸 게 아니라 쓰고 싶은 부분만 붙잡아서 쓰기로. 아이들이 좋아한다. 그러면서도 어느 것을 쓸까 쉽게 고르지 못한다. 자세히 쓸 것을 강조하니 아침에 눈떠서 학교 오는 것까지를 가장 많이 썼다. 그 부분이 자신이 직접 하고 겪는 일이니 가장 자신 있고 할 얘기가 많은가 보다. 그다음은 집에 가는 길이다. 그러고 보면 학교 안에서 지내는 생활에 대해선 별로 할 말도 없고 하고 싶지도 않은가 보다. 하지만 이제야 아이들의 살아 있는 모습이 생생하게 담긴 글이 나온다. 지옥 같은 버스 안에서도 조잘대는 얘기들, 학교 오는 길에 만나는 남학생, 교문을 지날 때 풍경, 수업 시간 풍경들이 눈에 보이듯 자세하게 아주 잘 썼다. 아이들의 착하고 따뜻한 마음, 그리고 날카로운 비판까지도 잘 나타난다. 아이들에게 읽어 주니 재미있다고 좋아하고 내가 아주 잘 썼다 하니 뿌듯해한다.

하루 중 절반을 보내고 있는 학교가 아이들에게 무엇을 주고 있을까. 나는 무엇을 주고 있나. 이제는 한바탕 연설로 또는 아름다운 이야기를 들려주는 것으로, 우리 사회 현실이나 역사 이야기를 침 튀기며 떠드는 것으로 아이들 마음을 사로잡고 아이들을 내 편으로 만들고 했던 옛날과 많이 다르다. 빠르고 자극이 강한 것이 아니면 시시하고, 감동해서 들어도 돌아서면 금세 잊고 만다. 이러니 아이들을 온몸과 온 마음으로 만난다는 게 어림없는 일이다.

지금 또 깨닫는다. 이제까지 아이들에게 글을 쓰게 하면서도 체계를 갖고 계획을 세워 해 본 적이 있던가. 이번 '학교'에 대한 글쓰기도 그냥 떠오르는 대로 해 보다 안 되면 별다른 고민 없이 다르게 해 보고 하는 식이니. 이제 나야말로 공부를 해야겠다. 조금 아는 듯한 몇 가지로 계속 울궈먹다가 바닥이 드러난 듯하다. 새로운 눈을 뜨고 처음부터 차곡차곡 시작하자. 아이들의 맑고 고운 영혼이 세상에 짓눌려 더럽혀지기 전에 튼튼하게 자라나 병들지 않도록 양분이 많은 거름을 듬뿍 준비해야겠다. 아이들이 양분을 빨아들일 방법도 연구하고.

몇 단계를 거치며 쓴 글 가운데서 따뜻한 마음이 들게 하는 글만 몇 편 골랐다. 아이들의 생활과 마음이 잘 나타난 글이 꽤 있다. 그리고 그 마음들은 여전히 맑고 곱다. 재미없고 지겨운 학교생활이지만 아이들은 자기네끼리 그 속에서 즐거운 것들을 찾아 끊임없이 살아 움직이고 있다.

우리 반 말썽쟁이 애들은 상담을 하면서 숱하게 글을 쓰게 했지만 아직 마음을 안 열고 분별도 잘 못하는 처지이다.

여기 싣는 글 중에 김현주 글은 새엄마 얘기를 간단하게 썼는데, 평소 나하고 나눈 얘기를 자세히 더 쓰게 했고 박소영 글은 초등학교 때 선생님께 구박받고 죽으려고 했던 부분을 자세히 써 넣게 했다.

아침에 학교 가는 길 2학년 최휘진

우리 집은 학교에서 꽤 멀다. 학교 창가에서 보면 정면으로 보이는 청대산 바로 밑 동네지만 실제로는 아주 멀다. 그래서 아침 일찍 출발해야 한다. 부풀어 오른 머리와 부은 듯한 얼굴과 한참 싸우느라 30분이나 낭비하고 아침밥도 못 먹고 7시 30분에 떠난다. 학교 가는 길은 두 가지다. 하나는 속상고 쪽으로 15분 정도 걸어 시간마다 오는 88번 버스를 타고 가는 건데 버스 타면 남자애들도 많이 타서 타지 않는다. 또 하나는 논길로 가는 길인데 나는 이 논길이 좋아서 이리로 다닌다. 논에는 백로, 물총새, 물고기, 우렁이들이 있다. 논길로 가면 30~40분 걸린다. 내 친구들은 다리도 안 아프냐고 뭐라고 하지만 난 재미있다.

요즘은 거의 보이지 않지만 하얀 깃털과 검은 다리를 가진 백로, 아주 가끔씩 보는 물총새와 물오리, 며칠 전에는 무논에 예쁘게 피어 있는 수선화를 발견했다. 그 수선화를 집에 가지고 와서 기르고 싶지만 그 무논의 구석 자리가 어울리는 것 같아 망설이곤 한다.

논길에는 사람들이 잘 다니지 않기 때문에 나 혼자 다닐 때가 많다. 가끔 상고 언니, 오빠들과 벼를 보기 위해 오시는 농부 아저씨를 만나기도 한다. 논길에서 가끔 못다 한 외우기 숙제를 걸어가면서 외우거나 아직 여물지 않은 벼알을 몰래 따서 가지고 놀기도 한다. 또 아무거나 생각나는 대로 생각하고 친구나 동생 욕을 하기도 한다. 작년부터 혼자 중얼거리며 억울한 일이 있으면 욕하는 버릇이 생겼는데 얼마 전에 ○○ 욕을 하다가 지나가는 아저씨가 이상하게 쳐다보기도 했다. 논길이 끝날 쯤이면 소똥 냄새와 물 썩는 냄새가 코를 찌른다. 노학동과 우리 동네 청대리를 잇는 조그만 다리 밑에서 나는 냄새다. 그 다리 밑으로 온천장에서 내려온다는 지저분한 물이 흐르는데 그 물에도 고기들이 산다. 이 다리 구석에는 큰 뭉치 쓰레기가 많이 버려져 있었는데 전에 비가 많이 오더니 떠내려가 버렸다.

이 다리 앞에는 찻길이 있는데 신호등이 없어 길 건너기가 힘들다. 찻길을 지나 5~10분 정도 걸으면 속초 경찰서가 나온다. 이상하게 여기 가까이 오면 나도 모르게 내 몸을 한 번 훑어보게 된다. 경찰서 앞에서 근무하시는 아저씨들 때문이다. 날마다 경찰서 앞을 지나가니깐 아무리 아저씨들이 나를 보지 않으려 해도 보게 될 것이다. 만약 내가 설악중 교복을 입고 지저분하고 단정치 못하다면 그 아저씨들은 설악중 애들은 다 그렇구나 하고 볼 것이 뻔하기 때문이다. 이 경찰서 앞을 지나면 단정하게 보이려고 노력도 하지만 기분도 아주 좋다. 가끔씩 내게 "안녕, 또 와라~" "학교 가니?"하고 해주시는 인사는 나를 그날 하루종일 기분 좋게 만들어 준다.

경찰서를 지나면 나무들이 많이 자라 있는 곳이 있는데 이곳에 날씨가 좋은 날은 여러 가지 풀냄새와 시원한 바람 때문에 기분이 좋지만 흐린 날이나 해질 쯤 지나면 괜히 으시시하고 귀신이 떠올라 이곳을 피하고 싶다.

이 숲을 지나면 바로 벽돌공장이 나오는데 이곳도 기분 나쁘다. 자지러지는 듯한 기계 소리, 공장 지붕 틈 사이로 새어 나오는 연기가 기분을 망가뜨린다. 이곳을 지나면 나뭇잎 스치는 소리가 좋은 조그만 숲이 나온다. 이 숲 끝에 코스모스가 진짜 예쁘게 피어 있는데 이 코스모스는 내가 꽃점을 볼 때 쓴다. 한 번도 제대로 맞추지 않았지만 그래도 재미로 한다. 코스모스 길을 걸어 올라오면 멀리 학교가 보이고 우리 학교 애들이 많이 간다.

치마를 무릎 아니 발목까지 내리고 그것도 모자라 옆단을 찢고 머리에는 무스, 스프레이를 발라 꼭 물에 빠진 생쥐같이 하고 그런 자신들의 모습을 자랑하듯이 하고 다니는 애들을 보면 한심하다. 그러나 생기 있고 반짝거리는 눈망울을 가진 1학년 애들을 보면 '나도 저랬던 적이 있었을까?' 하는 생각이 든다. 머리를 감아서 물기가 촉촉이 묻어 있는 애들을 보면 그냥 기분이 좋다. 이렇게 이런 모습 저런 모습의 애들을 보면서 머나먼 학교까지 낑낑거리며 걸어간다. 가끔 멀리서 학교를 굽어보고 있는 울산바위를 보면서 그 장엄함과 웅장함에 감탄도 하지만 그것도 잠깐이다.

교문 앞에 다가서면 웃지 못할 풍경들이 보인다. 교문 옆 담벼락 구석에서 운동화를 벗고 미리 준비해 온 구두를 꺼내 신기도 하고 스포츠 양말을 대충 접고 치마를 무릎까지 올리고 하는 애들. 교문 안에 서 있는 선도부들을 통과하기 위해서다. "너. 명찰" "너. 이리 와" 하는 소리에 아이들은 가서 자기 이름을 댄다. 가끔 딴 아이 이름을 대는 애들도 있다. 나도 내 몸을 훑어보며 두근거리며 교문을 지나면 이제 3층까지 올라가는 수많은 계단이 기다리고 있다. 무거운 책가방에 어깨가 가라앉는 것 같지만 이제 다 왔다.

남들은 학교가 지옥이니 뭐니 하지만 나는 학교가 좋다. 만약 아스팔트길과 지옥 같은 버스로 다닌다면 지금 내가 학교에 대해 가진 좋은 느낌도 사라지고 요즘 삭막하게 살아가는 애들과 다름없을 것이다.

내 마음을 맑게 하고 기분 좋게 하는 논길이 나는 참 좋다.

집에 가는 길 2학년 김현주

나는 학교 다니는 게 정말 힘들었다. 엄마가 안 계시기 때문에 혼자서 엄마가 해야 할 일을 내가 다 해야 하기 때문이다. 학교가 끝나면 신이 나지만 다른 아이들처럼 분식집에 가거나 친구 집에도 못 가고 곧바로 집에 와서 일을 해야 한다. 이 일을 5년 반 동안 해 왔다.

내 생활은 이렇다. 아침에 다정스런 목소리로 깨워 줄 엄마가 없기 때문에 그 목소리를 대신하는 알람시계가 6시 30분에 나를 깨운다. 그러면 일어나기 싫어서 어리광 피고 싶지만 난 그럴 상대가 없다. 그래서 눈 비비고 일어나 화장실로 간다. 그 다음 어제 저녁 내가 해 놓은 밥과 몇 가지 반찬을 신경 써서 도시락을 싼다. 아침을 챙겨 먹고, 저녁에 빨아 말린 교복도 하나하나 정성 들여 입고 집을 나선다. 아직 아버지와 동생은 자고 있다. 친구와 함께 학교 교문에 들어서면 선도부와 마주친다. 그러면 나도 모르게 가슴이 두근거리며 정성 들여 입고 온 옷을 아래위로 훑어본다. 혹시 잘못된 게 없나 하고 말이다. 하지만 세상이 참 우습지, 그러던 내가 3일 전부터 교문에서 다른 애들 복장을 검사하는 선도부가 됐다. 교실에 들어가서 밥하고 빨래하고 청소하느라 못했던 숙제를 그제야 부리나케 베낀다. 숙제공책에 글씨는 나도 알아볼 수 없는 세상에 하나밖에 없는 글씨다. 숙제 검사할 때 조마조마한 마음으로 검사 맡는다. 한 시간 한 시간 지나 어느덧 4교시, 점심 시간이 다가온다. 나는 도시락 먹을 기대로 가슴이 부푼다. 4교시 마치는 종이 울리자마자 도시락을 꺼내 놓고 밥 먹을 준비를 한다. 가끔 4교시 끝 종이 쳐도 계속 수업을 하면 그 선생님은 정말 밉다. 친구들과 모여 도시락을 펴놓고 나면 왠지 내 도시락 어딘가 이상하다는 기분이 든다. 어쩌다 친구들이 "이거 누가 했어. 참 맛있다" 하면 나는 머뭇머뭇거리며 대답하지 않고 지나간다. 그럴 때는 내 마음 한 구석이 답답해진다. 하지만 그런 내색하지 않고 웃고 떠들며 점심을 먹는다.

청소 시간에 아이들이 "너 청소 잘한다"고 하면 나는 뭐 이런 것 가지고 한다. 그러다 어떤 애가 "너 집에서 그만큼만 해봐라. 반찬이 싹 바뀐다" 하면 나는 어색한 표정을 짓고 웃는다. 그런 말 들을 때 내 마음은, 내 아픈 가슴을 찌르는 것 같아

우울하다. 밥반찬을 내가 만들어 먹는데 아무리 청소를 열심히 해도 맛있는 반찬을 만들어 줄 사람이 없다. 우스운 얘기다.

그리고 아이들과 집에 오는 길에도 입으로는 수다떨고 장난치지만 머리속으로는 '저녁은 뭘 해먹지. 숙제는 많은데 언제 청소하고 숙제 하나' 이런 생각을 한다. 그러면 집에 가는 길이라도 발걸음이 무겁다.

집에 오면 교복을 벗어 놓고 아침에 치우지 못했던 방과 거실을 치운다. 이불도 개고 방도 쓸고 걸레로 닦고 설거지를 하고 부엌을 닦고 그러면 힘이 다 빠진다. 이제 저녁밥을 해야 한다. 반찬이 없으면 슈퍼에 간다. 슈퍼에는 다 가공식품에 만들어 놓은 반찬밖에 없다. 그러면 고민 고민 해서 밥반찬과 도시락 반찬을 사서 들고 온다. 이제 저녁밥과 아침에 도시락 쌀 밥을 하고 몇 가지 반찬거리를 지지고 볶고 냉장고에 있는 아버지가 잡아온 생선을 꺼내 국을 끓이면 저녁이 다 된다. 그러고 나면 어느 새 어두워진다.

우리 세 식구 모여 밥을 먹는다. 아버지와 동생은 내가 준비한 밥과 반찬을 맛있게 먹어 준다. 밥을 먹다 다른 날보다 맛있다고 느껴지면 자신 있게 아버지에게 묻는다. "아빠, 국 맛있지?" 하면 가만히 계신다. 그러면 나는 다시 "아빠는 내가 묻는데 대답도 안 하나, 기분 나쁘게" 그러면 그제야 "맛있다. 뭐넣고 했어?" 하고 묻는다. 그러면 나는 웃는다. 밥 먹을 때 학교에서 있었던 재미있었던 일, 우리와 같은 처지에 있는 애들 이야기를 하면서 먹는다.

그리고 하기 싫은 설거지를 억지로 해 놓고 나면 숙제할 시간도 얼마 없다. 대충 하거나 안 하고 가방을 챙겨 놓고 텔레비전을 조금 보다가 잔다.

그런데 요즘은 새엄마가 들어오셔서 예전처럼 힘들지 않다. 하지만 내가 여태껏 청소하다가 다른 사람에게 맡기고 나니 마음에 안 드는 게 한두 가지가 아니다. 그 분야에서는 선수가 다 되었는데. 새엄마는 방 쓸 때 보면 위에서부터 아래로 쓰는 게 아니라 지저분한 곳 부분 부분만 쓸고, 닦을 때도 위에서 아래로 싹싹 닦아야 하는데 희한하게 닦는다. 그래서 청소해 놨다는 방도 다시 다 쓸고 닦고 치운 적이 많다. 치웠다고 치운 게 싱크대 서랍문을 열어 보면 그릇도 아무렇게 쌓아 놓고 농 안에 옷도 구석구석에 쑤셔 놓고 그래서 그런 걸 보면 보라고 내가 다시 다 끌어내 놓고 하나하나 정리한다. 그러면 옆에 와서 같이 한다. 그러면 나는 중얼거리며 쳐다보지도 않고 정리해 논다. 그리고 내 방문을 닫고 "으유, 저것도 치운 거라고 저러고 있다니" 하고 내 방도 다시 치운다.

이제는 살림살이에서 물러서려고 해도 예전에 하던 버릇이 있어서 눈에 거슬린다. 하지만 지금 새엄마도 열심히 하니까 말도 잘 듣고 해주는 밥을 먹고 다녀서 전처럼 힘들지는 않다. 그리고 학교 와도 집걱정이 없어져서 전보다 더 편하게 웃고 마음도 가볍다. 또 학교 끝나고 아이들이랑 다니고 하고 싶은 것도 하면서 보통 아이들과 다를 바 없이 평범하게 지내면서 학교 다닌다.

수업 시간 2학년 마혜림

아침 자율학습이 끝나고 이제 수업 시간이 돌아온다. 첫 시간 종이 치면 애들 모두 자리에 와 앉아 수업이 시작된다. 선생님이 들어오시면 우리 모두 인사를 한다. 이제 수업이 시작되면 난 한숨을 길게 내쉰다. '또 지겨운 6교시 마칠 때까지 언제 기다리나…….'

○ 시간이면 지겨움의 극치를 넘어선다. 공포 분위기에다 ○ 시간이 가장 졸리고 ○이라는 과목이 가장 지겹고 ○ 선생님이 가장 무섭고, 게다가 ○ 시간에는 시계가 거꾸로 도는 것 같다. 시간이 아예 가질 않는다. 수업을 계속하다가 선생님이 큰소리 치면 애들 모두 놀라서 "어~"하며 한숨을 내쉰다. 숙제를 안 해 올 때. 그때 선생님께서 굵은 나무 몽댕이를 가져오셔서 때리려고 하실 때 가슴이 두근두근 거리고 얼마나 아플까? 하다가 손바닥을 맞는다. '으악' 손바닥에서 불이 나는 것 같고 뜨끈뜨끈 거린다. 손바닥이 시뻘개져서 커졌다가 작아졌다 하는 것 같다. 손에 열기를 없애기 위해 입으로 호호 불다가 차가운 책상에다가 손바닥을 댄다. 짝의 쇠필통이나 책상다리에 대도 시원하다. 맞고 나면 무서움이 다 가신다. 그렇게 수업을 하다가 시계를 보면 몇 초밖에 남지 않았다. 그때 마음속으로 센다.

'십, 구, 팔, 칠…… 삼, 이, 일, 땡' 종이 치면 좋아서 종의 박자에 맞추어 박수를 조그맣게 친다. 아니면 내 짝이랑 악수를 한다.

○ 시간은 지겹지만 그보다 더 지겹고 지루한 시간은 △ 시간이다. △ 시간은 거의 꿈나라 시간이다. △ 선생님 말씀은 거의 국어책 읽는 듯한 소리다. △ 책과 △ 선생님을 번갈아 가며 보면 이게 무슨 소린가. 괜히 잠만 오고 시계만 쳐다보고 이러면 안 되는데 하다가 그냥 책상에 엎드려 버린다. 책상에 엎드리면 걸릴까 봐 불안하다. 그러다가 주위를 둘러보면 애들이 거의 쳐져 있다. 그냥 눈만 껌벅껌벅거리며 선생님을 보는 애들, 책에 낙서하는 애들, 엎드려 있는 애들, 떠드는 애들. 그래도 선생님은 아무 말 안 하신다. 그러다가 떠드는 정도가 심하면 불러내서 알밤을 준다. 애들 이마에 손가락을 오므리고 세게 이마를 친다. 그러면 막 얼굴을 찡그리며 인상을 쓴다.

다음 좀 덜 지겨운 ✕ 시간. ✕ 선생님은 너무 얌체시다. 일주일에 딱 한 번 빠지는 ✕ 시간. 하루라도 안 볼 수 없는 ✕ 선생님. 숙제를 안 해오면 무조건 일어서서 맞는다. 몽둥이도 굵고 무섭게 생긴 것이 아니라 굉장히 얇은 것이다. 한두 대 맞으면 주사 맞는 것 같이 따갑지만 열 대 정도 맞으면 따가운 데다 더 따갑고 손에 불이 난다. 또 뺏지와 명찰 검사를 해서 점수 깎을 땐 정말 싫다.

그리고 애들이 좀 여유를 갖는 시간은 ☐ 시간이다. ☐ 시간이 가장 떠들썩하다. 선생님이 칠판에 필기하실 때, 애들이 막 떠들고 설명하는 것도 잘 듣지 않는다. 애들 주위를 둘러보면 옆 사람과 떠들거나 뒤돌아보고 떠들어서 '수업 시간 맞나?' 할 정도다. 선생님께서는 조용히 하라는 말없이 수업을 하신다. 그렇게 수업은 금방 끝난다.

그 다음 ☆ 시간. ☆ 선생님이 잘 하시는 말 "니네 공부 안 할려면 어판장에 가서 오징어 배때겨 먹고 살어." ☆ 시간에는 이 말을 빼놓을 수 없다. ☆ 선생님이 딱 들어오시자 주위를 한 번 둘러본다. 그리고는 몽둥이를 들고 다니시면서 떠드는 애들의 머리를 마구 때리신다. 그리고선 수업을 시작하신다. ☆ 선생님을 보면 허름한 옷차림과 크게 나온 배, 빵구 난 양말, 그것이 우리를 재미있게 한다.

한 시간 한 시간씩 수업이 다 끝나고 나니 벌써 집에 갈 시간이 됐다. 집에 갈 시간이 가장 좋다. 지겨운 수업을 다 끝냈으니 당연히 좋을 수밖에 없다. 이러한 수업들이 나에겐 나를 공포에 떨게 만들거나 두려울 때도 있지만 그래도 배움의 기쁨을 느낄 때가 많다. 앞으로도 수업을 늘 지겹게만 생각하지 말고 수업 시간에도 즐거운 마음으로 수업에 열중해야겠다.

나는 왜 학교에 다니는가? 2학년 박소영

나는 학교를 우리 식구를 위해 다니는 것일 수도 있다. 다른 아이들은 다 자신의 미래를 위해 다닐 것이다. 하지만 난 다르다. 학교에 다니면서 친구도 사귀고 많은 것을 배울 수 있겠지만 나는 학교를 다녀서 취직을 해야 한다. 돈을 벌어 고생하시는 엄마와 동생을 먹여 살리고 공부도 시켜야 한다.

우리 엄마는 늘 우리 때문에 속이 아프고 고생을 하신다. 왜냐면 아빠가 돌아가셨기 때문이다. 내가 여섯 살 때 돌아가셨다. 아빠는 운전기사였는데 어떤 차가 와서 박아서 피해만 보고 돌아가셨다. 내가 아빠의 모습을 마지막으로 기억한다면 아빠가 어딘가에 누워 있고 얼굴에 노란 수건이 덮여 있었다. 나는 그때 우유를 먹고 있었고 엄만 아빠 앞에서 울기만 했다. 나는 아빠가 죽은 줄도 몰랐고 그 기억뿐이 안 난다. 그것이 마지막이었다.

엄마의 고생은 그때부터 시작되었다. 엄만 늘 울기만 했다. 내가 1학년이 되자 엄마는 양품점을 하다가 그만두셨다. 그냥 식당일, 파출부를 했다. 다른 집에 가서 설거지, 방청소를 해주고 식당에선 음식 나르고 설거지하고 앉아 있기보다 서 있기 바빴다.

엄만 병을 키우셨다. 아파도 집에서 약으로 때우고 다음 날은 일 나가시고 그러다가 나중에 병원에 가 보니 당뇨병이라는 병이 있다고 했다. 엄마를 자꾸 속썩이면 엄마는 화를 내고 신경질 내시는데 화를 내다 화병이 오면 그땐 큰일 난다고 했다. 그리고 편히 쉬어야 하고 영양가 있는 음식도 많이 드셔야 한다. 그런데 그럴 수 있다면 얼마나 좋을까? 엄마가 일을 안 하면 누가 우리 식구를 먹여 주고 살려줄 것인가? 그래서 엄마는 할 수 없이 또 일을 나가야 했다.

어쩜 우리 식구가 이렇게 살고 있는 것도 큰 행복일 수 있다. 우리 엄만 엄마 얼굴도 모르고 컸다고 한다. 외할아버지가 일을 나가서 엄마의 할머니한테서 컸다고 한다. 겨울엔 혼자만 코트도 없이 덜덜 떨면서 학교에 다녔단다. 불쌍한 우리 엄마……. 죽는 것보다도 살고 있는 것이 엄마한테는 힘든 일일지 모른다.

그런 우리 엄마를 나는 어려서부터 속을 썩였다. 나는 초등학교 1학년 때부터 공부를 못해서 아이들한테 따돌림당하고 선생님한테 맞으면서 학교에 다녔다. 선생님한테 돈을 안 바쳐서 선생님이 나를 때리고 구박했다. 다른 애들이 학교 갈 때 나는 다른 곳으로 가서 학교 가기 싫다고 울기만 했다. 나는 친구도 하나 없고 아이들이 도둑질도 다 나한테 했다고 도둑년이라고 따돌리고 미워했다. 선생님은 많은 아이들 앞에서 나를 창피 주고 나를 못된 아이라고 때리기만 했다. 도무지 엄마는 그런 나를 못 보셨는지 경찰서에 신고하려고 하기도 했지만 내가 학교 다니면서 선생님 눈치도 보이고 아이들이 날 더 싫어할까 봐 할 수 없었다. 선생님은 완전히 돈을 빨리 내놓으라는 식이었다. 엄만 할 수 없이 돈을 주었다. 그 선생님은 웃으면서 냉큼 받았다. 정말 선생님이 미웠다. 엄마는 나 때문에 속만 썩고 그래도 내가 의지할 사람은 엄마뿐이었다. 2학년이 되자 여전히 아이들이 따돌리고 선생님도 미워했다. 나아지겠지 했는데 1학년 때와 똑같았다. 그래서 죽고 싶었다. 수업이 다 끝난후 학교 뒷산에 올라갔다. 올라가는데 눈물이 저절로 났다. 올라가서 죽으려고 했다. 그냥 죽으려고 하니 그렇게 밉던 반 애들과 선생님, 엄마, 동생이 떠올랐다. 무섭기도 했다. 나는 그냥울기만 했다. 난 죽지 않았다.

4학년 2학기 때 속초초등학교로 전학을 왔다. 여기서는 친구들도 좋았고 선생님도 미워하지 않았다. 그때는 죽어서 영혼이떠도는 것보다 사는 것이 더 무서웠다. 사람들 마음속엔 무엇이 들어 있기에 다른 사람에게 상처 주고 못살게 구는 건지. 그렇게 해서 나는 이렇게 견디고 여기까지 왔다. 중학생이 되기까지 내 어렸을 때 추억은 아픔뿐이지만 나 때문에 엄마가 속썩은 걸 생각하면 너무나 가슴이 아프다.

요즘도 어쩔 땐 엄마는 울면서 너무 힘들다고 한다. 우리가없을 때 우는데 나는 엄마 몰래 그것을 봤다. 친척이 있으면 뭘하나. 엄마가 어느 날 갑자기 너무 아팠다. 엄마 친구분이 엄마를 의료원까지 데려다 주고 간호해 주셨다. 엄마 옆구리에 물이 차서 수술을 해야 하는데 돈이 없어 수술도 못하고 약으로물을 뺐다. 아직도 물이 다 안 빠졌다.

그래도 엄만 늘 일을 하신다. 요즘 하는 일도 식당에서 설거지하고 반찬 나르는 일이다. 야식집에서 일하시는데 오후 4시쯤 나가서 새벽 6시쯤 들어와 반찬부터 만들고 밥을 안쳐 놓고 주무신다.

다른 집 애들은 공부를 잘하는데 나는 공부를 못해서 너무 내 자신이 싫다. 이럴 땐 누군가가 날 도와 줬으면 좋겠다. 특히 수학은 정말 모르겠다. 시험보고 성적표가 오면 얼마나 엄마한테 미안한지. 어떻게 해야 할지 모르겠다. 전에 성적표 받을 때 다른 아이들은 엄마한테 혼날까 봐 그러는데 나는 '엄마가 마음 아파하고 슬퍼하면 어쩌지' 하고 말하니 미금이가 놀랐다. 미금이는 그 점에서 날 착하게 보는지 나한테 무척 잘해 준다.

이젠 내가 공부해서 우리 식구를 먹여 살려야 한다. 내가 학교 다니는 것은 이런 생각밖에 없다. 요즘은 대학 안 나오면 사람 대접을 안 해준다는데 그래서 걱정이다. 나는 공부 열심히 하고 고등학교 나와서 미용 기술을 배워 미용실을 차리거나 아니면 은행 같은 데 취직하고 싶다. 다른 아이처럼 대학교수, 선생님, 인테리어, 디자이너 같은 큰 꿈이 아니라 작은 소망을 위해.

내가 얼른 커서 돈을 벌어 내 동생 공부 열심히 하게 해서 대학교에 보내고 싶다. 내 동생만큼은 자기 꿈을 이루게 하고 싶다. 엄마도 더 이상 고생시키지 않고 편히 모시고 싶다. 이건 작은 소망이 아니라 큰 소망이다. 이 소망이 정말로 이루어졌으면 난 바랄 것도 없다.

김경희 속초 설악여자중학교

모둠일기로 마음 열기

글쓰기 회원이 된 지 5년째인데 그간 중학교에 있을 때 담임을 세 번 하고 작년은 맡지 않고 올해 고등학교 2학년 담임을 맡았다. 그러는 동안 학급 문집 두 번 내고 생활글쓰기반 문집을 한 번 낸 적이 있는데 글쓰기회 이념에 맞게 알차게 지도한 글이 아니라 아이들이 되는 대로 쓴 글을 묶어 놓기만 했다는 부끄러움이 늘 들었다.

올해 담임을 맡게 되면 상업 고등학교이니 시간 여유가 많을 테고 인문계를 못 갔다는 열등감을 갖고 있는 이 아이들에게 자기를 찾아 자신감을 갖게 할 필요가 있는데, 그 일을 글쓰기로 해 보겠다는 포부를 세웠다. 올해 담임한 아이들 가운데 3분의 2쯤은 거진여중에서 3년 내내 담임했던 아이들이라 가정 형편이나 성격은 어느 정도 알고 있었다. 4년째 나를 담임으로 만나는 아이가 둘이다. 사실 그 아이들에겐 미안하다. 너무 나에게만 길들여지는 게 아닌가 싶어서.

3월 초에 부서를 나눌 때 모둠을 짜서 모둠별 활동 계획을 세우라고 했다. 일곱 개 모둠이 만들어졌다. 3월 중순쯤 조심스럽게 모둠일기 쓰기에 대해 이야기를 꺼냈다. 고등학교 형편에서 글쓰기의 기본이 될 수 있고 한 해 동안 내가 아이들에게 가까이 다가갈 수 있는 방법이기도 하고, 또 아이들끼리 서로를 이해할 수 있는 가장 손쉬운 방법이라 생각했다. 선뜻 내 뜻이 받아들여지리라 생각하지 않았지만, 반대 의견이 쏟아졌다. 모둠 활동이야 전체가 하는 거고 한 달에 한 번이라 큰 부담이 없지만 일기는 싫다는 거다. 일기를 공개하는 게 꺼려지고 선생님이 원하는 대로 솔직하게 쓸 수 없을 거라며, 중학교 때 해 봤지만 그때그때 겨우 써내는 데 그쳐 2학년 2학기 때는 흐지부지되지 않았냐고 한다. 나는 말문이 막히고 말았다.

그날은 반대하는 사람만 조사한 뒤 좀 더 생각해 보고 다시 이야기하자고 했다. 이렇게 반대하고 나오는 아이들을 어떻게 설득할 수 있을까. 그리고 설득했다 해도 내 강요로 성의 없이 쓰는 글이 아니라, 삶을 가꿀 수 있는 글을 계속 쓸 수 있게 하려면 어떻게 지도해야 할까.

너무 오래 끌 수 없어 다음 날 모둠 회의를 열어 토론해 본 뒤 모둠 의견을 바탕으로 결정하자고 했다. 다행히 모둠 회의 결과 일곱 개 모둠 가운데 한 모둠만 끝까지 반대다. 모둠일기를 처음 써 보는 아이들은 은근히 기대를 하는 눈치다. 반대하는 모둠을 상담실로 불렀다. 이야기를 더 들어 보니 단지 귀찮아서가 아니라 마음을 열고 솔직하게 쓰지 않으면 괜히 짐만 될 텐데 그게 걱정이란다. 먼저 나하고 똑같은 걱정을 하는 신중한 태도가 마음에 든다고 말했다. 마음은 누가 열어 주는 게 아니라 너희들이 스스로 여는 거 아니겠냐, 모둠원 여섯 명 가운데 세 명이 단짝인데 너희들이 단짝이라 해도 누가 무슨 생각을 하는지 솔직히 알 수 있냐고 물으니 그렇지는 않단다. 생활하면서 말로 쉽게할 수 없는 얘기도 있을 텐데 그런 걸 글로 쓰면 속이 시원하고 그러면 서로를 더 잘 알게 되고 이해할 수 있지 않느냐. 또 자기 마음에 갈등과 고민이 있을 때 혼자 머릿속으로 고민하는 것보다 글로 써 놓고 보면 마음이 정리가 될 수 있고 내 고민을 모둠원이나 선생님이 알아주니 그것만으로도 힘이 되지 않느냐, 용기를 내서 한번 해 보고 하다 정 안 되면 그때 가서 다시 결정해도 되지 않겠냐고 달랬다. 절대 안 하겠다 할 기세더니 내 사정에 마음이 움직였는지 그럼 해 보겠다고 했다. 이렇게 해서 우리반 모둠일기는 시작되었다.

처음엔 우리 집 이야기나 살아온 이야기를 자세하고 솔직하게 써서 자기를 드러내 보자고 했다. 일기장을 받아 보니 새 학년이 되어서 공부 열심히 하고 친구 많이 사귀고 싶다는 판에 박힌 글이나 우리 집 이야기를 쓰긴 했지만 자세하지 않아 별 감동이 없었다. 자세하게 쓸 것을 당부하고 며칠이 지났다.

3월 초 학급 분위기가 상당히 어수선하고 긴장되어 있었다. 1

학년 겨울방학 내내 가출했다가 설날 전에 돌아온 아이가 네 명 있었는데 다시 학교를 다니겠다고 했지만 집 나가 있는 동안 익힌 습성이 몸에 배어 있었다. 학교에서도 담배를 피우고 가끔 술도 먹고 심성이 날카롭고 삐뚤어져 있었다. 네 명은 옆 반 두 명과 몰려다니면서 학급 분위기를 휘저었다.

한편 가출까지는 하지 않았지만 영희, 경아, 명순이는 중학교 때 내가 알고 있던 모습과 너무 달라 보였다. 특히 영희는 초등학교 6학년 때 가스 폭발로 생긴 화상 때문에 다리가 불편했다. 상처가 아문 쪽은 엄청난 흉터가 생겼고, 아물지 않은 쪽은 여전히 진물이 나고 고통스러워했다. 그렇지만 영희는 학급 일이나 학교행사에 빠지지 않을 정도로 의지가 강했다. 화진포로 한 시간쯤 걸어가는 소풍도 차 타고 가라는 내 제안을 거부하고 악착같이 따라나선 아이다. 그러면서도 심성이 착하고 따뜻한 마음을 가진 아이였다. 그런 영희가 담배를 피우고 교실에서 일부러 큰 소리로 말하고 크게 웃는 게 정서가 불안해 보였다. 영희와 어떻게든 이야기를 해 봐야 할 텐데 고민하고 있는데, 4월 초에 다음과 같은 일기를 써냈다.

내가 살아온 이야기 김영희

나의 어릴 적은 파란만장했다. 엄마 말씀으로는 6살 때쯤 집에 있는 물이란 물은 내가 다 만졌다고 하신다. 엄마가 명태를 사러 가셨다 돌아오면 난 항상 손에 물이 묻혀져 있다고 하셨다. 그래서 겨울에는 동상에 걸릴 뻔했다고 하신다. 아버지는 약주를 좋아하셔서 술 드시느라고 내가 물장난을 하는지 접시를 깨는지 관심이 없으셨다. 그래도 그때가 좋았다. 그땐 가족들이 한군데 모여 살았기 때문이다.

8살 때 초등학교 1학년에 들어가서 처음으로 학교라는 공동체 생활을 하게 되었다. 오빠들이 셋이나 되는 난 항상 오빠들과 함께 학교에 걸어 다녔다. 오빠들은 나를 데리고 다니기 싫었는지 항상 일찍 가려고 하고 그러면 나도 오빠들의 뒤를 졸졸 따라 일찍 학교에 갔다. 엄청 찐득이였다고 한다.

3학년 1학기 때였을 것이다. 아버지가 나를 만나려고 거진에 오셨다. (아버지는 어머니와 사이가 좋지 않아 고향인 홍천으로 내려가셨다.) 나는 아버지를 보자마자 울었다. 그때 아버지는 무척 초라해 보였다. 그런 나를 보신 아버지도 나를 붙잡고 우셨다. 그 날이 어머니와 아버지가 이혼한 날인 걸로 기억한다. (잘은 모르지만)

4학년 1학기 때였다. 오빠들이 모두 울었다. 학교에서 돌아온 난 영문도 모르고 같이 따라 울었다. 그 날이 아버지가 세상을 떠나신 날이었다. 큰오빠는 군대 복무를 다 마치지 않은 채로 제대를 하고 집으로 돌아왔다. 그땐 할머니 집에서 생활했는데 아버지가 돌아가시기 전에 할머니 동네에 붙어 있던 우리 집을 팔았기 때문이다.

큰오빠는 군대에서 오자마자 홍천으로 떠났다. 아버지를 홍

천에 묻고 그 곳에서 생활하려고 했다. 난 아버지가 돌아가셔
도 가 보지 못했고 아직까지 성묘 한 번 아니 고향을 한 번도
가 보지 못했다. 지금도 가 보고 싶은 마음은 굴뚝 같으나 시간
여유가 없다. 학교를 다녀야 하기 때문이고 방학 때는 화상을
치료하기 위해 병원을 다녀야 했기 때문이다.

아버지가 돌아가시고 나서 5학년 때였다. 나에게 힘든 일이
하나 더 일어났다. 어머니가 좋아하시는 분이 생기셨다. 한 마
디로 새아버지가 생긴 것이다. 오빠들은 새아버지를 싫어했다.
친아버지의 얼굴을 모르는 것도 아닌 상태에서 새아버지를 받
아들일 수 없었나 보다. 나도 싫었다. 그러나 어머니의 행복 때
문에 우리 식구는 어쩔 수가 없었다.

그렇게 새아버지와 같이 생활한 지 1년이 지난, 내가 6학년
때 외할머니가 돌아가셨다. 임종을 내가 곁에서 보게 되었다.
그 날은 투표하는 날이었다. 외할머니가 투표를 마치고 집에
돌아오셨는데 너무 덥다고 하셨다. 그러면서 옷을 벗으셨는데
그때부터 할머니는 거품을 품고 숨을 가쁘게 쉬기 시작했다.
나는 어쩔 줄 몰라 동네 어른들을 불렀다. 어른들이 오시고 나
는 어머니를 찾아 나섰다.

몇 시간이 지난 후 어머니가 급히 오셨다. 어머니는 할머니
를 보시자마자 울기 시작했다. 의사 선생님도 가망이 없다고
하셨다. 어머니는 눈물을 감추고 할머니 옆에 앉아 간호하기
시작했다. 그러나 다음날 새벽에 할머니는 돌아가셨다. 그 날

은 울음 바다였다. 그렇게 초등학교 시절 두 번의 죽음이 우리 집을 덮쳤다.

나에게 큰 시련이 또 하나 있었다. 그건 내게 일어났다. 6학년 1학기 여름방학 때 집에서 가스가 샌 걸 모르고 동생이 가스 불을 켰다. 집에 불이 붙었다. 난 동생들을 집 밖으로 내보내고 가스 밸브를 잠근다고 집으로 들어갔다가 불이 나한테 옮겨 붙어 큰 화상을 입게 되었다.

그 사건 이후로 난 아직도 병원 신세를 진다. 화상이 심해 6년이나 지난 지금도 상처가 낫지 않았다. 6학년 2학기 때는 아예 학교를 다니지 못했다. 1년을 병원에 있었다.

그러나 난 학교를 가고 싶었다. 그때도 걸음을 걸을 수 없는 상황이었으나 중학교 입학식 때는 가고 싶었다. 그래서 아픈 다리를 이끌고 학교에 갔다. 그런 나를 보고 어머니는 악바리라고 하시지만, 그때 중학교를 다니지 않았다면 난 영영 걸어 다니지 못했을지도 모른다.

지금 생각하면 나도 참 정신 나갔다. 그 첫날 학교 갔다 오고 다리에서 엄청난 피가 흘렀는데 다음날 학교를 또 갔으니! 어머니는 날마다 내 다리를 보시면서 울었다. 그러면 나도 모르게 눈물이 흘러내렸다.

하지만 지금은 어머니도 나도 웬만하면 울지 않는다. 어머니가 울면 내 자신이 초라하고 더 불쌍하다는 걸 어머니가 아시는지 요즘은 "너 그때는 무식했어. 나와서 가스통 밸브 잠그면 됐는데 그걸 모르고 사서 고생이야"하며 웃으신다.

　이렇게 나의 어린 시절은 파란만장하면서도 슬픔이 줄을 이었다. 하지만 지금은 행복하다. 내가 사랑하는 가족들이 한 곳에 모여 살 날이 멀지 않았기 때문이다. 홍천에 있는 큰오빠, 안산에 있는 둘째오빠, 막내오빠가 집으로 돌아오기 때문이다. 빨리 그 날이 왔으면 좋겠다. (1996. 4. 5)

　새아버지가 있는 줄은 몰랐다. 중학교 때 가정방문을 갔을 때도 영희 엄마는 돌아가신 아버지 이야기만 했다. 그날 저녁에 영희와 같이 어울려 다니는 경아, 명순이를 우리 집에 불렀다. 저녁을 해 먹고 일기 이야기를 꺼내 몇 가지를 물어보니 영희는 그동안 못 했던 이야기를 꺼냈다. 새아버지와 겪는 갈등, 경제 자립을 못 해 여전히 엄마를 힘들게 하는 오빠들 이야기, 다리 치료를 계속 해야 하는데 엄마 형편을 알기 때문에 돈 달라 못 한다는 얘기, 다리가 아파서 자꾸 생활 의욕이 떨어지고, 치마를 평생 못 입을지 모른다는 열등감 따위를 쏟아 놓으며 엄청나게 울었다. 같이 다녔던 경아와 명순이도 영희의 속 애기는 처음 듣는다며 같이 울었다. 영희는 너무 힘들어서 되는 대로 막 살고 싶어 담배도 피우고 술도 먹고 남자들도 만나며 다녔다고 한다.

　그 뒤 영희는 마음속 응어리를 풀어내서인지 조금씩 달라지기 시작했다. 희망을 갖게 되었다. 우선 담배를 끊겠다 하더니 마침내 담배를 완전히 끊었고, 대학을 가겠다고 목표를 세웠다. 선배들을 보면 3학년 가서야 결정하는데 1년 먼저 시작하니 노력하면 좋은 성과가 있을 거라고 격려했다. 대학 수학 능력 문제집을 갖고 다니는 영희는 너무 어렵고 어떻게 공부해야 되는지 모르겠다고 하소연하지만 희망을 가져서인지 표정이 밝아졌다. 교실에서 과장해서 큰소리로 말하는 버릇도 없어졌다.

연순이는 우리 반 1번이다. 중학교 2학년 2학기 때 교실을 새로 짓느라 1반과 2반을 합쳤을 때 잠깐 담임한 적이 있었다. 그냥 조용한 편이어서 별 문제 없이 학교 다니는 아이인 줄 알았는데 이런 일기 글을 써서 연순이를 다시 보게 되었다.

미운 오리 새끼 같은 나 강연순

우리 집은 1남 4녀이다. 다른 사람들은 식구가 많아서 좋겠다고 한다. 그러나 나는 별로다. 내가 생각하는 가족 관계는 큰언니, 오빠, 나, 여동생 이렇게 있었으면 하는 생각을 오래 전부터 하고 있었다. 그래서인지 나는 자식을 이렇게 낳고 싶다.

어렸을 때부터 난 우리 집에서 필요 없는 존재가 되어 버렸다. 큰언니는 안 그러는데 둘째, 셋째언니, 남동생이 나를 괴롭혔다. 아빠 엄마는 나에게 관심이 없다. 늦게 들어와도 아무 말 안 하고, 동생하고 내가 심하게 싸워도 그냥 욕만 하고 만다. 어릴 때는 동생하고 싸워도 내가 이겼는데, 연년생이다 보니 요즘 들어서는 내가 힘이 딸려서 상황이 바뀌게 되었다. 싸울 때면 난 말로 하려고 하는데 동생은 남자라고 다 힘으로 한다. 왜 남자는 힘으로 이기려고 할까? 그러니 여자들은 깨물고, 머리카락을 잡아당기고, 발로 차는 정도의 대항이 전부다. 동생하고 싸웠을 때 얼굴에 멍이 들었던 적도 있다. 동생한테 맞는 얘기는 쓰고 싶지 않았지만, 이것도 중요한 것 같아 쓰고 있다. 사소한 것이라도 마음에 안 들면 싸움을 건다. 길에서나 집에서나 동생하고는 말을 안 한다. 말만 하면 싸움이 되기 때문이다.

그리고 제일 슬펐던 일은 연휴가 되면 언니나 오빠들이 선물을 사 들고 집에 와서는 화목하게 얘기하고, 웃고 하는데 난 그 모습을 부러워할 수밖에 없었다. 연휴가 되어서 언니들이 오면 나하고는 상대하지 않는다. 첫째언니는 텔레비전을 보고 둘째, 셋째언니와 동생은 재미있게 얘기하면서 나에 대해서 헐뜯으면서 떠들었다. 나보고 못생겼고, 뚱뚱하고, 공부도 못한다고 한다. 둘째언니는 나한테 이런 말까지 했다. "공부라도 못하면 예쁘기라도 하든가 예쁘지도 않으면 몸매라도 잘 빠져야지." 언니들은 남동생이 귀엽다면서 잘 해준다. 그래서 연휴가 되면 외톨이가 되어 버린다. 연휴가 싫다. 더구나 집에 쉬러 온 언니들을 대신해 방 청소, 심부름, 밥상 차리는 일은 나 혼자 해야 했다. 혼자 밖에 나와 얼마나 울었는지 모른다.

엄마 아빠도 내가 잘못하면 욕을 하든가 아니면 화를 내시는데 동생이 잘못하면 많이 봐준다. 엄마는 동생이 돈을 달라고 조르면 없다고 하면서도 잘 주는데 내가 준비물이나 문제집 살 돈 달라고 하면 잘 안 준다. 엄마랑 나는 돈 문제 때문에 많이 싸운다. 빨리 죽어서 남자로 다시 태어나고 싶다. 집에서 잘 하려고 해도 난 미운 오리 새끼가 되었다.

가정이 화목한 집에서 살고 싶다. 내가 어른이 되면 우리 집처럼 되지 않게 하고 싶다. 가출도 많이 생각하고, 나만 없어지면 집이 편하겠지 하는 생각에 죽을 생각도 해보았지만 갈 곳도 없고, 죽고 싶어도 생각만이지 행동으로는 하지 못했다. 우리 집에서 내가 죽는다면 슬퍼할 사람이 없을 것이고, 잘 죽었다고 하지나 않을까 생각했다.

왜 언니들하고 동생이 나를 싫어하는지 모르겠다. 아무리 잘하려고 애써도 내 마음을 알아주는 사람은 없다. 밖에 놀러 가도 내가 창피하다고 가지 않는다. 언니하고 동생 그리고 엄마 아빠가 얘기하며 웃을 때 난 이불 속에서 울고 있다. 이런 기분 아무도 모를 거다. 이 세상이 날 버린 것 같은 마음이 든다. 그래서 내 성격이 나서지 못하고 주눅들어 하는 것 같다. 다른 아이들은 어떨까?

그렇지만 나에게는 기쁠 때 같이 기뻐해 주고, 슬플 때 같이 슬퍼해 주는 나의 사랑스러운 친구(경숙, 선미, 효진, 미란, 선용)가 있기에 외로움이 덜한 것 같다. 소중한 나의 친구한테 이런 말을 하고 싶다. "나 같은 못된 아이를 친구로 맞아 줘서 고맙고 나한테 너무너무 잘해 줘서 진짜로 고마워. 우리들이 이다음에 헤어진다 해도 아니 저 세상에 간다 해도 잊지 못할 꺼야." (1996. 4. 16)

연순이 1학년 담임한테 얼핏 들었던 이야기가 생각났다. 수업료가 계속 밀려 담임이 엄마한테 전화하면 엄마는 별 관심 없이 말하더라 하고, 연순이는 엄마가 학교 다니지 말라고 했다며 울상을 짓더라고 했다. 연순이에게 좀 더 관심을 갖기로 했다. 우리 반에서는 생일을 맞은 아이에게 생일 노래를 불러 주고 생일을 축하하는 글을 써서 코팅해 주고 있는데 연순이 생일날 앞에 나온 연순이에게 미역국은 먹었냐고 했더니 우울한 표정으로 못 먹었다고 하기에 슬쩍 불러 내가 즐겨 듣는 카세트테이프를 생일 축하 편지와 함께 포장해 주었다. 조회나 종례 때 보면 연순이 표정이 많이 밝아졌고 나에게 집중하고 있다는 걸 느꼈다. 며칠 뒤 쓴 일기다.

내가 살아온 이야기 강연순

수업을 마치고 집에 와서 교복을 벗고 사복으로 갈아입었다. 그리고 방문을 꼭 걸어 잠그고 조용한 음악을 틀어 놓고 이불 속에 누워서 이런 저런 생각을 해보았다.

어렸을 때 엄마 아빠의 관심을 받지 못했던 것 같다. 하지만 내가 모르고 있을지도 모른다. 표현하지 않을 뿐 마음 속 깊숙이 사랑이 있을지도……

중학교 2학년 때의 일이다. 체육 시간에 자전거로 실기 시험을 본다고 자전거를 가지고 오라고 했다. 그때 우리 집에 동생 자전거가 있었고 그 자전거를 탈 수 있어서 기분이 좋았다. 모퉁이에서는 좀 힘들었지만 그런 대로 타는 편이었다.

학교 갈 때에는 순조롭게 잘 갔다. 시험을 보고 수업이 끝나서 집으로 돌아오는 길에 신흥 방앗간 쪽으로 방향을 돌리려 했는데 그 쪽에서 직행버스가 오는 것이었다. 난 속도를 줄이고 천천히 세우려고 하는데 미끄러지는 바람에 직행버스와 부딪혔다. 살짝 부딪혀서 많이 다치진 않았다. 직행버스가 서고 아저씨가 내렸다. 걸어가시던 선생님 두 분이 이쪽으로 달려오셔서 다친 데가 없냐고 물어 보셨다. 그래서 나는 다친 곳이 없다고 했다. 그래도 선생님은 안심이 안 되셨는지 병원에 데리고 갔다. 망가진 자전거는 걸어오던 아이들이 끌고 왔다. 몸이 쑤시고 손이 조금 긁혀서 피가 났다. 의사 선생님은 어디 아픈데 없냐고 물으셨다. 괜찮다고 하니 까진 곳에 약을 발라 주셨다. 따끔했다.

선생님이 집에 전화를 해서 엄마보고 병원으로 오시라고 하셨다. 엄마가 어떻게 나올 줄 알기 때문에 전화를 하기 싫었지만 선생님이 오라고 하셨기 때문에 전화를 걸었다. 엄마가 받았는데 자초지종을 말하고 병원으로 오라고 하니까 많이 안 다쳤으면 그냥 오라고 하며 전화를 뚝 끊어 버리는 것이었다. 선생님은 엄마가 오시냐고 물으셨다. 그냥 끊어 버렸다고 하니 너무 놀란 게 아니냐고 하며 다시 걸어 보라고 하셨다. 또 전화를 걸었다. 빨리 오라고 했다. 엄마는 알았다고 하며 전화를 끊었다.

한참 뒤에 엄마는 남동생이랑 같이 병원을 찾고 있었다. 동생이 저기 있다고 하며 오더니 자전거를 뚫어져라 쳐다보았다. 얼마큼 망가졌냐고 엄마는 동생한테 물어 보았다. 동생은 많이 망가졌다며 나를 노려보는 것이다. 거기에 있던 아이들이 선생님한테 엄마가 왔는데 자전거만 본다고 했다. 그때 난 너무 속상했다. 나보다 자전거가 더 소중한 것인가!

일을 다 끝내고 자전거를 끌고 집으로 돌아왔다. 동생은 자전거도 못 타는 주제에 끌고 가서 망가뜨리냐며 화를 냈다. 자전거가 얼마짜리인 줄 아냐면서. 나는 할 말이 없었다. 엄마도 나보고 웬수라며 구박을 하셨다.

못 타는 자전거를 가지고 가서 이런 사소한 사고를 낸 내 자신이 미웠다. 그래서 방에 들어가 음악을 크게 틀어 놓고 울었다. 아무리 엄마가 못 배웠다고 해도 아빠 엄마가 낳아 준 딸인데 걱정도 안 해주고. 내 생각엔 우리 집에서 난 필요 없는 것 같았다. "고슴도치도 자기 새끼는 예쁘다."라는 말이 생각난다. 부모님들은 자기 자식들이 웬수 같고, 문제아이라면 싫어할 수 있겠지만 그래도 난 낳아 주고 길러 주신 아빠 엄마를 싫어하지 않는다.

1년 반만 있으면 집에서 나가 사회생활을 하게 된다. 빨리 그날이 왔으면 한다. 집에서 나가면 남동생을 만나고 싶지 않다. 동생과 난 전생에 원수였나 보다. 매일 마주치면 싸우고 헐뜯고, 맛있는 것이 있어도 양보를 안 한다. 잘 해주려고 무지 노력했는데 연년생이다 보니 동생은 너무 까분다. 자기가 돈 내는 것이 있으면 돈을 달라고 하는데 내가 돈을 달라고 하면 뭐라뭐라고 간섭한다. 아무리 가족이라고 해도 동생이 맞는지 의문이다. 왜 나만 싫어하는지, 만일 동생이 나한테 잘 해주고 친하다면 나도 그렇게 동생을 싫어하지 않을 텐데 누나인 내가 못마땅한가 보다.

동생한테 바라는 것이 있다면 누나라고 불러 주는 것과 나와 친하게 지내고, 도움이 필요할 때면 서로 도와 주는 누나와 동생 관계가 됐으면 하는 것이다. 그러나 지금은 늦었다. 어렸을 때부터 서로를 싫어했기 때문이다. 지금은 더욱 그렇다. 길가에 가다가도 남남처럼 아는 척도 안 하고, 누가 동생 있냐고 물어 본다면 없다고 그러라고까지 말했다. 농담이 아닌 것 같았다. 그래서 동생이 너무 멀게만 느껴진다. 동생도 내가 빨리 집에서 나갔으면 하는 생각을 많이 했을 것이다.

엄마는 자주 이런 말씀을 하신다. "중3 때 친구 따라 같이 취업을 나갔으면 좋았는데 왜 안 갔냐?" 나도 친구 따라 나가고 싶었지만 큰언니가 야간 고등학교는 힘들다면서 그냥 여기서 학교를 다니라고 했다. 만일 친구랑 같이 가면 거기까지 쫓아가서 데리고 온다고 했다. 그래서 안 갔는데 이런 말을 했는데도 엄마는 모른 체하신다.

좋은 기억을 일기에다 안 쓰니까 내가 진짜 불행한 아이 같잖아. 그래도 옛날에는 친구들과 소꿉놀이도 하고 술래잡기, 오재미, 깡통 차기, 비석 까기, 고무줄 놀이를 하면서 재미있게 지냈던 적도 있다. 그때가 그립다.

나쁜 기억들을 잊고 새로 다가올 내 인생에 대해서 생각해 보라시던 선생님의 말씀을 기억하면 힘이 된다. 선생님께 감사를 드린다. 선생님께서는 우리 학급을 위해 노력하시는데 우리들이 잘 도와 주지 않아서 힘들어 보이신다. 몇몇 아이들이 선생님의 마음을 모르는 것 같다. 이런 아이들이 언젠가 선생님의 마음을 이해할 꺼라고 난 믿는다.

1년 동안 우리들을 위해 열심히 수고하실 선생님께 정말로 감사드려요. 선생님께서 우리들에게 주는 관심이 비뚤어지려는 아이들의 마음을 잡아 주신다는 걸 알아요. 중학교 때 선생님이 담임을 하셨을 때는 이런 것들을 몰랐거든요. 이제부터는 나의 미래를 위해서 아무리 힘든 일을 겪는다고 해도 좌절하지 않고 이겨내겠다. (1996. 5. 2)

연순이 별명이 '채시라'이다. 텔레비전에서 탤런트 채시라가 춤춘 걸 보고 채시라처럼 연순이가 춤을 잘 춘다고 아이들이 붙여 준 별명이다. 아침 일찍 일어나 운동도 꾸준히 하는 연순이는 그 뒤엔 돈 걱정 많은 엄마를 안쓰러워하거나 친구들 이야기를 쓰며 잘 지내고 있다.

가출을 하거나 문제를 일으키는 아이들을 보면 대체로 부모가 이혼했거나, 부모가 모두 버려 할머니가 키우거나, 부모가 있더라도 관심을 받지 못하는 아이들이다. 우리 반 안영이도 그런

결손가정 아이다. 유치원 때 엄마가 가출한 뒤 할머니랑 살았다. 두 살 위인 오빠가 있고 아버지 직업은 목수여서 집을 비우는 날이 많았다. 초등학교 5학년 때 할머니가 중풍으로 쓰러지셔서 거의 2년 동안 할머니 똥오줌 받아 내고 밥해 먹으며 학교에 다녔다 한다. 다행히 그 뒤 할머니 병세가 좋아져 지금은 밥도 해 주셔서 많이 편해졌다고 한다. 오빠는 결국 문제아가 되어 중학교 졸업을 못 했지만 안영인 반듯하게 생활하고 있으며 오빠에 대한 안타까운 마음을 이렇게 썼다.

오빠 이안영

요즘은 정말 집에 오기가 싫다. 오빠가 집에 와 있기 때문이다. 오빠가 있는 한 난 하루도 편할 날이 없을 것이다.

오늘만 해도 그렇다. 오빠 옷 놔 두고 내 옷, 그것도 내가 좋아하고 아끼는 것만 쏙쏙 가져가서 입는다. 벗으라고 해도 전혀 말을 안 듣는다. 오히려 치사하다며 소리만 버럭 지른다. 먹은 것은 고스란히 그 자리에 펼쳐 놓고 치우지도 않는다. 학원 시간 때문에 빨래를 돌리기만 하고 오빠보고 좀 널라고 그렇게 신신당부를 했는데 여전히 그 많은 빨래는 세탁기 안에 있었고, 막국수 시켜 먹은 그릇 역시 그 자리에 널려 있었다. 학원 갔다 오자마자 이런 꼴을 당하니 얼마나 신경질이 나고 미치겠는지 아무도 모를 것이다.

제발 빨리 먼 곳으로 가 주었으면 소원이 없겠다. 욕은 또 얼마나 잘하는지 듣기에 거북한 욕을 아무렇지도 않게 한다. 가슴과 등에는 진짜 문신인지는 모르겠으나 용 같은 그림을 엄청 크게 새겨 놨다. 쳐다보기도 싫다. 오빠는 그것이 자랑스러운 것인 줄 착각하고 있다.

조금 있으면 기말고사인데 엄청나게 지장 받을 것이다. 오빠에 대해서 이런 얘기하는 게 정말 창피하고 수치스럽지만 정말 싫다. 핏줄인데도 남보다 더 싫다. 친구들 오빠와 비교해 보면 더 그렇다.

중학교도 못 마쳐 조금만 얘기를 해도 답답하고 무식이 드러난다. 그런 오빠를 보고 있으면 왜 삶을 그렇게밖에 못 사는지. 공부하기 싫어 학교, 집 모두 뛰쳐나갔으면 기술이라도 배워 열심히 일이라도 해야 될 텐데 그것도 안 하고 이 다음에 어떻게 하려고 그러는지 답답하기만 하다.

그래도 오빠라고 자존심은 지키고 싶어서 내가 조금만 뭐라고 꾸지람해도 신경을 곤두세운다. 이것저것 다 무시하고라도 제일 싫은 건 입에 담는 상스러운 말과 거짓말을 한도 끝도 없이 해 대는 거다. 예를 들면, 아주 사소한 것에서부터 시작한다. 내 연습장 가지고 갔냐고 물으면 뻔히 아는데도 안 가지고 갔다고 그러고, 저축은 하고 있냐고 물으면 무조건 했다고 그러고, 직장에서 조금 버티고 있나 싶더니 싫증나고 힘들어서 집에 와 놓고는 휴가 왔다고 한다. 다 생각이 안 날 정도로 수도 없이 많다. 아니 오빠의 생활이 거짓말의 연속이라 해도 과언

이 아닐 정도다. 난 이제 그 거짓말에 익숙해져 있고 오빠의 거짓말에 관한 한 눈치가 엄청 빠르기 때문에 어떤 것이 거짓말이고 진짜인지 뻔히 다 안다. 그런데도 오빠는 자꾸 거짓말만 계속한다. 얼굴 마주치기도 싫다. 남들은 그래도 오빤데 하겠지만 나에겐 그렇게 가벼운 마음으로 받아들여지지 않는다. 제발 정신 좀 차려서 열심히 살았으면 좋겠다.

그래도 옛날엔 괜찮았는데 왜 이렇게 되어야만 했는지 알 수가 없다. 오빠 말로는 어머니가 없어서 자기 인생이 이렇게 됐다고 하지만 그렇게 생각하는 건 틀린 것 같다. 우리가 어렸을 때 부모님은 이혼하셨다. 오빠처럼 생각하면 부모가 모두 없는 수많은 아이들은 모두 어떡하라고.

내 생각엔 오빠의 인내심이 부족한 것 같다. 조금만 참고 견디면 됐을 것을 그것이 힘들어서 뛰쳐나가고 아빠를 비롯한 가족 모두를 힘들게 하고 결국에 와선 누구 탓으로 돌리고 있다. 나도 포기하고 싶다고 생각한 때가 수도 없이 많았고 힘든 시기도 많았지만 참고 견뎠는데, 오빠는 나보다 뭐가 부족해서 참지 못했는지 안타깝기만 하다.

내가 이제 와서 오빠의 과거를 안타까워해도 소용없는 일이다. 다만 오빠에게 바라는 점은 지금이라도 마음잡고 기술 배워서 돈이라도 많이 저축해 놨으면 좋겠다. 월급 타면 흥청망청 다 써 버리고 아빠한테 손 벌리는 모습을 보면 정말 화가 난다. 배움에서 남들한테 뒤졌으니 물질으로라도 나은 면이 있어야 된다고 생각한다.

언젠가는 후회할 것이다. 그땐 이미 늦었을 것이다. 그래도 오빠가 열심히 살아가 주길 진심으로 바란다. (1996. 6. 26)

이렇게 쓰다 보니 더욱더 자신 없어진다. 글쓰기 지도를 어떻게 했나를 써 보여야 하는데 난 그냥 아이들 글 읽어 주고 아이들 마음 달래 주는 것밖에 한 게 없다. 가끔 보기 글 읽어 주고 좀 더 솔직하고 자세하게 쓰자고 재촉했을 뿐이다.

그래도 우리 반 아이들이 학년 초보다 안정되어 있고 적극성을 띠어서 수업 분위기가 좋다는 선생님들 말을 들으면 일기를 통해 서로를 알게 되는 과정에서 얻어진 힘이 아닌가 생각한다. 풀리지 않을 것 같던 친구 사이의 갈등도 일기장에 쏟아 놓으면서 화해를 했고, 엄마 이야기를 다투어 쓰면서 불쌍한 엄마라고 공감하며 눈물 흘린 일들, 담배 끊겠다는 약속을 지켰다고 일기장에 당당히 밝히고 그 뒤 지금껏 지켜 내는 아이, 집에서 학교에서 아이들은 크고 작은 일에 부딪치면서도 온 힘을 다해 살아가려고 애쓰고 있고 그 이야기들을 써냈다.

그런데 여름방학이 끝나고 개학한 뒤 며칠이 지나도 모둠일기 안 쓰냐고 물어 오는 아이가 한 명도 없다. 보름을 기다려도 없다. 일기를 통해 힘을 얻었다고 생각한 건 내 착각인가. 모둠장들을 불렀다. 우선 모둠장들의 의견을 물으니 한결같이 안 썼으면 좋겠다 한다. 이유는 쓸거리가 없다는 거다. 왜 쓸거리가 없

나. 하루가 날마다 똑같아 보이겠지만 자세히 살펴보면 날마다 다르고 새롭다. 생각하려 하지 않아서 그렇지 관심 갖고 살피고 생각해 보면 얼마든지 쓸거리가 있다고 그동안 여러 번 이야기 했는데, 아이들은 받아들이지 못했나 보다. 며칠 동안 시간을 줄 테니 모둠 회의를 열어 결정하자고 했다. 결과는 내 걱정대로 모둠일기를 그만 쓰게 되었다. 이구동성으로 그만두자는 아이들을 구슬릴 재간이 나에게는 없다. 글쓰기를 부담스러워하는 아이들의 벽을 나는 깨 주지 못한 거다. 모둠일기를 그만둔 뒤 두 달 동안 난 아이들 살피는 일에 신경을 곤두세워야 했다. 그러다 보니 잔소리와 참견이 많아졌는지도 모르겠다.

지금 우리 반은 1학기 때 쓴 일기와 틈틈이 쓴 글을 골라 입력하느라 정신없다. 그래도 자기들이 쓴 글을 그냥 버리기에는 아쉬웠는지 부족하지만 문집으로 엮어 보자고 의견을 모았다.

아이들 글을 다시 읽으면서 후회가 앞선다. 글쓰기는 우리들 삶을 가꾸어 주는 힘이 분명 있는데, 내 능력이 모자라 그 힘을 계속 이어 가도록 지도하지 못한 게 끝내 마음에 걸린다.

내년에 다시 담임을 맡는다면 아이들이 마음을 열고 세상을 따뜻하게 사랑하며 살아갈 수 있는 힘을 갖도록 글쓰기 지도를 꾸준히 해야겠다. 그러려면 글쓰기 지도를 하기 위해 꼼꼼하게 계획도 세우고 공부도 해야 한다. (1996. 11. 14)

정광임 거진여자상업고등학교

수면제 좀 주세요

6월 1일 월요일 7교시였다. 그때 나는 집에 있는 두 어린아이와 각시가 눈에 밟혀 수업이 없는 오후는 조퇴를 내고 일찍 집에 가는 일이 많았다. 교감한테 둘째가 백일이 될 때까지는 좀 이해해 달라고 했다. 각시가 아이 둘을 보기엔 힘들기 때문이었다. 그런데 이날은 퇴근이 30분밖에 남지 않아서 조퇴를 내지 않고 몰래 나오려고 했다. 모퉁이를 돌아 복도로 막 나왔는데 저쪽에서 교장이 걸어오고 있었다. 나는 너무 놀라서 다시 왔던 길로 되돌아갔는데 다행히 눈은 마주치지 않았다. 교장이 땅을 보며 걸어왔기 때문이다. 그런데 그 표정이 내가 지금껏 보지 못했던 아주 어둡고 무서운 얼굴이라 순간 내가 겁을 먹을 정도였다. 얼른 네이스에 조퇴를 올리고 무슨 일인가 싶어 다시 그곳에 가 보니 재원이가 있었다. 거기엔 상담부장, 담임, 또 몇몇 선생들이 있었는데 모두 다 표정이 안 좋았다. 재원이가 곧 감옥에라도 갈 것 같은 분위기였다.

　다음 날 재원이를 불러 무슨 일이냐고 물었더니 책상 위에 누워 있다가 일이 벌어졌다고 했다. 나는 생각보다 큰일이 아니라 다행이라 생각했는데, 너무 호되게 꾸중을 들었지 싶어 지금 마음을 글로 좀 써 달라고 부탁했다.

　6월 1일 월요일에 있었던 일이다.
　오늘 하루가 그냥 별루였다
　오늘 하루가 왜 별루였냐면
　7교시에 허리 아프고 애들이
　잠자고 있길래 그냥 책상 위에
　누어서 핸드폰 하면 누어 있는대
　시간이 어느 정도 지나니까 쌤 오셨다
　쌤이 나를 불러서 나갔는대 교장쌤이
　있는대 기분이 안 좋아 보였다.
　그때 교장이 입을 열르셨다
　너 지금 무슨 자세로 있어냐면 나한테
　지금 내 앞에서 다시 해보라고 화내시면서
　계속 해보라고 하시다가 신태수 쌤한테
　나는 이 아이를 그냥 못 넘어가겠다고
　하시면서 내려가시고 나는 신태수 쌤이랑 담임쌤
　이랑 애기를 하고 오늘 하루 참 우리말로 거지 같았다.

솔직하게 써 보라고 했는데, 욕이 하나도 들어 있지 않다. 나는 그래서 재원이가 근본은 순한 아이라고 생각한다. 나 같으면 욕이 나왔을 텐데. 마음에 있는 말을 글로 다 풀어 보라고 했는데 자세히 쓰지도 못했다. 목구멍에서 턱 걸린 느낌이다. 얼핏 보면 시 꼴이다.

그러니까 교장은 수업 시간에 아이가 책상 위에 누워 있었다고 분노한 거다. 담임뿐만 아니라 다른 선생들까지 불러 호통을 쳤으니 재원이 처지에서 보면 아주 서럽게 당했다. 교장이 호통을 치며 담임과 상담부장을 내려오라고 소리 지를 때 반 아이들이며 그 시간 교과 선생이며 다 봤을 것 아닌가. 그런데도 글에 욕 한마디 안 들어갔으니 대단한 거다.

책상 위에 눕는 아이 마음은 어떤 마음일까. 나는 예전에도 글쓰기회 회보에 수학 시간에 책상 위에 다리를 올리고 있는 병길이 얘기를 쓴 일이 있다. 두 자릿수 곱셈도 못하는데 미적분을 들어야 하니 그걸 견디지 못한 거다. 삶에서 소외되는 기분을 그렇게 푼다고나 할까. 선생이 보기엔 괘씸하지만 아이 처지에서는 살고 싶다는 신호일 수도 있다.

이런 광경은 우리 학교를 다니지 않으면 도무지 이해할 수 없지 싶다. 우리 학교는 종합고등학교다. 전라북도 안에서 가장 힘든 학교 아홉 개 학교를 뽑았을 때 순위권에 든(?) 학교인데, 군산에서는 갈 곳 없는 아이들이 오는 학교라는 인식이 널리 퍼져 있다. 그래서 수업 시간에 눕는 일이 아니더라도 선생을 힘들게 하는 장면은 많이 일어난다. 이런 학교를 바꾸기 위해 학교 운영 위원들은 공모제 교장 학교를 선택했고 그래서 오게 된 사람이 지금 교장이다. 교장은 공모제 교장 학교에서 그치지 않고 혁신 학교, 예술꽃 씨앗 학교 사업까지 벌여서 하고 있다. 그러니 교장 처지에서 보면 저런 아이 하나 때문에 얼마나 맥이 풀리겠는가.

재원이가 누워 있던 시간은 중세국어 시간이었다. 재원이 글을 보면 알겠지만 맞춤법도 잘 모르는 아이다. 그런 아이가 중세국어를 듣는 마음을 교장이 어떻게 헤아리겠는가. 아이가 누운 것을 두둔하는 것이 아니다. 잘한 일은 아니지만, 교장이 화를 낸 방법도 좋지 않았고, 그 아이 처지를 헤아려 보려는 노력도 필요하다는 얘기를 하고 싶은 거다. 물어보진 않아서 모르지만, 재원이는 그게 자기가 할 수 있는 최고의 저항이었을지도 모른다. 생각해 보면 이 땅의 아이들은 말 잘 듣는 착한 교육만 받아서 무언가 못마땅한 것이 있어도 제대로 따지고 드는 법을 잘 모른다. 저렇게 미숙하고 거칠다. 청소년 시기는 아직 뇌의 어떤 부분이 다 완성되지 않아 분노 조절하는 게 미숙하다는 얘기도 들은 기억이 난다.

그 일이 있고 한 달 뒤, 재원이가 시험을 치고 있는 교실에 기말고사 감독으로 들어갔다. 종합고등학교에 다니는 우리 아이들은 시험에 관심 없는 아이들이 많다. 자면서 시간을 보낸다. 그런데 재원이가 말똥말똥한 눈으로 시험지에 크게 글을 써서 내게 들어 보이고 있었다.

　　잠이 안와요. 수면제 좀 주세요.

　아, 잠도 안 오는구나. 괴롭구나. 공부는 못하지만 운동은 썩
잘하는 재원이. 하지만 교통사고를 당해서 무릎이 좋지 않은 재
원이. 재원이에게는 어떤 희망을 이야기해 줘야 할까. 내가 너에
게 뭘 해 줄 수 있겠니. 지금 네 답답한 마음을 글로라도 좀 풀어
보렴.

　수면제

　오늘날 학교에서 시험 시간이 돌아왔다.
　이 날은 나한테는 2가지의 뜻있다.
　그것은 첫 번째로 학교가 일찍 끝나는 날이고
　두 번째 바로 지루한 시간이다.
　나는 항상 시험을 볼 때 생각이 난다.
　왜 하필 시험 시간은 왜 이리 길까
　먼저 끝나면 나가면 안 되나
　그러치만 학교 규칙상 그거이 안되기
　때문에 나는 남은 시간에 머할까
　라는 생각이 든다 잠이나 잘까

하면 잠이 오지 않는다 학교에서
수면제를 주면 좋겠다.
수면제를 주면 나와 같은 부류
애들은 얘기 안 하고 조용히 있고
고이 잠을 잘 수가 있다 나에게 수면제
을 주세요 이 지루한 시간을 즐겁게
보낼 수 있는 수면제 뿐입니다.

김제식 군산남자고등학교

시험 시간

올해 마지막 시험이 시작된 날이었다. 첫날 첫 시험은 수학이었다. 학생부실 바로 옆 2학년 1반 교실에 정감독으로 들어가게 되었다. 수학 시험. 우리 아이들에게 얼마나 잔인한 시험인가. 아니나 다를까. 시작한 지 5분도 지나지 않았는데 병길이가 엎드린다. 마음이 짠하다. 잠도 안 오는데 할 게 없으니까 엎드려 있는 아이들을 보면 우리가 참 못할 짓 하고 있는 것 같다. 병길이가 굳이 눈에 들어오는 까닭은 병길이는 두 자릿수 곱셈도 하지 못하기 때문이다. 언젠가 복도를 걷다가 수학 시간에 두 다리를 책상 위에 올리고 있는 병길이와 태호를 보고는 화가 나서 불러내 얘기하다가 알게 된 사실이다. 엎드려 있는 병길이를 보니 눈을 뜨고 있다. 얼마나 지겨울까. 그렇게 있으니 뭐라도 할 수 있는 건 없을까, 글을 쓰는 것 말고는 없다. 그래서 글을 써 보라고 했다. 지금 네 마음을.

나는 시험 시간에 엎드려 있다. 다른 학생들은 문제를 풀고 있는데 나는 엎드려 있다. 내가 왜 이러고 있는지는 모르겠다. 수학쌤이 들어와서 문제를 설명하시는데 나는 무슨 말인지도 하나도 모르겠다.

난 왜 공부를 하지 않았을까. 운동을 하지 말고 공부를 할 걸. 축구로 성공도 못할 걸 왜 했는지를 모르겠다. 나도 내 자신이. 답답하고 바보 같다.

다른 학생들은 열심히 공부할 때 난 머 했나 싶다. 맨날 수업 시간에 잠자고 핸드폰하고 그 시간들이 정말 후회스럽다. 지금 이렇게 후회하면 머하나. 이제 끝나 가는데. 내가 3학년이 돼서도 정신 못 차리고 이러면 어떻게 하지……. 걱정이다.

솔직한 병길이 마음을 보고 싶었는데 괜히 반성문 받은 느낌이 들어서 한마디 썼다.

"왜 자기 탓만 해. 진짜 하고 싶은 말이 있을 것 같기도 한데. 불만은 없니?"

종이를 다시 주고 쓰고 싶으면 또 써 보라고 했다.

씨발. 우리는 왜 시험이란 단어만 들으면 정말 짜증난다.

공부를 안 하고 살 순 없는가?

수학 시험지를 보면 머리가 아프다. 무슨 수학에 영어가 나와 씨발……. 나는 시험을 폐지하고 싶다. 시험지만 보면 짜증나고 스트레스 받는다.

　두 자리 곱셈도 못 하는 나에게 멀 가르칠 수 있을까. 난 수
학 시간하고 영어 시간을 들어가기가 싫다. 곱셈도 못하고 영
어 읽지도 못하는데 들어서 머에 쓸 수 있을까. 차라리 나는 그
시간들을 빼고 체육을 넣었으면 좋겠다. 그래서 나는 수학 시
간만 되면 밖으로 나간다. 교실에 있으면 답답하다. 알아듣지
도 못하는 걸 왜 들어야 하나.

　우리 안에 갇혀있는 동물들처럼 우리도 반이라는 우리에 가
쳐저 있다. 밖으로 나가고 싶다…….

　기말고사 기간에 2학년 1반 감독을 들어갔는데, 처음엔 수학,
나중엔 영어 시간이었다. 이 시간에 그냥 엎드려 있는 아이들이
많아서 병길이에게 한 것처럼 글이라도 써 보라고 했더니 아이
들이 글을 써냈다. 다음 글은 영어 시험 시간에 성호가 쓴 글이
다. 병길이가 우리에 갇혀서 사는 것 같다고 하니 성호 글이 생
각나서 옮겨 본다.

　군산 동물원 2학년 원성호

　시험이라는 것에 우리는 포획을 당해
　군산 동물원에 갇혀 있다.
　답안지와 시험지를 건낸다.

명령을 내린다. 50분을 줄 테니

풀어라, 멍청한 우리는 짜증을 내면서

3번 기차를 타면서 3번에다 색칠을 한다.

45분이 남는다. 우리는 겨울잠에 빠져든다.

종이 울린다. 잠에 깨어 기지개를 피고

다 같이 모여 동물원에서 탈출 시도를 하게 된다.

성호에게 귓속말로 물었다.

"3번 기차가 무슨 말이야?"

"마킹을 전부 3번에다가 죽 긋는다는 뜻이에요."

아. 진짜 3번에 주욱 색칠이 되어 있는 자국이 마치 기차 같구나. 자기도 모르게 은유를 썼다.

어쨌든 다시 병길이 얘기로 돌아오자. 병길이는 옛날에 축구를 했다. 우리 학교에는 운동을 그만두고 온 아이들이 있는데, 그 아이들 얘기를 들으면 참 마음이 아프다. 병길이가 축구를 그만뒀다는 건 글쓰기 시간에 쓴 글을 보고 알았다.

축구 인생의 마지막 결정 2학년 김병길

내가 중학교 3학년 때였다.

난 학교 수업을 하고 있었는데 우리 아빠가 축구부 숙소를 찾아온 것이었다. 왜 왔냐고 물어봤더니 고등학교 진학 때문에 왔다고 했다. 나는 긴장이 엄청 되었다. 학교 끝나고 아빠한테

전화를 해 봤다. 근데 우리 감독님이 제일고를 안 받아준다는
것이다. 나는 엄청 실망을 했다.

근데 아빠가 괜찮다면서 다른 데를 알아봤다. 그리고 다른
학교 테스트를 보러 갔는데 탈락했다는 문자를 받고 정말 슬펐
다. 나는 이제 축구를 할 수 없구나 생각을 했는데 아빠가 서울
공고를 가라는 것이었다. 가서 기술을 배우라는 것이다. 나는
축구하면서 기술까지 배우니까 좋다고 짐을 싸가지고 서울로
올라갔다.

근데 서울 공고는 지방 아이들을 받기가 힘들다고 주소를 옮
겨야만 학교를 다닐 수 있다고 했다. 그래서 운동을 마치고 군
산으로 내려오고 있는데 아빠가 그랬다.

"병길아, 축구 그만하지 않을래?"

나는 그 말을 듣고 머리가 멍해졌다. 그래서 나는 아무 말도
하지 못하고 생각해 본다고 했다. 아빠가 하는 일 배우면 할 수
있다고 하였다. 나는 생각에 잠겨서 매일 생각을 해 보았다. 생
각을 해 보니깐 우리 집 사정도 별로 좋지 않고 나도 힘들기도
해서 결정을 내렸다. 축구를 안 하기로.

근데 운동을 하다가 안 하니깐 기분도 약간 이상했다. 다행
히도 갈 수 있는 학교가 있어서 남고를 오게 되었다!

이어지는 글은 예전에 공감 놀이 할 때 병길이가 쓴 글이다.

오늘 우리 반 아이들이 변했다! 공부에 관심도 없던 애들이 공감 놀이를 한다니깐 적극적으로 변했다. 엄청 기분이 좋았다. 항상 우리 반 오늘 수업했던 분위기처럼 항상 수업하고 싶다! 문학 시간만이 아니라 수학, 영어 시간에도 이렇게 수업을 하면 정말 좋을 것 같다!

수학과 영어라고 콕 집어 쓴 것이 새삼스럽게 눈에 밟힌다. 그렇게 쓴 아이가 병길이 말고는 없다는 것도 새삼 확인했다. 병길이는 내 공부 시간에 눈이 초롱초롱 빛나서 참 나를 기분 좋게 하는 아이다. 이렇게 병길이 글을 정리해 놓고 보니 뭘 하라고 하면 한 번도 빠지지 않고 글을 썼네. 이런 병길이가 학교에서 선생님들에게는 문제아로 취급받기도 한다. 이번 겨울방학이 끝나고 개학 때 병길이가 굳이 학생부실로 나를 찾아와 말했다.
"선생님, 보고 싶었어요……."
가서 안아 주었다. 참 좋았다.

내 앞에 사람 2학년 김사무엘

내 앞 병길이는 선생님이 계속 지적하는 것처럼 보인다.
바보인가. 병길이는 참 착하고 바보 같은 친구다.
시험 때도 찍고 잔다. 근데 날 보면 웃는다.
바보이다.

병길이 바로 뒤에 있는 사무엘도 시험지에 글을 쓰고 있다. '병길이만 쓰게 하지 말고 놀고 있는 아이들에게 다 글을 쓰라고 해 봐야지' 하고 생각하게 된 게 바로 사무엘 덕분이다. 사무엘에게도 이면지를 줬다.

시험 2학년 김사무엘

시험은 왜 볼까. 사람을 테스트 하는 건가.
우리 부모님께선 인성만 좋으면 된다 하셨다.
국가는 왜 스트레스를 더 주는 걸까?

시험? 폐지해야 된다.
배울 사람은 배워서 시험보고
다른 일 하는 사람은 기계 배워서 일하면 되지

시험은 스트레스다.
아 머리 아퍼.
쌤은 시험 감독이 좋나요?
수업이 좋나요?

내가 시키지도 않았는데 시처럼 글을 쓰고 있다. 그런데 읽다 보니 확 꽂히는 말이 있다.

'쌤은 시험 감독이 좋나요? 수업이 좋나요?'

하, 참 보면 볼수록 기가 막힌 한마디다. 사무엘은 내뱉듯 툭 던진 말일 텐데 도둑질하다 들킨 기분이 들게 한다. 대부분 선생들은 아마 수업 없는 시험 기간을 좋아하지 싶다. 시험 감독 시간표에 늘 울고 웃는 것이 선생들인데.

내가 이렇게 생각하고 있는데 사무엘이 또 글을 썼다.

중독 2학년 김사무엘

나는 원래 글 쓰는 게 정말 싫었다.
손도 아프지 누가 봐주는 사람도 없었지
고등학교 2학년 생활하면서 김제식 선생님을
만났다 처음부터 글 쓰랜다

어차피 누가 봐 줄 것도 아닌데
왜 써 손 아프게 나의 고2 첫 반항이다.
근데 시간이 흐르고 글을 매일 써 보니
공감 가는 글도 있고 그랬다. 뭔가 재밌는데?
난 지금 마약도 하지 않고 담배를 피고 있지 않는다
근데 중독에 걸렸다.
재밌다.

잘 알지. 네가 얼마나 글 쓰는 걸 싫어했는지. 1년도 지나지 않아 그렇게 많이 피던 담배도 안 피는데 글 쓰는 재미에 중독되었다고 쓸 줄이야 상상이나 했겠니. 그래, 봐 주는 사람이 없어서 재미없었을지도 모르지. 그런데 네가 나에게 썼던 '조퇴'라는 글이 생각난다. 그때 내가 쓴 일기도 생각나고.

조퇴

2학년 1반 사무엘이 나에게 불쑥 찾아와 조퇴를 시켜 달라고 했다.

"담임선생님한테 가야지 왜 나한테 왔어?"

"담임선생님이 제 말을 안 들어주니까 선생님한테 왔죠."

"담임선생님이 조퇴를 허락 안 하는데 내가 허락하면 그것도 좀 곤란하지 않겠냐?"

"제가 지금 비염 때문에 미치겠어요. 샘, 진짜 돌아 버리겠어요."

"하……. 도와주고 싶지만 내가 담임선생님한테 찾아가서 니 사정을 얘기하는 것도 모양새가 좀 이상하고……. 그렇게 하면 담임선생님이 진짜 자존심이 상할 거야. 이거 어떻게 하면 좋겠냐……. 딱히 좋은 방법이 생각 안 나네. 내가 해 줄 수 있는 게 없지 싶구나."

"그러지 말고 선생님, 진짜 한 번만 도와주세요, 정말 힘들어요."

"니 사정은 진짜 딱한데, 내가 어떻게 할 방법이 없는 거 같다. 진짜 미안하다, 사무엘. 그래도 어쨌든 담임선생님 결정이 먼저지 싶다. 미안해."

바로 이어진 글쓰기 시간에 사무엘이 쓴 글이다.

조퇴

금요일날이었다. 비염 때문에 몸살이 심했다.

참다가 못 참아서 조퇴를 할라 했는데 못했다. 그 이유는 담임선생님께서 우리를 못 믿는다. 왜냐하면 우리 반에 최정민이라는 학생이 조퇴를 하려고 했다. 근데 못하게 하는 우리 반 담임선생님 보고,

"선생님은 조퇴를 하는데 왜 저흰 못 합니까?"

둘이 말다툼을 하였고 그 이후로 보내질 않았다. 나는 금요일 수업을 마치고 병원에서 약을 탔다. 그 후 토, 일을 힘들게 보냈다. 비염은 약을 먹어도 낫지를 않아서 더욱 힘들었다. 힘든 주말을 보냈다.

월요일이 됐다. 아침에도 코가 아프고 막힌다. 근데 그냥 학교로 바로 왔다. 1교시부터 4교시까지 괴로웠다. 티는 내지 않았다. 5교시에 조퇴를 하려고 담임선생님에게 갔다.

"쌤, 조퇴 좀 하겠습니다."

선생님 입에서는 바로 '안 돼!'라는 말이 나왔고 그 후에도 계속 말을 했다. 하지만 선생님 입에서는 '안 돼', '참아라' 이

말 뿐이다. 난 화가 나서 문을 닫고 바로 학생부실로 가서 김제식 선생님께 말씀을 드렸다. 하지만 김제식 선생님도 '도움을 줄 수 없구나. 미안하다.'라는 말 뿐이었다.

나는 속으로 '역시 선생님들 속은 다 똑같네.' 이 생각을 하고 반에 들어왔다. 학교란 곳은 정말 학생들을 위한 것인가? 아니면 선생들이 돈 벌로 오는 곳인가? 곰곰이 생각한다. 이글을 쓰고 있는 나는 정말 억울하고 학교가 싫다.

다 읽고 나니 얼굴이 달아올랐다. 졸지에 내가 돈 벌러 오는 선생이 되다니. 그렇게 친절하게 사무엘에게 얘기를 했다고 생각했는데 어찌 이럴 수가 있나. 자기가 아프다고 내가 이런 취급을 당해야 하나. 섭섭한 마음이 먼저 들었다. 그러다 이런 생각이 들었다.

'내가 너무 조퇴에만 집착해서 다른 방법은 생각하지 않았구나. 이 아이는 조퇴가 문제가 아니고 비염 때문에 힘든 건데.'

곧바로 사무엘을 찾아가서 불렀다.

"니 글을 읽고 나니 내가 최선을 다하지 않았다는 생각이 들었다. 외출증은 내가 써 줄 테니 일단 빨리 병원에라도 다녀와. 조퇴를 시켜 줄 순 없지만 그 정도는 내가 책임질 수 있지 싶다. 5교시 음악 선생님한테는 내가 얘기해 놓을게. 이럼 됐지?"

사무엘은 그 즉시 병원을 갔고, 그 시간 안으로 학교로 돌아왔다.

그다음 수업 시간에 사무엘이 쓴 글을 아이들에게 읽어 줬다. 그리고 내가 깨달은 바를 얘기했다.

"선생님은 사무엘한테 최선을 다해서 얘기했다 생각했는데 그게 아니었어요. 사무엘 글을 읽었을 때 처음엔 참 섭섭했는데 가만 생각하니 정말로 최선을 다하지 않고 최선을 다했다고 생각한 내 마음이 잘못됐다는 걸 알았어요. 참 별거 아닌데 내가 이렇게 답답할 때가 있다는 걸 알았네요. 아이 처지에서 온전하게 생각한다는 게 생각보다 어렵다는 걸 알게 되었어요. 솔직하게 글을 써 준 사무엘에게 고마운 마음을 전합니다." (2014. 10)

내가 쓴 이 일기를 애들 앞에서 읽어 주고 너에게 사과했잖아. 내가 이 글을 글쓰기회 회보에 실었다고도 얘기했고, 너에게 고맙다고 했지.

그게 네 마음을 움직였을까? 2학년에서 문학 1등급 받는 애들 다 제치고 기말고사 때 문학 과목에서 사무엘 네가 전교 1등을 했지. 상상도 못 한 일이었어. 난 네가 내 문학 시험에 쏟았을 노력을 온몸으로 느낄 수 있었지. 참으로 넌 멋졌어. 100점 만점에 97점인가 받았지. 1등 해서 멋진 게 아니라 네 노력이 멋졌던 거야. 네 스스로도 얼마나 놀랐을까.

사무엘아, 병길이도 그럴 거야. 너처럼 뭔가에 꽂혔다가 그걸 하지 못해서 바보처럼 보일 수도 있어. 우리 애들도 이렇게 마음

속에 놀랄 만한 열정을 가지고 있지. 나는 그 생각을 할 때마다
눈물이 핑 도네……. 사무엘아…….

풍선 2학년 이용우

누군 잘 한다고 띄우고
누군 못 한다고 터치고(터뜨리고)
우리가 풍선이냐 너희 기대에 맞게
부풀지 않는다 적당히 불어대라
너희들의 말에 이미
마음 구석에 구멍 났으니까

내뱉은 말들이 예사롭지 않다. 이렇게 빗대는 것도 좋긴 한데,
도대체 어떤 이야기가 숨어 있기에 저렇게 툭 나왔는지 궁금했
다. 용우에게 장면을 잡아서 쓸 수 있으면 써 달라고 했다.

우리 어머니는 옛날에 나를 좀 싫어하셨다. 우리 누나는 엄
마가 과외 공부 공부 공부 음식 뭐든지 시키면 뭐든 다 잘한다.
나도 똑같이 공부 공부 공부 과외 학원 다 보내는 것이었다. 초
등학교 6학년 때 문득 떠올랐다.
'나는 기계가 아니다. 괴롭다. 하고 싶은 거 하고 싶다.'
이런 생각이 내 머릿속을 덮었다. 그때부터 학원 공부 뭐든

시키면 도망가고 하기 싫었다. 그래서인지 엄마는 그때 나를 엄청 싫어했다. 맨날 누나와 비교하며 나를 괴롭혔다.

나는 부모님 입김에 잘 자라나는 학생이자 자식이다. 근데 우리 엄마는 입김에 가시가 있어 그 가시에 내 마음은 이미 구멍이 나 더 이상 그 기대라는 입김이 부풀지 않는다.

그랬구나. "너희"가 엄마였구나. 마음에 맺힌 말들이 저절로 튀어나와 시가 되었구나. 용우는 무단결석이 많아서 공부 시간에 얼굴을 거의 못 본다. 당연히 받아 놓은 글도 없고. 이렇게 시험 시간에라도 받았기에 망정이지, 이때도 아니었다면 용우 글은 내가 가지고 있는 게 하나도 없다. 인범이를 경찰에 신고했던 용우. 셰익스피어 책을 보고 있어서 나를 놀래켰던 용우. 네 안에 보석같이 빛날 수도 있었던 어떤 것이, 구멍 난 풍선이 되어 버린 지금 처지 때문에 그냥 묻혀 있는 것 같아서 마음이 짠하구나.

용우 앞에 있는 민준이도 엎드려 자는 것 같지만 꾸역꾸역 글을 쓰고 있다.

　내 꿈 2학년 이민준

　내 이름은 이민준이다 내 나이 18살
　난 꿈이 많았다 초등학교 입학하고 나서 가진

꿈들이다 초2 때 시작한 야구 그렇게 엄청 막 잘하진
못했다 그렇지만 야구 선수가 되겠다는 꿈을 가지고
열심히 했다 그런데 꿈을 이룰 수가 없었다 왜냐면
돈이 없었기 때문이다 그깟 돈이 뭐라고 내 꿈까지 포기
해야만 했던가 난 그렇게 야구 선수의 꿈을 포기하고
돈이 얼마 안 드는 특공무술을 배우기로 했다
그런데 이것 또한 띠를 따로 갈 때마다 돈이
많이 드는 것이다 난 또 한 번 좌절했다 왜냐하면
우린 가정 형편이 어렵기 때문에 끝까지 밀어줄 수
있는 형편이 아니었기 때문이다 난 그렇게 또 한 번 꿈을 접
게 되었다
우리 집안이 왜 어려운지 알고 싶겠지? 나도 마찬가지다
우리 집은 가족이나 친구들한테 사기를 많이 당한 거 같다
엄마는 가족들한테 돈을 빌려주다 신용불량자가 되었고
아빠는 아직까지 가족이 아닌 밖에서만 다정한 아빠의 모습
이다
그렇기 때문에 돈으로 싸우는 일도 많아지고 아빠는 더 가족
들에게
나쁜 행동을 한다 지금 내가 쓰고 있는 글이 앞뒤가 안 맞는
다
그건 나도 잘 알고 있다 그만큼 내 마음도 혼란스럽기 때문
이다.

엎드려서 자고 있는 아이들을 그냥 보면 세상에 대한 진지한 고민이 없고 게으르고 한심해 보일 수도 있지만, 툭 건드려서 마음속을 들여다보면 이렇게 사연 있는 아이들이 많다. 민준이는 거의 모든 시간을 자거나 학교를 나오지 않는다. 나도 민준이를 생각 없는 아이로 볼 뻔했다. 하지만 다행히도 민준이가 글쓰기 시간에 글을 썼다. 안 자고.

집에 가기 싫은 이유 2학년 이민준

나는 우리 집이 참 싫다. 몇 달 전 나는 집에서 혼자 밥을 먹고 침대에 누워 잠을 자고 있었다. 그런데 시간이 흐르고 나서 어디선가 욕하는 소리와 함께 내 옷을 잡고 끌고 가려는 엄마의 모습을 보았고 그 뒤로 아빠가 큰 방에서 나오는 걸 보았다. 왜 그러지 하고 짜증내면서 아 왜! 라고 큰소리로 엄마한테 말했다. 그런데 엄마는 나한테 욕하면서 동생을 보라고 했다.

나는 잠이 덜 깬 눈으로 동생을 앉혔다. 그리고 바로 엄마 아빠랑 싸우기 시작했다. 처음에는 욕을 하면서 말싸움을 하다가 주먹까지 날아갔다. 나는 깜짝 놀라 두 사람을 말리러 갔다. 아빠는 엄마한테 주먹을 계속 날렸고 엄마도 아빠를 계속 밀면서 잡아 당겼다. 나는 더 이상 두고 볼 수 없었다. 나는 엄마 앞으로 가서 아빠의 양 주먹을 잡고 그만 하라고 했다. 아빠는 그런 날 보면서 안 비키면 죽여버린다고 했다. 그래서 나는 그냥 죽이라고 했다. 그 후로도 아빠의 폭력은 더 심해졌고 나는 힘으로 더 아빠를 밀어부쳤다. 그리고 그렇게 몇 분이 지나고 나서 그 싸움을 끝냈다. 나는 왜 싸우는지 곰곰이 생각해 봤다. 난 그 이유 때문에 너무 황당했다. 싸운 이유가 밥을 다 먹고 상을 치우자고 했는데 욕 했다면서 그 욕 하나 때문에 주먹이 왔다 갔다 한 것이었다. 나는 진짜 이런 집에 있는 게 싫다. 모든 이유가 다 욕 아니면 돈이기 때문이다.

민준이에게 다른 반에 가서 글을 읽어도 되겠냐고 물었고 민준이는 너무나 쉽게 허락을 했다. 민준이 글을 들은 아이들 표정은 무거웠고, 민준이 글 덕분에 아이들이 속마음을 털어놓는 게 좀 더 수월했던 것 같다. 그런데 민준이도 운동을 그만둔 아이인 줄은 몰랐다.

롯데리아의 병 2학년 이민준

알바님은 아프다
왜 매일 버거만 먹어야 될까
장염 걸려도 치료비 하나 안 대 주면서

그냥 보면 진짜 대충 쓴 시이기도 하지만, 민준이 이야기를 알고 나면, 지금 저 시가 민준이 삶이다. 글쓰기 시간에 자는 애 깨워서 겨우 받은 시다. 써 준 게 고맙지. 알바하고 잠이 쏟아지는

데, 그걸 참고 저렇게 썼으니 참 고맙지.

이런 아이들이 모여 있는 학년이 이곳 종합고에서도 가장 힘들어서 답이 안 나온다는, 그래서 교장이 미술 치료까지 시킨 2학년이다.

언젠가 2반에 창현이가 말했다.

"선생님, 미술 치료보다 글쓰기가 몇 배나 더 좋아요."

시험 감독하면서 아이들을 더 깊이 알게 되었다. 시험 감독은 두 사람이 들어가기 때문에 내가 혹시 너무 감독 일을 소홀히 한 것은 아니냐는 걱정은 안 하셔도 될 듯하다. 사실 우리 아이들은 시험 감독을 하기엔 너무 힘든 아이들인 건 사실이다. 감독을 하는 것이 아니라 자는 걸 지켜보며 시간을 때우는 일이 대부분이기 때문이다. 앞으로도 어쩌면 시험 시간은 내게 아이들을 더 깊이 알아 가는 시간이 될지도 모르겠다. 같이 감독 들어간 선생님 눈치를 좀 많이 보겠지만.

김제식 군산남자고등학교